书写新时代的创业史

决胜全面小康
决战脱贫攻坚中的中国作家

中国作家协会 主编
文艺报社 选编

中国书籍出版社
China Book Press

图书在版编目(CIP)数据

书写新时代的创业史：决胜全面小康决战脱贫攻坚中的中国作家 / 中国作家协会主编；文艺报社选编. -- 北京：中国书籍出版社，2020.11
ISBN 978-7-5068-8136-4

Ⅰ.①书… Ⅱ.①中…②文… Ⅲ.①中国文学—当代文学—作品综合集 Ⅳ.①I217.1

中国版本图书馆CIP数据核字(2020)第227354号

书写新时代的创业史：决胜全面小康决战脱贫攻坚中的中国作家

中国作家协会　主编
文艺报社　选编

责任编辑	朱　琳　李晓晨
责任印制	孙马飞　马　芝
封面设计	蔡立国
出版发行	中国书籍出版社
地　　址	北京市丰台区三路居路97号（邮编：100073）
电　　话	（010）52257143（总编室）　（010）52257140（发行部）
电子邮箱	eo@chinabp.com.cn
经　　销	全国新华书店
印　　刷	北京雅昌艺术印刷有限公司
开　　本	710毫米×1000毫米　1/16
字　　数	420千字
印　　张	27
版　　次	2020年11月第1版　2020年11月第1次印刷
书　　号	ISBN 978-7-5068-8136-4
定　　价	98.00元

版权所有　翻印必究

目　录

书写新时代的"创业史"（代序）　　铁　凝　　1

凝心聚力

文学的光照
　　——中国作协临潭扶贫散记　　3
留下脱贫攻坚的坚实足迹　　15
再出发走好"新长征"路　　25
送文学种子　育精神文化　　29
抒写燕赵大地的多彩实践　　33
描绘三晋掷地有声新篇章　　37
弘扬蒙古马精神　记录时代追梦故事　　40
文学辽军脱贫攻坚的"点线面"　　44
谱写当代吉林大地新乐章　　49
扎根黑土地　真情写人民　　54
讲好乡村中国故事　上海作家大有可为　　58
写好文化扶贫精神扶贫这篇大文章　　62
走"青"连心　对口结硕果　　66
记录江淮儿女奋斗圆梦新历程　　69
以笔为旗反映八闽新变　　72
抒写赣鄱大地华彩篇章　　75

勇当文学领域的"泰山挑山工" 78
文学豫军答好时代考题 83
描绘新农村生活斑斓画卷 86
行走的"精准扶贫" 89
南粤热土上的脱贫攻坚故事 94
记录壮乡脱贫新气象 99
在扶贫实践中担负起重庆文学使命 102
"万千百十"喜结丰硕成果 104
书写减贫奇迹的贵州新篇章 109
红土地上的歌者 114
文化润心 文学助力 118
真情讲述高原脱贫攻坚故事 124
助力脱贫攻坚 书写宁夏故事 128
为延边攻坚克难奔小康提供精神力量 132

行走大地

李迪：像雪一样纯洁，像火一般炽热　明江　宋晗　教鹤然　康春华　138
没有纵深的历史感　写不出乡村的意义　阿来　151
变是最有魅力的　艾平　156
愿以文学的激情致意伟大的时代　陈毅达　162
高山深处的律动　次仁罗布　167
到群众中去才能写出好文章　丁晓平　172
丁燕：最难忘的还是扎根采访　康春华　178
在生活的现场书写　范稳　184
高凯："在临潭，我就要撸起袖子拔河"　路斐斐　189
塑造新时代的农民形象
　　——农村题材创作的一点思考　关仁山　195

目录

抚平创伤之旅
　　——关于贵州毕节和宁夏西海固的事　何建明　201
喜洋洋精神是当下重庆农村农民的一种气场　何炬学　207
红日：描写最鲜活的扶贫故事　张恩杰　212
闽宁之花——吊庄移民中的女性群像　侯健飞　218
行走在中国大地的纵横阡陌　纪红建　224
季栋梁：他向故乡致以敬意和爱意　路艳霞　229
走进新的乡村　深入新的生活　贾平凹　234
蒋巍：历史的进程再雄伟，也是靠人推的　任晶晶　239
问心无愧　觉罗康林　245
最美不过战国红　老　藤　252
胸膛贴近大地　李春雷　258
人脸上的晨昏最是惊心动魄
　　——我的扶贫小记　李约热　263
精彩的永远是生活本身　鲁顺民　269
为"不放弃"而书写
　　——大凉山采访随想　罗伟章　276
驱除穷鬼的方式　吕翼　283
如何精准地书写乡村　马步升　289
花繁叶茂，倾听花开的声音　欧阳黔森　294
有一种红叫"金寨红"　潘小平　299
那些无法忘怀的细节　庞余亮　306
元古堆就是元古堆　秦岭　312
答一道"开卷试题"　任林举　317
万物生长和能量守恒　沈念　323
感谢你的照耀　王宏甲　329
盐碱大地上的坚韧稻浪　王怀宇　335
触摸乡村的温度　王松　341

俯下身子，倾听土地的心跳　　温燕霞　　346
红色土地上的梦想　　吴克敬　　352
爱下乡的肖老师　　刘　军　　357
青烟袅袅入藏家　　徐　剑　　363
徐锦庚：破译乡村治理的"密码"　　丛子钰　　369
行走在山海之间　　许　晨　　375
身心同行的精神淬炼　　曾平标　　381
曾哲：走进金沙江大峡谷　　陈永明　　388
写好新时代中国乡村故事　　赵德发　　394
哲夫：脱贫攻坚是送给全世界人类的礼物　　武翩翩　　399
郑彦英：带着深厚情感捕获乡村的诗意　　张冬云　　405
朱朝敏：走出书斋下沉农村　　李　俐　　413

书写新时代的"创业史"(代序)

铁 凝

2020年已经过去一半,我们所经历的一切,都会在我们的记忆中留下难以磨灭的印象,也一定会深刻地铭记在共和国的历史中。现在,我们可以毫不犹豫地说,2020年是极不平凡的一年。

2020年刚刚过去的半年,新冠肺炎疫情肆虐并造成世界性危机。面对突如其来的疫情,党中央统筹全局、果断决策,习近平总书记亲自领导、亲自指挥、亲自部署,坚持把人民生命安全和身体健康放在第一位,全国各族人民同心同德、全力以赴,采取最严格、最全面、最彻底的防控举措,全国疫情防控阻击战取得重大战略成果。这有力地彰显了中国共产党领导和中国特色社会主义制度的显著政治优势,体现了改革开放以来我国日益增强的综合国力,展现了全国各族人民同舟共济、众志成城的强大力量。2020年在中华民族伟大复兴进程中具有特殊意义。今年是决胜全面建成小康社会、决战脱贫攻坚之年,也是"十三五"规划收官之年。让贫困人口和贫困地区同全国一道进入全面小康社会,这是以习近平同志为核心的党中央向人民、向历史作出的庄严承诺。党的十八大以来,党中央从全面建成小康社会的要求出发,把扶贫开发工作纳入"五位一体"总体布局、"四个全面"战略布局,作为实现第一个百年奋斗目标的重点任务,作出一系列重大部署和安排,全面打响脱贫攻坚战。脱贫攻坚力度之大、规模之广、影响之深,前所未有,取得了决定性进展,显著改善了贫困地区和贫困群众生产生活条件,谱写了人类反贫困历史的新篇章。

无论是在决胜全面建成小康社会、决战脱贫攻坚的伟大历史进程中,还是在抗击新冠肺炎疫情的人民战争中,中国作家从未缺席,中国作家是在场者、参与者，是满怀激情的书写者。这也是近现代以来中国文学薪火相传的优良传统，一代又一代中国作家一直立于时代潮头，与人民同呼吸、共命运，与人民一道前进。特别是在历史发展的重要关头和民族的危急时刻，中国作家以笔为旗，书写了众多反映人民心声、凝聚人民力量的优秀作品，为人民的奋斗、民族的奋进留下炽热而凝重的记录。

2020年2月下旬，疫情还异常严峻，对未知病毒的恐惧情绪还在蔓延，一支作家小分队就接受了中国作协党组书记处布置的任务，毅然决然地踏上了开往武汉的列车。我们的五位作家：李春雷、李朝全、纪红建、曾散、普玄，他们深知，历史发生的地方就是作家的战场。他们要到最前线去，到人民中间去，把与病毒抗争的可歌可泣的故事记下来，传出去。那段时间里，好几次，我给他们打电话，希望能为他们做点什么。每次通话，我都强烈地感受到，这些平日看来是书生的朋友们，此时有着战士的慨然之气。他们早出晚归，奔走于战斗中的武汉，倾听战斗者们的心声，然后，就在连一张书桌都放不下的旅舍房间里，他们写下了大量的武汉故事，鼓舞人们士气，产生了广泛而积极的社会影响。不仅仅是这支作家小分队，疫情期间，全国各地的作家们都在行动，礼赞奋战在抗疫一线的英雄，讴歌一个时代不屈不挠的精神。在这样的时刻，文学记录着历史，我们的广大作家也在参与创造着历史。

与此同时，在全国各地，还有许许多多作家奋战在决战脱贫攻坚的前沿。2020年6月，我们痛失了李迪同志。他生命的最后一段时间就是在战斗中度过的。2019年11月，他去湖南十八洞村采访，今年，他忍受着巨大的病痛，写完了《十八洞村的十八个故事》，写完十三个故事，他已经坐不起来了，他躺在病榻上，对着手机那一边的速记，讲完了另外五个故事。强烈的责任感和使命感支撑着他，发生在十八洞村、发生在中华大地上的伟大变革激励着他，在离开人世前向人民奉献了一个作家最后的能量，光荣地完成了时代赋予一个作家的使命。十八洞村的乡亲会记得他的音容笑貌，我们会记住他笔下的故事，历史会铭记一个作家的倾力奉献。

到人民群众中去，到中国人民创造历史的伟大实践中去，在人民的创造中实现艺术的创造，这是中国广大作家和文学工作者的共同追求。中国作协重点作品扶持工程专门设立"决胜全面小康、决战脱贫攻坚"主题专项，实施脱贫攻坚题材报告文学创作工程，在定点深入生活项目中大力支持脱贫攻坚题材、乡村题材创作。各地作协也采取各种方式创造性地开展工作。从河北张北、贵州遵义、内蒙古赤峰、山东章丘、山西岢岚、陕西梁家河、江西赣州、河南兰考到雪域西藏、南疆大漠，中国作家奔赴全国各地，和人民一起，感受着决胜的豪情，记录着决战的历程。近年来，反映脱贫攻坚伟大斗争、反映新时代乡村面貌的文学作品正在形成创作潮流，一大批优秀报告文学领风气之先，《经山海》《战国红》《海边春秋》等一批小说获得广泛关注。此时此刻，就有许多作家正在奋笔疾书，用从心灵中流淌出来的滚烫文字描绘时代的宏伟气象，到 2020 年年底前，一批反映全面小康、脱贫攻坚的作品将集中面世，这是中国作家向这个奔涌着力与美的时代所交出的答卷。但这并不意味着告一段落了，恰恰相反，对于脱贫攻坚的书写，对于新时代中国乡村的书写，对于这个伟大的新时代的书写，还仅仅是开始，更高的山峰等着我们去攀登。正因为如此，有必要召开全国新时代乡村题材创作会议，静下心来，深入思考，由乡村思考中国，以乡村为例认识新时代，探索乡村题材创作和新时代现实题材创作的广阔空间。

以习近平新时代中国特色社会主义思想为指南

认识新乡村、书写新时代，必须以习近平新时代中国特色社会主义思想为指南。习近平新时代中国特色社会主义思想是马克思主义中国化的最新成果，是立足时代之基、回答时代之问的科学理论。它为我们提供的，是认识世界、理解生活、分析时代问题的根本的立场和方法，既是世界观，也是方法论。今天的中国作家，要做到对现实有总体的、历史的、全面的把握和思考，就必须从党的最新理论入手、出发，把习近平新时代中国特色社会主义思想学深、悟透。面对新时代新乡村，只有深刻领会"两个一百年"的奋斗目标，深刻领会以人民为中心的发展理念，深刻领会"五位一体"总体布局和"四个全面"战略布局，深刻领会习近平总书记关于扶贫工作和乡村振兴的重要论述，我们的整体视野才能够提升，写作的根基才能牢固，下笔的方向才能明确；才有能力由树木看到森林，穿过生活世界纷繁交错的表象，牢牢把握主流，在巨大的历史运动中认清时代的本质。

习近平总书记关于文艺工作的重要论述是习近平新时代中国特色社会主义思想的重要组成部分，是新时代中国文艺的理论纲领和行动指南。正如毛主席在延安文艺座谈会上的讲话曾让我们的前辈作家们获得了认识时代的思想武器一样，今天，习近平新时代中国特色社会主义思想、习近平总书记关于文艺工作的重要论述，就是我们这一代作家认识我们这个时代、理解我们的生活的思想武器。古往今来，那些伟大的、在历史洪流中大浪淘沙、披沙拣金存留下来的文艺作品，无一不是建立在对时代的更深洞察、对生活的更深领悟之上。在这个问题上，我们没有捷径，必须要让自己对习近平新时代中国特色社会主义思想和习近平总书记关于文艺工作的重要论述的学习领会，不断往更实里走、往更深里去，真正入脑入心、指导创作。

习近平总书记勉励我们："不断掌握新知识、熟悉新领域、开拓新视野，增强本领能力，加强调查研究，不断增强脚力、眼力、脑力、笔力。"一个作家，要对这个时代的乡村有更深刻、更准确的认知把握，就必须真正做到深入生活、扎根人民，在这个过程中锤炼"四力"。这既是一个态度问题、责任问题，也是一个能力问题、方法问题。在去年中国作协召开的博鳌论坛上，一位青年批评家谈到了农民的"账单"。她举了柳青《创业史》中的例子，说梁生宝的账单帮助我们触摸到那个时代的肌体。我在想，今天我们的作家还有没有能力替农民这样算出一笔一笔的细账呢？写一个在乡的农民，写一个外出务工的农民，我们是否能够对他们的收入支出了如指掌？事实上，我们对人的理解、对社会生活的理解，可能恰恰建立在这些看上去枯燥乏味的细节上。长期以来，深厚的乡村题材书写传统在我们头脑中形成预设的、定型的认知模式，使得我们在面对乡村时，往往轻率地、想当然地展开想象和抒情。精神和心灵无疑是文学所要处理的最重要的领域，但是，只有当我们对精神和心灵所据以出发和形成的社会和经济结构具有深刻而准确的认识，我们的想象才是有力的而不是粗暴的，我们的情感才是真切的而不是虚浮的。

新时代的新乡村，召唤着我们迈开双脚走进去，但走进去不是单向的观看，作家也不是游客，我们要在这个过程中更新我们的知觉结构，要像习近平总书记所说的那样，"不断掌握新知识、熟悉新领域、开拓新视野"。我们大家都是以文学为志业，我们热爱文学，但是，我们决不能画地为牢，把自己限定在象牙塔中，对文学以外的理论、知识，概无兴趣。殊不知，即使书写的只是一个小小的村庄，你所面对的也是整个世界，这意味着，政治的、经济的、历史的、科学的、社会学的、人类学的，各种各样的知识都要进入我们的视野，都要成为我们的有机养分，来帮助我们更好地认识世界。牧歌或挽歌的方式，猎奇化、景观化的方式，都不足以真实全面地表现中国乡村正在发生的巨大变化。我们必须用不断更新的眼力、脑力重新认识乡村，写出巨变。

深入生活、扎根人民，除了身入，更要心入、情入。真正伟大的作家，他的力量正在于其个性的宽阔，他有能力爱自己，更有能力、有热情去爱他人，能够在情感上深刻地贴近人民。在这方面，前辈作家为我们做出了光辉榜样。柳青在陕西长安县生活了十四年，习近平总书记曾经谈到，"因为他对陕西关中农民生活有深入了解，所以笔下的人物才那样栩栩如生。柳青熟知乡亲们的喜怒哀乐，中央出台一项涉及农村农民的政策，他脑子里立即就能想象出农民群众是高兴还是不高兴。"这段话包含着丰富的内容，柳青经历过长期革命斗争的锻炼，从北京到了长安县，这样的经历、这样的位置，使得他在巨大的历史运动中获得了独特的力量，他是胸怀全局的，他又是接地气的、具体而微的，他知道党中央在想什么，也知道一个农民在想什么，正是在这个作家身上，党和人民"心心相印"。今天，时代变化了，深入生活的方式也与柳青那时有所不同，但是，柳青的根本经验没有过时，一方面胸怀全局、胸怀大势，另一方面身入、心入、情入地深入人民生活，新时代的乡村召唤着新的柳青。

丁玲曾在第二次文代会上谈到过深入生活的体会，她说，"在那里要有一种安身立命的想法，不是五日京兆，而是要长期打算，要在那里建立自己的天地，要在那里找到堂兄、堂弟、表姐、姨妹、亲戚朋友、知心知己的人，同甘共苦，共患难。"不是几日游，不是走马观花、浮光掠影，而是找到亲戚朋友，找到知心人。丁玲是这么做的，柳青是这么做的，在新时代，一个有担当、有作为的作家，也应该这么做。投入自己的全部力量，付出全部的感情，我们才能和那片土地，和土地上的人们建立密不可分的联系，乡村里的人们才会真正走入我们的笔下，才是活生生的，才能神采焕发。

认识新时代的乡村巨变

乡村，究竟意味着什么？习近平总书记站在文明的高度认识乡村，强调"中华文明根植于农耕文明。从中国特色的农事节气，到大道自然、天人合一的生态伦理；从各具特色的宅院村落，到巧夺天工的农业景观；从乡土气息的节庆活动，到丰富多彩的民间艺术；从耕读传家、父慈子孝的祖传家训，到邻里守望、诚信重礼的乡风民俗，等等，都是中华文化的鲜明标签，都承载着华夏文明生生不息的基因密码，彰显着中华民族的思想智慧和精神追求"。我理解，乡村以及乡村社会，之于中华文明的存续，有着至关重要的意义。对于乡村，文学界的朋友们大概是非常熟悉、非常亲切的。即使是那些一直生活在城市的作家，都在心灵深处珍藏着田野和村庄。我们在现代以来的文学作品里与许多村庄相遇，这些地理位置不同，自然条件、风俗文化各异的村庄，成为我们心中乡村的典范，丰富了我们关于乡村的想象和认识，以至于有评论家断言，乡村题材是中国作家表现最为优异的场域。何以如此？为什么众多优秀作家要为乡村画像？为什么广大读者如此珍爱乡村题材的小说？一言以蔽之，中国的根在乡村。费孝通先生曾经提出"乡土中国"，也就是说，在我们心目中，文学作品里的一个个乡村，其实就是中国的缩影，中国近现代以来的历史所证明的一个根本道理，就是不懂得中国农民就不懂得中国。一代一代中国作家，包括我自己，都是通过乡村，通过农民，开始对中国、对时代有了深入的体会，都从或长或短、或直接或间接、或来自亲身或来自书本的乡村经验中获得了丰厚的滋养。

然而，依靠过去的经验去想象和书写今天的中国乡村，是否够用呢？在不少作品里，我们也常常看到，作者严丝合缝地踩在前辈作家的脚印上，述说一个记忆中的、几近凝固的乡村。白云苍狗、沧海桑田，而乡村似乎是不变的，似乎一直停留在、封闭在既有的文学经验里。这样的写作即使不能说完全失效，起码是与我们的时代有了不小的距离。

历史的磅礴运动正在改变和塑造着社会与生活，准确把握时代发展的大势，对每一位中国作家都是一个根本的考验。当下整个中国正在进行的决胜全面建成小康社会、决战脱贫攻坚就是一场改变中国乡村面貌的伟大社会实践，对中国、对全人类都具有极为重要的意义。作为世界最大的发展中国家，中国将提前10年实现联合国消除极端贫困、让所有人的生活达到基本标准的减贫目标。2020年，这个年份将永载史册，《诗经》里说，"民亦劳止，汔可小康"，在我们这个古老的农耕文明社会，被渴盼了几千年的梦想将在这一年实现。古今中外，没有哪一次以人民生活水平提高为目的的国家行动，有如此之大的规模、涉及如此广泛的群体、取得如此之多的卓越成果，中国的成功实践为人类消除贫困的艰巨斗争贡献了宝贵的智慧和经验。

这几年，我也去过一些乡村，去年去了内蒙古和新疆的农村，也去了湖南的十八洞村，我的感受固然是匆忙的，但也是深刻的、震撼性的。这些乡村召唤着我们的乡愁，从经验和情感上让我们意识到与祖先、与传统的深刻联系，但同时，在村子里，在正为脱贫攻坚而战斗的村民和干部中间，我强烈地感受到他们的辛劳和自豪、他们的心劲儿和向往，中国大地上无数个这样的村庄是面向未来的，正在向着新的历史前景展开着生机勃勃、充满活力的创造。作为作家，我们应该认识到，我们所面对的，是变革中的、内涵丰富且外延广袤的新时代的乡村世界。无论从人员的流动、经济结构的转型去分析，还是从观念意识的变化、生活风尚的更新来观察，一种新的乡村，在我们过去的历史和想象中从未有过的乡村，正在这个时代形成和崛起。

塑造新时代的新人

深入生活、扎根人民，才能真正解决"我是谁"的问题。作家在深入生活的过程中，通过参与人民群众创造新生活的实践，获得对自我与世界的新的认识，从理性和情感上认同人民的事业，从而完成自我的锻造、主体的重塑。这样的作家,深刻地扎根于人民创造历史的进程之中,就能从历史发展的大势、从民族复兴的大局看待现实和未来,就会对我们的事业充满信心,而不会仅仅盯着某个局部、盯着暂时的困难,陷入消极悲观的情绪;就能敏感于时代的大潮,对社会进步与发展满怀热情,而不会自我隔绝,满足于同行之间的互相唱和、满足于小圈子的内循环。这样的作家,就会把个人的命运同祖国的命运、人民的命运紧紧联系起来,把民族的复兴、国家的富强、人民的安居乐业作为自己奋斗终生的目标。

只有当作家在历史的洪流中成长为强健的主体,他才能够真正地写好"新人"。马克思说,"每一个社会时代都需要有自己的伟大人物,如果没有这样的人物,它就要创造出这样的人物来。"中国特色社会主义事业,决胜全面建成小康社会、决战脱贫攻坚的伟大斗争正在亿万民众中创造着无数新的英雄人物,书写、塑造这样的"新人"是新时代中国文学的光荣使命。

文学创作归根结底落实在人。这样的"人",是一切社会关系的总和,又是充分精神化、价值化的,能够成为时代和历史的人格化形象。习近平总书记说:"典型人物所达到的高度,就是文艺作品的高度,也是时代的艺术高度。只有创作出典型人物,文艺作品才能有吸引力、感染力、生命力。"塑造典型,书写"新人",就是要在人物身上挖掘出历史前进的总体脉络与内在必然,呈现出新时代的精神特质与精神高度。柳青曾说,"《创业史》这部小说要向读者回答的是:中国农村为什么要发生社会主义革命和这次革命是怎样进行的。"这个"回答",柳青不是凭空论述出来的,而是通过梁生宝这个活生生的新人形象,呈现给一代代读者。《创业史》问世二十多年后,同样是在陕西农村的土地上,我们又看到了路遥笔下的孙少安、孙少平。改革开放的历史大潮、城乡结构的深刻变革、昂扬奋进的时代精神,从孙少安、孙少平的形象中,得到了有力的浓缩与展现。这样的"新人"形象,扎根在生活的土壤之中,承载着作者对时代和历史的理解与洞察。这些"新人"们,无时无刻不在与自己的时代对话、彼此建构,他们在展开自己故事的同时,也传达着一代人的信念和梦想、呈现着时代的形象与意义、勾勒出历史的逻辑和前景。与此相应的,为了成功地书写、塑造出这样的新人形象,我们的艺术观念、艺术方法,也需要大胆创新。新的时代内容需要新的形式，如何为新时代的乡村现实、为无数"新人"的人生寻找"适配"的表达，这是每一位乡村题材作品的写作者都应当认真思考、不懈探索的课题。

当我们谈论"乡村"的时候，其实远远不止是在谈论乡村本身。新时代的中国乡村，意味着乡土中国的现代转型，意味着如潮不息的城乡互动，折射出中国与世界的广泛联系，指向历史与未来的生成和运动。书写乡村，归根到底，就是写我们命运与共的伟大祖国，就是写我们生逢其时的伟大时代，就是写中华民族伟大复兴的壮丽梦想。此时此刻，我们每个人都能够真切地感受到时代的巨大变化，都能够强烈地体会到新时代磅礴澎湃的精神气象，恢弘壮阔的历史前景正在我们眼前展开，在祖国大地上，已经发生、正在发生和将要发生的一切，远远超出了我们已有的文学经验，为文学创作敞开着天高地阔的无限可能。我坚信，在这激动人心的历史进程中，广大中国作家一定能够与人民同心，与时代同行，书写一部部新时代的"创业史"，登上风光无限的新高峰。

（本文系 2020 年 7 月 15 日在全国新时代乡村题材创作会议上的讲话）

凝心聚力

文学的光照

——中国作协临潭扶贫散记

高 凯

"文学照亮生活"一直是作家们的觉悟和信念。在脱贫攻坚战中,"作家之家"中国作家协会一直是有执念的。毋庸讳言,相对于光明和温暖,寒冷的贫困现象就是世界的一个"阴暗面",而彰显脚力、眼力、脑力和笔力的现实主义文学实践就是照亮它的一束精神之光。

始终坚持把脱贫攻坚对口帮扶作为一项重要工作

2019年12月2日,据临潭县官方门户网站"临潭发布"报道,县委书记高晓东、县长杨永红前往定点帮扶单位中国作协对接帮扶工作。中国作协党组书记、副主席钱小芊出席座谈会。中国作协办公厅主任李一鸣参加会议。座谈会上,钱小芊指出:"中国作协党组书记处始终坚持把脱贫攻坚对口帮扶工作作为一项重要工作,将其列入每年工作安排,进行重点研究,积极推进,选派优秀干部到临潭县挂职,坚持'文化润心,文学助力,扶志扶智'理念,积极推进帮扶项目建设,取得了一定的成效。目前,临潭县脱贫攻坚正处于冲刺阶段、关键时刻……"高晓东说:"多年来,中国作协对我县在人、财、物方面给予了大力支持,作家们深入脱贫攻坚主战场、讲述脱贫攻坚故事、塑造脱贫攻坚典型、记录脱贫攻坚业绩、推介了临潭资源,为助推临潭与全国一道进入全面小康社会贡献智慧和力量。在中国作协等帮扶单位的大力支持下,我县整县脱贫摘帽、全面建成小康社会的目标一定会早日实现。"

对于临潭的脱贫攻坚战，这是一次重要的会议，一则，这是新一届县委县政府班子第一次进京对接脱贫攻坚工作；二则，临近年头岁末，定点帮扶单位和被帮扶者之间必然有一些辞旧迎新的态度要明确，尤其是收官之年这一关键时刻，临潭脱贫攻坚如何实现最后冲刺，无疑是个重要课题。

在临潭县挂职担任副县长的王志祥也参加了座谈会。发生在王志祥身上的一件小事，我必须写下来，因为它不仅让我看到了一个挂职扶贫干部的精神面貌，还让我看到了中国作协扶贫的姿态。可以说，我就是从这件小事开始感受到了中国作协扶贫的本质和意义。

2019年10月24日，临近中午，我和王志祥等人在卓洛乡采访结束后经卓洛路回县城。车子由县扶贫办文东海驾驶，王志祥坐在前面的副驾驶座位上，而我在后面。快到临潭回民中学时，一辆迎面驶来的摩托车因为未越过路边的一个小土坎而远远地倒在了我们的车子前面，驾驶摩托车的是一个十四五岁的

王志祥在长川乡调研基本农田情况

女孩，后面还带着一个小男孩。当时，所有经过的车子都一掠而过，唯独我们的车子停了下来。王志祥和文东海下车直奔两个小孩，一起把两个小孩扶了起来，并帮助他们扶起了摩托车。我内心突然一热，立即用手机拍下了整个过程，随后发到了朋友圈，获得了许多朋友热烈的点赞。

王志祥和文东海所做的只不过是搀扶幼小的举手之劳，但这是一件了不起的小事。这件小事的可贵之处，就是其中蕴含着一种细致入微的情感。我都被感动了，那两个小孩必然是更为感动，更为温暖。当然，对于他们而言，谁扶起他们并不重要，重要的是他们知道在自己跌倒的时候，曾经有两个陌生人帮扶过自己。看来，真如临潭扶贫干部所说的：扶贫无小事。

扶贫先扶智，在临潭撒下文学的种子

中国作协对临潭的帮扶由来已久。在挂职副县长的王志祥和担任第一书记的翟民之前，是挂职县委常委、副县长的朱钢和担任第一书记的陈涛，而在陈涛之后和翟民之前，担任第一书记的是张竞。

不过，在精准扶贫之前，最先走进临潭大地的中国作协人是中国作协办公厅的徐光、《诗刊》编辑邹静之和《人民文学》的美编杨学光。

1998年末的一天，我突然接到邹静之的电话，说他要去临潭，希望明天经过兰州时见我和叶舟一面。我和叶舟是1994年第十二届《诗刊》青春诗会的学员，而邹静之是我们的指导老师，亦师亦朋者自远方来，不亦乐乎！见面之后，我们才知道，邹静之是中国作协派出的扶贫工作组第一批成员，将要去临潭蹲守半年。没有想到，21年后我会去寻访他的足迹。

中国作协第一批到临潭扶贫的人肯定是有故事的。为了解具体情况，我求助于当时与邹静之有交往的临潭诗人。我找到了在临潭县公安局工作的诗人葛峡峰。诗人讲述诗人的故事总是津津有味。

葛峡峰说，那一年，邹静之来之后住在临潭宾馆。当年的临潭宾馆是一座四层楼的建筑，陈设简陋，连洗个热水澡都有困难。一天，我同牧风、唐天三人相约去看邹老师。到了宾馆后，他亲切而热情地接待了我们，详细询问了我

们的创作情况，还谦逊地向我们三人打听当地的掌故和人文历史。走时，邹老师让我们收集一些当地作者的作品看一下。我们欣然应诺。那天之后，葛峡峰和牧风还去过几回邹老师的住处。其中一次，是送去了甘南诗人的诗稿，听了老师许多宝贵的意见。

葛峡峰记得很清楚，1999年5月的一天，牧风兴冲冲地捧着当年的第五期《诗刊》，远远喊着，我们的诗歌发表了，我们的诗歌发表了！这期《诗刊》用12个页面给甘南诗人编发了一个专辑《甘南青年诗人们的歌》，作者有扎西才让、敏彦文、李志勇、阿信、葛峡峰、杜鹃、唐亚琼、牧风、拉木栋智、流石和薛兴11人。此前，除阿信参加过《诗刊》青春诗会以外，只有几位甘南诗人在《诗刊》上零星地发过作品，以专辑的形式集中亮相这还是第一次。在这个小辑的编者按中，邹静之对每位诗人都做了简要的点评，之后说："我作为中国作家协会扶贫工作组第一批成员去临潭，行前《诗刊》领导嘱咐，说要发挥文化扶贫的优势，要关注和发现当地的青年诗人。"他最后写道："这次到西北扶贫半年，最大的收获就是知道在最为贫困的甘南地区，还有如此精神高洁的年轻诗人群，他们的诗，或许会为《诗刊》带来清新的风气。其实，最应该感谢在贫困地区那么执著地写诗的朋友们，也希望全国各地的朋友们能够关注他们。"

《诗刊》推举的影响力无疑是很大的。这期《诗刊》的《甘南青年诗人们的歌》是甘南诗群形成气候的一个重要标志，而邹静之是一个重要推手。临潭是一个文学富矿。邹静之发现了临潭的诗人，同时也发现了诗歌里的临潭。

精准扶贫以来，2013年10月18日，《文艺报》又以一个整版的规模发表了评论家高亚斌近万字的评论文章《甘南诗歌：六个关键词》，文章以牧风、扎西才让、王小忠、瘦水、花盛和陈拓《六个人的青藏》散文诗合集为文本，全面而透彻地解析了6位甘南青年诗人散文诗的艺术个性和造诣。其中，除瘦水而外，其余5人都是临潭籍诗人。

临潭是一个造就诗人的地方。中国作协的朱钢（北乔）到临潭挂职之前，还不怎么写诗，但让人惊奇的是，在临潭山路上修炼了几年诗歌的"回车"，他突然成了诗坛一匹无拘无束的黑马。虽然人到中年，但北乔的创作却呈现出

凝心聚力

朱钢在村民家了解草药种植情况

一种青春期的井喷状，不论是诗歌还是散文，思想的、历史的、文化的、民俗的，都没有离开临潭寸步。

北乔的诗歌代表作《临潭的潭》，对临潭久远而深沉的潭极具想象力，让读者能在一种时空交错的穿越里感受到临潭一个潭的前世今生。此外，北乔还给临潭县的16个乡镇各写了一首诗，像诗人在16个乡镇的诗意留影或精神定位，这组诗就是《临潭地理》。临潭16个乡镇之间的道路是崎岖闭塞的，但一个扶贫干部却用诗歌为我们架起了一条心灵的栈道。

临潭的文学部落正在崛起。北乔不仅在进行自我塑造，还在接力塑造着文学的临潭。为了积蓄临潭扶贫的精神力量，北乔把临潭的文学家底做了一次全面的盘点。在新中国成立70年之际，北乔带领临潭县文联主席敏奇才，主编、出版了三卷本的《临潭的温度》，集中展示了临潭70年的小说、散文和诗歌成果，而由二人策划主编的《临潭有道——临潭县脱贫攻坚作品选》，则紧紧围绕脱贫攻坚做足了精神层面的文章。诗人北乔的这些贡献，使扶贫干部朱钢2018年9月被甘肃省评为"先进帮扶干部"。

认真践行中国作协扶贫理念的当然还有陈涛。在冶力关，陈涛做了许多力

7

陈涛为池沟村的孩子们送去文具书本

所能及的事情。比如，邀请鲁迅文学院学生到冶力关采访，出版作品集，发动作家给学校捐赠文具和书籍。在临潭采访中我听到，陈涛刚到冶力关镇后，为了开展助学支教，自费买了一辆大摩托车，把冶力关远远近近的学校跑了一个遍。那辆摩托车是鲜红色的，是陈涛的交通工具，也是陈涛的精神伴侣。这辆摩托车，距离陈涛的第一辆摩托车已经有15年之久。在家里的时候，他曾经有过一辆绿色的摩托车，但自从走进京城之后，就再也没有骑过摩托车。到了冶力关后，山大沟深，加之孤独寂寞，工作、生活都需要，所以他又回到了摩托车时代。青涩的绿和鲜艳的红，无疑是陈涛人生两个阶段心境的底色。

作家陈涛的"润心""助力"扶贫密切关联着人的教育问题。在临潭，陈涛写了系列纪实散文《甘南乡村笔记》，发在《人民文学》等刊物上，读者反响不错。其中有一篇发在《福建文学》2019年第一期的《山上来客》，就是一篇让人读了感到隐痛的作品。作品讲述了山上贫困村的一个女人，在缴纳医疗与养老保险时白得了工作人员错找的600元钱，被工作人员发现上门追讨时，为了挽回自己的面子，不但不承认错误，还百般抵赖，虚张声势，演出了一出出闹剧。尽管这是一个贫困又没有文化的女人，但在与几个乡镇干部的"交锋"

中受到了教育，最后还是良心发现，终于认识到了自己的错误。于是，作者在作品最后写道："当我再次看到那个女人时已是冬月了，那个正午的阳光很暖，她领着孙子在河边集市买当地的啤特果，依然是戴着那条土黄色的头巾。她选中了四个，付钱的时候跟对方讨价还价了一番。孙子趁她不注意，伸手抓了一个，结果没有拿住掉在地上，原本就软的啤特果变成了一摊果泥。女人狠狠地打了他的手一下，孙子'哇'的一声号啕大哭起来，哭声洪亮，撕心裂肺，但终究还是淹没在集市嘈杂的声浪里。"

这个戴着土黄色头巾的"山外来客"甩给孙子的那一巴掌，无疑是来自于自己所接受的扶贫教育。以往，可能是大人平时不注意自己的行为，让一个小孩子竟然也有了伸手拿别人东西的不良习惯。所以，这个女人的这一巴掌，虽然打的是孙子，但归根结底打的是自己。当文化成为贫困者的主心骨，那她就会自己站起来。

心细的陈涛看到了这个女人精神的变化，所以他的心情非常好，正如"那天正午的阳光很暖"一样。当苦涩的生活都变成了作家内心的事物，生活就是很温暖的。

"这段时光，让我学会了如何在生活的内部去生活，如何更好地面对、处理生活的疑难，如何小心翼翼地探索生活与人性的边界，我要感谢这两年生活的馈赠，让我在今后的人生之路上永怀一颗静默、敬畏之心。"陈涛如此说。

不仅是陈涛一个人得到了诸多的"生活的馈赠"，中国作协几位先后到临潭挂职的人都有不小的精神收获。虽然只是挂职，但到了临潭，他们都深扎了下去，没有把自己当成一个外人。

中国作协办公厅主任李一鸣兼任中国作协扶贫办主任，是具体抓扶贫工作的部门领导，对于中国作协在扶贫方面所付出的人力、财力他一直了如指掌。他说，"临潭集聚着中国作家协会的心血。1998年，经国务院扶贫办确定，甘肃省临潭县被列为中国作协对口帮扶的国家级扶贫开发重点县。多年来，中国作协高度重视做好对口扶贫工作，用心用情用力对口扶贫……"关于几位赴临潭挂职的同志，他介绍说："挂职期间，他们克服家庭困难以及高原恶劣气候条件给工作、生活带来的不便，按时到岗，认真履行职责，深入调查研究，了解当地人民的实际困难和要求，并及时反馈汇报，为制定相关扶贫实施方案和规划出谋划策，充分发挥单位优势和个人特长，树立了中国作协挂职扶贫干部的良好形象，为临潭县的扶贫工作做出了积极贡献，得到了甘肃省、州、镇和村干部群众的称赞。"2019年，中国作协被甘肃省评为"中央国家机关脱贫攻坚帮扶先进集体"。

文学的种子正在临潭悄悄生根发芽，而中国作协像是一台播种机。2019年末，《收获》年度文学排行榜发布，临潭作家丁颜的中篇小说《有粮的人》榜上有名，引起了甘肃文学界的关注。丁颜的上榜理由是："《有粮的人》写的是甘肃回民地区'永泰和'粮号的乱世遭际，却令人欣喜地避免了汉文化传统中熟烂的以相互倾轧为主题的家族叙事，而是写出了一群有信念的人在生死边缘的相互扶持与守望。作品的信仰、忠贞以及平等，超越个体，也超越时代，深深扎根于赖以生长的那个民族的血缘之中。"在我看来，要探究临潭贫困的根源和20多年的脱贫之路，丁颜的这个小说是必读之物。

2019年"七一"前夕，张竞慰问村里的老党员

此前，我还不知道丁颜其人，看到消息后，因为正在关注临潭的方方面面，我也很兴奋，于是找了几个人详细打听了一下。丁颜中学毕业于临潭县回民中学，后考入甘肃农业大学，系临潭县一个事业单位职工，现在中央民族大学读研究生，一边学习，一边写小说。丁颜上过学的临潭县回民中学，就是我从卓洛乡返回县城时经过的那个学校，王志祥和文东海还在校门口附近扶起过丁颜的两个小校友呢。一所其貌不扬的中学，竟然出了这么一个优秀的文学才俊，可喜可贺。年轻的丁颜提升着临潭的文学海拔。

在脱贫攻坚的进程中，每一个作家都是发光体

中国作协在临潭安营扎寨，不仅是临潭作家之福，而且是甘肃文学之幸。2015年，"中国作家协会冶力关文学创作基地"成立时，中国作协副主席阎晶明还专程到冶力关授牌。一个国家的文学机构，守在一个地方进行长久的精神滋润，必然会催生出一片生机勃勃的生命。据敏海彤、王丽霞和敏奇才三人提供的资料显示，近10年来，在中国作协的扶持下，临潭县在文学活动方面，举办了"助力脱贫攻坚文学培训班"，发现培养了丁颜、黑小白、赵倩、梦忆、丁海龙等一批新生代作家；邀请国内作家到临潭采访，出版了《爱与希望同行——作家笔下的临潭》；扶持当地作家出版了《杏香园笔记》《高原时间》《转身》《纸上火焰》和《甘南诗经》等文学著作。在甘肃，临潭文学创作空前活跃已经是一个有目共睹的事实。临潭的这些作家和作品，都是临潭宝贵的精神财富。对于一个文化大县，中国作协无疑为其注入了新的文化血液，使临潭拥有了一个更为丰厚的文化底蕴。

在脱贫攻坚战中，临潭县的作家们是最接地气的书写者，他们作品中的临潭故事，激励着广大的扶贫干部和贫困群众共同致富奔小康。

对于负荷沉重的临潭，文学是轻灵的，但对于作家，临潭和文学都是沉重的。拥有作家，并被文学照亮，是临潭人的福祉。如果有一天，临潭人能够随手捡起这些心灵的碎片，并把它们拼接起来，他们就能看到一个美好的愿景。文化与文学是"内生动力"的能源，可制造输送新鲜的精神血液，而中国作协

扶贫理念"文化润心，文学助力"的本质就是关于一种生活理想的扶持。

临潭的潭已经在文学之中。作家们让临潭人看见了临潭，而文学让临潭人看到了希望。穷则思变，需要的就是一种不甘贫困的精神。

因为还没有实现最后的冲刺，临潭的脱贫攻坚还在路上。2019年11月初，我接到了中国作协创研部的邀请，赴海南参加第四届中国文学博鳌论坛。会议给我确定的话题是"历史视野下的脱贫攻坚与新农村书写"。我很高兴谈论这样一个话题。经过一番思考，我准备的发言稿是《有向度有温度的精神坐标和温度计——从国家级贫困县临潭说文学书写》。我认为，将现实的贫困放在历史视野下审视，是对脱贫攻坚这一民族大业认识上的最高站位。我的理解是，贫困是人世间的一种寒冷，可以说是"冰冻三尺，非一日之寒"，所以它是历史性的而不是季节性的。

临潭如果要摆脱贫困，需要在文化本根上进行扶持，而中国作协的扶贫无疑是找对了地方，临潭人也等来了自己该等的人。所以，我很赞赏中国作协在临潭所坚持的扶贫理念。必须要进行这种"点穴式"精神扶贫，否则，各方社会力量在临潭援建的那些美丽的江淮风格的新农村，就会成为没有人间烟火的空壳子。

临潭的扶贫亮点，除了文化扶贫，还有易地搬迁。因为易地搬迁扶贫，临潭才有今天遍及全境的美丽乡村。所以，对农民的扶持必须在农村进行，不能把农民连根拔掉，只有如此，扶智扶志的扶贫才能发挥作用。在这一认识上，临潭人是理性而富有智慧的，对于需要搬迁脱贫的农民，没有把他们像羊群一样都赶进城里，而是就近搬迁安置，让农民易地而不远离本土。

中国作协尽管也给予了临潭很多的资金扶持，但在物质扶贫和精神扶贫之间，被寄予希望的还是"点穴式"精神扶贫；物质扶贫虽然能解决或满足一些当前急迫的问题和群众的生活需求，但却不是长久之计，而精神扶贫却是化育人心提振精神扶智又扶志的终极关怀。

中国作协对临潭怀有无限的期许。事实表明，临潭不是一潭死水。一个接近许多临潭人梦想的"小临潭"正在崛起，这就是临潭旅游产业龙头冶力关镇，而池沟村也是一颗耀眼的明珠。池沟村的巨大变化和发展前景让人振奋，而美

翟民入户核算农户收入

丽的临潭更是令人充满了向往。

　　池沟村是一个让人流连忘返的地方，"池沟模式"极具示范意义。在"易地搬迁＋生态文明小康村＋乡村旅游＝池沟村"这样一个庞大、复杂的加法实践过程中，无疑也倾注了中国作协的科学发展观和作家们的文化理想。无需我再来费力描述，走进临潭，在冶力关，在池沟，作家们的发现新奇而又生动，笔下的人文胜景美不胜收。作家们不仅仅是妙笔生花，更重要的是得到了心灵的感应。作家杜怀朝在一篇文章中这样理解自己在池沟的所见所思："在池沟村口，我们看到了诗人吉狄马加题写的'中国乡村旅游模范村'。对于'模范'这两个字，我读到了不同寻常的人与自然相互关系的生态内涵。村口前面就是澄澈清凉的山泉，从大山深处蜿蜒而来，哗哗的水声，似战鼓，似马群，似奔驰的列车，正冲向山外的世界。"作为临潭脱贫攻坚的重要成果，"中国乡村旅游模范村"这一金字招牌，是国家旅游局2015年评定的全国1065个村庄中的一个，其文化含量大着呢。

美丽的池沟村已经是一个作家村。中国作协的扶贫点当然要有国家意识，在这个扶贫点上，中国作协援建了一个国旗旗坛，地点就在村委会门口，白色大理石砌就的台基和护栏，中间竖立着旗杆，给人感觉甚是威仪和庄严。挂职冶力关镇池沟村第一书记的翟民说，"一般在党员活动日——每月6日，以及举行党员其他会议的时候，我们都要升国旗。"一点不难想象，每次升国旗的时候，扶贫干部们必然也是心旌飘扬、精神鼓舞。

新村干部翟民很忙，因为是老朋友，回到兰州后，我几次叫他到兰州一聚，他都说，来不了，哪里都不能去。而到了年末，我又问他在池沟村吗？他说，当然在啦，估计很晚才能回北京。

临潭的潭有多深，临潭那根拔河的绳子就有多长，同时那根绳子上就会凝聚多少拔河的人。在池沟村中心一面雪白的外墙上，我也看到了一幅很大的《拔河图》。在这幅具有现代风格的美术作品中，我们不难看出作家们律动的身影，不难听到作家们的铿锵誓言。而在脱贫攻坚的文学世界里，每一个作家都是发光体。像高原上的阳光一样，文学的光照时间是很长的。

留下脱贫攻坚的坚实足迹

康春华

文学见证时代，记录时代发展。2020年，在决胜全面建成小康社会、决战脱贫攻坚的关键时间节点，中国作协所属报刊社网以深入生活、扎根人民的决心和丰富多彩的文学策划，不断发掘和呈现精品力作，直面时代宏伟议题，书写新时代乡村的新变化，展现脱贫攻坚一线奋斗者历程，呈现当前脱贫攻坚的丰硕成果，反映伟大历史时代的美丽景象。

《文艺报》把决胜全面建成小康社会、决战脱贫攻坚的宣传作为工作重点，精心策划，周密安排，多方面立体呈现文学界围绕脱贫攻坚奔小康的实时动态，以丰富多样的形式反映脱贫攻坚伟大事业，展现新时代乡村题材创作新面貌，刊登文学精品，表达文学界对脱贫攻坚战的必胜信心。加强言论策划，"文艺社评"专栏连续推出《承担起当代作家的责任与使命》《有担当才能有大作品》《创造新史诗 塑造新人物》《大境界铸就高品位》等系列评论员文章，呼唤广大作家从国家和时代的发展进步中捕捉灵感、发掘主题、获得力量，以新时代奋斗者、同行者、见证者的姿态，书写当代波澜壮阔的生活画卷，描绘脱贫攻坚奔小康的历史进程和美好蓝图，传递昂扬向上的精神力量。加大报道力度，2020年初即在头版头条全新开设"脱贫攻坚创作进行时"专栏，主要刊登中国作协脱贫攻坚题材报告文学创作工程25位作家的创作谈、独家专访和作品节选，已经有数十篇见报。3月初在新闻版设立"脱贫攻坚文学界在行动"专栏，以图文并茂的形式集中报道全国各省市自治区作协脱贫攻坚创作的前沿动态，及组织乡村题材创作的收获；开设"走向我们的小康生活"专栏，欧阳黔森、郑彦英、罗伟章、蒋巍、庞余亮、吴克敬、沈念等作家，以散文随笔的方式，围绕一个个乡村脱贫后的具体变化，细致入微地描绘新时代新乡村新发展气象，展现作家对新时代乡村生活的细致观察与美好展望。推出大量反映脱贫攻坚伟大事业的优秀作品，在新作品、副刊、少数民族文艺等版面开设"凝心聚力，决胜小康"栏目，刊载了大量关于脱贫攻坚的诗歌、散文、随笔等体裁作品。加强评介和理论探讨，在理论版和评论版大量刊登脱贫攻坚题材文学作品的评论及理论探讨文章，研讨如何提升相关题材创作水平。在全国新时代乡村题材创作会议召开之后，围绕乡村题材创作会议精神贯彻，组织作家讨论相关议题，号召广大作家塑造时代新人、创作新时代乡村题材的新史诗。发挥《文艺报》新媒体作用，加大"脱贫攻坚"主题微信的推送频次，策划"脱贫攻坚题材报告文学创作工程作家说"栏目。同时，组织力量编写《书写新时代的创业史》一书，由中国书籍出版社出版，以图文并茂的形式全面反映文学界脱贫攻坚伟大事业的历程和成效。

《文艺报》2020年7月1日第1版

《文艺报》2020年7月27日第1版

凝心聚力

《人民文学》2020 年第 10 期

《民族文学》2020 年第 10 期

《诗刊》2020 年第 5 期

《中国作家》（纪实版）2020 年第 10 期

书写新时代的创业史

  《人民文学》始终坚持用文学的方式记录时代中扎实奋进的身影、人民群众深沉热切的心声。2017年,《人民文学》发表了王宏甲的报告文学《塘约道路》,在"迎接党的十九大召开特选作品"小辑里发表何建明的《那山,那水》、彭学明的《人间正是艳阳天》、任林举的《此念此心》、马平的《高腔》、刘晓平和王成均的《红军村里的后人们》以及陈涛的《甘南乡村笔记》。这些作品把握时代脉搏、紧贴百姓生活,由衷而真切地展现出中华民族走向伟大复兴征程的万千气象。其中,《那山,那水》聚焦习近平总书记首次提出"绿水青山就是金山银山"的浙江湖州市安吉县余村的乡村巨变,《人间正是艳阳天》书写习近平总书记首次提出"精准扶贫"的湖南省湘西花垣县十八洞村的脱贫故事,发表后尤为引人注目。2018年《人民文学》"新时代纪事"栏目发表了欧阳黔森《花繁叶茂,倾听花开的声音》《报得三春晖》和《看万山红遍》三部纪实之作,这些作品围绕贵州省不同地区的脱贫攻坚事迹展开,在散发泥土芬芳和花果香气的乡土生活中展现出精准扶贫的现实成果。2019年,《人民文学》"庆祝新中国成立70周年特选作品"栏目发表了赵德发的《经山海》、肖勤的《迎香记》、郑旺盛的《信仰的力量》、艾平的《包·哈斯三回科右中旗》以及胡正银、张合、廖永清的《让梦想起飞》等作品,在新中国成立70周年的关键节点梳理和展现脱贫攻坚道路上的真人真事,表现新时代乡村生活风貌的新变化。这些作品获得了许多重量级奖项和选刊刊载,其中,首发于《人民文学》的《经山海》和《海边春秋》均获得第十五届精神文明建设"五个一工程"奖。《人民文学》在2020年第7期设立"中国作协脱贫攻坚题材报告文学创作工程特选作品"栏目,发表了潘小平的《晴朗的夜空为什么滴下露珠》和徐锦庚的《涧溪春晓》,展现红色老区的山乡巨变,探索乡土中国的远大前程。2020年,《人民文学》用丰富多彩的作品书写脱贫攻坚的伟大壮举,展现全面建成小康社会进程中的感受与思考,如何建明的《诗在远方》、于中城的《老龙斑》、李发模的《生命的边缘》、艾平的《脱贫路上追梦人》、贺小晴的《高原之上:木里村幼素描》、杨遥的《父亲和我的时代》、沈念的《长鼓王》、厉彦林的《延安样本》、林雪儿的《小谷溪村的今生》、卜谷的《于都河在述说》、罗大佺的《石头开花的故事》、温燕霞的《琵琶围》等。2020

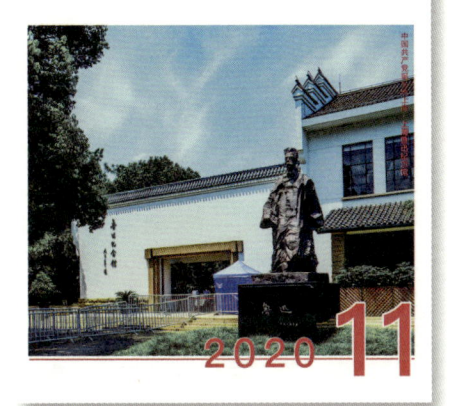

《小说选刊》2020 年第 11 期

《中国校园文学》2020 年第 11 期

年《人民文学》特别开设"中国作协定点深入生活特选作品"栏目，发表了任林举的《虎啸》、苏沧桑的《牧蜂图》等有关生态文明建设和脱贫攻坚主题的力作。2020 年第 10 期《人民文学》发表了欧阳黔森的报告文学作品《江山如此多娇》，记录曾长期处在贫困状态中的贵州红色革命老区在新时代全面振兴的风貌；李约热的《喜悦》、窦红宇的《牛美丽的手脚》以小说形式探入乡村世情人心变化的细部，发掘新的文学层面；同期还有张庆国的《犀鸟启示录》讲述云南边地山中的脱贫背景下，"观鸟"产业往昔伐树如今护林、昨日伤鸟现在爱鸟的变化，思考了生命共同体意识的养成对人类历史的深远意义。

《民族文学》汉文版从 2020 年第 3 期设立"聚焦新时代"栏目，截至目前共发表了 2 篇小说、9 篇纪实文学、6 篇散文和 2 组诗歌，包括维吾尔族作家的翻译小说《星光灿烂》（热孜古丽·卡德尔著、古丽莎·依布拉英译）、仡佬族作家肖勤的报告文学《从解剖一只麻雀开始》等。《民族文学》积极配合中国作协脱贫攻坚题材报告文学创作工程项目，组织报告文学作家关仁山

（满族）、次仁罗布（藏族）、侯健飞（满族）、何炬学（苗族）、觉罗康林（锡伯族）前往河北、云南、宁夏、重庆、新疆等地采写当地脱贫攻坚新进展。《民族文学》汉文版已经在"聚焦新时代"栏目发表了何炬学的《太阳出来喜洋洋》、关仁山的《太行沃土》、次仁罗布的《鲁甸：废墟上开出的花》、觉罗康林的《天山春晓：从伊犁到喀什》、侯健飞的《石竹花开》。《民族文学》蒙古文、藏文、维吾尔文、哈萨克文、朝鲜文版均设立"奋斗新时代""新看台"栏目，翻译发表了反映少数民族地区扶贫脱贫题材的小说《马腹村的事》、散文《国旗升起的村庄》《奔腾的独龙江》、报告文学节选《悬崖村》等。2020年8月7日，《民族文学》杂志社和中共甘孜州委宣传部主办的为期5天的"多民族文学名家走进甘孜文学实践活动"在四川康定举办，来自全国各地的80余名作家和翻译家参加了活动启动仪式和相关的写作培训、文学采风、交流探讨。活动旨在号召多民族作家深入当前火热的脱贫攻坚战之中，书写新时代新风采，促进各民族交流、交往、交融。8月29日至30日，《民族文学》都安创作基地在广西都安县举办脱贫攻坚文学实践活动，《民族文学》主编石一宁、副主编陈亚军与20余位作家前往拉烈镇地平村采访调研座谈，学习地平村原第一书记黄景教的先进事迹，了解地平村在新时代的可喜变迁，见证贫困地区扶贫脱贫的巨大成就。

《诗刊》积极引领诗人投入社会实践与创作，推进诗歌精品创作。《诗刊》社在2020年初启动了"2020美好小康诗歌计划"，该计划包含五项举措：诗人驻村；第十一届"青春回眸"诗会走进"诗上庄"；开展"助力脱贫攻坚，讴歌美好家园"全国诗歌征集活动；走进湖南湘西、四川大小凉山等精准扶贫点开展"诗歌轻骑兵：为人民读诗"活动；举办2020美好小康主题诗歌朗诵音乐会。《诗刊》社与江西横峰县委、县政府合作，首创"驻村诗人"制度，实施"振兴乡村，文化铸魂"项目，将从全国征选出的诗人分两组派驻乡村，在驻村期间，诗人们将投身于乡村诗歌朗诵会、创建乡村图书馆、为乡村学校讲授诗歌课等形式多样的扶贫活动。此外，《诗刊》社和中国诗歌网联系邀请参与扶贫工作、奋斗在第一线的扶贫诗人创作诗歌，推出"奋斗在扶贫第一线的诗人系列"，在2020年5月10日面向全国征集诗歌作品，号召诗人积极响应"决胜全面小康、决战脱贫攻坚"的时代号召,真实描述精准扶贫对乡村面貌的改善,加深诗歌与时代和社会之间的联系。陕西、四川、云南、湖南、江西、甘肃、河南、宁夏、广西等省区担任驻村第一书记、扶贫工作队员的70多位诗人,先后投稿众多反映扶贫工作第一线真实情况和积极努力的精神面貌的诗歌,《诗刊》社和中国诗歌网将征集到的诗歌制作成诗人专辑在网站首页和微信平台重点推送发布,目前推出远村、凌翼、王单单、赵之逵、郝炜、高作苦、李欣曼、北乔、毛江凡、谢帆云、范剑鸣、周碧华、曾若水、赵滇等驻村扶贫诗人的系列诗作。这些作品接地气,围绕中心,服务大局,生动真切。为更好地推动决胜全面小康、脱贫攻坚的诗歌创作,6月4日,《诗刊》社与河南济源市联合举办了"新时代愚公移山精神座谈会",20多位诗人作家与会座谈,深入学习"立下愚公移山志,咬定目标、苦干实干,坚决打赢脱贫攻坚战"的新时代愚公移山精神。

《中国作家》2020年在文学版、纪实版、影视版均设置了脱贫攻坚主题创作专栏。文学版发表了沈念的《走山》、贾兴安的《风中的旗帜》、杨遥的《大地》,这些事关乡村振兴的主题书写显示出作家记录时代、介入现实的抱负和雄心。纪实版刊发了大量有关脱贫攻坚的优秀报告文学作品:纪红建的《乡村国是》展现出我国扶贫工作取得的伟大功绩;李春雷的《妮妮下乡——定西"精准扶贫"纪事》书写甘肃定西精准扶贫故事;陈果的《古路之路》讲述身处高山之巅的彝村在精准扶贫语境下的发展之路、振兴之路;逄春阶、朵拉图的《家住黄河滩——黄河滩区脱贫迁建全景实录》展现了黄河滩区人民在党的领导下,攻坚克难、重启幸福生活的全景;哲夫的《爱的礼物》以鲜活的人物、感人的故事、精准的数字生动反映了山西忻州市岢岚县脱贫攻坚全貌。还有何建明的《山神》、贺享雍的《大国扶贫》、鲁顺民和陈克海的《赵家洼——一个村庄的消失与重生》、沈洋的《磅礴大地——昭通扶贫记》、毛眉的《山海心经——第七批福建援疆纪实》、林吟的《大道尽处是桃源》等一批纪实作品。它们以扶贫过程中的感人事迹为聚力点,以众多独特且具有样板意义的小人物的生活和观念变化,关联起时代的大主题,展现了脱贫攻坚的丰硕成果,展现了我国脱贫攻坚的伟大现实意义。其中,《乡村国是》《磅礴大地》《大国扶贫》

《防贫保诞生记》等作品召开了作品研讨会，《乡村国是》获得第十五届精神文明建设"五个一工程"奖和第七届鲁迅文学奖。影视版发表了相关的影视剧本：《亲吻阳光》突出基层工作者在脱贫攻坚中的重要作用，《新芙蓉渡》展现第一书记林薇历经考验、最终带领村民致富的艰辛历程，《一河碧水到湘江》讲述了浏阳河沿线乡镇居民在脱贫致富的同时不忘保护水环境的故事，滕洲仁的《天下大事》中的乡党委书记吴建国用实际行动阐述了"老百姓最小的事也是我们共产党最大的事"，欧阳黔森的《看万山红遍》以细腻的笔触展现了贵州铜仁万山人民在新时代通过艰苦奋斗，使一个资源枯竭型城市浴火重生，最终完成历史巨变。在 2020 年 5 月底，《中国作家》杂志社与中共贵州遵义市委宣传部共同主办了"圆梦 2020——中国作家脱贫攻坚遵义行"创作采访活动，11 位作家走进红色圣地遵义，深入脱贫攻坚一线开展创作采访。《中国作家》纪实版 2020 年第 9 期、第 10 期发表了任林举的长篇报告文学《出泥淖记》、许晨的长篇报告文学《山海闽东》，第 11 期文学版刊发王昆关于解放军医疗团队参与涉藏医疗扶贫工作的长篇小说《天边的莫云》，纪实版拟刊发丁燕脱贫攻坚题材长篇报告文学《岭南万户皆春色——广东精准扶贫纪实》。

《小说选刊》以多种举措生动反映党的十八大以来全党全国人民在决胜全面建成小康社会、决战脱贫攻坚中取得的历史性成就。刊物于 2020 年与中国作协创研部合作编辑出版《易地记——扶贫攻坚优秀中短篇小说选》，选取脱贫攻坚题材重点作品 12 篇，包括沈洋的中篇小说《易地记》、老藤的中篇小说《抬花轿》、马平的中篇小说《高腔》、李司平的中篇小说《猪嗷嗷叫》等名家力作。《易地记》被改编成电影《安家》，已于 2020 年 8 月在云南昭通靖安新区正式开机。2020 年第 8、9 期策划编发了"安徽省决战决胜脱贫攻坚作品小辑"，以记录安徽人民在脱贫攻坚战中的伟大壮举，共刊载了中篇小说《拯救那片庄稼地》（苗秀侠）、《找呀找幸福》（余同友）和短篇小说《猪幸福》（刘鹏艳）、《春风又绿江北岸》（何荣芳）4 篇特选作品。第 11 期"山乡巨变·决战决胜脱贫攻坚"栏目发表了李天岑长篇小说《三山凹》，展现恢宏壮丽的乡村脱贫画卷。2020 年 7 月，《小说选刊》杂志社与河北省作协、《长城》杂志社合作，组织作家在河北省阜平县举办"决胜全面小康决战脱贫攻坚"

主题采访团创作及文学交流活动，用文学的形式记录革命老区阜平的脱贫攻坚道路。党的十八大以来，《小说选刊》紧跟中央对脱贫攻坚工作的部署，不断寻求并选发多篇从各个角度、各个层面讲述脱贫攻坚故事的优秀小说，其中包括向本贵的《上坡好个秋》、杨遥的《父亲和我的时代》、陈应松的《小半袋米》、红日的《码头》、沈念的《天总会亮》、少一的《穿越》、热孜古丽·卡德尔的《星光灿烂》等。

《中国校园文学》从少年儿童视角关注脱贫攻坚伟大历程，发表多篇情真意切的暖心之作。2019年第9期李桂芳的《爸爸的小山村》以少年视角书写下乡扶贫的父亲在乡村工作时的故事，2019年第12期王颖颖的《石像》书写贫困山区在经济发展的时代背景下坚守纯朴民风与奋斗精神，还有《披彩虹的少年》《我只有一块石头》等作品了反映边远乡村的精神文化建设。《中国校园文学》在2020年第11期策划了"脱贫攻坚·逐梦小康"专栏，邀请来自内蒙古、宁夏、甘肃、四川、广西、湖北、山东等地的写作者书写脱贫攻坚战中的儿童文学作品，其中既有专业作家，也包括森林公安、老师、医生、农民等职业的写作者。在这其中，陈咏梅的《苔》以两位山村小姑娘去城里给年轻的扶贫女干部李姐姐送杏子为主线，展现了村民与扶贫干部之间相互热爱、相互理解的美好感情。加映的《春眠不觉晓》以乡村女孩春晓的视角写出了扶贫干部在工作中的坚持与伟大。何君华的《巴音诺尔纪事》以内蒙古草原的支教老师、改变自我认知的少年和坚守的老校长为原型，反映脱贫攻坚下草原人民生活的新面貌。李桂芳的《"捡来"的家长》通过一位调皮的乡村少年与年轻的扶贫干部"胖哥哥"之间的故事，写出了扶贫干部对村民无微不至的关心。还有吉布鹰升的《好房子》、沈嘉柯的《少女聂鹤》、韩佳童的《盛夏十里镇》、单小花的《春意》、晓角的《扶贫家》等作品，生动地记录了脱贫攻坚中鲜活的画面，无不展示出人民群众逐梦小康的新面貌、新征程。

作家出版社有限公司秉持做好主题出版，关注现实题材，以精品奉献人民。作家出版社策划推出的"决战脱贫攻坚系列丛书"，近期入选中宣部2020年主题出版重点出版物选题。该丛书由《十八洞村的十八个故事》《耕梦索洛湾》《爱的礼物》《出泥淖记》《太阳出来喜洋洋——重庆脱贫攻坚见闻录》《国

书写新时代的创业史

作家出版社出版的"决战脱贫攻坚系列丛书"

家温度》《春风已度玉门关》《两根丝连接一片民族情》《明月照深林——一个发生在浙江宁海关于艺术振兴乡村的故事》《决战柯坪》等10部报告文学作品组成，集结了知名报告文学作家，他们深入多个省市自治区的扶贫点采访，创作出一批深刻反映脱贫攻坚战的文学精品，成为我国决战脱贫攻坚和决胜全面小康的一份重要文学记录。

中国作家网凝心聚力，不断完善和拓展脱贫攻坚主题报道工作。中国作家网设立并完成全国新时代乡村题材创作会议的专题，推送会上的作家发言与全国各地作协陆续召开的乡村题材创作会议的相关报道。目前，中国作家网正在围绕《人民日报》与《光明日报》推出的"走向我们的小康生活"专栏、中国作协组织的"我们向着小康走"主题采访采风活动以及全国各地作协围绕脱贫攻坚所开展的活动，以专题的方式进行报道，并举办了以《文学的光照——脱贫攻坚中的十八洞村》为主题的视频直播，畅谈文学如何介入并展示脱贫攻坚这一壮举，取得了不错的社会反响。另外，中国作家网已采访近30位作家，以文字与视频的方式推出系列深度采访，同时正策划向相关作家、评论家主题约稿，探讨脱贫攻坚与乡村振兴的相关话题，还将陆续推出相关原创作品专题。

再出发走好"新长征"路

2020年是决战决胜脱贫攻坚的收官之年，北京作协坚持用习近平总书记在决战决胜脱贫攻坚座谈会上的重要讲话精神武装头脑，号召北京作家开展主题创作，用优秀文学作品助力脱贫攻坚。

组织作家深入生活，开展脱贫攻坚主题创作

2018年5月，北京老舍文学院专业作家曾哲为云南创作了一部脱贫攻坚题材的作品《经纬滇书》。历时数月，从滇西南到滇东北，曾哲反复奔波于十几个地州，在他笔下所展现的，不仅仅是一方山水的旖旎，更看重的是一方的历史人文和地域文化。在这里，曾哲看到的是一个从历史深处走来的永善，看到的是在党领导下不懈奋斗的永善，看到的是永善人"善、勤、恒、容、韧"的精神世界，是永善人刚毅、坚强的韧劲和奋发向上、敢于拼搏的大山精神。渐渐地，线索变成了经纬，经纬形成了连接，连接成一个个脱贫攻坚的故事。这部25万字的作品，2019年4月由云南人民出版社出版。

中国全面建成小康社会、完成脱贫攻坚之后，老百姓返贫怎么办？习近平总书记明确指出："防止返贫和继续攻坚同样重要。"为谁防？谁来防？防什么？怎么防？"防贫保"这棵黄土地上长出来的参天大树，给出一个明确的答案。《厚土中国》是中国作协重点扶持作品，是向全面建成小康社会献礼的纪实文学，更提供了防止返贫持久战的有效战术。北京作协签约作家丁一鹤与合作者毛永温走进国务院扶贫办和中国太平洋保险产险总部，拜访国务院扶贫办和太保产险公司的高层决策者和组织者，以解剖麻雀的方式，实地考察河北邯郸魏

县、湖北咸宁通城县、湖北孝感安陆市等基层县市，面对面地采访了一线扶贫的攻坚者，深入了解多户因病、因学、因灾返贫的农村和乡镇家庭，作品生动阐释了"防贫保"为老百姓生活带来的巨大变化，展示了一线扶贫人员为打赢脱贫攻坚战作出的巨大贡献，真实呈现了中国大地上发生的这场震古烁今的脱贫攻坚战。作品前瞻地回答了大数据时代如何巩固脱贫攻坚成果，防止返贫，做到防贫路上不落下一个人，并向全球脱贫攻坚贡献了独具特色的中国方案。2020年6月6日，报告文学《厚土中国》作品研讨会暨防贫减贫座谈会在京举行，中国作协副主席阎晶明在会上表示："2020年是决胜全面建成小康社会、决战脱贫攻坚的收官之年，在这一关键时间点研讨《厚土中国》有着特殊的意义与价值。"《厚土中国》中叙述的案例获颁由联合国粮农组织等发起的首届"全球减贫案例征集活动"最佳减贫案例。该书已输出了英语、印地语、泰语、越南语等语种的版权。

2019年5月20日，习近平总书记来到中央红军长征集结出发地于都视察，发出"现在是新的长征，我们要重新再出发"的号召。以此为契机，北京作家

门头沟区作家到清水镇采访

凌翼于2019年6月开始，先后4次踏上于都这片热土，用1万多公里的行程，走访23个乡镇、8家厂矿，采访干部群众300多人。在此之前，2015年10月，凌翼对赣南18县（市、区）进行了为期3个月的采访，采撷长征出发故事、脱贫攻坚故事和新长征再出发故事，写下厚厚的三本采访笔记以及采访日记，达20余万字，记录下了一个个鲜活的人物和故事。他每到一个乡镇，除了采访群众，还向各乡镇索要"乡（镇）志"。采访途中的所见所闻，令他心灵产生极大震动，感受到了于都人民在决胜全面小康、决战脱贫攻坚进程中的火热生活和深刻变化，激发了巨大的创作热情。凌翼认识到，长征精神就是紧紧依靠人民群众，同人民群众生死相依、患难与共、艰苦奋斗的精神。今天的决胜全面小康、决战脱贫攻坚和乡村振兴就是长征精神的继续，就是"新长征再出发"征程上要攻克的"雪山""草地"和"娄山关""腊子口"。于都有太多的老故事，也有书写不尽的新生事物。在新的长征路上，于都人民以苏区精神和长征精神为引领，向决战脱贫攻坚吹响了冲锋号，2020年4月26日，于都与宁都、修水、鄱阳等7个县宣布脱贫摘帽，与全国人民一道迈上了小康征程。《新长征　再出发》将历史切入现实，与现实有机联系。这一切，将化为历史的一部分，为未来的人们翻看今天的历史提供借鉴和样本。每一代人有每一代人的长征路，每一代人都要走好自己的长征路。今天，我们这一代人的长征，就是要为实现"两个一百年"奋斗目标、实现中华民族伟大复兴的中国梦而奋斗。

号召北京各区作协组织脱贫攻坚文学工作

2020年4月29日，昌平区作家协会主席团召开"用文学向扶贫攻坚路上的先进工作者致敬"采访动员会，会上成立了由12位该区作家组成的"用文学向扶贫攻坚路上的先进工作者致敬"作家采访团，正式拉开了书写脱贫攻坚路上先进人物的序幕。12位作家开始深入采访、创作，至9月底，历时近半年，牺牲节假日时间，积极联系远在青海曲麻莱、内蒙古阿鲁科尔沁旗和太仆寺旗、河北尚义县的挂职帮扶干部、产业扶贫带头人进行采访。疫情阻碍了作家们到挂职干部所在地区的采访，他们或通过通信设备或利用挂职干部和产业扶贫带

书写新时代的创业史

作家在基层采访

头人回京的机会,抓紧进行采访。目前,12位作家的采访、创作基本完成,创作出报告文学22篇。

  门头沟区作家协会组织会员进行纪实文学、散文等的采写,取得很好的成效。近年来,门头沟区委区政府坚持以习近平生态文明思想为指导,通过多种形式开展低收入帮扶,实施红色党建引领绿色发展,坚定做"绿水青山就是金山银山"的"两山"理论守护人,咬定青山不放松,抓住绿水不松手,随着幸福生活指数的大幅度提高,山区老百姓越来越热爱自己的家乡,越来越有自信与尊严。他们发自内心地说:"绿水青山金不换,日子越过越舒心!"2020年6月中旬开始,门头沟区组织16名骨干会员深入基层,作协主席马淑琴带头深入采访,作家们了解到,清水镇以为人民服务为基准点,大力发展绿色生活理念,带动村民实现共同致富,使村民在民生方面得到了实实在在的保障。门头沟区作家共创作16篇散文和报告文学作品,在多家媒体刊发。

  在决胜全面建成小康社会、决战脱贫攻坚的伟大征程中,北京作家自觉承担起新时代赋予文学工作者的神圣使命,坚持以人民为中心的创作导向,在重大题材作品创作的道路上砥砺前行,讴歌我们伟大的党和伟大的祖国领导人民奔小康的丰功伟绩。

送文学种子　育精神文化

为深入贯彻落实习近平总书记关于扶贫工作的重要指示，落实天津市委、市政府关于脱贫攻坚的部署要求，遵照市委宣传部工作安排，天津作协立足于助力全力抗疫和服务于决胜脱贫攻坚工作，统筹推进重大现实题材创作，鼓励和支持广大作家聚焦脱贫攻坚题材，投身火热扶贫一线，走进攻坚现场，进行深度采访调查，以文学的方式见证并记录这一伟大事业，创作出一批反映天津精准扶贫、精准脱贫的优秀作品，以作协之为，为天津市扶贫工作加油鼓劲。

统筹开展决战决胜脱贫攻坚重大现实题材创作。作为2020年天津市重大题材作品创作的重要组成部分，扶贫题材作品的推出既是推动天津现实题材创作的重要举措，也是肩负文学责任，记录新时代、书写新时代和讴歌新时代的生动实践，对推进天津文学事业发展具有深远意义。天津市作协认真进行题材及创作体裁规划，围绕全面建成小康社会、决战决胜脱贫攻坚这一主题，积极组织广大作家开展讲座研讨和面对面交流创作。

天津作协党组书记、专职副主席李彬带领作家武歆、张永琛、尹学芸、张楚及青年作家常蓬蓬、李瑞明等组成的采访团，先后深入到兰州、天水市麦积区、甘南州临潭县、武威市天祝藏族自治县等甘肃多地进行实地采访，克服各种难题，行程千里，进一步展现天津援派干部的新风貌，谱写两地一家亲、携手奔小康的新篇章，弘扬扶贫支援的天津特色，先后创作出《天津到甘肃有多远》《千里扶贫情》《看不见的亲人》等报告文学和剧本《格桑花开》等文学作品。这些作品用一个个真实生动的故事全景式、纪实性展现了我国脱贫攻坚取得的巨大成就，也呈现出了扶贫工作的艰巨性和复杂性，以文学形式记载脱贫攻坚这一伟大历史进程的庄严厚重、气势恢宏。近两年来作家王松、胡伟红、陈丽

书写新时代的创业史

作家赴甘肃实地采访

作家在农村采访创作

伟等参加了中国作协组织的定点深入生活项目，王松创作了报告文学《映山红，又映山红》和长篇小说《暖夏》。《暖夏》的素材就来自他在天津宁河区的挂职经历以及在赣南的实地采访，讲述了一条河两岸的两个村子从2019年到当下的脱贫致富故事。胡伟红、陈丽伟冒酷暑顶严寒深入学校社区，把根深深地扎在百姓生活的大地上。

天津作协"作家文艺轻骑兵小分队"长期深入驻扎天津市宝坻区牛家牌镇辛庄子村帮扶地，坚持传播正能量，弘扬主旋律，注重发挥"红色文艺轻骑兵"的作用，持续为当地农村乡镇开展文化服务活动，不断提高人们的精神生活质量，提升文明程度。在驻村过程中组织作家到农忙现场、社会生活现场的最前沿、第一线采访，用自己的笔记录时代的脉动，发出作家的声音，赢得了社会的尊重。先后到农村扶贫一线开展"贯彻十九大精神诗歌朗诵会""送福下乡"活动；将天津市第五届滨海少儿评剧节系列活动——"评剧新苗唱响津门送戏到宝坻区"搬到帮扶村演出，让村民在家门口观看了一场精彩的文艺演出；文学小分队注重发挥文化的力量，成立"宝坻区作家文艺创作实践基地"，并邀请多批作家深入农村调研采访，挖掘村庄发展历史，进行文学作品创作。为丰富困难村文艺生活，文学小分队利用新建的文化活动室和文化活动广场，进行表演培训，专门在牛家牌镇中学设立征文赛区，提前发现好苗子，有针对性地培养文艺后备军。结合培育文明乡风活动，创作了"村规民约""红白理事会""家庭幸福歌"等歌谣，为村里带来了文明新风。此外，小分队还发挥摄影、摄像的特长，教村民进行摄影摄像，并协助村里拍摄了"祝福祖国、歌颂祖国"小短片。文学小分队开展了以扶贫扶志为主题的一系列工作，通过创作长诗"用深情耕耘这片土地""勇猛红"等系列诗歌，以崇高的精神感染群众，从思想上激发群众对生存土地的认同感、责任感、使命感，从而焕发出大家脱贫致富的强烈愿望和英勇斗志。

组织广大会员作家、签约作家、网络作家开展文学创作征集活动，先后征集300多首诗歌，在天津作家网、《天津文学》等平台推出系列作品展示，书写扶贫攻坚、建设家乡一线感人故事，讴歌小康社会征程中的先进人物，展示天津人民不畏艰险千里扶贫的精神风貌。这些作品有的反映贫困地区的巨大变化，有的反映当地群众在建设家乡路上的全面成长，有的聚焦新变化给新农村带来新气象，有的关注乡村绿色开发，有的关注生态经济发展。同时，还积极引导各基层组织加强现实题材创作，天津各基层作协组织围绕扶贫主题开展创作，各基层组织还把围绕决战决胜脱贫攻坚推进文学创作作为 2020 年的重点任务，加大文学规划组织与创作力度，进一步推进现实题材创作繁荣。

抒写燕赵大地的多彩实践

决战决胜脱贫攻坚，文学不能缺席。近些年来，河北作协注重发挥文学在"扶智""扶志"方面的独特优势，聚焦脱贫攻坚主题，开展了形式多样、丰富多彩的主题创作和宣传活动，以实际行动助力脱贫攻坚。

河北作协始终坚持以人民为中心的创作导向，积极引领精品创作。面对燕赵大地脱贫攻坚的火热实践，河北作协紧密结合河北实际，找准切入点，始终坚持高站位、深谋划、重实干，积极引导广大作家和文学工作者深入生活、扎根人民，围绕脱贫攻坚开展主题创作，围绕出人才、出作品，进行重点研究、积极推进，在重点作品扶持、文学评奖等方面进行倾斜。河北作协所属的《长城》《诗选刊》《人物周报》和河北作家网等，积极策划相关选题，组织专题专栏，推出了一批扶贫题材的重点作品。尤其在2020年度重点选题中，河北作协设立了"全面脱贫和全面建成小康社会"专项，设立专项资金，在选题策划、采访写作、论证修改、出版传播等方面提供支持，并在《2020年度重点选题指南》中提供具体指导意见，引导全省广大作家关注河北脱贫攻坚事业，深入脱贫攻坚一线，创作了一批真实记录河北脱贫攻坚实践的优秀作品。此外，在"第三届（2017—2018）孙犁文学奖"评奖中，贾兴安的长篇小说《啊，父老乡亲》、冯小军和尧山壁的报告文学《绿色奇迹塞罕坝》、苏有郎的报告文学《好人乔奎国》等多篇扶贫题材作品入选，起到了很好的激励和推介作用。

河北作协积极组织作家深入扶贫一线，采写真实感人、振奋人心的扶贫和脱贫故事。火热的实践呼唤伟大的作品，置身燕赵大地脱贫攻坚的伟大实践，河北作家们积极挖掘素材、汲取营养，用生动的语言、鲜活的文字浓墨重彩地展现河北人民在脱贫攻坚战场上的新风貌、新作为。2019年，河北作协主席

书写新时代的创业史

作家在河北阜平县采访

作家在甘肃定西采访

关仁山、副主席李春雷参与了"脱贫攻坚题材报告文学创作工程"。为创作反映阜平县脱贫致富经历的长篇报告文学《太行沃土》，关仁山多次深入阜平县城南庄、骆驼湾、顾家台、龙泉关、黑崖沟等地，采访当地带领乡亲们脱贫致富的带头人。为创作反映河北张北脱贫攻坚历程的长篇报告文学作品，李春雷积极深入采访，为作品创作积累素材。河北作协专业作家、文学院签约作家通过挂职锻炼、定点深入生活基地、主题创作采风等形式，先后有80余人次到农村体验生活，搜集创作素材，创作推出了报告文学集《筑梦2020——河北省扶贫开发纪实》《福星——李双星扶贫纪实》、报告文学《鹞子河寻梦记》《太行攻坚》等一批接地气、有温度的脱贫攻坚题材作品。

河北作协通过积极组织文学活动，营造了浓厚的创作氛围。坚持面向基层、面向社会组织文学活动，是作协延伸工作手臂、拓展联络途径的重要手段。在脱贫攻坚题材创作中，河北作协组织开展了"扶贫一日"采访创作活动，选派40余名作家，分成11个采写组，对河北省委组织部确定的41个精准扶贫工作组进行采访，通过与扶贫工作组队员座谈、实地考察、采访干部群众等形式，以"扶贫一日"为主题，进行采访创作。创作完成后，邀请了专业编辑人员进行论证修改，并积极协调出版社，集结出版了28万字的《扶贫纪实》一书，真实反映了河北省扶贫工作中涌现出的先进典型、感人事迹以及精准扶贫工作取得的成效，为开展扶贫工作营造了良好的社会氛围。通过"送文学下基层"公益讲座等形式，组织关仁山、李延青、刘向东等作家到行唐县、阜平县、涞源县等国家级贫困县，面向当地基层作者进行文学讲座，播撒文学"种子"。各地市作协结合当地实际，组织开展了"我们的中国梦·文化进万家"活动、"向祖国汇报——光荣岁月里的秦皇岛奋斗者们"主题创作活动、"以人民为中心·文学助力扶贫攻坚"采风活动等，进一步营造了创作氛围。2020年年初，河北作协启动了"梦圆2020"全面建成小康社会主题征文活动，面向全社会征集反映全面建成小康社会的文学作品，将优秀作品在《河北作家》分批发表，并将结集出版。

据不完全统计，近些年来，河北作家创作的反映脱贫攻坚的作品达1000余部（篇），涵盖了小说、诗歌、散文、报告文学等各个门类，既有对党和国家实施脱贫攻坚战略、贫困地区发生翻天覆地变化的真实写照,也有对奋战在脱贫攻坚一线的扶贫队员们工作生活、情感心灵的生动反映。关仁山的长篇小说《金谷银山》获得"《中国作家》鄂尔多斯文学奖大奖",入选"第六届我最喜爱的河北十佳图书"。李春雷的脱贫攻坚题材书写,既有关注河北脱贫攻坚实践的《大山教授》,也有聚焦甘肃定西精准扶贫的《妮妮下乡》等作品,视野较广。根据郭靖宇、杨勇创作的脱贫攻坚题材剧本《最美的青春》改编的同名电视剧2018年在央视一套播出,获得收视率和美誉度双丰收。

描绘三晋掷地有声新篇章

今年是全面建成小康社会和"十三五"规划收官之年,也是脱贫攻坚决战决胜之年。山西作协认真学习贯彻习近平总书记关于文艺工作的重要论述,聚焦脱贫攻坚题材,打造反映山西脱贫攻坚伟大实践的精品力作,坚持与时代同步伐、以人民为中心、以精品奉献人民、以明德引领风尚。

山西作协组织精兵强将,积极参与中国作协、山西省委宣传部等单位组织的重点创作项目。其中,作家哲夫参与中国作协和国务院扶贫办联合开展的"脱

作家在隰县采访电商

贫攻坚题材报告文学创作工程"，创作了题为《爱的礼物》的报告文学。作家鲁顺民、杨遥、陈克海参与山西省委宣传部组织的重点文艺工程，创作了报告文学三部曲《掷地有声——脱贫攻坚山西故事》《掷地有声——山西第一书记故事》《掷地有声——山西58县脱贫摘帽故事》。

随着扶贫工作的推进，许多作家也作为挂职干部深入到脱贫攻坚第一线。如杨遥挂职山西隰县阳头升乡副乡长，陈克海担任隰县驻村第一书记，杨凤喜任山西和顺县义兴镇高窑村驻村工作队长，李燕蓉在山西晋中市榆次区东阳镇挂职副镇长，苏风屏任山西平陆县坡底乡党委副书记及驻乡工作队长等。他们结合自身工作经历以及对扶贫工作的深入思考，在扶贫工作之余笔耕不辍，通过创作揭示脱贫攻坚工作中的难点与痛点，为脱贫工作者画像，为时代立传。目前正在创作的选题包括杨遥的中篇小说《北京刮大风》、杨凤喜的中篇小说《老村》、李燕蓉的长篇小说《望乡》、苏风屏的长篇报告文学《民情日志》等。

近年来，山西作协多次组织以脱贫攻坚为主题的采访活动，组织作家深入

作家在吕梁采访果农

扶贫点隰县竹干村体验生活，参加村支部党日活动。在作家们深入生活的过程中，涌现出一批反映扶贫感人事迹、描写人物命运、书写时代巨变的优秀选题。其中，报告文学有郭万新的《点亮中国灯》、张欣的《爱在苍茫大地——忻州市脱贫攻坚纪实》、徐志廉的《灵魂高地》等，长篇小说有陈年的《吉祥经》、侯建臣的《土豆开门》、荆建平的《又是红杏满枝头》、刘山人的《我们还是农民吗？》、董晓琼的《生活像条河》、郭建强的《月亮湾》等，中篇小说有马举的《山村纪事》、张旭东的《扶郎花开待君来》等，此外还有王改瑛的散文集《脱贫攻坚作品集》等。

与此同时，山西作协还通过重点作品扶持、专项扶持等工作举措，鼓励山西作家创作体裁多样、内容丰富的扶贫题材作品。其中包括郭天印的报告文学《第二次战役——沁源县脱贫攻坚纪实》、蒋殊的长篇小说《蜀葵花开》、陈克海的中篇小说《遇素琴》、周俊芳的报告文学《悬崖之上是我家》、赵伟平的报告文学《漳河之水天脊来》、庞善强的长篇小说《永远的紫丁香》、申文标的报告文学《根脉》等。

通过多措并举，一批生动讲述脱贫攻坚"山西故事"的优秀作品已与读者见面，引发社会广泛关注。鲁顺民、杨遥、陈克海的报告文学《掷地有声——脱贫攻坚山西故事》《掷地有声——山西第一书记故事》均由北岳文艺出版社出版，并获得中国作协定点深入生活项目扶持。2019年3月，"中国作协深扎作品报告文学《掷地有声——脱贫攻坚山西故事》研讨会"在京举行。2020年4月23日，《掷地有声——山西第一书记故事》出版推介座谈会在山西太原举行。此外，鲁顺民、陈克海的报告文学《赵家洼——一个村庄的消失与重生》在《中国作家》2019年第5期发表；杨遥的长篇小说《大地》在《中国作家》2020年第5期发表，中篇小说《父亲和我的时代》在《人民文学》发表，短篇小说《墓园》在《长江文艺》发表，短篇小说《从前是一片海》在《山西文学》发表；山西作协签约作家朱七七创作的剧目《三把锁》搬上了舞台，观众反响热烈。2019年，山西作协被评为中国作协"深入生活、扎根人民"主题实践先进集体，鲁顺民等获得先进个人称号。

弘扬蒙古马精神　记录时代追梦故事

决胜全面建成小康社会、决战脱贫攻坚是一项艰巨的任务，党和政府汇聚起亿万人民的磅礴力量，取得了巨大的成就。内蒙古作协加强组织策划，引导作家深入脱贫攻坚一线，感受和思考人民创造历史的伟大实践，书写脱贫路上追梦人的奋斗故事和心灵成长。

内蒙古作协加强顶层设计和组织策划，以草原文学精品工程为抓手，加强对脱贫攻坚、建党100周年等重大主题文学创作的引导。"草原文学重点作品创作扶持工程"是内蒙古自治区党委宣传部统筹，内蒙古文联、内蒙古作协组织实施的一项草原文学精品工程。从2011年实施以来，共有122部作品入选，汇聚了一大批内蒙古优秀作家，有效提升了内蒙古文学的整体创作水平。2018年，该工程转型为"草原文学重点作品创作扶持工程·现实题材写作计划"，自治区党委宣传部每年支持100万元经费，加强现实题材创作，确定脱贫攻坚、建党100周年、弘扬蒙古马精神、弘扬乌兰牧骑精神等重大主题。2020年，内蒙古文联、内蒙古作协组织召开草原文学精品创作工程动员部署会、草原文学重大主题作品创作策划座谈会，内蒙古自治区党委常委、宣传部部长白玉刚与文学创作者面对面进行了交流。他希望广大作家多关注脱贫攻坚、抗击疫情、草原文化、黄河文化等重大现实题材创作，深入基层一线，实实在在进入新时代内部细部，真真切切理解新时代广度深度，有无穷发现和无尽感触，写出有格局和有情怀的优秀作品，并表示自治区党委宣传部会在作家深入生活、作品出版、宣传推荐方面给予大力支持。内蒙古作协还几次邀请自治区扶贫办有关负责人就内蒙古脱贫攻坚工作总体情况、脱贫攻坚涌现出的先进集体和先进个人等为作家们做专题介绍。

凝心聚力

　　内蒙古作协调动各方资源，动员各盟市文联、作协积极推荐和申报，组织重点作家参与脱贫攻坚主题创作动员会及采访活动，并与有意向的作家签订创作协议。近几年，"草原文学重点作品创作扶持工程"中有近20部相关主题的长篇小说、报告文学和非虚构作品，内容聚焦生态扶贫、产业健康扶贫、科技扶贫、文化扶贫以及扶贫工作中的先进集体和个人。内蒙古地域辽阔，贫困旗县散射全区，针对这种情况，内蒙古作协组织内蒙古大学文学创作研究班学员关注脱贫攻坚题材，集中力量撰写长篇报告文学《内蒙古脱贫攻坚路》，全面反映新中国成立以来内蒙古自治区脱贫攻坚的壮丽历程。同时，内蒙古作协面向全国、全区作者发布征集脱贫攻坚主题文学作品的创作函，并和区内外文学刊物联系，将书写内蒙古脱贫攻坚题材的优秀作品以蒙古文和汉文结集推出。《草原》《花的原野》等刊物开设脱贫攻坚专栏，出版主题专刊。这一系列活动旨在引导广大作家贴近大地、贴近人民，把自己的创作与更广阔的人群、更宽阔的生活现场结合起来，记录内蒙古各族人民生活奋斗的行进历程。

　　近年来，内蒙古作协深入贯彻落实习近平总书记对乌兰牧骑事业发展的重要指示精神，引导作家走向脱贫攻坚一线。内蒙古文联、内蒙古作协先后三次

作家在赤峰市
深入生活

41

组织作家、艺术家80余人分别走进鄂尔多斯、兴安盟、乌兰察布、通辽等地，《人民文学》杂志社与内蒙古作协组织作家走进乌兰察布，围绕脱贫攻坚进行主题采访创作调研活动。内蒙古文联、内蒙古作协组织中国网络作家内蒙古采风行，深入体验内蒙古马文化、民俗文化，了解蒙古族刺绣带动的产业扶贫。内蒙古作协与内蒙古团委共同举办"网筑梦想"全区青年网络作家培训班，引导网络作家关注内蒙古在脱贫攻坚中取得的新成就。内蒙古作协与内蒙古自治区税务局共同举办"不忘初心、牢记使命"主题采访创作，深入书写税务干部在脱贫攻坚实践中的新作为、新形象。内蒙古作协以文化文学助力脱贫攻坚，组织蒙汉文农牧民诗歌朗诵会，举办蒙汉文农牧民基层作家培训班，引导基层作家书写身边的扶贫故事，农民作家田夫的扶贫题材长篇小说入选"现实题材写作计划"，并入选中国作协定点深入生活项目。近年来，有50余位作家入选内蒙古作协组织的"深入生活、扎根人民"主题实践活动，10余位作家入选中国作协定点深入生活项目。草原作家群深入基层一线，因地制宜的精准扶贫举措、农牧区日新月异的面貌，给作家们留下了深刻印象。他们用笔记录下无数真切鲜活的声音，书写属于这个时代的、有质地、有深度的草原故事。

作家艾平关注兴安盟科右中旗文化扶贫和产业扶贫，在《人民文学》刊发的中篇小说《包·哈斯三回科右中旗》将扶贫主题放在传统文化的恢复转化、现代科技对生活的改变中，脱贫奔小康的主题与历史、文化、生态、自然、蒙古马精神、淳厚的民风融成一个水丰草美的大故事。作家肖亦农、肖睿父子两代聚焦毛乌素沙漠、库布其沙漠的生态扶贫、绿色扶贫，肖亦农获得鲁迅文学奖的长篇报告文学《毛乌素绿色传奇》、在《人民日报》刊发的中篇报告文学《耕读库布其》，肖睿在《十月》刊发的长篇小说《生生不息》、出版的长篇报告文学《库布其与世界》，用抒情的英雄主义旋律深情书写新中国成立以来生态扶贫的突出成就，国家战略、人民力量、企业治沙的成功结合让沙漠变成绿洲，真正实现了鄂尔多斯大地的绿富同行。

此外，艾平在《人民文学》刊发的报告文学《脱贫路上追梦人》，特·布和必力格、胡额斯图获得内蒙古自治区文学创作"索龙嘎"奖的蒙古文长篇报告文学《十年足迹》，布仁巴雅尔、牛海坤正在创作的长篇报告文学《去嘎查，

凝心聚力

作家在兴安盟深入生活

路怎么走？》《让世界看见》等作品，关注基层党组织和扶贫干部，以文学的方式呈现了内蒙古人民在脱贫攻坚路上扎实奋进的身影和深沉热切的心声。吴阿拉腾宝力格的蒙古文长篇小说《永不枯竭的涌泉》关注教育扶贫，阿勒得尔图正在创作的长篇报告文学《光明行》聚焦健康扶贫，海勒根那的短篇小说《过路人，欢迎你来哈吐布其》书写新时代农牧民精神生活的富足，韩伟林的中篇小说《阿尔善河水长又清》关注生态文明建设与现代化发展，韩静慧的长篇儿童小说《赛罕萨尔河边的女孩》关注传统手艺的转化和发展，以此改编的电影《毡匠和他的女儿》上映后，入选全国中小学生推荐优秀影片片目。

  这些作品从内蒙古脱贫攻坚的现实课题中来，从当代中国、内蒙古大地发展进步和当代草原人的精彩生活细节中来，以草原文学独特的地域书写和民族书写，彰显了草原文化有容乃大的精神，弘扬了蒙古马精神、乌兰牧骑精神和守望相助的理念。这些作品以体现精神高度、文化内涵和艺术价值相统一的草原书写，为无数创造历史的人们树碑立传。

文学辽军脱贫攻坚的"点线面"

如何发挥作协的长处，切实为精准扶贫服务？近年来，辽宁作协认真贯彻落实习近平总书记对脱贫攻坚工作的重要讲话和指示批示精神，结合自身特点，探索出一条"点线面"的工作模式，即以对口扶贫县为着眼点、以扶贫题材创作为主线、以服务于全省脱贫攻坚为基本面，培育文学队伍，讲述"辽宁故事"，讴歌扶贫干部，以文学的影响力助推扶贫克难，以文化的感召力服务脱贫攻坚，为全面建成小康社会、全面打赢脱贫攻坚战提供精神文化支撑。

在"点"上种植

阜新蒙古族自治县是辽宁作协对口扶贫县。2016年以来，辽宁作协从实际出发，在文化扶贫、智慧扶贫上下功夫，派专职人员驻县、驻村蹲点扶贫，重点"种植文化"，把扶"智"与扶"志"结合起来，在建设美丽乡村的同时建设美丽的心灵。

扶贫先扶智，书籍是人类智慧的结晶。为了扩大图书在阜蒙县的覆盖面，辽宁作协号召全省会员捐书，建立了县、乡、村三处图书室，其中向县作协图书室捐赠各类图书700余册；驻哈达户稍镇扶贫干部、诗人林雪发挥自身的影响力，不仅在辽宁省内、阜新市内征集图书，还把图书征集活动拓展到天津等外省市文联、作协组织，作家秦岭等捐书500余册。白音昌营子村图书馆正式挂牌前，李铭、李忆峰、靳莉、赵颖、张国良发起了每名作家捐书100本活动，此举感染了原阜新市机关工委副书记齐凤荣，其也为村图书馆捐献藏书100本，村图书馆共获捐图书千余册。

凝心聚力

辽宁作协向阜蒙县捐赠图书

作家同岫岩县牧牛镇党委第一副书记常亮走访农户

针对基层作家的创作实际和具体需求，辽宁作协为全县200名基层作者和文学爱好者每人订阅了一套《小说选刊》和《民族文学》，并有计划性地开展一系列讲座培训和改稿会。作家林雪、周建新、李青松和《鸭绿江》主编陈昌平、《海燕》主编李皓等先后赴阜蒙县开展讲座培训及改稿答疑，内容涉及阅读文学经典、生态文学创作、初学写作的注意事项，小说、散文、诗歌的创作技巧，以及文学期刊投稿的方式方法等，让基层作者和文学爱好者丰富了知识，开阔了视野，提高了技巧，突破了写作瓶颈。除了"种"文学到基层，辽宁作协还特别吸纳了阜蒙县20名有潜质的作者参加了全省第二期基层骨干会员提升"四力"教育实践培训班，使其进一步明确了自己的写作方向，用手中的笔讴歌伟大的时代和人民。

为营造文学氛围、建立长久文学创作体系，2019年，辽宁作协在阜新蒙古族自治县先后创建了两个文学基地。一是与《民族文学》杂志社联合创办的"阜新蒙古族自治县创作基地"，基地建成后将以此为平台，以整合文艺资源的方式，通过国内多民族作家的视角，推介地方经济社会发展。二是与辽宁省环保集团阜新分公司合作建立了"辽宁生态文学创作基地"，倡导树立和践行"绿水青山就是金山银山"生态发展理念与文学创作相结合。两个文学创作基地的建立是对作家创作的切实关心与帮助，对加强当地文化建设、提升文化形象、打造文化品牌具有深远的意义。

经过几年的关注与培养，阜蒙县的文学氛围日益浓厚，一些基层作者的作品登上了国家级、省级文学期刊。《辽宁作家》还出版了《阜蒙县文学专刊》。

在"线"上开花

辽宁作协鼓励广大作家深入脱贫攻坚主战场，形成省、市、县三个文学群体一条线，以文学的形式记录辽宁脱贫攻坚的精彩历程和感人故事，创作出一批精品力作，为广大人民群众战胜贫困提供不竭的精神动力。

滕贞甫创作的长篇小说《战国红》以战国红玛瑙的起兴，寓意辽西地区的扶贫事业，展现了当下乡村由扶贫所开启的改颜换貌的奋斗历程和走向振兴的壮丽图景。作品生动描述了扶贫过程中各种思想与人性本能所引发的相互碰撞，在生动的细节中写出了真实，艺术地展示出脱贫攻坚过程中的多彩画卷。该作品获得第十五届精神文明建设"五个一工程"奖。

入选 2018 年中国作协定点深入生活扶持项目的张艳荣的长篇小说《繁花似锦》、于香菊的长篇小说《大花开》均以"花"为题，侧重点却不尽相同。《繁花似锦》由展示新时代农村面貌为切入点，回顾了改革开放以来得胜村逐步实现小康、生活繁花似锦的经历。作品满怀对黑土地的挚爱，描绘了新一代年轻大学生党员在乡村振兴战略的指引下，生态兴农、科技兴农，从而带领全村群众走上了幸福之路。《大花开》全书主人公都是女性，描写了省城派驻凌水湾当第一书记的武凌霄和当地女性一起奋斗、精准扶贫乡村振兴的故事，展示了凌河边的女人们多姿多彩的形象和丰富的内心世界，以及她们因精准扶贫得到蜕变的真实生活状态。

此外，阜蒙县作者的作品也频频在省级重点文学期刊亮相。其中，海东升的短篇小说《红灯笼》，李长江、王冬、萨若兰等的诗歌，从多角度立体式描绘了农村脱贫致富的生动图景，讲述了扶贫干部沉下心来带领群众脱贫攻坚的心路历程，反映了时代发展中的人生百态，为实现全面小康留下了珍贵的文学写照。

在"面"上拓展

选派第一书记驻村帮扶抓党建促脱贫，是解决"三农"问题和培养锻炼优秀干部的一种制度创新。2017 年以来，辽宁省委、省政府选派了 1.2 万名优秀干部驻村任第一书记。他们扎实工作、勤勉服务，以精准扶贫为突破口，扶贫济困、发展经济，努力改变农村贫困面貌，成为村级基层组织建设的指导者、引领者、好帮手和坚强后盾。为充分宣传他们的先进事迹，用他们感人的事迹鼓舞和激励更多人，2019 年，辽宁作协通过省委组织部、省委宣传部，在全省的驻村干部中精选出 30 位杰出代表，并邀请省内 30 位优秀的报告文学作家一对一进行采写。作家们不畏酷暑、不辞辛苦，深入采访第一书记们的工作生活，创作出30篇报告文学作品。这些作品颂扬了第一书记们敢于担当、无私奉献、吃苦耐劳的精神，讲述了他们从实际出发加快美丽乡村建设的感人事迹，展现了他们的艰辛与汗水、聪明与才智、使命与担当。近日，纪实文学作品集《驻村第一书记》由春风文艺出版社编辑出版。

等闲识得东风面，万紫千红总是春。来自脱贫攻坚一线的真实生活，不仅促进了文学艺术的繁荣，也必将成为实现全面建成小康社会这一宏伟目标的动力。打赢脱贫攻坚战，文学辽军一直在路上。

谱写当代吉林大地新乐章

脱贫攻坚战打响以来，吉林作协按照党中央、吉林省委的决策部署，坚持用习近平总书记关于扶贫工作的重要论述武装头脑、指导实践、推动工作，结合吉林省文学工作的实际，主动调整、自觉定位，积极支持精品创作，用文学独特的方式扎实助力脱贫攻坚工作。

组织推出重点长篇作品，扩大精准扶贫故事的影响力

吉林作协通过进一步完善"深入生活、扎根人民"活动机制，强化文学精品创作生产扶持保障，着力推动文学精品创作生产，催生一批全面建成小康社会和脱贫攻坚题材的文学作品，深刻反映党领导人民脱贫攻坚奔小康这一波澜壮阔的伟大进程，讴歌勤劳勇敢的吉林人民。

吉林作协副主席任林举按中国作协和国务院扶贫办安排，历时半年深入到吉林省大安、镇赉、通榆、龙井、和龙、安图等10个贫困县，与200多人交流，重点采访60余人。在北方最寒冷的冬季，他仍然不顾冰雪路滑的危险，奔走在去往贫困村的山路上，最终创作出脱贫攻坚题材的报告文学《出泥淖记》，客观呈现了精准扶贫给农村基层组织带来的冲击和检验，反映了扶贫干部为农村工作带去的新观念、新思路、新方法和新气象。作品立足基层干群关系的改善、农村群众观念的转变、农民思想行为的全面更新等角度，生动展现了脱贫攻坚的伟大历史意义。

四平市作协主席张伟主动申请成为驻村扶贫干部。三年来，他一边扶贫一边创作，以精准排查、精准施策、助力脱贫、展望思考的扶贫工作者的工作脉

络，创作出长篇报告文学《扶贫笔记》，写出了扶贫一线工作者的默默奉献、脱贫路上的辛苦付出、农村群众脱贫前后的显著变化，将脱贫攻坚的历史意义融入老百姓的柴米油盐、房前屋后等细节中展现出来。《扶贫笔记》已经正式出版100多篇，目前张伟仍在继续创作中，这部作品将随着脱贫攻坚的收官完成。2019年11月，张伟被中国作协授予"深入生活、扎根人民"先进个人荣誉称号。

吉林作协副主席、文学院院长王怀宇创作的长篇小说《风吹稻浪》当前也进入收尾阶段。虽然创作字数已远超预期，但他感到未能充分展示出脱贫攻坚的全景全貌和深远意义，依然在不断追求更好的精品来讲述吉林脱贫攻坚的精彩故事，因此当前仍在紧张繁忙的创作中。

据悉，吉林作协已在全省范围内遴选了5部重点扶持作品，这些作品均由优秀作家历经长期跟踪采访而成，用不同的视角、不同的叙写方式，讲述了从贫困户到普通村民、村干部、乡干部、驻村工作队员、第一书记等不同身份的参与者、奋斗者在精准扶贫、脱贫攻坚路上的动人故事，承接地气、富有特色

作家在老头沟镇泗水村采访

地反映了吉林在脱贫攻坚路上的精神风貌。

结合"四力"教育和"深扎"系列活动，推动主题作品创作

近年来，吉林作协先后组织文学服务小分队赴靖宇、延边、梅河口等地开展"吉林大地行"文学采访主题活动，动员广大作家以文学的形式讲述吉林省脱贫攻坚事业中的典型人物和感人事迹，展现广大干部群众扎根基层、艰苦奋斗的担当精神。在靖宇县河南村新时代文明实践站，吉林作协文学服务小分队成员将《吉林文笔》《文风》《吉林农民作家作品选》等书刊赠送给河南村，作家王怀宇和于德北为现场的文学爱好者们做了有关文学创作的讲座。

此外，吉林作协组织30余位作家开展"脱贫攻坚、吉林故事"主题创作采访暨践行"四力"教育、"深扎"采风，分两个批次赴汪清、龙井、和龙与辉南、梅河口采访驻村第一书记，开展文学服务基层活动。作家李艳是其中3位第一书记事迹的撰稿人，从对扶贫工作的陌生到心灵被震撼、被感动，她看到了每位人物之间不同的闪光点，深深感受到精准扶贫给农村农民带来的巨大变化以及每位第一书记为脱贫事业的巨大付出。这样不胜枚举、层出不穷的事迹深深感染着每一位作家。张伟认为，第一书记这一政策对帮扶农民、农村脱贫致富具有重要历史作用，随着时间的推移，人们将更深地感受到脱贫攻坚的伟大意义。

为了更好地开展"四力"教育、推进"深入生活、扎根人民"，使其成为推动精准扶贫创作的动力和源泉，吉林作协还积极促成省作协、通化市作协、辉南县作协共同成立文学服务基地、农民作家创作基地。今后，更多这样的基地将陆续成立，成为"深扎"的基础点、"四力"教育的实践所、精准扶贫的有力助推。

多领域、多部门协作，在大格局下组织创作

按照吉林省委构建"大宣传"格局的指示要求，吉林作协联系宣传文化系

书写新时代的创业史

作家走进天桥岭镇天平村

统不同层次、不同层面的工作力量,全面提升文学创作组织和服务能力,助力脱贫攻坚题材文学创作工作。

　　吉林作协与吉林省委组织部、吉林出版集团共同组织《吉林省优秀第一书记扶贫纪实》一书的撰写出版,以纪实文学的形式,对15位吉林省的优秀第一书记在脱贫攻坚主战场拼搏奋斗的风采进行采访叙写,充分发挥先进人物的典型作用,激励广大一线党员干部积极投身扶贫事业,向全国读者讲述全面建成小康社会的"吉林故事"。有作家感慨,参加采访创作的过程既是反映脱贫攻坚这一历史的过程,也是自身接受教育、灵魂得到升华的过程。

　　同时,吉林作协积极开展各类征文活动,营造决胜全面建成小康社会的浓厚氛围。由吉林作协与吉林日报社共同主办,《吉林日报·东北风》周刊、吉林作协创联部、北方作家网承办的"决胜小康、奋斗有我"征文活动,倡导广大作家积极创作反映全面建成小康社会、脱贫攻坚历史进程的文学作品,抒写时代华章,讴歌伟大成就。征文启事一经发出就得到作家和文学爱好者们的热烈响应，截至目前共收到小说、诗歌、散文、报告文学等各类稿件124篇，其中多篇在《吉林日报·东北风》周刊、《文风》内刊、北方作家网刊发。征文活动的举办使更多扶贫一线的精彩故事得以深入挖掘，展现了吉林省脱贫攻坚工作取得的巨大成就和人民群众生产生活的显著变化，表达了人民群众对祖国、对家乡吉林的赤子之情。

此外，吉林作协采取多种渠道、多种手段，增强评论宣传的广泛性和纵深性，将更多的评论目光吸引到脱贫攻坚题材的文学作品上来。吉林作协、《中国作家》杂志社还将共同组织主办研讨会，围绕如何更好地提升全面建成小康社会和脱贫攻坚主题文学创作的文学品质、时代价值、思想意义，充分发挥培养、锤炼、提升作家队伍，加强思想本领和业务本领建设的特殊作用等议题开展研讨。

扎根黑土地　真情写人民

黑龙江是农业大省,决战决胜脱贫攻坚始终是黑龙江经济振兴的重中之重。黑龙江作协坚持用习近平总书记在决战决胜脱贫攻坚座谈会上的重要讲话精神武装头脑,落实中央和省委的有关工作部署,用优秀文学作品服务、助力脱贫攻坚。

组织作家深入脱贫攻坚第一线,广泛收集创作素材。自脱贫攻坚战打响以来,黑龙江作协号召作家紧跟时代、贴近生活,不断增强脚力、眼力、脑力、笔力,努力寻求创作灵感和题材。近年来,黑龙江作家足迹遍布龙江大地,广泛深入城镇、乡村,在深入采访的同时,加深了对高质量完成脱贫攻坚目标任务重要意义的理解。作家王鸿达2018年、2019年先后几次深入到黑龙江省肇

作家在富裕县小河东村采访

源县贫困乡村进行采访,用心用情去捕捉发生在脱贫攻坚第一线的生活故事和感人画面。作家孔广钊以哈尔滨市宾县摆渡镇丽泉村为定点深入生活地点,深入了解农民脱贫致富的过程,拟创作反映新时代新农村新农民的小说作品。作家王瑛为反映黑河精准扶贫、脱贫攻坚的丰富历程,深入黑河市爱辉区进行专题采访,目前已采访3个乡镇10多个村屯。作家王德强赴大兴安岭地区呼中区呼源镇定点深入生活,拟创作反映大兴安岭地区实施乡村发展战略、决胜脱贫攻坚的电影剧本。黑龙江作家在心系黑土地的同时,也将目光投向了远方。作家王左泓2019年赴西藏体验生活,目睹了支教教师为提高西藏整体教育发展水平所作的贡献。作家韩文友作为黑龙江省选派援藏干部人才,在西藏工作生活了3年,脚步走遍村村寨寨,亲身感受了西藏同胞新时代生产生活的巨大变化。黑山白水、边疆塞外,黑龙江作家们在一个个乡村、一户户贫困户脱贫致富奔小康的路上,感受到了党领导下的脱贫攻坚工程所带来的巨大变化。

抓好精品生产,在脱贫攻坚路上彰显文学力量。黑龙江作协为全面立体地反映出黑龙江决胜全面建成小康社会、决战脱贫攻坚所取得的成效,鼓励作家进行相关题材文学创作,力争讲好新时代乡村振兴故事、写好新时代乡村创业史。黑龙江广大作家积极响应号召,主动回应时代的要求,与人民同心,与时代同步,在深入生活的基础上创作出众多脱贫攻坚题材的文学作品。王鸿达的中篇小说《江湾》讲述了扶贫干部全身心地投入到扶贫工作,帮助贫困村群众彻底改变贫困命运,同时也改变了个人成长轨迹的故事,反映新时代乡村的变化和个人在新时代中对人生价值的思考和追求;其报告文学《牵挂》叙述了扶贫干部饱含对扶贫对象的牵挂,舍小家、为大家,用真情、用付出、用牺牲演绎出人生的精彩。唐飙的散文《虹霓绚彩风雨后》抒写了黑龙江延寿县脱贫致富过程中的几个感人故事。陈力娇的小小说《生命之爱》从一个小故事入手,真切地表现出扶贫干部视扶贫对象为亲人的可贵品质,也表现了扶贫扶智的主题。曹立光的诗歌《驻村工作队路》以诗的语言展现了扶贫工作队的工作场景。此外,大量以乡村振兴、脱贫攻坚为题材的文学作品正在创作或策划当中。王左泓正在创作长篇小说《最美的遇见》,作品描写在西藏支教的老师们对西藏边远地区孩子带来的改变和影响。王玉波正在创作长篇小说《冰凌花》,作品叙述在党的扶贫政策的指导下，经过第一书记秦伟等人的努力，通过选出强有力的带头人，找准致富路子，精准扶贫，使皇后湖村和以李男为代表的贫困户脱贫致富、过上幸福生活的故事。吴志超正在创作长篇小说《一江渔火》，作品通过赫哲族青年刘三顺的互联网创业故事，讲述了赫哲族非物质文化遗产"鱼皮画"走上国际舞台的历程。沐清雨正在创作长篇小说《小小的太阳》，作品讲述医药大学师生公益支教的故事，强调教育扶贫的意义。吕维彬正在创作随笔集《黑土赞》，通过亲身经历记录了第一书记在黑龙江省桦南县的扶贫工作。在决胜全面建成小康社会、决战脱贫攻坚的伟大征程中，黑龙江作家自觉承担起新时代赋予文学工作者的神圣使命，在创作中始终坚持以人民为中心的创作导向，体现出新时代文学工作者的思想境界和文化担当。

采取多种措施，推动精品工程全面开展。2020年既是打赢脱贫攻坚战、全面建成小康社会的决胜之年，也是"十三五"规划的收官之年。黑龙江作协紧紧围绕这一党和国家工作的重大主题和重要时间节点，自觉承担起举旗

作家在甘南县兴十四村采访

帜、聚民心、育新人、兴文化、展形象的使命任务，为推进乡村振兴、脱贫攻坚等题材的创作做了大量工作。召开黑龙江新时代乡村题材创作会议，推动"乡村振兴、脱贫攻坚"题材文学作品创作生产。积极推荐作家参与中国作协"深入生活、扎根人民"主题实践活动，组织作家深入乡村体验生活，鼓励作家推出以脱贫攻坚为主题、具有本土特色的文学精品。制定《黑龙江省重大文学题材创作规划》，将"乡村振兴、脱贫攻坚"题材作为重要组成部分列入其中。开展以"打赢脱贫攻坚战、全面建成小康社会"为主题的征文活动，鼓励全省作家和文学爱好者通过具体事例和切身感受，从不同角度、不同侧面反映黑龙江省在脱贫攻坚、全面建成小康社会历史进程中所取得的历史成就。着力抓好重点作品扶持工作，在向中国作协报送多部（篇）反映"决胜全面小康、决战脱贫攻坚"题材的文学作品的基础上，开展黑龙江省重点作品扶持工作，积极向以决胜全面建成小康社会、决战脱贫攻坚为主题的优秀作品或创作项目进行倾斜。

下一步，黑龙江作协将进一步认真贯彻全国新时代乡村题材创作会议精神，紧扣"决胜全面小康、决战脱贫攻坚"和乡村振兴重大主题，组织作家开展主题采风活动，加强政治引领和创作引导，抓创作、出精品，以文学的力量为黑龙江经济社会发展鼓劲助力。

讲好乡村中国故事　上海作家大有可为

乡村题材一直是文学表现时代生活的"宝库"。它虽然不是上海作家创作的主要内容，但把握时代脉搏、书写反映乡村生活与变革的作品在上海文学史上一直是不可或缺的存在。从20世纪70年代末开始，作家叶辛就以"知青故事"为主题创作了《蹉跎岁月》《孽债》等系列长篇小说。同样对乡村书写保持着高度热情的王安忆，近30年来也创作了不少反映乡村生活的佳作。《大刘庄》与《小鲍庄》是她对中国乡村文化的进一步认识、探寻和审视，《长恨歌》《富萍》等作品也包含着作者对乡村与城市相互辐射与影响以及互为依存关系的深刻认识。不难发现，这些精品佳作，多是时代足迹和社会生活的精神写照。

进入新时代以来，上海作家对乡村题材的文学创作依然保持热忱。2020年是脱贫攻坚进入"最后一公里"的决胜之年。这一年，人口最大国的减贫脱贫壮举，注定会写进中国历史和世界历史。"脱贫攻坚"无疑是中国社会当前最醒目的主题词，关涉到每一个人、每一个家庭、每一个民族和整个国家的目标与梦想。生逢大变革时代，如何完成历史视野下的脱贫攻坚与新乡村书写，也即如何完成新时代"乡土中国"的书写，是摆在每一位作家面前的重要课题。伴随着时代大潮，上海作家在乡村题材文学创作上也呈现出多元化的面貌，一批优秀的写作者用敏锐的观察、细腻的笔触呈现新时代脱贫故事，这些作品或反思乡村历史文化，或探寻民族传统，或透视乡村治理文明，或记录乡村振兴一线干部和群众的心路历程，多角度展现了脱贫攻坚这一壮举，为时代精神和国家记忆提供了生动的注脚。

"涉浅水者见鱼虾，其颇深者察鱼鳖"，想要抓到"活鱼"，需要俯下身、弯下腰、潜入水。长篇报告文学《权力清单：三十六条》是上海作家简平走出书斋,用脚在大地上"走"出来的一部作品。为写好这部作品,他在宁海乡村深入生活两年多时间,走入山间地头对话基层干部、普通百姓,以贴近泥土的视角,真实而生动地记录了浙江省宁海县在全国首创并积极推进村级小微权力清单制度的过程。作者通过一个个鲜活的故事,以艺术的形式描绘宁海县乡村政治体制改革、民主法治建设的创新举措,精准呈现了"三十六条"的具体操作和运行。作品展示了新时代中国农村基层深化改革的新气象和落实人民真正当家做主的新探索,回应了"中国人民所走的民主道路是怎样的"这一时代主题。以这部作品为基础拍摄的《春天的马拉松》,作为中宣部纪念改革开放40周年重点献礼片,在全国公映后受到好评。

中国农村的现代化,是关于中国治理体系、治理能力的现代化,村干部是治理体系的神经末梢,直接关系到乡村基层建设能否实现现代化。在过去的3年时间里,上海青年作家张艳华走访了100多个村庄,与中国十佳村干部、大学生村干部、企业家村干部、十九大代表、普通农民等诸多人物对话,倾听村干部心声,洞察村干部职业瓶颈,总结出新时代优秀村干部的共同特质和管理机制,创作完成了26万字的《中国村干部》。由于援引案例线索众多,人物

上海作家到达海拔五千米的帕米尔高原

与事件交织，张艳华摒弃了呆板而固化的线性时间叙述，而以"主题"结构全篇，破译了当代中国村干部如何兴村、带领村民实现脱贫致富的"密码"。作品还探讨了如何重构传统乡村治理文化，以及新型城镇化路径下的村干部与农民关系，张艳华对村干部职业化的实践探索，提供了乡村基层振兴建设最新鲜的经验和参考。

在城市意识颇为浓烈的上海文学作品中，小说家彭瑞高的乡镇书写显得与众不同而有着特殊的意义。他的长篇小说《昨夜布谷》再现的是江南大都市近郊的乡镇世界，是一部反映上海农村改革开放火热生活的作品。作品以乡镇大院为背景，以人生沉浮为线索，塑造了一批性格鲜明、在改革大潮中不断遭遇困境而又努力进取的乡村干部群像，映照了改革开放40多年的乡镇发展历程，有强烈的现实气息。在城市化过程中，大都市中心城区的管理和治理，容易处于社会监督的有效范围，但乡村社区常常是一个灰色地带，小说也体现了作者对都市周围乡土人物的理解和认识。

贫穷是一个世界性的难题，特别是面对漫长而苦涩的民族历史和坚硬而坎坷的现实，中国少数民族脱贫攻坚的艰巨性、复杂性和特殊性显得独一无二。上海儿童文学作家唐池子将目光投向中国西南边陲与世隔绝的独龙江乡，准备创作长篇纪实文学《独龙之子高德荣》。作品描绘的是人民楷模、少数民族脱贫攻坚带头人高德荣带领独龙族人民实现整族脱贫的事迹。在他的带领下，独龙族实现了从整族贫困到整族脱贫、一步跨千年的历史"蝶变"，成为新中国第一个全部脱贫的少数民族。《独龙之子高德荣》提供了观察中国脱贫伟业的一个绝佳窗口，是对党的民族政策和脱贫攻坚政策在边疆民族地区的生动写照。

同样关注农民致富，上海作家杨绣丽正在创作的长篇报告文学《菌王》讲述的是"蕈菌第一人"张树庭教授如何让中国千百万农民脱贫致富，引领大家走上幸福生活的故事。作者通过详尽扎实的采访，试图真实还原张树庭的人生轨迹，以及他对食用菌研发的热爱与执著，彰显了张树庭努力为中国农村产业打造脱贫致富快通道的中国智慧和中国精神。

新时代的文学，是人民的文学。脱贫攻坚不仅要"富口袋"，还要"富文化"。在上海对口援助新疆喀什等地区脱贫的乡村一线，也出现了上海作家的

凝心聚力

作家在宁海县岔路镇湖头村与乡村干部共商村务

身影。为推进和深化文化援疆、文化润疆工作,上海作协党组带领作家多次深入援疆实地,包括秦文君、陆梅、殷健灵、程小莹、那多等,他们去往边疆体验生活,创作出版了援疆采访文集《到新疆去——上海作家西域行走笔记》。作品中无论是对党和国家援疆顶层设计的简洁描绘,还是对新疆人民群众喜怒哀乐的刻画,无不闪烁着家国情怀与美好生活的光芒。

考虑到上海城市自身定位及本土扶贫题材较少的特点,在立足书写上海新乡村生活与人民精神风貌的基础上,上海作协将陆续派出薛舒、杨绣丽、蔡骏、甫跃辉、王萌萌等一批作家前往西藏日喀则、贵州遵义、云南楚雄和元阳等上海对口帮扶地区进行创作采访,实地感受东西部扶贫协作和对口支援给当地带来的改变,积极投身书写上海服务全国脱贫攻坚战略。

身处伟大的新时代,中国人民每一天都在创造历史,作家每一天都身处创造历史的现场。讲好当代乡土中国故事,用"上海文学温度"去观照那些在奔小康道路上奋斗的身影,上海作家一直在路上。

写好文化扶贫精神扶贫这篇大文章

2020年是全面建成小康社会、打赢脱贫攻坚战的收官之年。江苏作协认真贯彻落实相关指示要求，凝心聚力，以实际行动助力打赢脱贫攻坚战。

文学惠民行动——聚焦文化补短板

扶贫先扶志，扶贫必扶智。江苏作协在脱贫攻坚工作中结合自身优势，深入推进文化扶贫、精神扶贫。

实施文化惠民活动。依托"理事百场文学鉴赏""会员千场阅读推广"活动以及文学志愿服务队，广泛发动会员力量，鼓励作家、文学工作者到乡镇、农村等基层开展公益性文学活动，扩大文学惠民活动的覆盖面。同时，为提供更为优质的公共文化服务，江苏作协还组织知名作家深入贫困乡镇，举办文学讲座，开展座谈交流。以徐州丰县为例，近年来，朱辉、胡弦等作家在丰县举办了十余场专题文学公益讲座，与当地文学爱好者面对面互动交流；育邦、李传明、杨刚良等数十位作家先后走进当地中小学，诵读经典文学作品，讲解阅读写作方法，用文学作品浸润童心，勉励孩子们在生活中发现、记录爱与美。

加强文化设施建设。《雨花》读者俱乐部以阅读推广、服务读者为宗旨，近5年来在江西、安徽、西藏、新疆、河南、山西、江苏等贫困乡镇建立读者俱乐部近百家。2019年，江苏作协开展"四不两直"调研，党组书记汪兴国赴淮安部分乡镇、社区文化站、农家书屋了解基层群众的阅读现状和阅读需求，并在调研基础上试点"扬子江文学驿站"。江苏作协还在机关内部开展了"爱心捐赠，悦读分享"等主题捐书活动，为贫困地区的孩子筹集图书、杂志，充

凝心聚力

参加"脱贫攻坚江苏故事"主题采访活动的作家在淮安市淮安区北涧村进行采访

江苏作协赴丰县顺河镇马庄村开展扶贫调研慰问活动

63

实农家书屋和乡镇文化站。2018年，江苏省网络作协到宿迁市泗阳县举行扶贫捐赠活动，向刘集小学捐赠20万元扶贫教育资金和100册文学图书。

加大人才培养力度。为解决区县、乡镇等基层作者培训难、发表难、交流难等问题，江苏作协分别在宿迁、睢宁、丰县等贫困地区举办青年作家读书班和研讨班，参加培训的当地作家达到100多人次。读书班邀请知名作家、批评家进行授课，就文学理论和创作技巧进行讲解和辅导，开阔了基层作者的文学视野。

主题创作行动——强化引导见成效

新时代脱贫攻坚行动的历史进程，为创作者提供了丰富的创作资源。作家主动介入脱贫攻坚行动的火热现实，才能写出展现斑斓激越时代变迁轨迹的优秀作品。

组织主题文学创作。近年来，江苏作协"重大题材文学创作工程"和"重点扶持文学创作与评论工程"等项目诞生了一批展现社会主义新农村风貌的优秀作品，包括陈恒礼的《中国淘宝第一村》《苏北花开》《逐梦下邳》《东风吹》、徐卫凤的《风行大地》、周淑娟的《贾汪真旺》、周荣池的《李光荣当村官》《李光荣下乡记》、叶炜的《马庄》、杜怀超的《大地册页》、王清平的《洪泽湖畔》等。这些作品从不同视角出发，以多彩的笔墨描绘了新农村建设的巨大成就和农民发展经济、改善生活的奋斗图景。其中，周淑娟的长篇报告文学《贾汪真旺》是江苏作协2018年重大题材文学作品创作工程签约项目。

2020年，江苏作协将"全面建成小康社会"列入本年度"重大题材文学作品创作工程"选题，引导作家关注和书写全面建成小康社会、决战脱贫攻坚行动的生动实践。江苏作协还与江苏省政府扶贫办合作，组织编写《脱贫攻坚——江苏故事》丛书，其中《精准脱贫——扶志榜样的力量》以报告文学的形式，书写脱贫典型温暖感人的故事，介绍他们如何通过政策及他人的帮扶立志长智、成功脱贫,脱贫后又是如何发挥榜样的力量,带领更多的人脱贫奔小康。

开展深扎创作采访。为帮助作家积累创作素材，写出富有生活质感和闪耀思想光芒的优秀作品，江苏作协启动"脱贫攻坚江苏故事"主题创作采访活动，组织24名报告文学作家，分别深入徐州、宿迁、盐城等地的数十个采访点进行现场采访。作家将根据实地走访的收获，完成相关主题的报告文学创作。

驻村帮扶行动——精准帮扶出实招

江苏作协严格落实精准扶贫基本方略，选派驻村干部，开展结对帮扶，推动扶贫脱贫政策落地见效。自2012年以来，江苏作协先后选派了4名政治素质高、综合能力强、工作作风实的机关干部赴经济薄弱村开展驻村帮扶工作。作为帮扶队员的后方单位，江苏作协在物质、资金等方面全力提供支持和保障，按规定向驻点干部所在村每年拨付项目资金20万元。这些资金或用于购置标准厂房，以对外出租增加集体收入；或用于改善当地基础设施，充实农家书屋，助力文化建设。2018年，江苏作协一次性向精准帮扶点——丰县顺河镇马庄村捐赠图书5000余册和桌椅、沙发、打印机、电脑等办公设施用品，并向贫困户发放慰问金。江苏作协还利用党建活动、工会活动等契机，多次组织机关人员到驻村干部所在村，深入贫困农户家中调研慰问。

为讲述驻村帮扶工作的曲折历程和先进事迹，2017年，江苏作协和江苏省委农村工作领导小组办公室合作，组织张文宝、王大进、罗望子、戴来、孙频等作家开展"挖掘扶贫事迹，讲述扶贫故事"主题创作采访活动，并合作完成了纪实文学《驻村帮扶"第一书记"》。2020年，作家育邦计划以省作协驻村帮扶睢宁、丰县的工作队员为写作对象，撰写报告文学作品。

脱贫攻坚工作进入决胜期，江苏作协将继续秉持政治责任感和历史使命感，以"一枝一叶总关情"的拳拳之心和"咬定青山不放松"的坚韧信念，为打赢脱贫攻坚战注入丰沛的文学力量。

走"青"连心　对口结硕果

2009年，浙江、青海两省作协积极响应中国作协倡导并组织实施的东西部作协"结对子"合作交流机制。浙江对口青海文学扶贫工作开展11年来，两省深入广泛地开展了文学交流、作家培训、作品研讨、作家采风等多方面的合作，为作家之间搭建交流学习桥梁，有力地推动了两省文学发展繁荣，青海文学也日益呈现出高原文学特有的活力和风姿。

工作日常化，联络不断线。中国作协出台了"关于东西部地区作协缔结友好合作关系的参考意见"后，浙江、青海两省作协高度重视，都把"结对子"工作纳入作协工作的重要议事日程，作为职能处室的固定工作项目，并指定专人负责日常联络。十余年来互相通报各自工作情况，做到常联系不断线，结对又连心。

分步开展，从点到面。"结对子"合作交流机制共分为两个阶段，第一阶段为2009年至2013年，以两省作家互访、扶持青海作家创作项目、文学期刊交流等形式为主。2014年至今，在第一阶段基础上，增加培训等帮扶方式，同时积极推动基层作协签约结对、拓展交流面。把省级作协交流的"点"扩展为全省交流的"面"，每年推动两到三组基层作协结对子，把仅由省作协组织的交流拓展为各结对单位自主交流，将交流全面延伸至基层作协，从省、市、县一级作协负责人到两省文学创作中坚力量中的代表性作家都有交流。目前，两省共结对12对，148位作家参加了互访活动。

开展培训，提升创作。浙江的文学创作培训邀请青海作家参加。鲁迅文学院浙江、青海青年作家高级研修班，浙江省影视文学创作研修班，浙江省青年诗人创作研修班，浙江省"新荷计划"青年作家研修班等均有青海作家参与。

浙江、青海两省作家参观文学艺术成果展

研修班邀请了大批知名作家、评论家和高校教授通过集中授课、采访考察、研讨座谈等形式，指导学员进行有目的的创作，有效地修改作品，拓展发表平台，提高了两省青年作家的理论素养和创作水平。通过研修活动，浙江作协发挥作用，为青海文学人才培养作出贡献，共有42位青海作家参加了浙江作协的培训。

签约扶持，助推精品。从2011年开始，青海作协每年向浙江文学院推荐中青年作家签约。所签约的青海作家享受和浙江签约作家一样的扶持政策，所发表的作品列入推荐浙江省"五个一工程"奖评选范围。此举有力地弥补了青海作协财力之不足，极大地鼓舞了青海作家的创作积极性。至今已有15名青海作家成为浙江作协签约作家，获得创作扶持资金24万余元。浙江作协《江南诗》《文学港》等期刊推出青海作家作品150多人次、200多篇（首）。

交流互访，共促发展。两省进行学习、交流、考察活动，举办浙江、青海作家文学交流座谈会，两地作家积极互通信息，交流心得。到目前为止，交流互访共开展了23次。由浙江、青海共同组织的活动得到了中国作协领导的关心和支持。例如，中国作协主席铁凝将个人所获"郁达夫小说奖"5万元奖金全部作为活动基金支持两地共同组织"少年追梦"贫困地区少年文学行活动，并亲赴青海互助土族自治县出席启动仪式，为征文大赛授旗。

书写新时代的创业史

浙青两省作家交流结对

两省结对，成效明显。青海省参与"结对子"的作家近年来创作并发表或出版小说20多部，出版散文集、诗集20多部，作品入选各种选刊和全国年选的数量显著增加，部分作家参加了全国青年作家创作会议，近20人加入了中国作家协会。作家曹有云获得全国少数民族文学创作骏马奖，龙仁青、江洋才让、德本加等许多作家的创作引起全国文学界的关注。青海文学日益呈现出高原文学特有的活力和风姿。支持青海的同时，浙江自身文学发展也有了积极变化，西部多民族融合地域尤其是藏民族博大精深的文化进一步开阔了浙江作家文学创作的视野，交流也激发了浙江的青年作家发展。两省作家均十分珍惜难得的学习交流机会，砥砺思想，切磋技艺，交流心得。许多作家一直保持着紧密的联系，成为创作上的益友。

作协作为党和政府联系广大作家、文学工作者的桥梁和纽带，是繁荣文学事业、加强社会主义精神文明建设的重要社会力量。今后，浙江作协将进一步发挥作用，促进两省在巩固现有结对帮扶成果的基础上，积极探索建立长效工作机制，在结对帮扶的深度和广度上下功夫，不断扩大交流，全面深化合作，力求使交流的层次和方式更多元化、丰富化、立体化，为双方作家搭建更好的服务平台，在文学发展繁荣的道路上一同携手前进。

记录江淮儿女奋斗圆梦新历程

近年来，安徽文联始终把助力脱贫攻坚作为一项重要的责任，强部署细调研，拓宽思路，积极引导广大作家、艺术家坚持以人民为中心的创作导向，深入生活，扎根人民，主动进入脱贫攻坚的主战场。安徽作协结合安徽省文学工作的实际，多措并举，扎实助力脱贫攻坚工作，用文学的形式展示决胜全面建成小康社会、决战脱贫攻坚的伟大实践，及时反映建设现代化五大发展美好安徽的成就，讲好江淮儿女奋斗圆梦的感人故事，进一步推动安徽文学高质量发展。

紧扣主题，开展创作扶持。自2019年实施安徽省中长篇小说精品创作工程以来，安徽省委宣传部、省文联设立专项资金，用以扶持中长篇小说的创作、出版、研讨，并对成果优秀者予以奖励。安徽作协合理完善激励机制，强化保障服务，将全面建成小康社会、脱贫攻坚等作为重大题材，《月牙塘》《春风杨柳》《遗忘》《授渔记》等20部作品得到扶持。

多方联动，开展主题竞赛。安徽文联、作协面向全省开展以"决胜小康奋斗有我"为主题的文学创作竞赛。安徽作协牵头，联合《清明》《安徽文学》等文学期刊，开展以"脱贫攻坚"为主题的2020年度文学原创征文活动。《诗歌月刊》《广西文学》《星星》和新加坡南洋诗社联袂推出"又见村庄"征文，鼓励引导广大作家聚焦中心、突出主题，讴歌奋战在打赢脱贫攻坚战一线涌现出的先进人物和典型事迹，展示在全面建成小康社会波澜壮阔进程中江淮大地的生活变迁和奋斗故事。

深入一线，开展创作实践。通过短期采访、中期蹲点、长期联系、挂职等形式，优先安排签约作家带着创作选题、创作任务进行定向采访。安徽文联党

书写新时代的创业史

作家在马集乡采访

作家在马郢社区采访

组主要负责人多次带领作家小分队深入岳西、太湖、舒城、宁国等沿淮贫困地区和大别山革命老区进行重点调研采风。每到一地,作家们都抓紧时间与当地扶贫干部、脱贫群众以及产业扶贫的企业代表进行交流、座谈,详细了解当地立足实际探索特色扶贫路径、持续巩固提升脱贫成色的典型做法与成效,挖掘脱贫攻坚战中第一手资料,抓取并积累创作素材,全方位、多角度、深层次讲好安徽脱贫攻坚故事,完成报告文学《晴朗的夜空为什么滴下露珠》《岭上开遍映山红》《翻过山岭,梦想花开》、中篇小说《找呀找幸福》等,在《光明日报》《人民文学》等报刊上推出。

以笔为旗反映八闽新变

脱贫攻坚是对中华民族、对人类都具有重大意义的伟业。近年来，福建作协认真贯彻落实习近平总书记关于文艺工作的重要论述，认真贯彻落实习近平总书记关于脱贫攻坚工作的重要讲话和批示指示精神，坚持以人民为中心的创作导向，引导福建广大作家聚焦脱贫攻坚题材，精心打磨一批反映决胜全面小康和决战脱贫攻坚的精品力作，以文学的方式助力脱贫攻坚。

福建宁德是习近平总书记曾经工作过的地方。福建作协积极组织引导作家深入宁德脱贫攻坚第一线，挖掘宁德打赢脱贫攻坚战历程中的精彩故事，创作了一批精品力作。谢宜兴的诗集《宁德诗篇》以现代诗歌形式抒写宁德地区精准扶贫的故事，探索乡村生态建设和文化建设对乡村振兴的深刻意义和促进作用，赞颂干部群众决胜全面建成小康社会、决战脱贫攻坚的原动力和积极性。该作品入选2020年中国作协重点作品扶持项目。詹亮濒的长篇小说《野生的村庄》以"中国扶贫第一村"福建省宁德福鼎市赤溪村的脱贫致富历程为原型，讲述了红河村两代村支两委领导班子30多年来团结带领全村广大党员干部群众，解放思想、敢为人先，摆脱贫困的感人故事。该作品入选中国作协2020年定点深入生活项目。沉洲的非虚构文学作品《我那山青水秀的乡村》讲述的是宁德贫困县屏南以"文创"活化利用古村，让天南海北的文化人成为驻村"创客"，复兴传统村落的故事。吴文胜的散文集《驿路寻香》展示闽东古茶村脱贫攻坚战果。甘代寿（禾源）的散文《一个寨子的变迁》通过寨子的变迁，讴歌脱贫攻坚的成果。此外，福建作协与人民文学杂志社等有关单位开展中国知名作家"闽东之光"采访活动，邀请作家赴闽东采访，通过文学作品进一步弘扬"闽东之光"。宁德市委宣传部、宁德市文联、宁德市作协等单位联合举

凝心聚力

作家实地考察福安市溪柄镇楼下村

作家在古田县杉洋镇听当地干部介绍脱贫情况

办宁德市"决战决胜脱贫攻坚"文艺采访、征文、展览等活动，相关成果将编辑出版。

习近平总书记在闽工作期间，曾先后两次到沙县调研沙县小吃，要求加强以沙县小吃业为支柱的第三产业，使之成为新的经济增长点。20多年来，沙县历届县委县政府积极努力，致力把沙县小吃成功打造为沙县脱贫致富奔小康的产业。陈毅达的长篇小说《沙县小吃》展现了一个普通的乡村青年利用改革开放所造就的契机，通过沙县小吃脱贫致富奔小康并融入改革开放伟大进程，实现命运改变与奋进追求的人生。该作品入选2020年中国作协重点作品扶持项目。

与此同时，福建作协还广泛发动作家深入挖掘全省在决胜全面小康进程和决战脱贫攻坚中涌现出来的精彩故事。近年来，福建作协与炎黄文化研究会组织"走进海西·感受县域经济发展"系列采访活动，组织作家500多人次走进全省84个县（区、市）采访，创作出一批接地气、有深度的文学作品，并结集出版为《走进八闽纪实文学丛书》。福建作协于2020年初向全省作家征集现实题材尤其是脱贫攻坚题材作品，目前已征集到30多部作品。钟兆云的报告文学《小种大世界》讲述的是出身"茶叶世家"的江元勋满怀家国情怀，创始金骏眉、创建正山堂，进而带动父老乡亲和全国众多贫困地区脱贫攻坚的故事。刘建军（鸿琳）的中篇小说《驻村干部》讲述县派驻村干部致力产业扶贫，带领全村走上脱贫致富道路的故事。李迎春的长篇小说《向北向南》反映中央苏区第一模范区才溪在乡村振兴背景下蓬勃发展的壮丽画卷。林朝晖的长篇报告文学《红苹果的守望者》关注的是罪犯及其子女奔小康的诉求。简清枝的长篇纪实散文《土楼人的小康路》抒写大山深处、世遗之下的福建土楼子民走奔小康与乡村振兴之路的故事。王炜炜的长篇小说《刺桐红》讲述在实现国家富强、脱贫攻坚、乡村振兴"中国梦"的历程中金融人的故事。福建作协后续还将与《福建文学》杂志社合作，推出"脱贫攻坚"专号。

抒写赣鄱大地华彩篇章

2020年是全面建成小康社会和"十三五"规划收官之年，也是全面打赢脱贫攻坚战的决战决胜之年。江西作协注重结合自身优势，围绕脱贫攻坚这一主题，开展了多项内容丰富、各具特色的主题创作和宣传活动，为助力脱贫攻坚作出积极贡献。

江西作协联合江西日报社、《星火》杂志社举办了"我们的扶贫故事"主

作家们与泰和县乌鸡养殖户交流

书写新时代的创业史

题征文活动。此次活动鼓励广大作者用文学的样式描绘红土地上脱贫攻坚的生动画卷,讲述扶贫一线的动人故事,努力推出更多有细节、有温度、有情怀的报告文学、散文、诗歌作品。征文从 2020 年 3 月起至 12 月 30 日止,优秀作品将在《江西日报》和《星火》杂志上刊发。

江西作协与江西文联共同举办了"决战决胜脱贫攻坚,倾情抒写赣鄱华章"2020 年江西谷雨诗会诗歌创作座谈会。江西省文联主席叶青,江西省科技厅原厅长李国强,江西省社科院文研所原所长吴海,江西作协主席李小军,江西作协副主席、秘书长曾清生,江西作协副主席范晓波、李洪华、陈怀琦以及诗人、作家代表 30 余人与会座谈。与会者围绕纪念"谷雨诗会"的倡导推动者邵式平同志诞辰 120 周年及"决战决胜脱贫攻坚诗歌何为"等主题作了发言。大家认为,在全面建成小康社会、坚决打赢脱贫攻坚战的伟大实践中,诗人要关注重大题材的创作,以健康明朗的笔调抒写脱贫攻坚战役中的动人场景,

作家们在永新县葡萄种植项目基地与农户交流

讴歌美丽乡村建设中的感人精神；要坚持深入生活、扎根人民，注重在生活现象中提炼具有诗意表达的典型，力求真实地反映时代生活的本质，及时地介入新时代的现实生活，在扶贫工作中加强与人民的密切联系，努力呈现贫困地区的现实，再现脱贫群众的期待，真正达到思想性和艺术性的统一。叶青希望江西作家、诗人坚持以人民为中心，与时代同步伐，与火热的生活相对接，在创作中反映时代最鲜明的主题。会上还颁发了2019江西年度诗人奖，诗人吴素贞获得该奖项，叶小青、周簌获得2019江西年度诗人提名奖。

此外，江西作协还开展了"决胜全面小康、决战脱贫攻坚"主题创作采风活动。活动组织江西作家深入赣州、新余、九江、景德镇、上饶、宜春、萍乡、吉安、抚州等地的脱贫攻坚一线，了解当地的脱贫攻坚政策举措、重要活动、重大事件和扶贫干部先进事迹，运用文学的形式讲述脱贫攻坚江西故事，展示脱贫攻坚波澜壮阔的伟大历程、精彩纷呈的特色经验和令人瞩目的辉煌成就。

据介绍，江西作协已确定温燕霞、卜谷、凌翼、朝颜、刘景明、邹冬萍、刘建华、范剑鸣、汪伟跃等一批重点作家作品选题，并对其创作进度进行重点跟踪，后期还将根据不同情况对其进行一定程度的帮扶支持。

勇当文学领域的"泰山挑山工"

脱贫攻坚是一场必须打赢打好的硬仗。文学如何在脱贫攻坚中建功立业，作协如何在脱贫攻坚中履职尽责？近年来，山东作协坚持以习近平新时代中国特色社会主义思想为指导，认真学习贯彻习近平总书记关于脱贫攻坚和文艺工作的重要论述，紧紧围绕党中央和省委的决策部署，勇当新时代"泰山挑山工"，团结引领山东广大作家和文学工作者讲述好脱贫攻坚"山东故事"、传递好脱贫攻坚"山东声音"、塑造好脱贫攻坚"山东形象"，开创了文学助力脱贫攻坚新局面，为实现全面建成小康社会目标任务、加快建设新时代现代化强省贡献了文学力量。

加强思想引领 凝聚使命担当

始终坚持把思想政治建设放在首位。通过举办各类别、各层次的专题培训班、学习班、研讨班，引导山东文学界深入学习贯彻习近平新时代中国特色社会主义思想，不断增强文学助力脱贫攻坚的责任感、使命感。2018年，举办了山东作协系统干部深入学习党的十九大精神培训班和深入学习习近平新时代中国特色社会主义思想文艺骨干培训班。2019年，举办了"山东文学周"大型主题活动、山东文学界学习贯彻党的十九届四中全会精神培训班、山东作协文学工作者"四力"教育培训班，开展了纪念习近平总书记文艺工作座谈会重要讲话发表五周年系列活动、"泰山挑山工"文学艺术形象征集活动等。还先后推荐多名作家参加中国作协等举办的各类深入学习贯彻习近平新时代中国特色社会主义思想专题培训班等。引导广大作家不忘初心、牢记使命、增强"四力"、担当作为，潜心创作优秀作品，绘就多样齐鲁风情画卷。

多出精品　多出人才

近年来，山东作协加强脱贫攻坚题材精品创作。文学助力脱贫攻坚，最主要、最直接的目标就是创作推出一批脱贫攻坚题材的文学佳作。在精品策划方面，围绕全面建成小康社会等重要时间节点，研究确定了"三大攻坚战""中华优秀传统文化""沂蒙精神""泰山挑山工精神""先模人物""乡村振兴""新旧动能转换""经略海洋""黄河滩区迁建""山东故事"十大主题文学创作，建立完善了文学精品创作的策划、扶持、打造、激励、推介等一系列工作机制。在创作扶持方面，实施文学精品打造工程、重点作品扶持、定点深入生活和青年作家、儿童文学、网络文学创作扶持等项目，编辑出版《齐鲁文学典藏文库（当代卷）》《文学鲁军新锐文丛》《山东作家作品年选》《山东青年文学名家文库》等图书，开展"泰山文艺奖（文学创作奖）"评奖，参与拍摄脱贫攻

山东作协组织作家在新泰市谷里农业示范园实地调研现代农业发展情况

坚题材电视连续剧，举办山东重大题材文学创作交流推进会等，加强对脱贫攻坚题材等重点创作选题的激励扶持。在精品推介方面，通过评定签约文学评论家、召开专业委员会年会、举办作家作品研讨活动、举办主题文学展览等方式，加强对脱贫攻坚题材的文学创作及优秀作品的宣传推介展示。通过一系列有效措施，推出了赵德发的长篇小说《经山海》、铁流的报告文学《"莱西经验"诞生记》、张继的电视连续剧《遍地书香》、逄春阶和朵拉图的长篇报告文学《新时代的黄河大合唱》、刘恒杰的长篇小说《乡村风景》、周习的长篇小说《中国农民》等一批脱贫攻坚题材优秀文学作品。其中，《经山海》获得精神文明建设"五个一工程"奖，《"莱西经验"诞生记》在《人民日报》发表后引起较大反响。2020年5月8日，由山东作协参与摄制的38集文化扶贫电视剧《遍地书香》，作为全国脱贫攻坚题材重点播出剧目，在北京卫视黄金档首播，爱奇艺、腾讯视频、优酷网等同步播出，成为山东作协打造脱贫攻坚文艺精品的又一重要成果。

　　脱贫攻坚，关键在人。文学助力脱贫攻坚，关键就在基层作家和文学工作者。在基层文学人才培养方面，通过成立"张炜工作室"并开班授课、评定签约作家、开展文学照亮人生——服务基层作家创作培训活动、实施"三个一百"工程以及举办山东青年作家（乡村振兴题材）高研班、山东省（乡村振兴）作家班、打造乡村振兴齐鲁样板与文学创作高级研修班等，不断加强对基层作家的教育培养，提升基层作家的实力水平，为脱贫攻坚提供强有力的人才支撑。在基层文学人才扶持方面，通过发展推荐会员、举办创作研讨活动等工作向基层文学人才倾斜，向基层作协、基层文化活动室和文化馆、图书馆等赠送《山东文学》《时代文学》《百家评论》杂志，以及开展文学交流、信息咨询等，努力为广大基层作家提供更多的扶持服务。2020年，山东作协新发展会员350多名，其中大部分是基层作家和文学工作者。

创新三大机制 落细落实务求实效

　　加强对口帮扶工作机制。山东作协先后选拔三批10人次到聊城市阳谷县

山东作协"文学照亮人生"基层服务队在沂水举行走基层公益活动

李台镇、狮子楼街道办挂职第一书记,对口帮包4个村庄和1个社区脱贫攻坚,经过共计7年的艰苦奋斗,第一书记们圆满完成了各项帮包任务,为促进当地脱贫攻坚作出了突出贡献,多家媒体对他们的工作进行了宣传报道。目前,山东作协还有1人在济宁市鱼台县王庙镇大奚村担任第一书记,1人在临沂市沂水县担任"山东省乡村振兴基层服务队"队员,2人在德州市武城县担任"进企业、进项目、进乡村、进社区"疫情防控攻坚工作组成员。同时,山东作协2019年开始对接支持菏泽市郓城县乡村文化振兴工作,2020年开始联系帮包青岛胶州市新时代文明实践中心试点县(市、区)工作,在对口帮扶支持工作中,采取了一系列积极有效的措施,帮助基层作家成长成才。

山东作协通过多种方式积极鼓励引导广大作家深入脱贫攻坚一线进行采访创作。深入实施作家定点深入生活制度,在各团体会员单位积极推荐的基础上,先后评定多批次近百个省作协定点深入生活项目并给予扶持,推荐数十位作家申报的选题入选中国作协定点深入生活项目。组织开展山东作家"乡村振兴"主题大采访活动,山东文学界上下联动,几百名作家深入山东乡村振兴点进行深入采访。组织开展了以"绿水青山就是金山银山"为主题的"硕秋天蒙作家行"采访、全国著名作家走进黄河口采访、"中国作家走进德州"、百名作家莱芜行、2019中国（日照）散文季、2019中国东营黄河口诗会、山东作家走进沾化和商河、"中国作家走进博兴"等一系列助力脱贫攻坚的文学活动，数千名作家奔赴脱贫攻坚一线，创作推出优秀作品。同时，先后与鲁商集团、莱芜香山、东营市孤岛镇等单位合作建立了一批作家创作基地，为广大作家采访创作提供支持和帮助。山东作协被中国作协评为2019年度"深入生活、扎根人民"主题实践先进集体。

开展文学普及活动，组织作家"进农村、进社区、进校园、进企业、进军营"是文学助力脱贫攻坚的有力措施。探索建立了文学志愿者服务制度，组织成立了山东省新时代文明实践文学志愿服务队，组织开展以"文学照亮人生"为主题的系列文学志愿服务活动。先后开展了17场"文学照亮人生——山东省文学名篇阅读走进基层"活动，举办了7场"文学照亮人生——中外经典文学讲坛"活动，开展"文学照亮人生"服务基层作家创作培训活动，积极组织"三下乡""全民阅读""书香社会""文学公益大讲堂"以及各类图书捐赠、文化下乡等活动，丰富了基层群众的文化生活。

山东作协的努力得到了社会各界的关注和肯定。今后将进一步加大对脱贫攻坚题材文学精品创作的规划打造力度、对基层作协的支持指导力度和对基层作家的扶持帮助力度，努力推动文学助力脱贫攻坚再上新台阶、攀上新高峰，为全面建成小康社会、山东"两个走在前列、一个全面开创"作出新的更大贡献。

文学豫军答好时代考题

近些年来，河南作协始终紧绷脱贫攻坚是重大政治任务和最大民生工程这根弦，切实履行围绕中心、服务大局的基本职责，紧紧围绕凝聚力量、鼓舞人心，注重发挥文学优势，助力脱贫攻坚。

积极做好结对帮扶工作。河南省作协干部职工结对帮扶宁陵县石桥镇孙迁村村民，"一户一策一档案、一户一帮扶单位一帮扶联系人"，和村第一书记制定出切实可行的扶贫台账，实施精准脱贫攻坚。每年，河南文联主席、作协主席邵丽及其他结对帮扶责任人均多次前往扶贫村，带去慰问品和慰问金，并且因户制宜，制定扶贫方案，扎扎实实抓好落实，保证扶贫工作取得实效。

河南作协组织"深入生活、扎根人民"采访创作活动

利用自身优势，丰富基层群众文化生活。河南作协组织作家和文学志愿服务工作者7次到石桥镇和孙迁村进行送文学下基层活动，以文学讲座和读书会的形式，丰富了群众的文化生活，倡导了健康向上的社会风气。河南作协还先后向新疆等地捐赠精品文学图书2000余册。

聚焦脱贫攻坚，打造精品力作。河南作协组织重点作家，积极参与中国作协、河南省委宣传部等单位组织的重点创作项目，尤其鼓励和动员作家围绕脱贫攻坚这一重大题材创作，提前谋划，制定好选题与创作方案，强化精品文学作品创作扶持保障机制。其中，作家郑彦英参加中国作协组织的"脱贫攻坚题材报告文学创作工程"，采写兰考人民脱贫攻坚奔小康的事迹，创作完成了长篇报告文学《敢教日月换新天》。作家李天岑的《三山凹》入选2020年中国作协重点作品扶持项目"决胜全面小康、决战脱贫攻坚"主题专项，作品将中国农村40余年在改革的总主题下发生的翻天覆地的历史巨变和实现脱贫致富奔小康后中原农民物质和精神生活水平的提高艺术地展现出来。作家陈宏伟参与河南省委宣传部组织的中原文艺精品创作工程，创作了长篇小说《陆地行舟》。这部作品是一个摆脱贫困的中国样本，生动再现了风生水起的当代乡村生活。同时，在《时代报告》杂志开辟报告文学专栏"时代先锋""驻村第一书记"，先后刊发50多篇优秀作品。报告文学作品集《扶贫岁月——兰考脱贫背后的故事》、长篇报告文学《庄严的承诺》《时代的答卷——来自国家级贫困县的脱贫攻坚报告》等作品先后出版，集中讲述了河南人民在新时代脱贫攻坚的故事。

鼓励作家深入生活、扎根人民，倡导反映脱贫攻坚的现实题材和重大题材创作。比如，组织实施"文鼎中原——河南省作协2019年度重点作品扶持工程"，关注支持书写中国梦、精准扶贫、乡村振兴、决胜全面建设小康社会等选题，为推出一批思想艺术性高、社会影响力大和群众欢迎度高的精品力作创造条件，最终推出脱贫攻坚题材作品4部，分别是小说集《村歌嘹亮》、报告文学《道德的力量——弯柳树村以传统文化扶志脱贫的故事》、诗集《你从中原来》《父亲的黄岗镇》。今后计划加强对脱贫攻坚题材作品的创作指导与理论研讨力度，努力提升重大题材作品创作质量和文学影响力。

凝心聚力

作家赴驻马店慰问困难群众

2020年是全面建成小康社会和"十三五"规划收官之年，也是脱贫攻坚决战决胜之年。河南作协相关负责人表示，河南作协将继续深入学习贯彻习近平新时代中国特色社会主义思想，号召全省文学工作者坚持以人民为中心的创作导向，在深入生活、扎根人民中进行无愧于时代的文学创作，以优秀的文学作品为脱贫攻坚加油鼓劲。河南作协将会同省摄影家协会，组织优秀作家、摄影家举办"大决战——河南省脱贫攻坚优秀文学摄影作品展"活动，采取摄影和文学相结合的形式，聚焦河南脱贫攻坚取得的巨大成就和脱贫攻坚过程中涌现出来的典型人物、典型事例、感人故事等，通过反映普通人的情感命运等折射巨大的社会变迁，用图像定格历史，用文字记录时代，讲好决战脱贫攻坚这个大故事。

描绘新农村生活斑斓画卷

2020年6月,湖北作协向各市、州及神农架林区作协发出关于开展"决战决胜脱贫攻坚·荆楚作家走乡村"采访创作活动的通知,要求各地作协在做好常态化疫情防控前提下,围绕"决战决胜脱贫攻坚"主题,组织发动广大作家和文学工作者深入扶贫一线采访创作。年内将对各地作协推荐的优秀作品择优结集出版。

荆楚作家走乡村采访创作活动是湖北作协的品牌文学活动。自2007年以来,湖北作协坚持一年一个主题、一年一本书,聚焦三农建设和乡村振兴,组织作家深入现场采访创作。先后围绕荆楚名村、农村环保、基层党建、南水北调、革命老区、精准扶贫、美丽乡村、脱贫攻坚等不同主题,出版了《花开扶贫路》《美丽乡村行》等14部作品集,从不同角度、不同侧面,全面而立体地反映湖北省新农村建设取得的丰硕成果,描绘出一幅反映新农村生活的多彩画卷。

湖北作协始终坚持以人民为中心的创作导向,精英精品与基层基础两手抓,重视、扶持和引导作家深入火热的农村生活,关注脱贫攻坚和乡村振兴,肩负社会责任和作家使命,涌现了一批接地气、有筋骨、带露珠的精品佳作。杨豪用8年时间调查采访创作的《中国农民大迁徙》入选中国作协2007年重点作品扶持篇目,2018年出版的《城乡大裂变》入选中国出版传媒商报社携手全国百家出版社征集推荐的首批"乡村振兴与扶贫扶智"主题出版书目。由湖北人民出版社出版的《精准扶贫济苍生——中国扶贫报告》,历时10年采访调查、4年反复修改完成。作品全方位叙述中国扶贫工作走过的历程,是一部深情书写脱贫攻坚的心血之作,入选2017年中国作协重点作品扶持项目和湖北省委

湖北作协举办"决战决胜脱贫攻坚·荆楚作家走乡村"采访活动

宣传部"精品文艺工程"奖。普玄的中篇小说《太阳刻度》发表于2019年第10期《人民文学》，反映当下农民的信用问题，折射出乡村几十年经济发展过程中带来的人心和人情的变化。谢克强的诗歌《承诺（外二首）》聚焦四川凉山昭觉县三岔河乡三河村的发展变化，收入四川作协编辑出版的诗集《祖国，凉山向你报告》。晓苏的中篇小说《裸石阵》写一个县委书记从人性的角度帮助贫困户脱贫致富的故事，刻画了一个敢于开拓、敢于创新、敢于作为、敢于担当的县委书记形象。韩永明的中篇小说《鹧鸪天》写扶贫干部下乡扶贫，参加贫困户评选，从而引发一系列矛盾的故事。2017年创作的中篇小说《春天里来》描写在扶贫背景下女主人公黄香久种植玉米的故事，获"长江文艺双年奖"。朱朝敏的《百里洲纪事：一线脱贫攻坚实录》2019年入选中国作协定点深入生活项目。该作品不仅记录了贫困人员的物质脱贫经历，还记录了他们心理脱贫过程。朱寒霜的长篇小说《天坑村》反映下派干部为精准扶贫主动造血、打造乡村生态旅游产业、帮助村民走上共同致富道路的现实故事。该作品于2018年入选中国作协定点深入生活项目，2019年入选湖北省委宣传部文艺精品创作扶持项目。罗晓的《大山里的青春》入选"2018年全国优秀网络文学原创作品"推介名单。王玲儿的报告文学《艳阳天——湖北、贵州搬迁扶贫

作家在随州市
曾都区龚店村
看望贫困户

实录》入选2020年中国作协重点作品扶持项目。周凌云的散文《太阳人》、罗胸怀的报告文学《柳山湖的奋斗时光》入选2020年中国作协定点深入生活项目。

除了以文学作品积极反映脱贫攻坚进程，湖北作协还积极落实湖北省委、省政府扶贫工作要求，成立由省作协党组书记文坤斗负责的扶贫工作领导小组。自2015年9月以来，实行工作队长年驻村工作机制，结对帮扶随州市曾都区龚店村脱贫。5年来，该村已确立以香菇种植、光伏发电、康养民宿、旅游开发为主导的扶贫产业。筹措扶贫资金200万元，引进武汉博大科技集团康养项目投资600万元，申请美丽乡村财政拨款400万元。2017年建成光伏发电产业，每年为村集体收入增收12万元。同时，湖北作协发挥职能优势，单位和个人向村图书室捐赠图书杂志5000余册；连续3年举办"同心协力精准扶贫"农民诗歌朗诵会；年年送春联下乡，组织曾都区作协青年骨干会员采访创作……通过这一系列措施，推进文化扶贫。龚店村2014年建档立卡贫困户171户558人，2016年11月通过省第三方评估验收，整村脱贫出列。2019年，这个曾经的深度贫困村实现全部脱贫，列入湖北省美丽乡村建设试点村。

行走的"精准扶贫"

2013年11月3日,习近平总书记到湖南湘西土家族苗族自治州考察时,在十八洞村首次作出了"实事求是、因地制宜、分类指导、精准扶贫"的重要指示。湖南省广大干部群众响应"精准扶贫"号召,向三湘大地千百年来的贫困顽疾发起攻城拔寨的冲刺。湖南作协认真学习贯彻习近平总书记关于文艺工作的重要论述,鼓励和支持广大作家聚焦脱贫攻坚题材,投身三湘四水,走进扶贫攻坚一线,进行深度采访调查,以文学的方式见证并记录这一伟大事业,创作了一批反映湖南精准扶贫、精准脱贫的优秀作品。

早在2014年,湖南作协就联合湖南省委外宣办、湘西州委州政府组织了"作家看湘西扶贫开发"大型文学采访活动,邀请省内外知名作家奔赴古丈、永顺、凤凰等地,考察湘西扶贫开发的新进展和新成果,以文学的形式聚焦湘西扶贫大开发,总结成绩,提出建议。同时举办主题征文,优秀作品已在省内外报纸、杂志发表并收入公开出版的《三湘之歌——"中国梦·文学梦·湖南故事"系列采风作品集》。

龙宁英在活动结束后,深入湘西扶贫开发一线开展采访调查,创作完成了长篇报告文学《逐梦——湘西扶贫纪事》,并获得第十一届全国少数民族文学创作骏马奖。纪红建在活动期间受到启发,此后他带着简单的行李,走进大山深处,三年间走遍全国14个省(自治区、直辖市)39个县(区、县级市)的202个重点脱贫村庄,走访贫困户、脱贫的老乡和在脱贫攻坚一线的扶贫工作者,带回了200多个小时的采访录音,整理了100多万字的采访素材,创作完成长篇报告文学《乡村国是》。作品用一个个真实生动的故事全景式、纪实性展现了我国脱贫攻坚取得的巨大成就,也呈现出了扶贫工作的艰巨性和复杂性,

书写新时代的创业史

是一部以报告文学形式记载脱贫攻坚这一伟大历史进程的庄严厚重、气势恢弘的精品力作,获得第七届鲁迅文学奖。

湖南作协通过作家定点深入生活、重点作品扶持、重大现实题材创作和主题征文的方式,积极引导广大作家走进扶贫故事发生的现场进行采访和创作。

2015年,湖南作协参照中国作协做法,结合湖南实际,制订《湖南省作家协会作家定点深入生活工作条例》,并于同年启动该项工作。首次立项的就有龙宁英的长篇报告文学《逐梦——湘西扶贫纪事》和纪红建的长篇报告文学《乡村国是》。多年来,湖南作协每年的定点深入生活和重点作品扶持都设有

作家随扶贫干部深入江华瑶族自治县走访贫困户

扶贫专题，2019年的湖南现实题材长篇创作工程选题中设扶贫专题。截至目前，湖南省作协共支持数十个扶贫主题文学创作项目。

2017年，在湖南省委宣传部指导下，湖南作协联合湖南日报社、湖南文联、湖南出版投资控股集团举办了为期3年的"梦圆2020"主题文学征文活动，并在省内重点签约25名作家，有计划地组织作家投身脱贫攻坚一线调查采访，开展创作。活动期间，《湖南文学》《湖南日报·湘江周刊》《芙蓉》《湘江文艺》《小溪流》等省内文学报纸杂志开设了"梦圆2020"主题文学征文专栏，陆续刊发了84部中短篇作品。征文收到212名全国各地作家的438篇（部）参评作品，39篇（部）作品获奖，包括李文锋的《火鸟》、胡小平的《化解》、郑正辉的《让爸爸站起来》、江月卫的《守望》、田润的《苍山作证》、王天明的《春喜》等6部长篇小说，罗长江的《石头开花——武陵源旅游扶贫故事与把脉反贫困随想》、韩生学的《家是最小国——另一种扶贫："让婚姻照亮生活"》、王丽君的《e网情深——湖南电商扶贫纪实》、张雄文的《雪峰山的黎明——雪峰山旅游扶贫模式纪实》、谢慧的《古丈守艺人》等5部长篇报告文学，以及22篇（首）中短篇小说、报告文学、散文、诗歌和儿童文学。这些作品书写方式各有差异，创作题材新颖广阔，有的反映扶贫给贫困地区发展带来的巨大变化，有的反映当地群众在脱贫路上的全面成长，有的聚焦脱贫给新农村带来新气象，有的关注乡村旅游扶贫开发，有的关注扶贫开发和生态经济发展，有的反映信息时代乡村的电商扶贫，还有的关注贫困家庭的婚姻问题。参与征文的作品通过多个领域和多重视角，展示出湖南脱贫攻坚的感人事迹，表现出人们努力奔向小康的奋斗精神，具有鲜明的时代特色和浓郁的生活气息。获奖作品于2020年9月作为"梦圆2020"主题文学征文活动获奖丛书公开出版。

湖南省内的实力作家积极投身扶贫主题创作，一批优秀作品公开发表，产生了积极影响，如谭谈的散文《青山里之秋》、谭仲池的报告文学《牛角山的春天》、梁瑞郴的散文《藏在深山里的那片绿》、向本贵的短篇小说《前程似锦》《长岭透迤》、聂鑫森的小小说组章《驱贫赋》、万宁的短篇小说《乡村书屋》、彭东明的中篇小说《豆苗青　稻子黄》、谢宗玉的短篇小说《忏悔》、

书写新时代的创业史

作家在张家界武陵源采访

纪红建的报告文学《曙光》、王琼华的中篇小说《处分期间》、周伟的散文《他们，或薄凉的尘埃——驻村扶贫手记》等。沈念多次随扶贫工作组前往永州江华瑶族自治县进行调查采访，创作了《天总会亮》《空山》《长鼓王》等系列中短篇小说，以乡村生活和扶贫工作的具体细节为叙事蓝本，反映了从乡土走出去的一代知识主体，对青春与成长记忆的安顿和对后农耕时代乡村结构与伦理秩序变化的切肤体认，全面深刻地呈现了少数民族地区文化旅游扶贫开发过程的艰难及其带来的巨大变化。

积极为省外作家来湘扶贫主题文学创作做好服务。作家卢一萍、李迪、李金山等作为中宣部、中国作协和国务院扶贫办重点项目创作者来湘采访，湖南作协做好协调接待工作的同时，为作家收集素材、深入采访调查提供方便。李迪创作完成《十八洞村的十八个故事》系列故事，《腾飞的十八洞村》《经过的事不会随风而去》《头上剃字的人》《金兰密》《就是悬崖我也要跳》《去十八洞村的路上，做一个金灿灿黄桃梦》等中短篇作品引起较大反响。

2020年1月，湖南作协组织了湖南文学人"潇湘家书"征集活动，精选127封优秀家书汇编成《文学人的家书》。一封封家书，反映着三湘大地脱贫攻坚发生的喜人变化，传递着父老乡亲的深情牵挂和留守儿童的浓情思念，在新春来临之际，邀请家乡亲人回乡过年、返乡创业，浓浓的亲情浸润在字里行间，绵绵情话编织着美好的人间故事。

湖南10个省级文学学会和14个市州作协分别以主题征文、主题采访、重点作品扶持、重大现实题材作品创作等方式，开展扶贫主题文学创作，创作了大量优秀生动的文学作品。"潇湘杯"网络微文学创作大赛推出了"精准扶贫在湖南"专题。一批批生动讲述三湘大地脱贫攻坚的优秀"湖南故事"引发社会广泛关注，激发了广大群众脱贫攻坚的信心和决心，也引来了更多的扶贫开发项目和扶持资金，定将进一步助力建设富饶美丽幸福新湖南，实现伟大中国梦。

南粤热土上的脱贫攻坚故事

2018年10月23日，第六个国家扶贫日过去仅6天，习近平总书记来到广东清远市英德连江口镇连樟村，深情地对村民说："乡亲们一天不脱贫，我就一天放不下心来。"如今，连樟村的广场上伫立着一块大石，上面就镌刻着习近平总书记这句千钧嘱托。近年来，广东作协积极响应打赢脱贫攻坚战的号召，动员组织会员作家沿着习近平总书记在广东扶贫的足迹，先后分期分批前往清远、连州等贫困地区进村入户访贫问苦，加大文学服务社会的力度和深度，争取在脱贫攻坚战中发挥文学工作的独特作用，获得社会各界广泛好评。

守土有责：组织脱贫攻坚文学活动

为弘扬扶贫济困大爱精神，促进全社会关注扶贫工作，早在2012年，经广东省人民政府同意，正式成立了广东扶贫开发工作全景式纪实文学《大爱》编委会。由广东作协组织全省50多名作家进行采写，50万字作品经广东作协、省扶贫办结集成纪实文学集由广东省出版集团、花城出版社出版，时任省长朱小丹同志为该书作序予以推荐。该书以纪实文学的手法，客观、真实、生动地记录了扶贫"双到"工作中扎根基层、无私奉献的干部群众的感人事迹，被誉为新时期广东精神的行动体现。在总结工作经验的基础上，广东作协不断拓展文学服务脱贫攻坚形式和内容。2018年，围绕"精准扶贫、乡村振兴""生态文明建设"等现实题材，研究确定深入生活扶持项目30个，并与扶持对象签订《创作生产承诺书》，明确目标要求和完成时限，采取多种方式跟踪服务。开展"送文学精品到基层"文化惠民活动，向全省贫困山区等赠送4万余册文

广东作协以"文学精准扶贫"为主题开展"文学进校园"活动。2019年10月29日,活动走进连州市东陂镇西溪中心学校

学图书。2019年,以"文学精准扶贫"为主题开展"文学进校园"活动,全年在省内15所学校举办文学讲座30场,培训学生约5400人。赴基层组织"红色文学轻骑兵"活动20多场。随"中国少数民族文学之星"广东采访团,向英德市横石塘镇龙华村、江口镇连樟村捐赠了一大批图书。2020年,按照省委宣传部的部署,广东作协组织张培忠、陈启文、王十月、曾平标、王威廉、黎衡、何龙、喻季欣、姚中才、刘鉴、盛慧、李焱鑫、陈枫等13名作家历时7个月精心创作百万字的长篇报告文学《奋斗与辉煌——广东小康叙事史》(一至四卷),选题定位为通俗历史、百姓故事、家国情怀、全球视野,以老百姓生活变化为立足点,呈现经济建设、民主法治、文化建设、人民生活、生态环境、科技创新等重要侧面,全景式展现广东全面建成小康社会的伟大历程。

因地制宜：开展脱贫攻坚主题创作

广东作协坚持省、市作协组织联动参与脱贫攻坚工作，动员团体会员因地制宜、各显神通开展脱贫攻坚主题文学创作，取得显著成效。东莞市组织胡磊、丁燕、柳冬妩、林汉筠、莫寒、孙海涛、周光明、雷电波、程建华等作家，走访慰问东莞凤岗镇对口帮扶韶关仁化县3个镇12个省定贫困村，对各村的产业扶贫、教育扶贫、文化扶贫、民生扶贫等现状和措施摸底调查，创作系列脱贫攻坚报告文学作品，结集出版为《丹凤朝阳》。广东作协公安分会作家袁瑰秋利用周末及节假日时间，历时3年深入韶关市始兴县马市镇红梨村采访，进出该村30多次，行程达2万公里，创作长篇报告文学《红梨花开》，作为唯一一部脱贫攻坚题材文学作品入选省委宣传部向新中国成立70周年献礼图书《见证——我们的70年》。2018年7月至2020年1月期间，作家黄柳军被中山文联派往肇庆市广宁县排沙镇木源村参与脱贫工作，创作了一部以乡村扶贫为题材的长篇纪实小说《为春天抚琴而行》，全书3卷，约70万字，同时创作了300多首以乡村扶贫为题材的诗歌。韶关作协、残联分会于2019年组织创作编写反映残疾人脱贫攻坚、自强自立的文学集《绽放》，于2020年组织会员深入瑶乡乳源县采访，创作完成脱贫攻坚、反映乡村新变化题材散文28篇，拟结集出版《和美瑶乡》，还举办广播剧创作培训班，组织作者创作反映脱贫攻坚、乡村振兴题材的广播剧本。韶关作协作家王心钢创作出版长篇小说《云外青山》，以广东石灰岩地区一个乡镇为背景，反映乡镇干部带领群众脱贫攻坚奔小康的故事，入选广东作协庆祝新中国成立70周年丛书。肇庆市举办"脱贫攻坚迎小康"主题征文活动，精选优秀作品出版《"脱贫攻坚迎小康"文学作品集》，于2019年中国农民丰收节期间举行了向全市农家书屋赠书仪式。阳江市分别组织"作家记者走进阳西特色乡村"采风、"给力脱贫攻坚，共建富美阳西"征文活动，推出了一批优秀作品。云浮作家文长辉创作报告文学《陈开枝：106次百色行》，获得中国城市党报新闻奖一等奖。湛江市先后组织"番薯情—稳村行"采风、"作家走进楒川村"脱贫攻坚主题采风活动，由南方日报出版社结集出版了散文诗集《番薯崛起》等。湛江作协作家莫贤精准扶贫题材长篇小说《稔子花开》，入选2018年广东省委宣传部精品文艺创作扶持项目，获首届江苏省网络文学原创大赛二等奖等，在当地产生良好反响。

加温鼓劲：强化乡村题材创作措施

广东作协把传达学习贯彻全国、全省新时代乡村题材创作会议精神，与做好当前文学工作结合起来，积极研究加强新时代乡村题材创作措施，务求在全省文学界掀起新时代乡村题材创作热潮，大力推动乡村题材创作取得丰收。一是加强选题策划。聚焦决胜全面小康、决战脱贫攻坚，关注实施乡村振兴战略，围绕国家和广东重大战略部署、重要时间节点和重大活动策划文学创作，与庆祝中国共产党成立100周年结合起来，形成"策划一批、创作一批、储备一批"

作家走进遂溪县乌塘镇椹川村，举行"椹川—荔枝"文学助力乡村振兴采访

的梯次推进格局。二是抓好创作扶持。把提高质量作为文学作品的生命线，遵循创作规律，形成科学化、规范化、制度化的文学创作管理机制，在选题策划、文学采风、创作辅导、出版传播等方面加大扶持力度，更好配置创作资源，激发创作动力。动员各地级以上市作协、省作协各分会及时推荐优秀新时代乡村题材创作选题，申报省作协各类文学创作扶持项目。三是推动深入生活。因地制宜，组织作家开展"深入生活、扎根人民"主题实践，到农村、乡镇、革命老区等蹲点深扎、挂职体验生活，积累创作素材。优化长期深入生活的具体保障措施，把深入生活作为作家业务考核的重要依据，建立常下基层、常在基层的长效机制。四是促进精品推广。推动开展积极健康的文学批评。适时举办新时代乡村题材优秀作家作品研讨会。《作品》、广东作家网、《广东文坛》联合全省文学报刊探索联合集中推介优秀作品。积极介入电台、电视、手机、互联网等传播平台，采用微信、微博、网络视频和音频等形式推介精品佳作、新人新作。坚持创造性转化、创新性发展，推动优秀作品改编，提升社会覆盖面。五是树立优秀典型。改进文学评奖工作，有关评奖向新时代乡村题材优秀作家作品适当倾斜。加大社会效益评估考核权重，细化衡量社会效益的措施办法。倡导让优秀的作家有地位受尊重、优秀的作品有影响受欢迎。

记录壮乡脱贫新气象

第十二届全国少数民族文学创作骏马奖2020年8月中旬揭晓，广西有3部作品获奖。其中瑶族作家红日的《驻村笔记》、壮族作家李约热的《人间消息》，就是以脱贫攻坚为主题创作的小说。

近年来，广西作协始终把助力脱贫攻坚作为主题创作的重点，精心策划、组织引导。广西作协把脱贫攻坚题材作品纳入重点扶持项目，并跟踪创作过程，加强服务指导。组织作家深入乡村、深入脱贫攻坚一线短期采风、中期蹲点、长期挂职，增强"四力"，推出新作。红日、李约热两位作家分别在河池、崇左两地贫困村担任驻村第一书记，投入脱贫攻坚决战一线长达两年，将驻村经历及长期的观察社会、体验生活融入了创作思考，创作出精品佳作。广西作协还建立了广西新时代乡村题材文学实践基地，不定期组织作家深入脱贫攻坚一线书写脱贫攻坚的"广西故事"。《广西文学》也推出脱贫攻坚主题专号，集中刊登本土作家脱贫攻坚题材作品。

近年来，广西作协组织作家创作了一大批脱贫攻坚文学作品。朱山坡、红日以"时代楷模"黄文秀为原型创作的电影《秀美人生》，生动形象地展示了黄文秀同志在脱贫攻坚第一线倾情投入、热血奉献，用青春芳华诠释共产党人初心使命，谱写新时代青春之歌的动人故事。影片今年8月公映后引起强烈反响。王勇英的报告文学《黄文秀——青春之花》入选2020年中国作协重点作品扶持项目"决胜全面小康、决战脱贫攻坚"主题专项。林超俊创作的《新时代的青春之歌——黄文秀》在《民族文学》发表，并由广西人民出版社出版。自由撰稿人朱千华自费深入广西扶贫一线采访，撰写并出版了扶贫工作报告文学集《挺进大石山》。

书写新时代的创业史

作家入户采访

作家奔赴乐业百坭村采访,走在黄文秀入村的泥泞崎岖山路上

2020年5月,习近平总书记对毛南族实现整族脱贫作出重要指示表示,全面建成小康社会,一个民族都不能少。近年来,多个少数民族先后实现整族脱贫,这是脱贫攻坚工作取得的重要成果。希望乡亲们把脱贫作为奔向更加美好新生活的新起点,再接再厉,继续奋斗,让日子越过越红火。此后,广西作协立即组织毛南族作家莫景春、谭志斌创作近3万字的报告文学《沸腾的毛南山》,在2020年第9期《广西文学》头条发表。2020年,《广西文学》专门出版脱贫攻坚文学作品增刊,刊登脱贫攻坚报告文学4篇、小说4篇、诗歌7首、散文10篇,共20万字。

在扶贫实践中担负起重庆文学使命

近年来，重庆作协聚焦文艺举旗帜、聚民心、育新人、兴文化、展形象的使命任务，围绕决胜全面建成小康社会、决战脱贫攻坚，用文学的方式书写新时代重庆乡村的巨大变化，展示重庆乡村新时代画卷，传播重庆脱贫攻坚"好声音"。

强化脱贫攻坚题材创作组织规划。近两年，重庆作协把决胜全面建成小康社会、决战脱贫攻坚主题创作作为工作重点，加大统筹力度，进行题材规划和组织作家创作，近 20 名作家创作了 15 部脱贫攻坚主题作品。将决胜全面建成小康社会、决战脱贫攻坚主题纳入《重庆文学创作季度重点选题指引方案》，面向基层作协组织和广大作家发布，引导广大重庆作家聚焦重庆大地上脱贫攻坚的生动实践，深挖美丽乡村建设丰富素材，形成重庆各级文学组织开展脱贫攻坚主题创作的浓厚氛围。

作家到巴南区二圣镇采访创作

凝心聚力

作家在武隆文凤村采访创作

整合力量加大主题创作扶持力度。重庆作协相继与重庆市扶贫办、重庆市农业农村委、重庆报业集团以及重庆出版社等出版机构合作，加强脱贫攻坚、乡村振兴题材创作扶持，对13部脱贫攻坚重大主题作品给予出版支持。实施"城口文学扶贫工程"，组织7名作家深入城口脱贫攻坚一线采访创作，推出《来自主战场的报告——城口脱贫攻坚纪实》《脱贫攻坚手记》等。与《重庆日报》、华龙网等市级主流媒体联合开设脱贫攻坚主题专栏，加强主题创作成果传播推广。在重点项目资助、定点深入生活和文学评奖等方面，向脱贫攻坚主题作品倾斜，20余部作品得到扶持。2020年推出《太阳出来喜洋洋》《我把中坝当故乡——驻村扶贫纪实》等10余部书写重庆脱贫攻坚精彩故事的优秀作品。

发挥基层组织和作家主观能动性。为推动脱贫攻坚主题创作向纵深发展，更好地书写全面建成小康社会的时代壮举，重庆作协2020年相继召开"重庆乡村题材创作会议""扶贫题材主题创作推进会"，全方位、多角度将脱贫攻坚主题创作向基层作协组织和作家延伸。重庆纪实文学学会、重庆市新诗学会等，以及区县（行业）作协相继组织作家、会员深入区县村社采访创作，实地感受新农村建设丰硕成果，丰富脱贫攻坚第一手素材，引导广大作家聚焦脱贫攻坚，书写新时代农村发展新篇章。

"万千百十"喜结丰硕成果

2020年3月25日，伴随着抗击新冠肺炎疫情的阶段性胜利和全国各行各业有序复工的铿锵脚步，四川作协与人民网四川频道共同主办的"四川报告：脱贫攻坚大决战"报告文学（非虚构）专栏上线。截至目前，已有近百篇、长达60多万字的报告文学作品陆续刊发，全面展现了四川脱贫攻坚的壮举与硕果。这项活动只是四川作协以文学的力量助推脱贫攻坚的一个缩影。3年多来，四川作协深入学习贯彻习近平新时代中国特色社会主义思想和习近平总书记关于文艺工作的重要论述，坚持以人民为中心的创作导向，周密策划，精心组织，扎实开展"深入生活、扎根人民"主题实践活动，特别是围绕四川省委、省政府"坚决打赢脱贫攻坚战"的决策部署，全面开展为期4年的文学扶贫"万千百十"活动，成效显著。

以强烈使命感组织采访活动

2017年4月19日，汶川大地满目青翠，百花斗艳。四川作协组织的脱贫攻坚"万千百十"文学扶贫活动启动仪式在这里举行。老乡们从四川作协主席阿来等作家手里接过一本又一本签名捐赠的精美图书，一张张黑里透红的脸庞，花一样绽放。

四川文学扶贫"万千百十"活动是指：每年动员全省各级作协会员向贫困县农家书屋签名捐赠图书10000册以上；每年动员1000名以上各级作协会员书写脱贫攻坚；每年推出反映脱贫攻坚的优秀文学作品100件以上，其中在全国有较大影响的文学精品力作3部以上，力争到2020年累计达到10部以上。

四川省委、省政府有关领导充分肯定此项活动的意义,明确要求尊重规律,注重实效,动员广大作家深入脱贫攻坚主战场,讲述脱贫攻坚四川故事,塑造脱贫攻坚四川典型,记录脱贫攻坚四川实践,以文学助推脱贫攻坚工作。

四川成立了由省作协、省扶贫移民局相关负责人组成的"万千百十"活动领导小组,明确任务,细化实施方案。采取"命题作文"与"自拟题目"相结合,统筹确定重大选题,广泛收集筛选全省会员申报选题,从全省作家申报的选题中评选确定重点作品给予创作扶持。全省160个贫困县(区、市)作为活动主体,分级落实,联动推进,信息互通,资源共享,定期对新情况、新问题和新成果进行认真研究,把握活动整体动态,全力支持指导。四川作协党组书记、常务副主席侯志明说:"通过这一系列活动,作家们抢抓新机遇、迎接新挑战,秉承现实题材创作的优良传统,把目光投向了脱贫攻坚,投向了这场伟大的社会实践。"

四川作协主动与省扶贫开发局、扶贫重点市州联系,了解全省脱贫攻坚工作重点,了解脱贫攻坚工作中的典型事例,确定重点创作项目。组织骨干作家分别认领创作项目,深入凉山、阿坝、甘孜等地实地采访创作。其中,阿来深

四川作协赴渠县大田村慰问结对帮扶户

入阿坝州、甘孜州、凉山州等贫困地区采访创作。罗伟章参与中国作协的"脱贫攻坚题材报告文学创作工程",到深度贫困区凉山州昭觉县驻点写作。四川作协围绕此项采访活动举办主题培训班,对广大作家和文学工作者进行专题培训。2017 年以来,先后举办各类创作培训班 5 期,邀请全国知名作家、诗人、评论家授课。截至目前,全省各级各地作协组织作家创作采风 1000 余人次,举办主题文学创作讲座 100 余场次,组织作家捐赠图书 56000 余册。

以高度的文学自觉奔赴主战场

脱贫攻坚是全面建成小康社会、实现第一个百年奋斗目标最艰巨的任务。阿来说:"文学工作者要深入挖掘能够打动自己的第一手材料,在这样一个过程中,去获得重塑自我的体验,在自我教育中获取灵感,升华使命感。"这成为四川作家深入脱贫攻坚一线采访和创作的一个共同遵循。

甘孜州作协组织"康巴作家群"8 名作家参与脱贫攻坚报告文学创作。作家们不畏路途艰险及环境恶劣,深入全州各地收集素材。《抗争百年顽疾》作者顺定强深入阿坝、壤塘、若尔盖、红原、松潘、黑水、马尔康、金川等地采访。这位羌族作家说:"面对这场史无前例的脱贫攻坚战,作家有责任用自己手中的笔对它进行忠实的记录。"作家欧阳美书于 2017 年 5 月和 12 月分两次走访了甘孜、德格、白玉、九龙、稻城、康定等地,历程 2000 余公里,历时半个月,采访贫困群众、第一书记、创业明星等近百人。

广元作协组织"激发内生动力,引领脱贫致富"文学采访活动。作家们在深冬时节,来到寒气逼人的青川山区,走进黄坪乡解放村的贫困户。他们住农家屋,吃农家饭,干农家活,面对面与群众交流,了解群众所思所想,聆听脱贫攻坚一线感人事迹。

南部县是国家级贫困县,南充市委于 2017 年 9 月成立了《南部实践——南部县脱贫摘帽攻坚纪实》课题小组,南充作协选派杨贵树和邹安音参与采访写作。他们深入贫困户,获取第一手资料,分别完成了纪实文学《产业园里话脱贫》和《春风化雨润乡情》《此时此刻　共欢乐》的创作。

为了鼓励和支持作家走向脱贫攻坚主战场，几年来，四川作协还创建和完善了一系列激励机制。建立完善《四川省作协定点深入生活扶持办法》《四川省作协重点作品扶持办法（试行）》《四川省开展文学扶贫"万千百十"活动重点作品扶持办法》等扶持机制，组建专家库，随机抽取评审专家评审选题。对重点选题扶持实行分期兑现，按作品质量进行扶持。同时，对签约作品进行动态管理，实行优进劣汰。建立作品研讨推荐机制。3年来，全省各地组织召开研讨会50余次，研讨作品40余部，组织召开改稿会20余次。

采取上挂下派锻炼、横向交流、下基层采访、体验生活等形式，创新作家深入生活机制。四川作协2019年组织5名中国作协定点深入生活项目签约作家、10名四川省文学扶贫重点选题签约作家深入布拖、美姑、喜德、雷波等地投身脱贫攻坚主战场，积极为作家创造良好的采访条件，让签约作家们深入体验生活4至6个月。

作家赴昭觉县悬崖村进行脱贫攻坚主题采访

以创新的形式打造精品力作

书写脱贫攻坚，考量作家们求实创新精神。唯有创新，才能让脱贫攻坚题材避免"千人一面"的同质化现象。

报告文学在四川文学扶贫中发挥了重要作用。"新闻的内核，文学的表达"，成为不少四川作家对脱贫攻坚报告文学创作走创新之路的共识。一个真实生动的故事，蕴含深刻的思想内核和哲理，胜过几千字的报告。杜绝空泛地阐释大道理，运用老百姓的现身说法，让人从中真切感受到脱贫攻坚的意义、作用、影响。这是一批又一批四川脱贫攻坚文学作品留给人的深刻印象。

作家马平通过对广安、绵阳、遂宁、广元等地多个贫困村的走访，积累了大量素材。他结合多年前对川北薅草锣鼓民俗的调研经验，以及自身从家庭中受到的川剧熏陶，将川剧、薅草锣鼓等地方文化和民俗融汇于中篇小说《高腔》的创作中，让这个脱贫攻坚的中国故事不仅人物鲜活、富有典型意义，而且增加了地域文化的底蕴与厚重。作家曹永胜的《春风，春风》开篇采用电影闪回的手法，讲述王家元从外出经商到反哺乡亲的全部过程，展现了当代优秀基层干部的责任担当和家国情怀。作家阿克鸠射的《悬崖村》以图文并茂的形式讲述"悬崖村"脱贫攻坚故事，入选2019年度"中国好书"。作家陈果的《听见——芦山地震重建故事》语言生动形象，36个故事构成一幅宏阔的重建画卷，鲜活地再现了芦山地震灾区重建历程，立体展现了重建亲历者追逐梦想、勇闯新路的坚韧品格和砥砺前行、守望相助的家国情怀。作家马希荣的《村上一棵树》则在结构上体现了丰富性和多变性，通过不同的结构形式，挖掘出了这些人物身上蕴含的担当精神、拼搏精神与奉献精神。作家章泥创作的《迎风山上的告别》通过儿童的眼睛和心灵，讲述精准扶贫带来的乡村巨变。

3年多来，在四川作协"万千百十"文学扶贫活动中，除上述提到的作品，还涌现出其他一大批视角独特、立意新颖、表达手法多样的优秀作品。如今，四川各地作家正以全力以赴、全神贯注的姿态，不舍分秒地奋战在脱贫攻坚文学创作第一线，为决胜全面小康作出积极的贡献。

书写减贫奇迹的贵州新篇章

贵州大地上，正如火如荼地推动脱贫攻坚取得决定性成就，向绝对贫困发起最后的总攻。农村贫困人口"两不愁三保障"和饮水安全突出问题总体解决，易地扶贫搬迁188万人搬出大山，促进城乡格局、生产力布局发生深刻变化。

在贵州省境内，2019年减少农村贫困人口124万人，24个贫困县摘帽退出，全省贫困人口数量从2012年的923万人减少到30.83万人，贫困发生率从26.8%降至0.85%。经过2020年上半年冲刺，全省剩余贫困人口均达到脱贫标准，贫困村达到退出标准，未摘帽县达到脱贫摘帽条件。在国家脱贫攻坚成效考核中，贵州连续四年处于"好"的方阵。贵州曾经是全国贫困人口最多的省，现在是减贫人数最多的省，书写了中国减贫奇迹的贵州精彩篇章。

近年来，贵州作家在贵州作协的组织带领下，作为一支文学脱贫攻坚队伍参与其中，为贵州决胜脱贫攻坚工作摇旗呐喊，鼓劲使力，为时代和历史铸就了一块闪亮的文字丰碑。

"三部曲"高亢绽放

近些年来，贵州作家欧阳黔森几乎都在农村深入生活、体验生活，在实实在在的生活里提取火热的创作元素。长期深入基层使他深刻体会到，只有扎根人民，为人民写作，才能创作出生动的有生命力的作品。经过长期的积累和构思，他不顾疲劳，不舍昼夜，于2017年和2018年创作出三部报告文学：《花繁叶茂，倾听花开的声音》《报得三春晖》《看万山红遍》，分别载于2018年《人民文学》第1期、3期、9期头条，引起了社会广泛关注。《报得三春晖》在《人

书写新时代的创业史

作家听老乡们介绍脱贫攻坚情况

民文学》公众号推发，3天时间里点击率升至"10万 vt"。这表明，英雄主义、爱国主义依然是文学书写的永恒主题，也是人民群众心中不可抹灭的情怀。

据了解，报告文学《看万山红遍》近5万字，其全文推发到《人民文学》公众号，点击阅读率将近5万人次。欧阳黔森三篇报告文学从创作到发表，受到广大读者的欢迎，这既是作家时代感和责任的体现，也是贵州作协倡导作家深入生活、扎根人民的有力见证。

作为热烈投入到反映时代与生活洪流之中的作家，欧阳黔森说，5年多来，贵州按下"快进键"，跑出"加速度"，经济结构发生了深层次、根本性变化，被习近平总书记赞誉为党的十八大以来党和国家事业大踏步前进的一个缩影。贵州万山区化蛹成蝶、凤凰涅槃的故事，是这个缩影的真实体现。

文变染乎世情，兴废系乎时序。文学作品的演变联系社会千丝万缕。为人民讴歌，为时代放歌，是每个作家的职责。能够置身于这个大时代，与人民同呼吸、共命运，欧阳黔森说，这是他作为一个作家，置身这个火热时代的幸运。

贵州是全国唯一没有平原地形的省份，山多水多是这块土地的特征。贵州西部有雄伟壮丽的乌蒙山脉，东部有峻峭崎岖的武陵山脉，美丽而贫瘠，在中国现有的14个"集中连片特困地区"中榜上有名。欧阳黔森常行走在贵州大地，这里既是他的故乡，也是他的出生地。欧阳黔森在乌蒙山区深入生活的时间里，目睹了精准扶贫给老百姓生活带来的巨大变化，在与老百姓促膝谈心过程中，深切感到群众感恩时代、感恩祖国的真挚和纯朴。欧阳黔森说，《报得三春晖》在创作之前，脑海里一直闪现着"谁言寸草心，报得三春晖"这温暖的千古名句。出于这样的情感，通过走访、深入生活，创作出了关于精准扶贫的报告文学《报得三春晖》。

写完《报得三春晖》第二天，他驱车从贵阳赶往400公里外的万山。万山地处武陵山脉主峰梵净山的东南部，以盛产朱砂曾被誉为"中国汞都""丹砂王国"。创作《看万山红遍》前，他前后15次前往万山走访、调研，实地勘察，万山老百姓的奋勇脱贫事迹让他震撼、感动，于是，很快又创作出《看万山红遍》。

2020年开年之际，欧阳黔森的报告文学《花繁叶茂，倾听花开的声音》成功改编成34集电视连续剧《花繁叶茂》，该剧作为2020年国家广播电视总局脱贫攻坚重点剧目，全国两会期间在中央电视台综合频道黄金档播出。播出期间，中央电视台、《人民日报》《光明日报》《农民日报》等主流媒体深度解读该剧在追求好看的前提下，如何讲述地处黔北的枫香镇花茂村、纸坊村和大地方村等村寨从贫困到小康，再到"百姓富、生态美"的蜕变历程，如何反映贵州干部、群众决胜全面小康、决战脱贫攻坚的精神风貌。

异彩纷呈 点面"开花"

2017年以来，贵州作协按省委宣传部围绕贵州大扶贫、大数据、大生态的战略创作报告文学的指示精神，在充分调查了解的基础上，与省委宣传部文艺处协同制定了《2018年度贵州省作协出版报告文学方案》，《方案》明确创作《花繁叶茂——贵州精准扶贫成就展示》等作品的创作出版计划。2018年，贵州作协与贵州省移民局合作，明确由作家张国华、黄志才创作报告文学作品《一个也不落下——贵州易地扶贫搬迁纪实》。

同时，贵州作协紧扣时代召唤，在2018年与遵义市政协共同组织"贵州文学巡礼·遵义政协委员作家助推脱贫攻坚"活动。活动自当年8月启动，从组织作家深入遵义各地扶贫一线采访、记录，到对采访素材的提炼、沉淀与写作，历时3个多月，作家们写出了"横看成岭侧成峰"而又内容丰富的脱贫攻坚报告（纪实）文学作品集。该作品集共38万字，于2018年12月由贵州人民出版社正式出版。这既是贵州脱贫攻坚工作的一面镜子，也是遵义在这场特殊"战役"中值得留存的"史记"。

2019年7月，贵州作协召开"第一书记——贵州决战脱贫攻坚先进群像"报告文学采写动员会。动员会上，安排作家对全省9个市、州具有代表性并受表彰的乡村第一书记进行采访创作部署。领受创作任务的有欧阳黔森、王华、肖勤、魏荣钊、徐必常、王剑平等10位作家。活动要求作家用3个月时间，深入贵州省扶贫攻坚第一线，与扶贫干部和群众同吃同住同劳动，创作典型人物的优秀报告文学作品。每个围绕典型人物展开的作品字数不低于2万字。不到半年时间，10篇撰写贵州脱贫攻坚第一书记的报告文学作品除了在《贵州作家》全部刊发外，也在2019年底以《第一书记——贵州决胜脱贫攻坚先进群像》书名集结成书。这部反映贵州脱贫攻坚基层优秀第一书记的创作成果受到贵州省委高度重视，同时受到脱贫攻坚基层干部的广泛关注和阅读。

"脱贫攻坚"的最后冲刺

为深入贯彻落实习近平总书记关于作家要记录新时代、书写新时代、讴歌新时代的指示要求，生动描述和讴歌贵州脱贫攻坚所取得的辉煌成就，精彩呈现贵州新征程中的新气象、新变化、新发展、新面貌、新篇章，展示全省上下全面落实贵州省委、省政府"冲刺90天打赢歼灭战"各项部署的生动实践，2020年，贵州作协组织作家开展"作家＋工程"之"脱贫攻坚决胜今朝"调研、采风活动。由贵州作协党组书记、副主席黄昌祥带队，组织作家走访荔波、从江、纳雍、威宁、水城、湄潭、凤冈等10余县的二三十个有代表性的"脱贫攻坚"点、面，撰写脱贫攻坚散文、诗歌30多篇（首）。

凝心聚力

作家们走进乡村采访

    2020年6月，贵州作协再次启动创作10部报告文学作品，总题目为《历史的丰碑——贵州决战决胜脱贫攻坚大纪实》。这套系列反映贵州10个市、州脱贫攻坚的报告文学作品，着重以脱贫攻坚亮点（成效）为主线，并立足于各市、州的视野进行报告文学创作。

    据了解，2020年以来，贵州作协还组织"贵州作家进行时·我在脱贫攻坚一线征文活动"，3个月时间共收到来自全省各地作家征文有效作品近400篇（首），已评出优秀篇目小说8篇，诗歌8首（组），散文8篇，报告文学8篇。

    贵州青年作家尹文武的小说《飞翔的亚鲁》发表在《人民文学》2020年第2期。小说直面当下脱贫攻坚战役，描写一个苗族山村移民搬迁后民族之间的融合、思考没有土地的移民如何生存、未来的路怎样走等诸多现实问题。小说呈现出了苗族人民群众的坚韧、勤劳、勇敢。

    据悉，欧阳黔森又创作完成了有关贵州脱贫攻坚的长篇报告文学《江山如此多娇》和长篇小说《枫香人家》，两部作品于近期发表和出版。这将成为贵州省脱贫攻坚收官之年的礼赞之作。

红土地上的歌者

云南省是全国脱贫攻坚主战场，在迈向全面小康伟大进程中，谱写了伟大时代中国梦的云南篇章。为积极响应习近平总书记"齐心协力，打赢脱贫攻坚战"的伟大号召，助力脱贫攻坚的伟大壮举，近年来，云南作协围绕脱贫攻坚这一主题，组织了一系列重要的活动。

2018年，为进一步深入学习贯彻好习近平总书记考察云南时的重要讲话精神，聚焦建设民族团结进步示范区、生态文明建设排头兵、面向南亚东南亚辐射中心，云南作协聘请了陈应松、葛水平、徐剑、曾哲4名作家来云南就习近平总书记考察云南时提出的"三个定位"、以及决胜全面建成小康社会、决战脱贫攻坚重大现实题材进行纪实文学创作。经过一年的采风创作，创作出版了《山水云南》《同心云聚》《云门向南》《经纬滇书》。

为落实云南作协深化改革方案，坚持面向基层、面向社会，扩大有效覆盖，实施精准服务，2018年11月，为响应作家艺术家要"深入生活、扎根人民"和"服务基层"的号召，云南作协、《边疆文学》编辑部到贫困县丽江永胜开展文学创作实践活动。云南作协与《边疆文学》编辑部在当地举办文学创作培训班，为当地培训文学爱好者50余名，进行文化扶贫。培训期间，还组织省内知名作家深入扶贫第一线程海镇崀峨村委会，听取财政部永胜县扶贫干部介绍脱贫攻坚基本情况并座谈，感受脱贫攻坚农村的新变化和新气象。

为在实践中践行与人民同心、与时代同行，2019年3月，云南文联、作协与云南扶贫办共同合作，组织选派全省有创作实力的作家队伍，分滇东北和滇西南两个分队，30多名作家深入扶贫攻坚第一线，开展以脱贫攻坚为主题的文学创作采风活动。采风团用9天时间，每条线路行程2800多公里，共走

凝心聚力

作家进村入户采访

作家深入脱贫攻坚一线听农户介绍情况

访了42个乡村和基地，了解扶贫攻坚情况，记录脱贫攻坚伟大壮举，倾听扶贫干部职工的扶贫经历、感悟和动人故事，深切感受到我国脱贫攻坚的不凡历程。经过一年多的沉淀，云南作协将出版《小满的春天——云南脱贫攻坚文集》，以反映时代的变迁、见证伟大的变革。

2019年，在云南省委宣传部的支持下，云南作协策划出版10卷本"庆祝新中国成立70周年丛书"，结合扶贫开发，力图全面反映人类历史上的宏伟壮举，10本中有3本反映云南脱贫攻坚的现实题材作品，分别是邵瑞义的长篇小说《花腰祭石》、杨恩智的长篇小说《普家河边》及沈洋的纪实文学《磅礴大地——昭通扶贫记》。

为进一步加大对全省脱贫攻坚成效宣传力度，宣传脱贫攻坚过程中出现的感人故事，发挥典型示范引领作用，展示脱贫攻坚成果，在云南文联党组的支持下，应红河县委县政府邀请，云南作协于2020年6月1日至5日，组织省内知名作家前往红河县深入采写记录创作脱贫攻坚一线风貌的文学作品。

该活动以"深入红河、扎根人民、聚焦脱贫攻坚"为主题，提高政治站位，将脱贫攻坚工作作为宣传重点，通过文学的力量，唱响红河主旋律，讲好红河故事，以文学的形式讲述群众身边故事，用身边事教育身边人，达到引领人、凝聚人、鼓舞人的目的。本次活动期间，受邀的10位作家分5组在当地工作人员的陪同下，根据红河县梳理出来的先进典型事迹线索分别深入13个乡镇开展采风创作。采风结束后，短期内每位作家为红河县撰写一到两篇反映脱贫攻坚内容的文学作品。此次作家们的采风成果，将与红河县前期举办的"我与脱贫攻坚的故事"征文获奖文章一起合编成书出版，由省作协编辑出版组织的两次深入生活创作采风的作家作品集《河谷之上的翅膀》《红河霓虹》，以书籍的形式记录下红河县脱贫攻坚成果。

为引导作家和文学工作者牢固树立以人民为中心的创作导向，云南作协紧紧围绕脱贫攻坚这个重大主题，规划文学创作选题。2020年，云南作协选派重点作家打造重点作品。作家潘灵、段爱松创作以独龙族整族脱贫为典型样本，折射云南脱贫攻坚的艰苦卓绝历程及取得的显著成效、实现全面小康的伟大历史进程的长篇纪实文学《独龙春风》；作家范稳深入文山地区，正在创作一部反映云南边疆少数民族地区改革开放、脱贫攻坚的长篇文学作品；吕翼创作反映云南脱贫攻坚的艰辛探索和贫困人群的心路历程的长篇小说《花瓣的心事》；诗人王单单创作来自云南脱贫攻坚工作一线的诗集《花鹿坪手记》；作家胡正刚创作一部以云南乡村振兴工作一线为题材的长篇非虚构作品《驻村记》。

近期，根据省委宣传部的安排，云南作协正在组织进行一部云南脱贫攻坚主题报告文学创作，选派作家段平、杨杨、朱镛三位云南较有影响的报告文学作家深入采风创作。该作品暂名为《云岭花开》，将广聚焦、全景式、深层次书写为人类脱贫贡献了中国智慧的全国脱贫攻坚之云南篇章，反映全省特别是边疆少数民族地区和革命老区乌蒙山区决战脱贫攻坚的伟大壮举、功绩，讴歌各级党组织、政府部门和数以万计的扶贫干部、广大人民群众用汗水、鲜血甚至生命创造的人类奇迹。

在云南作协的积极努力下，云南作家积极投身脱贫攻坚题材文学创作，创作推出一批有筋骨、有道德、有温度的文学作品，其中，李司平的小说《猪嗷嗷叫》、吕翼的小说《竹笋出林》、沈洋的小说《易地记》等先后在《小说选刊》《新华文摘》《人民文学》等刊物刊发转载，影响较大。

文化润心　文学助力

陕西作协在脱贫攻坚中，充分发挥人民团体优势，发扬陕西文坛现实主义优良传统，致力于新时代乡村题材文学创作，组织广大作家"深入生活，扎根人民"，书写脱贫攻坚的伟大史诗。在与染沟村结对帮扶中，充分发挥文学优势，着力于文化扶贫、智力扶贫，助力乡村脱贫。

文化润心　硕果满枝

脚上沾满多少泥土，心中沉淀几多真情。陕西作协先后组织作家8批次100余人赴紫阳、略阳、延川、白河、岚皋、镇坪、留坝、合阳、潼关等县采访。作家们向地方文化馆、图书室赠送文学书籍，举办文学讲座，开展交流座谈，通过走访基层文化场所、参加村民"院坝说事会"、入户采访等方式深入了解当地脱贫攻坚工作的做法和成效，采访成果在《陕西文学界》以专刊形式推出。陕西作协副主席吴克敬也受中国作协委托深入陕北农村，开始相关创作。

与陕西省扶贫办、《陕西日报》社联合举办"脱贫攻坚主题征文"活动，《延河》杂志推出"脱贫攻坚"主题特刊，《陕西文学界》、陕西作家网、"文学陕军"公众号开辟脱贫攻坚专栏，推出脱贫攻坚主题的优秀作品。

针对贫困地区广泛开展创作培训活动，先后举办新时代陕西青年诗人培训班、文学照亮生活主题培训、陕西中青年作家培训班和三秦文学季讲座、脱贫攻坚一线文学培训等。"文学陕军·陕西优秀青年作家进百校"活动多次走进贫困县开展文学公益讲座，深受基层作者和群众欢迎。

扶持、组织《第一书记扶贫手记》《脱贫英雄》《小海的梦想》《耕梦索

凝心聚力

陕西作协扶贫调研采访团在安康白河县永春生态科技有限公司调研

洛湾》《古村告白——陕西精准扶贫工程探行记》《绿满秦巴——安康脱贫攻坚侧记》《追寻初心——我的扶贫札记》《花开有声》《天使在人间》《精神力量》等一批主题创作图书出版。《第一书记扶贫手记》出版后被《西部大开发》、"陕西先锋"多次转载、连载，在广大驻村第一书记中引发热烈关注讨论，被中宣部评为农民最喜爱的百种图书，被列为丝路图书输出项目，将翻译输出到白俄罗斯。纪实文学《脱贫英雄》的创作于 2018 年 10 月启动，由各地市作协、扶贫办推荐采访对象，省作协选拔优秀作家，深入脱贫一线采访撰稿，2020 年 7 月出版，共计 45 万字。该书收入的故事鲜活生动，都是作家们走进扶贫一线，真正深入生活、扎实采访所得，真实记载了贫困地区人民为追求美好生活而进行的艰苦卓绝的奋斗历程。

《小海的梦想》是吴克敬根据索洛湾村村支书柯小海带领村党员干部和群众共同脱贫攻坚的真实经历创作的一部长篇报告文学。该书通过柯小海的奋斗故事，从一个侧面将党领导下的脱贫攻坚伟大实践反映出来，这体现了一个有良知的作家的责任与担当。今年是脱贫攻坚的关键之年、收官之年，这本书的出版，就显得更加具有现实意义。

《绿满秦巴——安康脱贫攻坚侧记》是反映安康市脱贫攻坚的长篇报告文学。秦巴山区是全国14个集中连片贫困山区之一，安康的脱贫不仅意味着这里的人民在奔小康的路上与全国人民同步，而且将使秦巴山区成为生态建设的最佳区域和生态文明的高地。聚焦留守儿童，以教育扶贫为主题的《花开有声》入选2020年北京阅读季社长、总编辑推荐书首期书单。紫阳县扶贫局青年干部黄志顺，在日常工作中亲历脱贫一线干部的忘我工作和贫困户自强不息的奋斗精神，记录下100个脱贫故事，完成纪实文学《精神力量》。

结对帮扶　情系染沟

穷在深山有远亲。2018年初，陕西作协对口帮扶紫阳县毛坝镇染沟村。两年来进行了一系列行之有效的帮扶措施，20名作协机关干部联户帮扶20户建档立卡贫困户。从党组书记到普通干部，承担包联任务的20人坚持定期深入包联户家中实地查看，交流谈心，针对每户实际情况制定帮扶措施，解决了他们的就业、就医、就学、住房等实际问题，使他们树立起追求美好生活的信心。

贫困户张云芳患有较为严重的类风湿关节炎，无法从事重体力劳动，秘书长王小渭为他的两个儿子联系学习足疗技能，并推荐应聘至徐州某足疗机构，他们很快有了稳定收入。创联部主任蔺晓东了解到包联户王清林受伤暂时不能正常务工，便积极想办法联系摊位，让其家庭在县城卖菜，有了稳定收入。方世兴是情况最特殊的一家贫困户，一家3口，两位老人年过七旬，孙女11岁，一家三口靠政府补助和爷爷平时打零工维持生计。驻村干部屈尚文除了给孩子买衣服、书包、学习用品，每逢节假日都会去家里看望慰问，老人生病住院都会及时探望，驻村后，抽空陪孩子做作业，带孩子出去吃饭游玩，给孩子送去母亲的温暖。

2018年10月17日，是第五个国家扶贫日。陕西作协机关干部一行十余人赴染沟村开展"扶贫润心，你我同行"联户扶贫工作，走村入户，与村民交谈，发挥扶智扶志的独特作用，引导广大贫困群众自强自立，战胜困难。他们还为毛坝镇、染沟村捐赠纪实文学《梁家河》及办公电脑等，向毛坝中学赠送图书300余册，举行小小作家班开班仪式，鼓励少年儿童热爱文学、立志成才。2020年10月，省作协投资15万元捐建了由贾平凹撰文的文化石，成为镇村地标式景观，还在镇中心小学捐建了"柳青书屋"，首次捐助了价值7万元的优质书籍。

省作协在染沟村举办表彰会议，表彰在脱贫攻坚中涌现出的勤劳致富带头人、产业发展带头人、环境卫生整洁户、敬老孝老好儿媳好儿子、主动脱贫户五类共计26名先进典型，为群众脱贫鼓劲加油。

在新冠肺炎疫情较严重时期，省作协第一时间向紫阳县政府捐赠11500元的抗疫物资，组织作协干部向染沟村捐款19400元。

2020年6月初，省作协先后分三批赴染沟村开展扶贫活动，为贫困户购买鸡苗800余只，为驻村工作队配备办公电脑两台，直接和间接投入经费近4万元。结合紫阳县扶贫办发出的消费扶贫推介工作，落实消费扶贫任务，在节庆福利和机关食堂采购中增加染沟村农特产品，加大消费扶贫力度，今年已经完成消费扶贫4.3万元。

两年来，陕西作协前往染沟村慰问看望、举办活动十余次，投入扶贫经费和党员干部捐款共计120余万元。先后向村两委捐赠了部分办公用品、书籍，组织作家采访调研，宣传脱贫攻坚先进事迹，春节前组织书法家访问染沟村，向包联贫困户赠送年货，义务写春联。进行交流座谈，并向镇、村两委捐建书架，帮助提升工作能力。建立健全新的驻村工作队和联络互动机制，打造一支"不走的工作队"。

小学生方紫兰父母因故去世，和70多岁的爷爷奶奶一起生活，家庭贫困，政府每月补助她800元。包联他们家的驻村扶贫干部屈尚文了解到，从未走出过紫阳县的她，不仅有强烈的学习愿望，并且热爱写作。屈尚文在与毛坝小学负责人交谈中获悉，当地有不少像方紫兰这样热爱文学的贫困家庭学生。2018年暑假，陕西作协策划举办"文学为梦想插上翅膀——小文学陕军进作协"主题活动，邀请方紫兰和染沟村部分中小学生走进省作协文学陈列室、柳青文学馆、贾平凹文学馆、白鹿原影视城等地，将文学的种子播撒在孩子们心田。

在大力帮扶下，村民们更加坚定了战胜贫困的决心。他们外出打工、刻苦学艺，他们在村劳动、起早贪黑，他们遵循生态建设与发展，因地制宜开展种植与养殖，打好土特产、养殖业这张牌，利用网络平台做电商、搞销售，将大山里的绿色产品变为城里人餐桌上的稀罕物。

2020年，陕西作协向染沟村派驻两名机关干部屈尚文、邢彤，二人常驻村里，两个月才回城一次，全天候为村民服务，随时协调和掌握染沟村脱贫攻坚情况。他们首先对省作协承包的20个贫困户进行集中走访，驻村以来共入户数十次，了解贫困户当前情况和存在困难，对家家户户的脱贫情况了如指掌。

2020年6月中下旬以来，汛期来临，持续大雨，驻村干部参加了县镇两级安全防汛工作会议，对帮扶的20户进行摸底排查，详细登记，逐一走访查看，

作家在安康紫阳县汉王镇调研脱贫攻坚情况

提醒贫困户克服松懈情绪和侥幸心理，密切注意天气变化，提高防汛安全意识，确保汛期人民群众生命财产安全。他们深入林间地头走访调研，完成了《关于推进染沟村文化建设项目的报告》；重点对染沟村种养循环农业项目、香菇养殖产业进行考察调研，形成了内容详细、切实可行的《关于染沟村产业扶贫调研报告》。

目前，染沟村脱贫攻坚各项工作扎实推进，阶段性任务如期完成，实现了贫困户"两不愁三保障"，实现安全饮水、路电网讯邮全覆盖。陕西作协对口帮扶的20户贫困户中，已有19户成功脱贫，1户两人纳入政府兜底扶贫。

陕西作协主席贾平凹在《紫阳城记》中写道：目标往上，皆可上山。硬进而上，转身便下。只有登到顶上，更知来去之向，脉络形势。这段写于30多年前的文字，形象地诠释了当今脱贫攻坚艰辛而伟大的征程。

文化润心，文学助力，大山不再是阻碍，黄土地不只有贫瘠。风景优美、资源丰富、历史文化深厚的三秦大地，正在焕发新的生机，摆脱贫困束缚，与祖国建设同频共振，共同谱写新时代乡村建设的宏伟乐章。

真情讲述高原脱贫攻坚故事

2020年初,被称为"中华水塔"的青海省传来喜讯:全省42个贫困县(市、区、行委)全部退出贫困县序列,53.9万贫困人口全部脱贫,实现了绝对贫困全面"清零"目标,区域性整体贫困得到历史性解决。

在全省这场波澜壮阔的脱贫攻坚战中,青海作协认真落实省委、省政府工作部署,坚定地承担起书写时代和人民,讲好脱贫攻坚故事的使命,组织作家深入脱贫攻坚一线,扎根到各族群众中间,不断发现具有典型性的脱贫人物和故事,书写时代主题,全面而生动地讲述高原脱贫故事,以一系列有声有色的主题采访活动和一批有血有肉的优秀文学作品,奏响了决胜全面建成小康社会、决战脱贫攻坚的新时代主旋律。

发挥强大组织力量,引导脱贫主题创作

青海省地处长江、黄河、澜沧江"三江"之源,脱贫攻坚工作中亮点频现,为作家采访和创作提供了源源不断的素材。在省委宣传部大力支持下,青海作协与各市、州文联(作协)共同开展7次"深入生活,扎根人民"主题采访,组织作家分赴海东、海西、海南、海北、玉树、果洛、黄南等市、州采访易地扶贫搬迁、光伏扶贫、生态扶贫、消费扶贫、健康扶贫、旅游扶贫、扶贫产业园、拉面经济、专业合作社等,主题采访全面而深入,作家们积累了第一手资料。青海作协积极与省委宣传部、青海日报社、省扶贫开发局等部门连续6年举办"中国梦·青海故事""脱贫:一线故事"征文活动,出版《青海湖》"脱贫攻坚作品"专辑,《花的柴达木》《海南文学》《彩虹》《驼泉》等市、州、

凝心聚力

青海作协组织作家赴玉树藏族自治州开展"扎根沃土、笔耕高原"主题采访活动

作家在果洛藏族自治州人民医院采访上海援青人才孙金峤院长

区（县）文联（作协）主办的 20 多家文学期刊设立"脱贫攻坚"专栏，发表了大量来自一线的各民族作家创作的文学作品，积极为坚决打赢脱贫攻坚战造势助威。

组织优秀创作队伍，引领重点作品创作

2016 年以来，青海作协推荐 20 部作品列入青海省重点文艺创作扶持项目；推荐 44 部作品列入中国作协重点作品扶持、少数民族重点作品扶持、定点深入生活项目。其中，有 10 多位作家的 10 多部作品涉及脱贫攻坚主题。

入选 2020 年度中国作协重点作品扶持项目的长篇报告文学《青海长云》，是一部有时间跨度、涉及较多人物和行业的全景式作品，该书通过生动感人的故事真实地再现援青干部在精准扶贫、生态保护、民生保障、政策创新等方面取得的成绩。目前，作家辛茜正沿着援青干部的足迹，深入基层采访，努力为这段急剧变化、丰富生动、值得纪念的重要时期提供一幅幅充满回忆、力量与喜悦的画面。青海作协副主席、化隆回族自治县文联主席李成虎从 2004 年起将本县"拉面经济"作为创作选题，20 多年矢志不移，曾三次赴全国 60 多个城市，采访化隆拉面馆务工人员 200 多人，2019 年创作完成 45 万字的长篇报告文学《铸梦小康·青海拉面》，由九州出版社出版。格尔木作协主席唐明于 2015 年起积极学习藏语，研究藏族文化，先后 100 多次深入格尔木市长江源生态移民村采访，创作了以生态移民为主题的儿童文学作品"小马驹"系列丛书 10 本，其中已由四川文艺出版社出版《带着我的小马回草原》《天鹅爸爸》等 4 本。她以移民村儿童为原型的作品《德吉的种子》2019 年入选中国作协重点作品扶持项目，2020 年 6 月由作家出版社出版，社会反响良好。

在扶贫一线锤炼队伍，争创脱贫攻坚和文学创作双丰收

因工作需要，青海作协多位会员被组织派遣担任驻村第一书记或工作队员，他们在脱贫一线认真落实脱贫措施，带领贫困群众实现了"村退出、户脱贫"

目标，在长期工作中与乡（镇）、村社干部和群众建立了深厚感情，赢得了群众信任，群众积极配合采访，向他们敞开心扉。宝贵的工作经历为他们提供了丰富的创作素材，从素材密度、情感浓度、思想深度上为创作奠定了扎实基础。

《雪莲》副主编阿朝阳2015年起担任西宁市大通回族土族自治县俄博图村第一书记至今。他带领村"两委"和全体村民，积极实施易地扶贫搬迁项目，使这个隐藏于大山深处的村庄的248户回、藏、土、汉族群众实现了整村生态搬迁，拔了"穷"根，走上了富路。他创作了以《驻村的日子》为总题的一系列饱含真情的散文，发表于《青海湖》等刊物。省作协秘书长邢永贵2018年12月起受省文联派遣担任海东市藏族聚居村仓家峡村第一书记。20多个月中，他走访贫困户平均每户不下10次，和村"两委"精心落实每项脱贫措施，47户贫困户如期于2019年底脱贫。在省文联等单位支持下，2020年夏天成功筹办了首届仓家峡乡村文化旅游节，实施"五个一"文化项目，使这个5年前还没有通村公路的村庄成为当地旅游"名村"。他以仓家峡村脱贫工作为主题的长篇纪实散文《北山南坡》正在创作中，部分篇章在《青海湖》刊载。在果洛藏族自治州班玛县亚尔堂乡王柔村任工作队员的青年作家、州文联《白唇鹿》副主编班玛南杰在完成驻村工作之余，创作了大量具有藏地特色、反映脱贫攻坚的诗歌，发表于《诗歌月刊》等刊物。

助力脱贫攻坚　书写宁夏故事

2020年11月16日，宁夏回族自治区人民政府发布公告，正式批复同意西吉县退出贫困县序列。至此，宁夏全区9个贫困县全部实现脱贫摘帽，标志着宁夏区域性整体贫困问题基本得到解决，历史性地告别绝对贫困，为如期全面建成小康社会奠定坚实基础。

这个消息一经发布，马上刷爆了宁夏西海固地区人们的朋友圈，有人称这是"这个冬天里最温暖、最温馨、最幸福的礼物"。西吉县委宣传部副部长马爱萍和农民作家单小花聊天时说，一整天她都笼罩在激动和兴奋的氛围中，一直不停给同事、同学和朋友们转发微信，到凌晨2点多心情才平静下来。

西吉县位于六盘山西麓，是宁夏人口第一大县、回族聚居县，是国务院确定为重点扶贫的三西地区之一。1936年10月22日红军长征三大主力军在西吉县将台堡胜利会师。2016年7月，习近平总书记在参观西吉县将台堡红军长征纪念园后，发出了"缅怀先烈、不忘初心，走好新的长征路"的号召。

西吉县是西海固地区中与中国文学有着千丝万缕联系的一个西部贫困县，中国作协和宁夏作协对西吉县的文学发展长期持续倾注着关心和帮助。郭文斌、马金莲、了一容、火会亮、单永珍、牛学智、王西平等一大批作家从这里走向全国；还有刘汉斌、单小花、康鹏飞、马建国等农民作家似小草野花一样正在茁壮成长。2011年10月10日，中华文学基金会将第一个"文学之乡"的牌子授予西吉县。2016年5月13日，中国作协"文学照亮生活"全民公益大讲堂在西吉县开讲，中国作协主席、中国文联主席铁凝为广大作家、文学爱好者授课。在召开座谈会、走访基层文学创作者、了解"西海固文学"尤其是西吉文学发展情况后，铁凝感慨地说："西吉是中国文学宝贵的粮仓。"

贫困县区的经济发展滞后，但文学丰富着当地人民的精神家园。吴忠市同心县和固原市原州区先后被中国诗歌学会授予中国诗歌之乡，银川市西夏区被中国诗词学会授予中国诗词之乡。

宁夏作协和宁夏的广大作家，在始终心系宁夏扶贫事业，积极参与脱贫攻坚工作的同时，也用自己手中的笔，记录着宁夏大地的变化。

"六个一心连心"文艺惠民工程是宁夏文联在2018年推出的一个扶贫志愿项目。宁夏作协联系和推荐农民作家马慧娟、放羊诗人王学军、乡镇扶贫专干胡静等12位基层作家，先后去鲁迅文学院高研班、江苏青年作家读书班、天津作家研修班学习。宁夏作协将文学公益大讲堂办到了西吉县将台堡镇、吴忠市红寺堡区等贫困地区，向西吉县新营乡大窑滩村、吉强镇高同村、将台堡镇明星村等6个贫困村和原州区三营镇杨郎村、中卫市中宁县大战场乡等7个新时代文明实践中心赠送了价值10万元的电脑、文学图书、学生文具等物品。宁夏作协向农民作家马慧娟、单小花赠送电脑以方便她们的创作，还推荐5位农民作家出版了文学作品集。通过宁夏作协主席郭文斌的积极联系，西吉县一个学校得到广东省爱心人士捐赠电脑100余台。同心县文联组织的诗词朗诵小组走遍了全县的每一个村组。

将时间推回到2020年7月28日的早晨，宁夏固原市西吉县震湖乡张撇村驻村第一书记李方来到了建档立卡户王海义家，和他谋划养殖产业。李方是固原市文学刊物《六盘山》副主编，也是一位创作颇丰的作家。他说，白天走访农户，夜晚静心记录，这已经成了他两年多来生活的常态，驻村扶贫让他对国情和民情有了全新的认识，作为一个写作者能够参与其中，是值得庆幸的，等于是寻找到了创作富矿。目前，他在全力做好驻村扶贫各项工作的同时，已经收集到不少素材，一个个关于脱贫攻坚的文学作品正在酝酿之中。

同一时间，在宁夏，和李方一样驻村扶贫的还有单永珍、张九鹏、马卫民……在这之前，了一容、闫宏伟、杨风军、徐新民、李义等作家都先后担任过扶贫队第一书记和队员。季栋梁、张九鹏、马卫民、马凤鸣等人的扶贫创作选题，也多次入选中国作协定点深入生活和重点作品扶持项目。

在上下一心的共同努力和艰苦奋战中，宁夏脱贫攻坚取得了决定性进展，

书写新时代的创业史

宁夏作协给西吉县将台堡镇明星村小学的学生捐赠《中国校园文学》、图书、文具

宁夏作协组织"送文化下基层",在宁夏最后一个贫困县——西吉县兴隆镇下范村慰问

乡村面貌日新月异，作家看在眼里、记在心上、写在笔下。

1972年，联合国粮食开发署到西海固考察，给出了"不适宜人类居住"的定语。2020年，西海固成为宁夏脱贫攻坚的主战场，结束了贫困数千年的历史，与全国同步进入小康。作家季栋梁的故乡在西海固，他曾在这块土地生活20多年，其新作《西海固笔记》目前正在十月文艺出版社紧张编辑中。在该书中，季栋梁以亲身经历见证了故乡的巨变，以文字全景式再现故乡的脱贫攻坚史。十月文艺出版社总编辑韩敬群对此书这样总结道"这是季栋梁一次全景式的写作，让我们对西海固历史、文化，对西海固的脱贫攻坚史都有全面了解"。

由季栋梁、火会亮、单永珍等人联合创作，描写宁夏脱贫攻坚工作的非虚构长篇作品《六盘山上高峰》，已经结束了在宁夏9个县区近半年的采访，进入集中创作阶段。

"在决战脱贫攻坚大背景下，宁夏作协采取多种切实有效的措施，扎实开展'深入生活、扎根人民'主题实践活动和"六个一心连心"文艺惠民工程文学活动，鼓励和支持作家走出书斋，深入脱贫攻坚主战场，书写脱贫攻坚故事，塑造脱贫攻坚典型，以文学助力脱贫攻坚。其中，石舒清、马金莲、唐荣尧、计虹、钱守桐、马慧娟等多位作家，为了书写脱贫攻坚取得的成就，多次自费去移民区采访。"，宁夏作协副主席闫宏伟表示，在号召作家深入基层写作的同时，宁夏作协响应宁夏党委宣传部号召，组织宁夏骨干作家，成立创作专班，成系统书写这一伟大工程。此外，宁夏作协还制定出台了《宁夏重大文学题材创作扶持实施方案（2019—2021年）》，拿出真金白银支持作家深入基层。目前，已推出了一批反映宁夏扶贫工作的文学作品。

宁夏作协主席郭文斌表示，2020年是全面建成小康社会的收官之年，也是脱贫攻坚任务迎来"最后一公里"的决胜时刻。如期打赢脱贫攻坚战，这在中国几千年的历史上将是第一次，这个巨大的写作场域，容得下无数作家的欢腾，宁夏作家将自觉担当，振奋精神再出发，为时代留下永难忘怀的文学记忆！

为延边攻坚克难奔小康提供精神力量

近年来，延边作协积极引导广大作家和文学工作者坚持以人民为中心的创作导向，深入生活，扎根人民，聚焦精准扶贫、精准脱贫，以文学的形式展示延边州精准扶贫、攻坚克难奔小康的壮阔画卷，助力脱贫攻坚深化发展。

深入一线采访，讲好延边故事。2017年11月，延边州党委宣传部与延边作协联合组织开展"延边作家走乡村（扶贫纪实）"活动，40多位作家分赴延边各县市乡村开展走访采风活动，记录全州脱贫攻坚关键时期的决胜行动。与以往的采访活动相比，这次活动具有定点深入生活更精准、创作目的更明确、采访更具针对性的特点，各县市宣传部门给予大力支持，一大批扶贫攻坚先进典型进入作家视野。作家们真正按照"下得去，蹲得住，有收益"的原则，实地走访脱贫攻坚最前线，搜集了大量鲜活的素材。作家们以多种文学形式，把来自现实的鲜活素材转化为文学作品，全方位、多角度、立体化反映全州脱贫攻坚取得的可喜成果和宝贵经验。同时，还建立一批文学创作基地，完善延边州作家人才资源库，讲好延边故事，繁荣延边文学创作。

实施文学创作重点作品前端扶持项目，打造脱贫攻坚等重大题材精品。自2017年全州民族文化工作会议召开后，延边作协争取资金，激发广大多民族作家的创作积极性，扶持《东海之路》《深深地呼吸着》《一个老兵的故事》《团圆》等25部作品。这些作品中，有的反映决战脱贫攻坚、创造美好生活的生动实践，有的聚焦延边生态建设和红色文化，有的围绕"迎接中国共产党成立100周年""迎接延边朝鲜族自治州成立70周年"展开书写。

定点派驻重点作家深入基层创作。延边作协积极协调各相关部门，为有创作潜力的作家提供深入脱贫攻坚第一线体验生活和创作的机会。2018年9月，派驻朝鲜族诗人朴长吉到龙井市德新乡石门村体验生活兼现场创作。朴长吉自愿编入驻村工作队,与扶贫队员们同劳动、同吃住,利用休息时间坚持创作,完成反映脱贫攻坚实践的诗集《草》,部分作品被翻译成韩语、日语、英语等发表。2019年,朴长吉被评为中国作协"深入生活、扎根人民"主题实践先进个人。

行走大地

李迪／北京人，1970年开始发表作品。著有长篇小说《遥远的槟榔寨》《野蜂出没的山谷》，中篇小说《这里是恐怖的森林》《黑林鼓声》《你死我活》，长篇传记《澳门谢碩文》，报告文学《丹东看守所的故事》《十八洞村的十八个故事》等。曾获全国少年文艺创作三等奖、全国优秀少儿读物二等奖、金盾文学奖、蓝盾文学特别奖。作品曾译成俄、法、韩文在国外出版。2020年6月，因病于北京逝世。

李迪：像雪一样纯洁，像火一般炽热

明 江　宋 晗　教鹤然　康春华

数十年来，李迪的足迹几乎踏遍了祖国各地，云南西双版纳、辽宁丹东、江苏无锡、新疆塔里木、山西永和、湖南十八洞村……每一处他曾经走访、生活过的地方，都留下了他的文字、思想和情感；每一个曾与他攀谈、交心的人，也都以不同的方式怀念、铭记着他的温暖。

李迪是能写出好作品的优秀作家，他为许许多多的普通人奉献自己的情感，用挥洒自如的笔墨为万千世界书写斑斓。遗憾的是，他已于2020年6月29日永远地离开了我们。

李迪辞世以后不久，中国作家协会主席铁凝在《一位无愧于时代和人民的作家》一文中，盛赞他是"时代的记录者，是人民的歌者"，并高度评价他的文学成就："他的作品是质朴的，没有华丽的修辞，他努力写出人民心里的话，他的风格温暖明亮，他的态度情深意长，这从根本上源于他对人民群众深切的情感认同。"

日前，《文艺报》记者追随着作家李迪生前的脚步，寻访生活在云南、辽宁、江苏、山西、新疆等地的受访者，通过他们生动而丰富的细节回忆，尝试勾勒出一幅人民心中的李迪画像。

火热的心，火热的生活

李迪曾说过："文学，存在于火热的生活中，我写作的动力和信念，一直来源于火热的生活。"火热的心与火热的生活，是李迪能够数十年如一日笔耕不辍的动力源泉，更是他把握自我、认识世界、理解文学的重要思想资源。

20世纪60年代末至70年代，李迪曾在云南生产建设兵团当知识青年，其间发表小说处女作《后代》，彩云之南的风土人情、水色山光成为他早期文学艺术创作的基色。据旧日战友、媒体人杨浪回忆，当年在昆明军区从事文学创作的人里，李迪是"很有天赋，呈现异彩"的一位，他的性格与文风一样鲜明，"是有着火热的心的、不老的老家伙"。

在原云南生产建设兵团一师宣传队队长周恒的印象中，李迪是一个"朴实真诚，古道热肠，疾恶如仇，快人快语"的人，他的文学创作"功底扎实，思路敏捷，作品活泼有生气"。在1971年8月到9月间，李迪从一团十营借调到一师宣传队担任创作员，1974年9月云南生产建设兵团建制撤销并恢复成国有农场以后，李迪从农场入伍到陆军第42师文化科担任创作员。在这个过程中，李迪非常热心地积极参与到宣传队的节目排演、文艺创作等活动中去，他创作的《去云南的姐姐探亲回来了》《宣传队》等文艺作品深受兵团干部战士和各地知识青年的喜爱。

多年以后，李迪参加"中国作家走边防"活动，重新踏上了这片阔别已久的云南热土。一同参与采访活动的公安作家李晓重回忆自己与李迪曾由活动方带着参观希望小学，尽管他们事先准备了一些书包和笔记本，但到实地后发现当地小学的教学条件特别恶劣。看着好学的孩子们求知若渴，李迪非常动容，当场号召大伙儿捐钱，一行人纷纷掏出身上的现金，最后凑了几千块钱，由李迪代表大家把募集的善款捐赠给了学校，为当地小学条件的改善尽了绵薄之力。

去年，李迪走访湖南湘西十八洞村，采访村民脱贫致富的艰辛历程时，他为十八洞村能顺利脱贫、走向小康而欢欣鼓舞，也为当地只有一所学校、一个老师几度落泪。他给报告文学《十八洞村的十八个故事》的责任编辑发来自己拍摄的当地学校的照片、孩子们的视频，讲述他们的状况，含泪倾诉孩子们和小蒲老师的艰难不易，希望当地富裕后能够更重视教育，真正实现精神和心灵的脱贫。可以毫不夸张地说，几十年来，李迪始终保持着一颗热情、真挚而单纯的初心，以他的火热感染着身边的每一个人。

李迪与人民警察结缘于20世纪80年代，他到北京市公安局七处体验生活时，完成了侦探推理小说《傍晚敲门的女人》，随后在《啄木鸟》杂志1984年第4期刊发。这部小说的缘起，是李迪在位于半步桥的公安局预审处，被一份女死刑犯的卷宗吸引，他以此为线索找到了当年的预审员，并深挖出了一个扣人心弦、如泣如诉的爱情故事。倘若没有对于犯人的悲悯与同情，没有对于生活的理解与热情，作家就很可能和一个好故事擦肩而过。

正如中国人民公安出版社副总编辑李国强评价的那样，李迪是一个重情义的人，他最大的追求就是"做一个有情的人，做一些有情的事儿，写一些有情的作品"。负责李迪作品审校工作的《啄木鸟》杂志责编张璟瑜也在文章《99℃李迪》中有过类似的表述："李迪，是我见过的血最热的作家，常年保持99℃，稍一加热，即刻沸腾。他被圈里人称作'红衣少年'，一团红色，既是他的色彩，也是他的温度。接触过他的文字的人都能感受到这份热量，而接触过他本人的人，都知道，99℃是他的体温。"

李迪在山西永和县打石腰乡辛舍果村采访

以《傍晚敲门的女人》为开端，这位火热的"红衣少年"与人民警察的文学联系越来越紧密。2009年底，李迪作为报告文学作家代表，参加中国作协、公安部监所管理局组织的"中国作家走进公安监管场所"活动，七次走访辽宁省丹东市看守所，与干警和在押人员同吃同住；2014年到2016年间，李迪六下无锡、三下扬州，深入公安基层采访，聆听数百名各警种人民警察的动人事迹；2017年到2018年间，李迪先后三次走访深圳，扎根公安生活、深入警营采访，历时8个月共收集了160余位深圳警察的真实故事。

根据10年来奔走于各地公安基层积累的经验和素材，李迪先后创作出《丹东看守所的故事》《社区民警是怎样炼成的——陈先岩的故事》《警官王快乐》《英雄时代——深圳警察故事》等警察题材纪实文学作品，真正为当代报告文学创作填补了空白。时任全国公安文联秘书长的张策，高度评价了李迪对于改革开放40多年来公安文学创作的重要意义："他是一位在公安文学发展进程中的每一个节点上都有贡献的重要作家……他是个激情充沛的人，又是个善良快乐的人，对朋友，特别是基层同志有着深厚的感情，保持着真诚正直而友善的态度。他对待文学创作有近于疯狂的热爱和严肃认真的精神。这是每一个和他交往过的人都有的印象。"

正如张策所言，当记者采访辽宁、江苏和深圳各基层民警，问及他们对作家李迪的情感和印象时，各地受访民警的回答几乎如出一辙——"我爱李老师"。他们爱李迪热情开朗的性格、积极乐观的态度、充满激情的创作风格，以及对于生活、对于人民毫无保留的一腔热忱。在访谈和交流的过程中，李迪始终扮演着聆听者的角色，他耐心倾听、认真记录，对普通干警的关怀就像朋友之间的交往一般随性、平等和亲切。

生活中的李迪就是如此的平易近人，一点儿也没有作家的架子和长者的威严。他关心爱护小动物，熟悉柴米油盐与人间烟火，了解具体的人在现实生活中的困境，也因此更能深刻透视人性、时代与社会的丰富性。群众出版社责任编辑易孟林和李迪交往多年，最为他身上的仗义和热情打动，他告诉记者："李迪与我发微信时，常常带着一排惊叹号，或者鲜花、大拇指的表情，一连发6个才能表达心中的热情。他眼中人与人没有身份地位的差异，他能在油田上和石油工人聊家常，也能在十八洞村里和语言不通的村民坐下来聊天，也能和家附近修鞋小摊上的师傅聊得起劲。他就是这样一个对生活特别有激情的人，幽默、自信、热情，对社会大众又是平等博爱的。他获得大家的尊重和喜爱，是实打实的人格魅力使然。"

热心、热血、热情，几乎构成了亲人、朋友、战友，以及每一个和作家李迪有过交往的人对他的主要印象，这种火热的温度熨帖着他深入生活、扎根人民的文学追求，也深深地烙印在他的每一篇故事里、每一个人物身上。

不能去宾馆里"打井"，要自己"下火线"

优秀的报告文学，往往不是来自于书斋，也不是依靠网络搜集素材拼贴而成的，而要自己"下火线"，到人民生活的现场去。作家李迪有个众所周知的创作方法："打井"。他到当地采访的习惯是能不住宾馆就不住宾馆，他曾说过，绝不能去宾馆里"打井"，这种"住在宾馆里的写作"脱离了生活的源泉，必然没有感人、动人的生命张力。

因此，在各地走访时，李迪在衣食住行方面非常简单质朴，毫不讲究，即便在条件极为艰苦的监所，也坚持和受访者同吃同住，绝不搞特殊化。李迪到丹东看守所旧址进行考察采访的时候，已是北国的初冬时节。他为了真正深入到干警与在押人员的真实生活之中，也为了不给看守所的同志们添麻烦，婉拒了让他住在条件更优越的附近旅店内的安排，而是对干警和在押人员说："你们吃什么我就吃什么，你们住哪儿我就住哪儿。"在李迪的主动要求和执著坚持之下，他就住在在押人员的监房隔壁——一间由监室改造的没有暖气的干警休息室内，每天与留所服刑在押人员共用食堂和盥洗设备。

为了更全面地搜集素材，李迪抓紧一切机会跟警察和犯人们交谈。据看守所青年干警曲楠回忆，李迪在监所过年时总是兴致很高，他笑呵呵地说："在这里过年多好，热闹！你们不也是在这里过年吗？我必须和你们在一起。"此后两年多的时间里，李迪先后七次赴丹东，与看守所民警和犯人们同吃同住，共同生活了7个多月，度过了两个春节和一个"五一"假期。他与干警们一同

李迪采访村民

准备年夜饭、为犯人包饺子，为他们买衣服和生活必需品，甚至心无芥蒂地与艾滋病犯人一起抽烟，聊到动情之处，他也毫无保留地和他们一起笑，一起哭。慢慢地，看守所的干警和在押人员打心眼儿里接纳了他，对他的称呼也从"李作家""李老师"变成了"老李""李老汉"。

"他总是穿着红色的上衣、白色的裤子，这个积极乐观的'红衣少年'经常牺牲自己宝贵的休息时间，只穿着单裤，在没有暖气的屋子里与在押人员促膝长谈直至深夜。在谈心的过程中，他曾经为许多干警、犯人答疑解惑、打开心结，甚至有犯人情不自禁地下跪感谢他，他也会和犯人一起抱头痛哭。尽管采访的时间如此紧张，他还曾主动帮助看守所筹备联欢活动、修改宣传文稿，甚至义务为定点公安监管系统做了大量的专业服务和文学培训方面的工作。"曾任看守所副所长、女监室管教，辽宁省丹东市政协委员王晶真诚地表达了对李迪的感激与怀念。"李迪老师给我们丹东看守所的干警们坚定了一个信念：

我们做的是对的，我们给国家减轻了负担。可是，我们还没有来得及报答他的恩情，他怎么就离我们而去了呢？"提及李迪的辞世，王晶数次哽咽，情不自禁地流下了泪水。

在丹东看守所采访的这段时间里，李迪几乎记住了所有干警的名字，他不仅发掘了北国边地人民警察的生动事迹，也发现了在押人员这一群体内心深处的矛盾与困惑。他被这个特殊场所蕴涵的人性光辉，以及其中深藏的波澜起伏、爱恨情仇的故事深深吸引，更被看守所干警们长年累月透支生命、承受常人难以承受的心灵冲击，以及为社会默默无闻工作的精神深深打动。

据易孟林回忆，搜集完素材以后，李迪最初准备将素材写成小说，但随着创作过程的推进，他选择采用纪实文学的体裁来写。最终，李迪完成了近30万字的长篇报告文学《丹东看守所的故事》，真实记录他在看守所度过的一个个不眠之夜的所见所想，书中饱含着他对公安监管战线的人民警察的讴歌，以及对误入歧途、失足遗恨的犯人的扼腕叹息。戴晓军、王晶、韩峰、陆春子、魏红召……作品中这些鲜活的人物，在采访结束后仍和李迪保持着密切交往，时常交流近况，正因为李迪是如此的热忱率真，诚以待人，他才能与被采访对象建立起深厚而长久的友谊。

无锡市公安局滨湖分局常委桂明强曾全程参与、陪同李迪在江苏无锡基层进行采访，根据他的回忆，李迪曾先后六下无锡，共采访了100多个警察，他用朴实的语言和基层民警彼此交谈，问的都是接地气的话，让他们讲故事。一般来说，与每个民警的聊天时长安排在两三个小时左右，但基本上每次李迪与他们的采访都要超过四五个小时。虽然已年近70岁，但李迪仍然有着很高的热情和很快的反应能力，文章的标题、思路和情节往往就在采访的过程中，自然地流露于笔端，有时候前一天进行采访，当天晚上整理录音，第二天上午稿子就能够完成，第三天文章就可以刊发。他扎根无锡基层民警生活的深度和广度，是很多作家都难以比肩的。

江苏省扬州市公安局高级四级警长、全国公安一级英模陈先岩是李迪笔下《社区民警是怎样炼成的》《警官王快乐》等系列作品的人物原型。根据他的回忆，在他接受过的采访中，要数李迪的采访形式最为与众不同："他诙谐幽默,全程贯穿着那独具魅力的爽朗笑声,那笑声发自肺腑,是鼓励,是期待,接着便是'很生动,继续说'。我讲,他记,面前还放着录音笔,不知不觉,几天过去了,直讲得山穷水尽。最后,他来上一句:'好,差不多挤干净了,明天咱们去你的工作单位和社区。'他背着小挎包,弓着背,在我工作的社区走家串户,召开座谈会,凡是之前提及的人物,他都要求逐一见面再分别采访,这是我从来没有遇到过的。"为了写好陈先岩的故事,李迪三下扬州只为更深入地了解陈警官回到八大家社区当基层民警的细节和过程,甚至表示愿意自费出版,这是对公安事业的负责,更是讲好警察故事的执著。

李迪曾在陈先岩的留言簿上写下赠言"人民至上",数十年来,他用自己的行动真正践行着题词的精神,俯身贴地走进人民的生活、事必躬亲地参与人民的劳动,把人民的喜怒哀乐实实在在地放在心上。

时代的记录者,人民的歌者

生活的真实远比文学的虚构丰富得多,李迪的每一篇作品都从不同的侧面呈现了现实的市井世界和普通的人民生活,他的文学创作在展现温暖的同时从不回避黑暗,但又不耽于暴露和批判,他善于书写平民的英雄,能够走向生活的深处,发现别人发现不了的人性的闪光。

2012年7月至2013年间,在《中国作家》《北京日报》和中国石油集团公司、塔里木油田公司的相继组织筹备之下,李迪跟随作家采访团先后三次赴塔克拉玛干大沙漠。艾克拜尔·米吉提、李培禹、李佩红等人全程参与、陪同作家李迪在新疆各地采访,他们先后走访了克拉2气田、轮南油田、西气东输首站、沙漠公路、004号水井房、塔中油田、塔中4井区等地的石油工人,穿越了长达500余公里的沙漠公路,前往横跨和田、喀什、克州等地的气化南疆利民工程现场进行考察。

在初次横穿塔克拉玛干沙漠的时候,李迪被当地多年坚守在沙漠守护滴灌水井和流动公路的农民工邓师傅夫妇所打动,坐在简陋的小板凳上与他们促膝长谈。在沙漠中生活、陪伴夫妻俩6年的一只名叫"沙漠"的卷毛京巴狗,深

书写新时代的创业史

深地吸引了喜爱动物、善良柔软的作家李迪。回到北京后不久，李迪即完成了长篇报告文学《004号水井房》，故事以小狗"沙漠"开篇，新鲜而灵动，充满了生活的诗意：

天还不亮，小沙漠就叫醒了大沙漠，也叫醒了邓师傅。

邓师傅摸黑爬起，耶——刚刚梦到回锅肉端上来，你就叫喽！你等一会儿叫要得不让我吃口嘛！

小沙漠摇摇尾巴，终结了邓师傅舌尖上的美梦。它的时间掐得很准，该开发电机抽水啦！

小沙漠是一只可爱的京巴，灰黄的绒毛，大大的眼。刚来时只有巴掌大，一个鸡蛋黄儿要舔两天才能吃完。

邓师傅把袋装牛奶挤在手心里，一滴滴地喂，生怕养不活。含在嘴里怕化了，顶在头上怕摔着；白天揣在怀里，晚上搂进被窝。他脸对脸亲着小东西说，你毛色像沙子，又来到塔克拉玛干大沙漠，就叫你小沙漠吧。

就这样，大沙漠里有了小沙漠，邓师傅家再也不寂寞。

守护004号水井房的邓师傅夫妇是平凡的英雄，"小沙漠"在这个孤寂的大沙漠里，给了他们很大的心灵慰藉。作品以两人的小家为切口，通过风趣幽默的人物对话、充满生活气息的日常细节，把孤独坚守在祖国最偏远的新疆塔里木石油人的亲身经历和切身感受呈现给读者。

李佩红告诉记者，在接受采访的石油工人心目中，李迪给他们的印象非常深刻："他讲话特别逗，没有架子。无论走到哪个地方，他都能很快地跟工人们打成一片。他对一切都充满好奇心，每到一处都喜欢到处看、到处问，看得仔细、问得详细，哪怕是一只小猫小狗，都十分关心。大家都说，他是一个可爱的老人。"

新疆之行结束以后，李迪曾与作家丰收交流在沙漠腹地采访的感受，据丰收回忆，他们聊天的主题还是围绕着那只生活在塔克拉玛干沙漠腹心的小狗："迪兄感慨万千地和我说着'小沙漠，小沙漠，它还在004号水井房吗？我很怀念那一段时光，丰收老弟啊，新疆可真是大山大水大境界啊！'"遗憾的是，"小沙漠"已经被开车路过的游人偷偷带走，下落不明。负责沙漠公路防护的

004号水井已不再是塔里木油田的管理范围，改为中国石油运输有限公司沙漠运输分公司管辖。记者辗转找到了相关负责单位，得知邓师傅夫妇是季节性临时工，现在也没有人知道他们在哪里继续工作和生活。关于小沙漠、关于邓师傅夫妇、关于004号水井的记忆，已随着时间的淘洗慢慢褪去了颜色，但却永远鲜活在李迪笔下的故事里。

2019年5月，李迪在山西省临汾市永和县贫困村采访的时候，五次走访这个只有一条马路穿城而过、15分钟就能走遍的小县城。李培禹陪同李迪一同深入永和，他目睹了李迪在采访中对山村和小人物的热爱，他看到老乡身有残疾，就想着帮忙治疗；了解到农户加工的野菜卖不出去，就给北京的朋友打电话推销；发现贫困户拉下"亏空"，就毫不犹豫地慷慨解囊。据多次陪同李迪赴各地采访、参与报告文学《永和人家的故事》出版发行工作的作家出版社有限公司副总编辑颜慧回忆，李迪每次从永和采访归来都会买几大箱衣物，和老伴两人想办法拉到邮局，寄给永和县打石腰乡辛舍沟村的村民们。当地村民给他写来的感谢信上写着："是你给我们偏僻的小山村送来了温暖，给予我们物质上的支持以及精神上的鼓励；是你把党和政府对脱贫攻坚事业的支持和对贫困老百姓的关心传递给我们；是你把中华民族的美德传递给我们，使我们从内心深处感受到了社会的温暖。我们用语言难以表达对你的感激之情！"

感谢信上朴实的语言，仿佛能让我们在这个几乎一眼能望见全貌的"山沟沟"里，看到李迪和村民一起徒步上山、赤足蹚河，走农户、闯田间、探枣林的忙碌身影，在这个过程中，他收获了许许多多质朴而动人的平民故事。《永和人家的故事》精选了33位具有代表性的当地人物。第一个故事《我是你的腿》是这样开篇的：

这道石坎儿，他不止一次踩过。

可是，这回，他忘了。前两天刚下过雪，石坎儿上还留着残渣。

他一脚踩上去，鞋底一滑，整个人就掉下了山崖，像一棵被砍倒的树。那一年，他三十二岁。

在这个阳光灿烂的早晨，我来到上罢骨村，走进他家的小院。坐在轮椅上的他，迎着我，一脸笑。那样阳光，那样灿烂，像见到久别的老友。

书写新时代的创业史

他向我讲起自己的故事，难忘的岁月如水流淌——

受访者自述前的寥寥几笔，将那些"在磨难中长大，像一棵旱天的玉米"一般的庄稼汉形象，以及烙印在他们生命里的苦难与沧桑，尽数呈现在读者眼前。从《傍晚敲门的女人》到《永和人家的故事》《十八洞村的十八个故事》，李迪始终保持着语言的本味，圆融、流畅而"接地气"，具有泥土的芬芳和清新的野味。他汲取各地风土人情的文化精华，最大限度地保留故事的"原汁原味"，不搞先入为主和脸谱化的写作，更不会老调重弹、自我重复。因此，在他的作品中，我们能够读到新鲜活泼、热气腾腾的故事，能够看到沾满泥土、血肉丰盈的人物。

李迪的遗作《永和人家的故事》《十八洞村的十八个故事》等讲述山西省临汾市永和县及湖南湘西十八洞村人民脱贫攻坚奋斗历程的纪实文学作品，已相继由作家出版社有限公司出版发行。据李迪的夫人魏桂兰回忆，李迪为了完成最后一部书稿，忍受着巨大的病痛。在坚持完成13个故事以后，他躺在病榻上用电话和速记口述，讲完了另外的5个故事。2020年5月27日，他即将接受手术治疗前夕，仍通过微信语音联系出版社，安慰书稿责编："书稿已经

《十八洞村的十八个故事》
2013年11月3日，习近平总书记来到了湖南湘西十八洞村，面对当地父老乡亲，第一次提出了"精准扶贫"的战略方针。沉睡在贫困中的十八洞村，自此蝶变，张开多彩而勤奋的翅膀，飞翔在脱贫奔小康的春风里。该书讲述了十八洞村近年来在脱贫奔小康的奋斗中具有代表性的十八个精准扶贫、自强不息的故事。这也是李迪在生命的最后时刻，在病床上坚持完成的一部作品。

交齐了，放心吧！这是我最大的心事，也是我最大的心愿。在我手术之前，没有辜负大家的期望，没有辜负出版社的期待，应该说，这是一本成功的书！"

"先生李迪是在用生命写作，他的笔管里流淌着的不是墨水，而是自己的热血。他把自己的生命和热血燃烧殆尽，又用自己的灵魂去远行。"魏桂兰告诉记者，"他的坚强、他的快乐、他的温暖通过文字传递给了大家，我们应该痛并坚强着，生活必须继续向前，把生活过好，这是李迪的希望。"

优秀的写作者，应该在平凡而纷扰的人间烟火中，保持一颗最纯洁的初心和一腔最滚烫的热血。李迪正是如此，他像雪一样纯洁，又如火一般炽热。初心与热血是他进行文学创作的源头活水，正因为有着对世界的好奇、对生命的敬畏、对生活的真诚和对人性的悲悯，李迪的作品才是有温度、有重量的，饱满结实、气象万千的好作品。显然，李迪并没有离我们远去，他的故事也远远没有讲完，他的精神会伴随着这些感人、动人的中国故事，像熊熊燃烧、可以燎原的一团热火，如璀璨明亮、指引方向的满天星辰，不断影响传递至一代又一代的后来人。

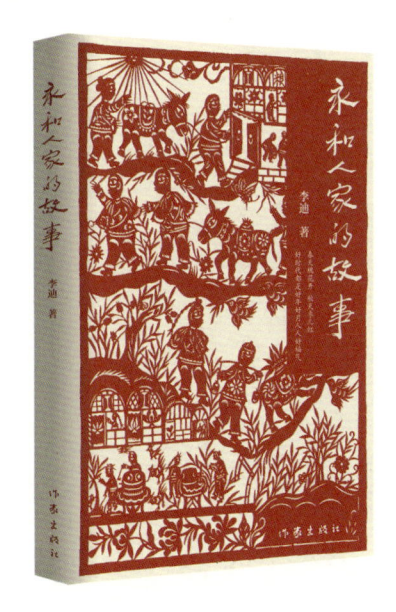

《永和人家的故事》
作者五去永和，走遍了这个只有一条马路的小县城，收获了许许多多的故事。该书精选了33位极具代表性的人物，展现了当地红红火火的脱贫攻坚战。这33个故事凝聚了劳动人民的勤劳与智慧，槐花饼、大红枣、剪纸、豆皮、粉条、驴肉……最有烟火气的词语背后，是最有力量的生活意志。这群善良的人们，在当地政府的指导下，用勤劳走出了自己的康庄大道。

阿来 / 1959年出生于四川省阿坝藏族羌族自治州马尔康市，现为四川作协主席。著有小说集《旧年的血迹》《月光里的银匠》，诗集《梭磨河》，长篇小说《尘埃落定》《空山》《云中记》等。曾获茅盾文学奖、鲁迅文学奖等，作品入选2019年"中国好书"，不少作品被译成多种语言出版。

没有纵深的历史感　写不出乡村的意义

阿　来

今年是脱贫攻坚决战决胜之年，其间涌现出一大批反映脱贫攻坚的文学作品。相比过去，作品质量有所提升，但能提升到什么程度呢？也就是说，作品能否与其所要表现的现实丰富性相匹配？这是一个至关重要的问题。从我这三年深入生活的经验来看，也从我阅读过的一批此类题材的作品来看，脱贫攻坚题材写作的成功与否，决定性因素还是在写作者这一方面。

脱贫攻坚，是全面建成小康社会、促进社会全面发展的一项划时代宏伟工程。与之相应，从中央到地方，推出了各项政策措施，其所产生的积极效应，既在当下清晰可见，更重要的是必将对当地未来发展产生深远而持久的影响。眼下的问题是，我们的写作者在从事这类题材创作时，往往缺少纵深的历史感，容易陷入就事论事、以事例诠释国家政策的窠臼，作品程式化、概念化。说是新闻，缺乏新闻的即时性；说是文学，又缺乏文学的纵深感与认知度。从大局上讲，许多年前联合国就有在全世界范围的减贫计划，中国的脱贫攻坚，正是其中最持之以恒、成绩最为卓著的部分。中国贫困人口的大幅度减少，不光促进中国社会的全面进步，对世界也是巨大贡献。

就中国自身历史来讲，20世纪二三十年代以来，以晏阳初先生为代表的一批先进知识分子，就认识到中国真正的强盛与进步，除了制度的革命，除了工业、科学、城市的进步，农业经济、农民觉悟、农村社会治理，也是社会改良的一个重要方面。从那时起，就有一批有志之士深入农村，从创办农民夜校，建立各种经济合作组织，到改善村容村貌，付出了不懈努力。而今天，借助举国体制的优势，通过推进乡村振兴战略和开展打赢脱贫攻坚战三年行动，逐步

书写新时代的创业史

阿来在马尔康市松岗镇柯盘天街采访时遇到放学归来的孩子们

阿来在卓克基土司官寨同乡亲们载歌载舞

使这一百年夙愿得以真正实现。更简单地说,今天的脱贫攻坚是改造落后乡村的一个全面战役,中央提出的一个目标是"两不愁三保障",所着眼的不是某一个贫困家庭具体的增收指标,那只是吃和穿"两不愁",而"三保障"所要解决的是教育、卫生和住房问题。这些目标一一实现后,整个乡村社会面貌就会发生实质改变,文明程度会有大幅提升。历史和正在发生的现实是宏阔的,但我们的很多写作,还停留在就事论事的层面,看几件材料,找一两件先进事例,下去走马观花一番,与预定主题相关的就看见,不相关的就看不见。

从表面上看,这种现象是写作层面的问题,往深里看,这是因为我们从事文学工作的人平时习惯在文学圈里打转。没有打开自己,面对历史不能形成纵深的历史观,面对现实也没想着去脱贫攻坚现场。脱贫攻坚题材写作,不是简单地去找一个写作题材,而是认知社会、向现实学习的一个好机会。学习一点经济学,学习一点乡村治理之道,学习一点产业知识,学一点当地历史与文化,学一点当地的自然乡土志。以这样的方式体察中国之所以为中国,体察一个曾经衰老的中国如何一点点改变,从物质到精神再度走向强盛的内在秘密。

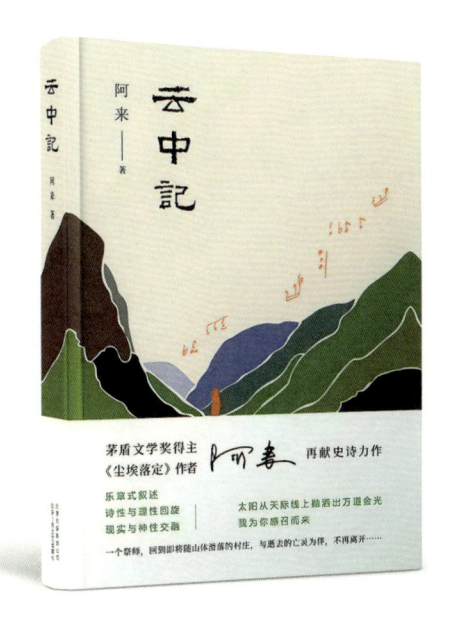

《云中记》
汶川地震后,拥有上千年传说的云中村在政府的帮助下移民到平原。年复一年。祭师阿巴感到身上云中村的味道越来越淡,内心越发不安。他穿过山林和田野、石碉和磨坊,来到村里每一户人家的废墟前,焚香起舞,诉说过往。于是,一个村子的悠长岁月和那些鲜活面孔扑面而来。
小说以汶川地震为切入点,重新思考作为个体的人在自然灾难中的价值,从自然神性的角度看待人与自然灾难之间的关系。作者的书写超越死亡,透过表面获得更深层次的意蕴。

书写新时代的创业史

　　伟大现实的发生，其表现错综复杂，其动机宏远深阔，如果我们只以单纯的文学眼光，去抓一个写作题材，再以所谓纯文学的眼光一再过滤，就剩下一点空洞的激情、无凭的修辞，失却了活生生的现实和现实背后更丰富的社会，以及更纵深的历史感,在文字中最后只留下一个只会做出机械反应的呆板身影。在现实如此丰富与伟大的时代，中国文学、中国作家不该留下这样的身影。

　　在脱贫攻坚现场，我经常听到干部群众说要"用绣花功夫"，要"久久为功"。如果我们的写作能克服功利心，能以同样的态度，有同样的决心，相信在同类题材的写作中肯定能有更多更丰厚的收获。古人说："事非经过不知难。"我再续一句："书将写成心未安。"

艾平 / 内蒙古作协散文委员会副主任。出版有《草原生灵笔记》《聆听草原》《一个记者的长征》等十部散文集和长篇报告文学。曾获鲁迅文学奖提名奖、百花文学奖、徐迟报告文学奖、三毛散文奖等。

变是最有魅力的

艾 平

我在内蒙古赤峰市的脱贫攻坚专题采访，历时21天，看到了中国扶贫第一线日新月异的景象，体验了历史巨变中半农半牧地区的生活，熟悉了一些身上既有现实感又有历史感、既有文化感又接地气的农民和牧民，也结识了解了一批热情、纯真、向上、聪明而质朴的扶贫干部。这一切无论对于我眼下的脱贫攻坚报告文学写作，还是对于我未来的草原题材创作，都是宝贵的财富。

脱贫攻坚是一项艰巨的任务。党和政府调动全党全民力量积极参与，集中力量办大事，取得了巨大的成就。一张新农村的蓝图，已经有了沉稳的构思，已经有了大胆的彩墨，已经有了无数如绣花一般执著而细致的笔触。中国人民的自信和内生动力，是中华民族伟大复兴的底气。脱贫攻坚改变了农村贫困人口的生产方式，改变了人和土地的关系，随之改变的不仅是农民的生活水平，还有广大农民的思维方式。

封闭落后必然贫穷，集约化的产业扶贫让贫困人口融入集体，通过将国家扶贫资金投入合作化企业，让贫困人口直接成为企业的股东，不仅收入提高了，还让他们和外面的世界融为一体，视野也打开了。

由于农业技术指导员服务到户，使农民直接体验到了科学技术的力量，有了学习的愿望。我在林西县看到农户的公鸡戴上了红色的小眼镜。这家的主人告诉我，公鸡经常互相掐架，受伤严重，在农业技术指导员指导下，他给这些公鸡配上了小眼镜，这些公鸡便只能从眼镜下面的缝隙中看到饲料，再也看不到对面的公鸡了，所以就不掐架了。在禾为贵小米基地，我看到了现代化的种植，精确的机械播种、滴灌、无污染除草，完全颠覆了脸朝黄土背朝天的艰苦

行走大地

艾平在赤峰市敖汉旗丰收村贫困户滕云祥家采访

艾平在赤峰市巴林右旗采访脱贫带头人党桂梅

劳动方式，自然而然地吸引了当地农民以各种方式加入。凡此种种，不胜枚举。

由于土地流转入股，扶贫专项资金再投资，移民搬迁工程实施，使一些农民远离了艰苦的农耕生活，进入新的生活领域，住上了楼房，从此不用拉水拉煤，变得悠闲起来，于是积极参加文化活动，通过读书、演戏、跳广场舞等活动，精神世界变得丰富起来。

由于扶贫工作队的入驻，各项制度建立健全，村务公开透明，一些地方原来存在的政策向三亲六故倾斜等腐败现象得到控制。

由于各级扶贫干部和驻村工作队扎扎实实为群众办实事，干部赢得了群众的信任和感情。在翁牛特旗，有个叫姚远的第一书记很年轻，到蒙古族聚居的嘎查驻村，一开始只会说一句蒙古语"赛因白诺"（你好），老乡听了就和她说蒙古语，可是她就没有办法接了，所以老乡给她起了个外号叫"赛因白诺书记"。后来，她全心全意给老乡解决了好多困难之后，这一外号就多了一份亲密和信任之感，乡亲们有什么困难和想法都愿意和她说。当我走进高家段村驻村第一书记林保森的住房时，立刻被墙上的图表吸引，那是一个备忘录，每个日期上都挂着心形的纸片，纸片上记录着哪户病人什么时间上医院，谁家的羊什么时间下羔，谁家的暖气还没有修好……在他们不大的住房里了，积着酸菜，腌着芥菜疙瘩，那是老乡帮着他们准备的过冬食材，他们下村回来很晚，就看到院墙上放着新鲜的茄子、辣椒、豆角、黏豆包等食物，都是不留姓名的村民送来的。

脱贫攻坚让来自城市的青年干部有机会了解农村，积累实践经验，扎实成长。谈到脱贫攻坚和文学创作，我意识到这样几个问题：

首先，"变"对写作者来说是最有魅力的。比如说，牧区20世纪80年代末把草原分割到户，这确实促进了畜牧业的发展，但因为超载养殖，草原退化严重，人们的价值观念也发生了很大的变化。这次在采访中，我看到一些新的养殖方式。在如何养羊的问题上，人们就出现争议，其实质是对农牧区生产方式改变的不同看法，背后深藏着有关生态、集约化和传统游牧的课题。

当一个民族向前而行的时候，每一个人都是一部文化辞典，辞典中有历史事件，却往往没有生动的人物故事。人的品性是多元的、多维的，往往说不清，这才是最真实的、最有意思的文学因子。拙作《包·哈斯三回科右中旗》就是讲述传统游牧价值观念面对时代浪潮时的困境。包·哈斯面对草原游牧方式的改变感到非常失落，然而变是不可抗拒的，变的确也是为了寻觅美好。

其次，在脱贫攻坚写作中，"是否保护好生态"是作者手中片刻不能离开的度量尺。2015年冬天，有一个地方搞新居工程，要求作家写文章。我到牧区一看，路边都是冻结的水泥房子，房子安了院墙、栅栏。在草原，牧民自古就没有院子，有了院子也不习惯用围墙，因为游牧，他们需要很远的视野，他们住的蒙古包也便于迁徙，更不会破坏草场。你给他们安排了上百亩大的院子，这一块地方的草就完了。我因此没有写，后来证明我是对的。

一段时间以来，由于过度开发，多处草原山地缺水，很多河流干涸，生态系统受到破坏。值得高兴的是，这次在赤峰，我看到当地的粮食生产更加注重环保。在阿什罕苏木的沙地，我看到当地政府带领村民完成了一个伟大的治沙工程，在沙地上种植了数万亩的黄柳和小叶锦鸡儿。小叶锦鸡儿可以固沙，也可以当饲料喂牛羊。在人类寻求美好生活的道路上，与天争斗是小道，顺其自然才是大道。

如今农村牧区处处数字化，事事离不开法制观念，无形中和过去的集体人

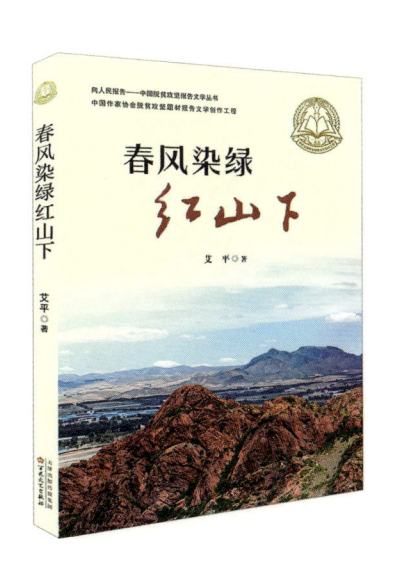

《春风染绿红山下》

本书是中国作家协会与国务院扶贫办"脱贫攻坚题材报告文学创作工程"入选作品，致力于书写内蒙古自治区赤峰市的脱贫攻坚历程。作为内蒙古脱贫攻坚的主战场，近几年赤峰市不断加大脱贫攻坚工作推进落实力度，砥砺前行，走出了一条富有赤峰特色的脱贫攻坚新道路。作者扎根赤峰基层，以一个个奋战在脱贫攻坚一线的驻村第一书记、扶贫办干部以及乡村致富带头人为叙事中心，用鲜活的笔触描绘这一伟大历史进程。本书温暖感人，彰显了赤峰人的时代精神与脱贫智慧。

格形成了不同程度的冲突，有了冲突，就有故事，好的故事中自然得有好细节。在日新月异的时代里，人类的新经验有时候来不及形成，就被后浪吞没了，这个变化还没有完成，新一轮的变化又来了。人在其中，有的迷惘挣扎，有的顺势而为。时代是新的，人物不再是梁生宝或者李顺大，也不同于孙少平，我想，只有知道农牧区的昨天，才能认知农牧区的今日，同时按照社会发展的规律，展望未来，才有可能抓住时代的细节和真谛。

陈毅达 / 1964年生，福建人，现任福建文联副主席、福建作协主席。出版中篇小说集《发现》，长篇小说《海边春秋》《海边的钢琴》。《海边春秋》获精神文明建设"五个一工程"奖。

愿以文学的激情致意伟大的时代

陈毅达

写作几十年，创作的实践告诉我，一个作家之所以要表达和体现，无非都是想告诉读者他在生活过程中的体验与发现。因此，越往后写下来，越感到我自己的文学创作，越来越离不开所处的时代与生活。同时，也更加清楚地明了，如果要对读者负责，要负责任地创作，那么就必须要寻找到至少是自己认为有意义的体验和有意味的发现，这既是职责的供奉，也是义务的奉献。由此，我越来越追求，自己所创作出的作品，能够成为读者阅读和审美的一个小小的正面资源。

我觉得自己是很幸运的，在我人生最黄金的年华里，我遇上了中国的改革开放，40多年的时光现在说来已一晃而过了，但是，在我这40多年的生命体验中，我是真真切切地感受了国家的由弱变强、生活的由穷而富，在社会不断发展和进步的阳光雨露沐浴下，我走过了青春的草地，跨过了中年的江河，如今开始抵达驶往老年的轮渡。站在这个轮渡的码头上，我发现我面对的是一片蓬勃的时代大海，海天一色，浪花飞卷，波涛滚滚，此情此刻，我思绪汹涌，觉得即便已是满头白发，也应该把升腾而起的激情，奉献给我当下的伟大时代，哪怕只是表达了我的一个真诚的致意。

于是，我写了《海边春秋》。

我一直生活和工作在福建，是八闽的大地哺育了我。福建是中国改革开放的前沿之一，福建改革开放40多年的风雨兼程，完全可以说是中国改革开放的实景微雕。福建面海，福建也依山，我希望把福建山海在改革开放伟大进程中所奏出的雄浑交响，作为《海边春秋》的主旋律。特别是福建的平潭岛，在

行走大地

陈毅达与福鼎市赤溪村党总支书记杜家住交谈

陈毅达与全国脱贫攻坚奋进奖获得者、柏洋村党委书记周庄齐在村展览馆合影

党中央正确领导、亲切关怀下,在福建省委的有力领导下,2009年被国务院确定为改革开放综合试验区。2014年11月1日,习近平总书记第21次登岛视察,亲自擘画了更加宏伟的发展蓝图。我把小说的背景地放在了平潭,直接撷取了平潭岛独特的历史文化、特殊的自然地理和别致的风情风貌,我把我在福建这些年所看到的许多真实的事情,都写了进去。

感恩我的工作,让我经历了福建闽北山区的扶贫,长时间深入接触了闽北农村,同时,在后来的工作中又让我有机会见证了福建沿海发达地区农村的发展与变迁。从很早在闽北山区工作时,我就一直想写一篇反映当下时代生活的作品,但是一直苦于无从落笔,我找不到主题,找不到人物,找不到自己认为有意味的发现。直到我如此完整地经历了40多年的改革开放进程,尤其是进入了改革开放新时代,我最终才找到了一个我自认为有意义的体验与故事,才找到了创作的灵感之源。

我曾经也年轻过,在我当时所受到的教育中,比较倡导青年人要能接受比较艰苦的考验。中国古代传统文化中,孟子曾说过"故天降大任于是人也,必先苦其心志,劳其筋骨,饿其体肤"之类的至理名言,印象中还有一句更通俗的叫"艰难困苦,玉汝于成"。然而,如今呢?我不知道我的认识是否正确。我曾对女儿说过,我曾经怎么怎么苦过,但我女儿回答我说,那是你那个年代的事,我没生活在你过去的那个年代。我无言以对。因为,在我的四周,现在确实几乎没有父母愿意让孩子到条件稍微差点的地方去学习和工作,富人富养孩子,穷人也想尽一切办法富待孩子,从什么时候开始,一代接着一代的青年全往条件好的地方去,这不可否认是社会的一个进步,但是这也让农村成为一个青年人才空地。这些年,城市靠着各类资源要素的高度聚集,特别是人才资源的高度聚集快速成长和繁荣,但是农村不仅鲜有人才的回流,反而出现更明显的青年人才的"泄洪",我感到人才是中国农村当下最缺的资源与要素了。好在进入了新时代的发展,农村基础设施、交通、物流等各方面已获得越来越多的改善。在党中央不断地加强对农村的政策倾斜和扶持力度之后,近几年我多次遇到青年人才返乡创业的队伍。他们在乡镇农村出现,基本上出现在哪里,就比较有效地改变了那个地方农村的一些深层次的社会经济结构和治理体系,为新时代的农村注入了时代发展的活性元素,增强了农村社会经济的活力。所以,在《海边春秋》里,我着重写了几个经历各自不同的有志于农村变革的青年人物,那既是时代和社会的真实,也深深寄托了我的理想。我有个粗浅的感受,等到哪天中国当代的有志青年开始有了强烈的新时代农村情怀和创业情结,"乡村振兴"的伟大工程才将会更快更好地落地开花结果。

如果说作家是棵时代之树,那么他所创作出的作品就应该是这树上最灿烂的时代之花。每棵树都生长在它独有的生态环境中,从它所扎根的那片土地里汲取宝贵和特殊的养分,沐浴着那里的阳光。由此,每棵树上开出的花也都不尽相同,这才有了树木成林、万花织锦的清新与美丽。我是一棵文学的小树,深扎在福建的沃土上,终于在文学创作的枝丫上开出了一朵《海边春秋》的小花,这朵花也许还欠缺了点芬芳,但对我而言,它却十分荣幸地绽放于新时代,代表我展现了文学对时代的激情。

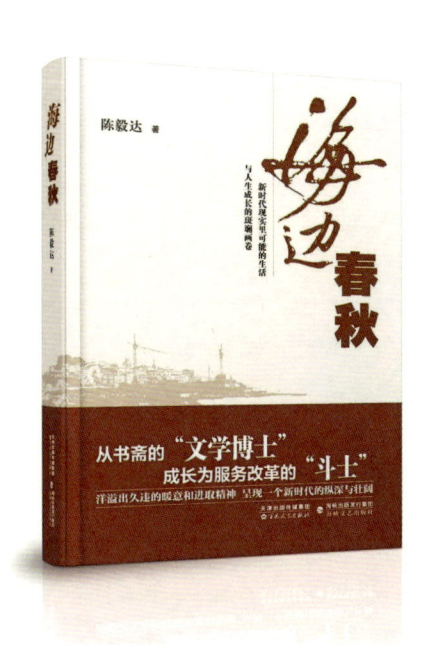

《海边春秋》
本书以21世纪海上丝绸之路重大倡议中岚岛综合实验区建设开发为背景,围绕兰波国际项目与蓝港村整体搬迁的矛盾的产生和化解展开叙事:毕业回闽工作的文学博士刘书雷,被派往岚岛挂职。在现实熔炉中,年轻干部从空头激情、慌乱,到学会观察、分析、判断,直至与岚岛的人心、实情相融。2019年,该书获得精神文明建设"五个一工程"奖。2020年,入选2019年度"中国好书"。

次仁罗布 / 西藏拉萨人。现为西藏作协常务副主席,《西藏文学》主编,一级作家。小说《放生羊》获鲁迅文学奖。小说《杀手》获西藏珠穆朗玛文学奖金奖,中篇小说《界》获西藏新世纪文学奖。长篇小说《祭语风中》获中国小说学会2015年度中国小说排行榜第三名。作品被翻译成英语、法语、韩语、日语等。

高山深处的律动

次仁罗布

之前，我从没有跨省到别的地方去进行过采访，去年却有幸实现了这个突破，而且是与实现第一个百年奋斗目标紧紧相关的，自己成为这一事件的在场者、见证者、书写者，这对于我来讲是一大幸事。同时，我也对自己的能力感到担忧，怕不能很好地完成这项工作。

我的采访地点是云南省昭通市鲁甸县，要把那里的脱贫攻坚先进人物、典型事例以报告文学的形式呈现出来。2019年下半年，由于工作原因，我迟迟没能成行，直到12月初才赶往鲁甸县。之前，跟云南扶贫办宣传处的冉玉兰

次仁罗布与村民交谈了解情况

处长一直联系、沟通,从她那里也得到了不少相关资料,但一直没有一个明确的采访目标。飞机落在昆明机场上时天色已晚,我的心也跟这夜色一样沉,那时我没有目标、没有方向,心里忐忑不安。我找了云南扶贫办附近的一家宾馆住下,第二天早晨就去找云南扶贫办宣传处。冉处长热情地接待了我,还将云南省的总体扶贫情况给我做了介绍。我听说有一位驻村女干部长期在基层搞脱贫工作,后来身患重疾但依然坚守岗位,要把生命奉献给这项伟大的事业。像她这样还有几百位奋战在云南脱贫一线的工作人员已经离开了这个世界,我感到了极大的震惊,也为他们为了贫困户的脱贫殚精竭虑、舍弃一切的精神所震撼。我不再担心写什么的问题,一个个鲜活的实例就在那里,只要深入进去那里就是个文学的富矿。

时值冬季,我坐上昭通市扶贫办的车子离开昆明赶往鲁甸县。在与司机的聊天中得知,县机关的干部全部到基层一线搞脱贫,机关里只有一两个人。司机已经有两年没有休过假,双休日更无从谈起。他的谈吐中没有一点埋怨,反而是那种能够参与其中、其乐融融的表情。我人还未到鲁甸县城,但已经感受到那里正在打一场脱贫攻坚的战役。中午在昭通市吃过饭后,我匆忙赶到鲁甸县去。

鲁甸县扶贫办的郭建勋和县作协主席云龙在宾馆等着我,入住后云龙老师问我,你要采访哪些内容?我回答说,脱贫攻坚的。云龙老师胸有成竹地告诉我,去卯家湾安置点和龙头山的甘家寨、光明村就可以了。我向他点头表示感谢。下午我一直在房间里翻看相关资料,查阅数据,寻找线索。天色渐渐暗淡下来时,我才走出宾馆房间,漫步在这个幽静的县城里。县城不是很大,可是很洁净,在灯光的映照下一片灿烂。

看资料上说这里聚居着回、彝、苗、汉等多民族,而且 2014 年 8 月这里发生过里氏 6.5 级地震,此刻却全然感受不到这种自然灾害给当地人带来的伤害。我去龙头山镇,看那里的地震博物馆,以及县政府遗址,才深切感受到地震给当地人民带来的深深伤痛。在甘家寨采访过程中,我切身体会到党和政府对这些受灾群众的关怀与关爱。2015 年新年伊始,习近平总书记到鲁甸县看望受灾群众,指导灾后重建工作。2014 年,地震刚发生时,李克强总理第一

次仁罗布在村民家中采访

时间赶到现场，指挥抗震救灾事宜。鲜活的事例让我感受到了社会主义制度给人民带来的福祉，一个被夷为废墟的寨子，在骡马市口重新崛起，人们过上了有房住、有生活依靠的日子。没有党没有政府，这些变得一无所有的人，岂能在短短的一年时间里，住上两三层的别墅式楼房，生活得跟城里人一样？杨国荣、邹家荣、张元山等人没有因灾害而贫苦，靠着国家的各种优惠政策实现了小康，过上了衣食无忧的日子，也从地震的阴影里走了出来。谭德军一心为民，带领群众种植花椒，实现经济收入的增长，让光明村的群众不再为生计发愁。谭德军走过的这一路历程，经历了不被群众理解、抵制甚至吵闹，但他作为一名村干部、共产党员，从未失去信心和决心，经受种种考验，让村民相信村干部的抉择，也实现了经济收入的逐年稳步增长。如今的龙头山镇光明村漫山的花椒树，真可谓绿水青山，龙头山镇的花椒收入每年达到了 3 个亿。谭德军走过的历程，映射出无数个乡村干部的情怀和初心，更体现了基层干部的艰辛与

书写新时代的创业史

韧劲。在卯家湾安置点，通过对搬迁户的采访，我得知很多贫困群众生活在深山区、石山区、高寒冷凉地区，他们居住分散、偏远，交通等基础设施很差、建设成本极高，生态敏感脆弱，生存条件极为恶劣，"一方水土养不活一方人，自然承载力严重不足"。面对这样不宜居住的高寒地区，人们只能选择离开家乡到城市去打工，靠着微薄的收入维持生活。脱贫攻坚使这些地方的人来到了卯家湾安置点，住上了高楼，过上了文明现代的生活。卯家湾安置点是一座新城，安置搬迁群众 8322 户 35585 人，其中建档立卡贫困户 7570 户 32347 人，通过劳动技能培训，他们可以到安置点里引进的许多龙头企业里去工作，他们的身份也由农民一下变成了工人，不离开家也能有个稳定的经济收入。这些深刻的变化在这大山深处发生着，他们已经不再为温饱而发愁，达到了小康生活的水平。

云南省鲁甸县只是一个缩影，这样的深刻变化在中国大地上发生着，为实现"两个一百年"奋斗目标，我们正坚定向前行进。

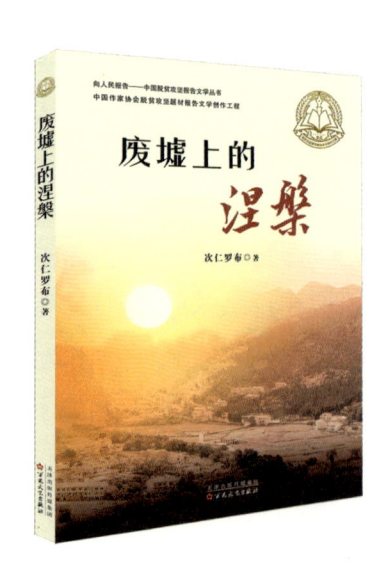

《废墟上的涅槃》

本书是中国作家协会与国务院扶贫办开展的"脱贫攻坚题材报告文学创作工程"作品之一，致力于书写云南省昭通市鲁甸县脱贫攻坚战。鲁甸县位于云、贵、川三省结合部，自然灾害频发，贫困人口多，贫困程度深，区域间发展不平衡、不充分，属国家级贫困县。近年来，鲁甸县根据不同贫困状况精准施策，以脱贫攻坚统揽经济社会发展全局，在切实保障和改善民生方面取得了突出成果。作者深入鲁甸县，实地走访，做了大量调研，以甘家寨灾后的重建与搬迁等为叙述重点，全面反映脱贫攻坚的奋斗历程，展示了云南省脱贫攻坚工作取得的辉煌成果。细节与全景，温度与人情，脱贫一线人员的责任与担当，人民生活的沧桑巨变，在此书中得到开阔且生动的具象呈现。

丁晓平／1971年出生，安徽人，现为解放军出版社副总编辑。著有《中共中央第一支笔》《王明中毒事件调查》《1945·大国博弈》等20余部作品。曾获徐迟报告文学奖、全国新闻出版行业领军人才、中国出版政府奖优秀出版人物奖、中国文艺评论"啄木鸟奖"等奖项。

到群众中去才能写出好文章

丁晓平

习近平总书记在文艺工作座谈会上指出：人民需要文艺，文艺需要人民，文艺要热爱人民。人民是文艺创作的源头活水，一旦离开人民，文艺就会变成无根的浮萍、无病的呻吟、无魂的躯壳。由此可见，深入生活，扎根人民，不仅是创作的方法、路径，也是创作的源泉和主题。

作为中国作协"脱贫攻坚题材报告文学创作工程"参与者之一，我有幸前往井冈山，负责完成茅坪乡神山村脱贫攻坚工作的历史书写。众所周知，井冈山是中国共产党创建的第一个农村革命根据地。而神山村所在的茅坪乡又是毛泽东主席率领的工农革命军的"安家"之地，是革命的圣地。作为井冈山最为偏远、闭塞、落后的贫困村，神山村是井冈山市最后一个通公路的村庄，54户231人中有贫困户21户61人，是井冈山脱贫攻坚的"硬骨头"。毫无疑问，井冈山要实现在全国率先脱贫，就必须啃下这块"硬骨头"。

2016年2月2日，习近平总书记冒着严寒，来到神山村看望乡亲们，为脱贫攻坚工作加油打气，成为井冈山脱贫攻坚工作的历史转折点。井冈山人民牢记习近平总书记"井冈山要在脱贫攻坚中作示范、带好头"的嘱托，奋力向贫困宣战。2017年是井冈山革命根据地创建90周年，也就在这一年，井冈山又创造了一个"第一"——经国务院扶贫开发领导小组评估并经江西省政府批准，江西省井冈山市正式宣布在全国率先脱贫"摘帽"。这条消息，犹如早春二月里的第一声春雷，响遍神州，震动世界。这是全国第一个县级市整体脱贫，打响了脱贫摘帽"第一枪"！这标志着井冈山人民彻底摆脱了贫困，将和全国人民一道，昂首进入小康社会。艰苦奋斗攻难关，实事求是创新路。井冈山革命老区的脱贫摘帽，为全国上下齐心协力打好脱贫攻坚战注入了更大信心。

在神山村，我和乡亲们打成一片，住在乡亲们民房改造成的"民宿"里，一日三餐和他们吃在一起，还曾亲自下厨给他们炒菜，色香味也获得他们的好评。我的故乡安庆怀宁县距离井冈山不算太近，也不算太远。因为自己有过18年农村生活的经历和经验，也曾尝过家庭贫困、艰难的人生滋味，所以神山村的历史、现实甚至他们对未来的渴望，我都能够感同身受，看得见和看不见的变化也有着跨越地域、超越时空的息息相通。也就是说，我的心和神山村的乡亲们的心是跳在一起的，同频共振，没有距离。

一周的采访调查是短暂的，也是充实而丰富的。采访归来，我没有急于动笔，一时间也没有办法动笔。说句实在话，神山村并没有我文学创作一伸手就能挖掘出来的人物和事件，根本就没有特别有故事、有个性的典型。山村的人

丁晓平采访彭夏英的丈夫张成德

书写新时代的创业史

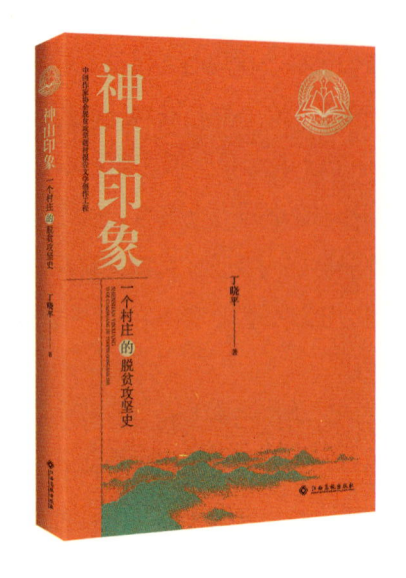

《神山印象——一个村庄的脱贫攻坚史》
本书是一部全方位反映江西省井冈山市神山村彻底告别贫困、和全国人民一道走向小康的长篇报告文学。神山村作为井冈山最为偏远、闭塞、落后的贫困村，54户231人中有贫困户21户61人，是井冈山脱贫攻坚的"硬骨头"。2016年春节前夕，习近平总书记在神山村提出了打赢脱贫攻坚战一个也不能少、共同奔向小康社会的要求。一年后，在井冈山革命根据地创建90周年之际，神山村和井冈山市其他贫困乡村一道，在全国率先宣布整体脱贫，成为井冈山乃至全国脱贫攻坚的榜样。
作品以神山村打赢脱贫攻坚战为主线，详细记述神山村群众在井冈山市、茅坪乡等当地各级政府领导下告别贫困的故事。作者在扎实采访基础上，对驻村干部、第一书记、大学生村干部和普通农民给予了关注，全面、客观地叙述了神山村从技术扶贫、养殖扶贫到产业扶贫，从个体经济到集体经济，从口袋富起来到"脑袋富起来"的脱贫攻坚历程。

物平平凡凡，乡亲的日子平平淡淡，乡村的生活就像山间的泉水一样静静流过，清澈透明，波澜不惊，一眼就能望到底。一切都是真实的，绝对不能虚构！我不敢动笔，我也不想把一个零碎、琐碎的乡村呈现给读者，呈现给神山村的乡亲们。因为，我答应过他们：我要为他们的村庄写一本书。而这本书，是历史之书。我要他们和我一道看得见青山，望得见绿水，记得住乡愁。回顾这次采访创作的历程，我有三点感悟，可以用"一带""二扎""三观"来概括总结。

"一带"就是作家在采访创作中要始终带着真挚的感情，对那一方水土那一方人民，要怀抱情同手足的深厚情谊。感情不是一件简单的事儿。感情需要巨大的同情心和同理心，需要换位思考，要拿得起放得下，眼高手低或者眼低手高都是不行的。只有带着感情去采访，你才能让群众掏心窝子说出心里话；只有带着感情去写作，你才能写出感动自己从而感动他人的文字。诚如毛泽东主席所说："你讲话是讲给别人听的，写文章是给别人看的，不是给你自己看嘛！"写文章要有群众观点，心里始终装着读者，"要想到对方的心理状态""当自己写文章的时候，不要老是想着'我多么高明'，而要采取和读者处于完全平等地位的态度"。

丁晓平在江西省井冈山市神山村和村民李宗吾一起打糍粑

"二扎"就是作家的采访创作既要"扎根"又要"扎实"。深入生活、扎根人民不是一件轻松的事儿。扎根,就是要把自己"栽"到那一片庄稼地里去,成为人民群众那片庄稼中的一棵,保证抵达现场,保持始终在场,从而拥有生活气场,要老老实实、踏踏实实、扎扎实实地"走进生活深处,在人民中体悟生活本质、吃透生活底蕴。只有把生活咀嚼透了,完全消化了,才能变成深刻的情节和动人的形象,创作出来的作品才能激荡人心"。

"三观"就是报告文学创作既要宏观全局、中观局部、微观细节,使得作品饱含历史感、纵深感。报告文学是现实主义创作的典型文体。优秀的报告文学作品大都是基于宏大叙事背景条件下的微观书写。在《神山印象》一书的创作中,我比较好地处理了宏观、中观和微观的关系。微观书写依靠典型个案故事,以神山村脱贫攻坚为样本,通过人物和事件展开细节叙事;中观书写依靠数据和事实,巧妙灵活地运用历史和现实两条线索,像扎辫子一样把井冈山革命的红色和脱贫攻坚的绿色穿插讲述,来反映井冈山市在全国率先脱贫摘帽的成功经验和成绩;宏观则依靠逻辑结构来展开,我则用"天时""地利""人和"的结构,以井冈山为例反映70年来尤其是党的十八大以来国家脱贫攻坚的辉煌成就。

"一带"是作家的情怀,"二扎"是作家的行动,"三观"是作家的思想,缺一不可,它来源于我去井冈山神山村深入人民群众采访创作的实践,同时又指导着我的创作。当然,每一个作家都有自己采访创作的理念、方法和经验,但我相信作家到群众中去才能写出好文章,这是优秀作家之所以写出优秀作品的共同的方法论,也是文艺创作的金科玉律。

习近平总书记说,要让人民群众望得见山,看得见水,记得住乡愁。在没有去神山村采访前,脱贫攻坚战于我或许只是远方的新闻而已,但经过这次采访创作,我相信我的《神山印象》,既可以让神山村的乡亲们望得见山、看得见水,也记得住乡愁。因为,那山是青山,那水是绿水,那乡愁不是愁,是神山村的诗和远方。

丁燕 / 1971年出生，新疆人，现为广东作协报告文学创作委员会副主任。出版有《工厂女孩》《工厂男孩》《低天空：珠三角女工的痛与爱》等作品，曾获鲁迅文学奖提名奖、文津图书奖、徐迟报告文学奖等奖项。

丁燕：最难忘的还是扎根采访

康春华

康春华：参与此次脱贫攻坚题材的创作，您为何选定清远英德市的江口镇连樟村、韶关市仁化县及汕尾市海丰县为重点采访地，能否简单介绍一下当地情况？

丁燕：这次由中国作协牵头的"脱贫攻坚题材报告文学创作工程"是个大行动，涉及全国多个省份。《岭南万户皆春色——广东精准扶贫纪实》反映的是广东省的脱贫攻坚情况。在选择采访地点时，我有意做了地理上的区别。其中，连樟村属于粤北地区，因为山多地少、交通不便而造成了贫困现象。珠江三角洲是广东省经济最发达的地区，位于这一地区的东莞市，对口扶贫的城市有三个：广东省的韶关市、揭阳市和云南省的昭通市。我选择了一位东莞派驻到韶关市仁化县的扶贫干部作为采访对象。汕尾市海丰县属粤东地区，靠近南海，交通不便，农业和工业都不发达，虽然有着悠久的革命文化传统，但却一直被贫穷所困扰。三个地方呈现出完全不同的三种状态，可让整本书更具综合性和立体感。

康春华：您前后去采访了多少次？每次有什么不同的收获吗？

丁燕：最难忘的还是在连樟村扎根采访。我在连樟村连续采访了30多位贫困村民，他们后来便成为《连樟村词典》中的主人公。从镇里到村里有12公里的柏油路。最初我对这条山路的感觉并不强烈，只觉得它总是绕来绕去。然而，当我反复地穿行过这条路后，又和不同村民进行交流，才意识到这条路对他们的重要性。以前不通公路，靠两条腿走，得花费4个小时才能走出去。这会影响病人的及时医治、农产品的销售等。现在整个村子因为一条路而发生

行走大地

海丰县联安镇坡平村黄小雄一家过着平静而有尊严的生活

丁燕采访海丰县赤坑镇大化村的村民孙贤在，他说："在暗房子里住的都是发愁的人！"

了很大的改变。在海丰县采访时，很多地方我都去了两三次，比如联安镇、公平镇等。我不仅采访了当地的贫困村民、扶贫书记，还参观了海丰红宫红场旧址纪念馆，了解这片红色大地上的革命风云。

康春华：在已经完稿的作品中，能看到众多当地贫困者的脱贫故事。在采访前，您做了哪些准备？在采访过程中，有哪些让人印象深刻的人物或故事？

丁燕：采访前我不仅研读了相关的扶贫政策，还阅读了关于这类题材的一些作品。我要求自己"一定要更具文学性"。我愿意长时间地去聆听，真正走进采访对象的心灵世界；我愿意深入地观察，不遗漏目光所及的每一个细节；我愿意从一个节点深入下去，力求将与之相关的时间和空间全都打通；我还愿意借鉴各种不同的文学创作手法，力图让笔下的文字更准确、更感人。

在我所采访的众多人物中，有几个人物最令我难忘。他们各有各的不幸，但都积极面对困难，充满乐观精神。他们从来不抱怨命运的不公平，反而在日常生活中能找到自己的乐趣和尊严。

生活在连樟村的陆奕罗是个木匠，靠手艺赢得大家的尊敬。他是个残疾人，每月有460元的低保补助和150元的残疾补助，被定性为"无劳动能力"，但他却一点也不愿闲着。他不仅通过劳动让自己变得自信，而且还充满了对他人的理解和同情。他在生活的磨砺中所闪现出的人性光辉，是那样璀璨。

连樟村的另一个村民邓承仙生病了，她形容自己的心脏内部"像灯泡在慢慢地暗下来，太阳在一点点落山"。她带着我去看她的花生地。虽然只比一张圆桌稍大一点，但却并不妨碍她凝望它时，眼神里露出母亲般的慈爱。她住的房子是2017年建的，花了12万元。她说："如果没有政府补助的4万元，这房子无论如何是盖不起来的。"

在海丰县赤坑镇大化村，我遇到了孙后船。42岁的他像个运动员，身材矫健，动作灵敏，说话的语速很快，且用词准确。他左眼有疾，再加上妻子身体也不好，就无法出去打工了。现在，他家一年有3000多元的残疾补助；全家每月有900元的低保补助；13岁的大儿子在上小学，一年有3000元生活补助。他经常带着3岁的小儿子下地。那孩子既聪明又懂事，甚至学会了挖地。他们从未抱怨，反而坦然接受，并尽力适应与改变。这些最普通的平凡人，就像那些田野里的泥土，毫不起眼，但却是撑起整个世界的基石。

康春华：作品其中一单元的标题为《连樟村词典》，让人想到米洛拉德·帕维奇的《哈扎尔词典》和韩少功的《马桥词典》。您将一个村庄脱贫致富的人物和故事以词典的方式书写下来，为何采用这种方式？

丁燕：我是在连樟村采访的过程中，被一个又一个村民的讲述所打动，感觉用词典的形式来创作更为贴切。我在村子里待的时间足够长，和每一位村民的聊天又足够丰富，积累起来的素材也足够充沛，所以，我便没有采用惯常的那种平铺直叙的方法，而是用词典的方式来创作。每一个词都像一个磁铁，吸附着和它有关的那些信息。无论是村民，还是村里的各种物件，其本身就是一个完整的小宇宙。将这些"小宇宙"组合在一起，最终会呈现出一个网状结构。用事物自身的视角来展开叙述，在貌似无意中袒露那些变化，这样既可避免强行图解，也可避免简单讴歌。事实上，我发现村民们对发生在自身及周边的变化都很敏感，而且他们个个都是语言大师，具有很强的表达能力。采访时我是慎重的，打开笔记本，拿着笔，再打开手机录音，用眼神凝视他们。我知道我的态度会影响他们对我讲话的深浅程度。我和大部分村民的谈话时间是两至三

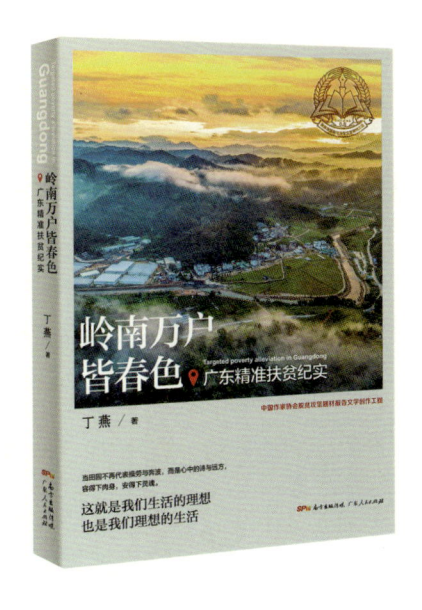

《岭南万户皆春色：广东精准扶贫纪实》

该书是一部反映广东省脱贫攻坚工作进展与成就的长篇报告文学作品，以图文并茂的形式讲述新时代中国脱贫攻坚故事。该书由三个单元构成，在第一单元《连樟村词典》中，作者撷取一个个名词作为小标题，突破了传统报告文学的窠臼，融汇小说、散文、诗歌、戏剧等文体的创作方法；在第二单元《斜周村的日日夜夜》中，作者以一位扶贫书记为核心展开叙述，深挖他扎根村庄后的种种遭际，通过对细节的微妙变化的捕捉，强化了戏剧性与真实感；在第三单元《海丰红色村庄的扶贫行动》中，作者以老一辈革命家彭湃的家乡为描写对象，用新旧对比的手法，展示了中国共产党人如何不忘初心、为人民谋福祉的动人故事。

小时，有些人会谈得更久。

康春华：无论是打工故事，还是扶贫与脱贫故事，您的书写始终保持非虚构的姿态。请您谈谈对报告文学这一文体的看法。

丁燕：事实上，每一次的创作对我来说都像是第一次。在开始准备材料时，我会陷入一种轻微的焦虑状态。我不知道我将会面对怎样的人物和事件。但是，这种焦虑会在我面对采访对象时逐渐消退。记得在海丰采访时，我处于重感冒状态，走路时双脚轻飘飘的，像是踩在棉花上。那时我心里发慌，感觉可能支撑不下去。但是，等我打开笔记本，和采访对象的眼神一对接后，一股力量便从内心升腾而起。我完全忘记了感冒，一下子便聚集起体内的全部能量，瞬间便切换到工作状态。近十年来，我一直致力于长篇报告文学的创作。但我从来没有对这个文体产生过失望，我也没有对深入工厂或者乡村的采访感到厌倦。相反，每一次出门采访时，我都极为亢奋，保持有极大的热情和耐心。也许我并不比别人更聪明、更智慧，但我愿意花费大量的时间去做田野调查，因为我知道，生活就像圣诞老人，永远是"索一奉十，索百奉千"。只要我的脚步能走到田野的更深处，那么，我笔下的文字便会更绚丽。

范稳 / 1962 年生，四川人，现任云南作协主席。出版有"藏地三部曲"、《吾血吾土》《重庆之眼》等。曾获国内多个重要文学奖项，有作品翻译为英、法、德、意大利文出版。

在生活的现场书写

范 稳

2020年全国两会结束后，6月到7月间，我又数次去到云南文山壮族苗族自治州。之所以说"又"，缘于年初我带领几位云南作家跟着省扶贫办，用十几天时间一路采访了昭通、德宏、文山等边境地区，之后因为新冠肺炎疫情，采访活动受到影响。我又去了普洱市澜沧拉祜族自治县，在那里采访了时代楷模、中国工程院院士朱有勇，他扎根当地帮助农民科学地种植马铃薯。马铃薯等农作物产量大增，成为脱贫致富的敲门砖，显示出科技扶贫的巨大力量。

再次到文山，是为长篇小说创作做准备，这部作品是以脱贫攻坚为背景的。在动笔之前，得"跑"到位，深入村寨，做全面的体验和采访。为什么选择文山作为创作方向？这是对我自己的挑战，一方面因为这里地处中越边界，改革开放起步较晚，西畴、麻栗坡、马关、文山、广南、丘北等县（市）都是贫困县，在当下的脱贫攻坚战中很有特点。比如西畴县，典型的喀斯特地貌，裸露、半裸露的喀斯特地貌占75.4%，是云南石漠化程度最严重的地区之一，土地匮乏。地下溶洞使得水也留不住，人们只能在石头缝里种点玉米，所以在当地土跟肉一样金贵。同时，石漠化严重使修路成了大难题，巨石、乱石堆，无不加重了贫困的程度。一般来说，对于人类难以生存的地方多采取整体搬迁的方法来脱贫致富，可是西畴县的老百姓却就觉得搬家不如搬石头，他们舍不得故土，充满干劲儿地跟贫困战斗，涌现了很多典型人物。

我这次便与全国脱贫攻坚奖奋进奖获得者李华明一起看了他们的"最后一公里"进村路。他所在的西洒镇岩头村处在悬崖峭壁上，进出村子的路是巨石和陡坡，路险难走，嫁到村里的媳妇儿没两年就走了，村里小伙儿结婚都成了

范稳在文山壮族苗族自治州广南县采访稻作文化

大难题。村里人想方设法把石头砸开修路，没有钱就自己出力，终于把"最后一公里"路修好，让自己的村寨与公路相连。有了路，养鸡养牛，种植经济作物，各种产业相继发展起来，村寨面貌和生活大为改观。又比如老山，我在山下的苗族寨子里采访了全国的民兵英雄熊光斌，他讲述了自己作为边境民兵默默扎根在最前沿哨所守护国境线的故事，一守就是21年。他们生活在祖国的边境线上，既要发展生产脱贫攻坚，同时也在保家卫国。这些守边关的人真的是拿自己的生命在奉献，还要带领全村人脱贫致富。那种发自内心的国家认同感和爱国精神、家国情怀令人动容。

另一方面，文山是壮族苗族自治州，文化丰富多彩、风格独特。民族文化是我创作的底色，这次我想深入展现壮文化。只有深入了解、深入认知，才能更好地用文学的形象加以呈现。

作家有不同的类型，写作也有不同的方式，我是那种要到生活的现场中去

书写新时代的创业史

范稳在文山壮族苗族自治州马关县那撒乡采访

的创作者。文艺工作者深入生活、扎根人民,对我而言,这一点不用号召,我自己自然就去了。没有生活现场,我没法写作,这在我多年的文学创作中是一以贯之的。

2020年是脱贫攻坚决战决胜之年,作家们有责任深入生活,以自己的笔反映书写大时代,记录脱贫攻坚这样一个伟大的工程。我常跟我们的作家说:我们到各地采风也好,体验生活也好,要把自己当成一个参与者,同时也是见证者、书写者。作家与时代同步,这个时代在做这样壮大的事情,你能置身其外吗?在这些年的走访中,尤其是2020年,乡村面貌发生了巨大变化。云南是边疆省份,过去下乡,最辛苦的就是路,去一个县或者一个村子,一走就是一天。现在从昆明到任何一个州市都很便捷;过去进村庄,道路泥泞不堪,没有越野车进不去,现在都是水泥路通到每一个村庄。我4月份去的拉祜族寨子里,几乎每家都有自己的车,还有拖拉机,去地里干活,开着车就去了,跟城里人开车上班一样。村里的年轻人谈论汽车的牌子、性能,跟城里年轻人一样,我心里由衷为他们感到高兴。这种种变化,作家们是亲眼见证的,能没有感受吗?

当前,对脱贫攻坚、对乡村题材的文学书写,是作家面临的重要课题。如何能够创作出优秀的乡村题材作品,我自己现在也在思考中。文学创作有其自身规律,需要拉开一定的距离,沉淀过滤。从我近年来现实题材创作的经验来看,接地气非常重要,一些作家到乡村接不上地气,不能融入生活,浮在表面。此外,对于脱贫攻坚要用历史的眼光来思考,为什么贫困、怎么解决、贫困状态下人的生存模式、贫困所带来的人性的种种表现,从没有钱到有钱,人们生活状态如何变化,是进一步奔小康还是有可能返贫等,这些因素要写清楚。

时代在进步,人民生活质量不断提高,边远地区的人们,他们通过自己的勤劳和努力,能够享受到时代发展带来的好处。近年来,云南作协积极开展了一系列促进脱贫攻坚、精准扶贫题材创作的工作,组织策划2020年决胜全面建成小康社会、决战脱贫攻坚文学采风活动。这次我在文山也给当地的文学爱好者做讲座,与他们交流。现在,云南25个民族每个民族都有自己的作家,不过距离每个民族都创作出自己的传世作品,还有很长的路要走。挖掘和培养少数民族作家意义重大,各民族文化需要各民族用他们自己的笔来书写讴歌,民族脱贫攻坚的动人故事也是如此。希望有越来越多优秀的民族文学作品,这样我们的民族文化才会百花齐放。

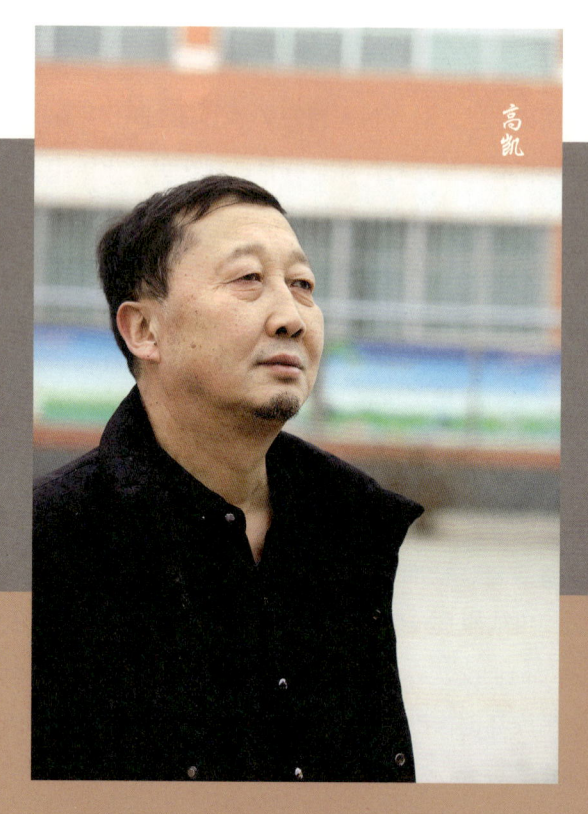

高凯 / 1963年出生，甘肃人，现供职于甘肃省文学院。出版有《心灵的乡村》《纸茫茫》《高小宝的熊时代》《战石油》等诗歌、随笔和报告文学集11部，曾获全国优秀儿童文学奖、甘肃省文艺突出贡献奖、闻一多诗歌奖及《飞天》《作品》《莽原》等刊物诗歌奖。

高凯："在临潭，我就要撸起袖子拔河"

路斐斐

与作家高凯的电话接通时，他刚刚完成反映中国作协对口帮扶单位、甘肃省国家级扶贫开发重点县临潭县脱贫攻坚历程的长篇报告文学《拔河兮》的第三遍修改。高凯是参加中国作协组织的"脱贫攻坚题材报告文学创作工程"的作家之一，新冠肺炎疫情改变了他原定2020年元宵节时再去临潭的计划，他想采写那里已中断10年、却有着600多年历史的"万人拔河"活动，并将之作为全书的尾声。采访取消后，原先的结尾已重新构思写作。留在兰州的家中，他更多的是在一遍遍修改打磨已写好的篇章。

2020年春节前，高凯曾约在兰州市安宁区一个建筑工地上打工的6名临潭县洮滨镇巴杰村村民做了一次采访，这也成为他为全书所做的最后一次外采。那天，高凯带去了两瓶烧酒，临走时还为其中两人购换了新的防寒服。临近春节，工地上活儿已经很少了，几位村民却都没有回家，只是在聊天中表现出对"万人拔河"活动的憧憬，以及对各自未来婚娶问题的忧虑。因为村落地处偏僻，几位年轻人在出来打工前甚至都很少去过县城，而这一问题更是当地所有家庭都要面临的头等难题。这次见面，让高凯历时45天、跑遍全县16个乡镇的临潭之行变得更加完整了。

几个月来，从采访到写作的不断思考，让高凯更加感到，与贫困的斗争仍是一场没有硝烟的持久战。就像他初到临潭写的第一首诗那样，"与贫困拔河，拔出穷根""把那些人从彼岸拉到此岸，一股劲撼天动地"。

迫不及待地想去写一个真实的临潭

2019年9月19日，高凯与全国20多位报告文学作家和各自推荐单位的代表等，一起在北京参加了中国作协组织召开的脱贫攻坚形势政策报告会和"脱贫攻坚题材报告文学创作工程"启动座谈会。会议开了整整一天，作家们听取了国务院扶贫办党组书记、主任刘永富的报告，中国作协领导寄望作家们深入脱贫攻坚第一线，用手中的笔为中华民族几千年历史上这一具有划时代意义的大事件留下珍贵的文学记录。会议结束后，高凯马不停蹄地先去了西安，为另一部报告文学交付初稿，之后回到兰州稍事休整。国庆节刚过，他就带着简单的换洗衣物和手提电脑出现在了临潭县城。"我有些迫不及待了。"在参与此次创作工程的所有作家中，高凯几乎是最早到达采访目的地的作家之一。

"我想写出一个真实的临潭来。"对于"扶贫写作"，高凯并不陌生。作为一位土生土长的甘肃籍作家，2015年起他就开始参与甘肃陇南地区的扶贫工作了。通过对口帮扶贫困家庭，他主动思考造成贫困问题的深层根源，并以写作的方式对此持续予以关注和表达。去临潭采访前，他已多次参加过不同单位组织的扶贫采风创作活动。其中规模最大的一次是2015年夏天，在甘肃省

高凯在甘肃临潭格桑花藏蜜养殖农民专业合作社采访，交流合作社发展情况

高凯在甘肃临潭格桑花藏蜜养殖农民专业合作社采访

委的安排下，由他牵头组织拉起了两个作家采风团。这次活动历时一个月，行程数万公里，几乎跑遍了甘肃全省。之后高凯便发表了反映庆阳革命老区精准扶贫工作的中篇报告文学《七月流火走庆阳》。正是那一回，他才第一次全面地对自己的家乡、对西北内陆黄土高原上的贫困问题有了更深切的体会："精神贫困才是最大的贫困，而文化扶贫才是最根本而长久的扶贫。"

也因如此，对此次被委派采访中国作协在临潭所做的扶贫工作，高凯更加感到责任重大，期待也更高。在他看来，临潭的贫困反映的不只是临潭的问题，而临潭脱贫的困难与成功也同样不只属于临潭。"我想让更多的甘肃人、外地人都走近一个真实的临潭，了解它、帮助它并改变它。"

对扶贫认识的深度决定着扶贫书写的高度

在县城看了三天材料后，高凯就迫不及待地下乡了。比起数据，他更急迫地想亲眼看到、亲耳听到一个更加实在的临潭。临潭地处山区，乡镇间直线距离虽近，但山路弯曲、难走费时，因此采访从一开始就定下了以临潭和卓尼县城两地为"据点"、向八方进行辐射式深入的方案。每天清晨，高凯与随行干部进村下乡，晚上赶回县城整理笔记，同时着手初稿写作，一天有约三分之二的时间会花在往返路上。比如有一次在前往巴杰乡的狭窄山道上，他们与一辆百姓拉药材的车迎面相遇。按县里不成文的规矩，必须给百姓让道，于是司机就在一边是山崖、一边是山墙的山路上倒车一两公里，才终于找到一个可以错车的岔路口。因此，每到一个乡镇，高凯都显得更加"贪心"，他想抓住有限的时间尽可能采访更多典型和鲜活的故事。连续一个半月，他先后采访了临潭县村民、村干部300多位，各式各样的十几万字速记写满了整整四大本。他想通过自己的写作理出一个答案：临潭的穷与这里到底有什么关系？几百年、几十年来生活在临潭的人们又是怎样世代艰难地与穷困作着斗争？

采访中，高凯努力想从人们口中找到真实的答案，也试图从中发现脱贫攻坚的力量与希望。在《拔河兮》里，他总结了造成临潭贫困的地理与历史根由，写到了这里曾普遍存在的大龄文盲问题。没有文化，连扶贫政策都理解不了，谈何其他？他也写了新时期8个村"上访"主动要求脱贫的故事，写了少数民族聚居区脱贫工作的不易，写了教育正在如何深刻影响着这里的下一代。

高凯还写了外地和中央对临潭的帮扶，特别是写到了这里建起的中国作家创作基地。中国作协自1998年拉起临潭的手之后，由一届届领导班子和一轮轮派遣干部、作家们组成的接力扶贫队伍，通过独特的"点穴式"扶贫，持续经年地对临潭给予人、财、物等方面的大力支持和重点推进，使"文化润心、文学助力、扶志扶智"的理念在当地深入人心，使贫困人群的精神能量得以激活。中国作协的扶贫干部克服困难、深入调查研究，为扶贫方案的规划和实施出谋划策，并努力改善当地教育情况，同时通过发现、培养和扶持当地的青年作家，使临潭变成了一个文学的富矿、一个拥有了自己的文化产业并能为更多人提供更好生活的地方。这些内容都在作品中有所反映。

精准讲述中国的扶贫故事是作家的使命

临潭让高凯收获了许多感动，而离开临潭时他的写作也行将完成。2020年新年到来的头一天，《拔河兮》的初稿写作终于全部告结。坐在桌前，高凯

行走大地

长长地舒了一口气，他感到自己已用这 10 万字、7 个篇章的作品写出了临潭脱贫的方方面面。其中既有临潭的现在和过去，也有人们长年同贫困斗争的内心世界以及对未来的期许。初稿完成后，高凯小范围地将文稿发给了部分朋友，其中有作家、评论家，还有临潭的基层干部、文学爱好者等。从大家的反馈中他感到，当初立下的创作目标基本实现了。从当年记叙陇南扶贫感受的长诗《陇南扶贫笔记》起，高凯就认为，多年来自己以扶贫为主题的写作是一脉相承的。从诗歌、长篇散文再到长篇报告文学，他写的都是文化扶贫、精神扶贫。特别是这次在临潭，让他积蓄多年的思考、情感与写作冲动终于又找到一个更好的出口与载体："贫困的根子还在文化。"

2020 年 2 月 28 日，高凯的《拔河兮》节选首次在《文艺报》副刊整版发表。内容节选自作品的最后一章，他表示这一章正是全书的主旨所在。在这部分里，他集中笔墨书写回顾了中国作协 20 多年来用文学助力扶贫的漫漫历程。他把许许多多曾经参与和见证临潭扶贫工作的中国作协领导和干部、作家以及普通人的名字，都一一写进了这部记录临潭脱贫历史的报告文学中，将他们的坚韧不拔与临潭取得的巨大变化写到了一起。

"《拔河兮》首先感动了我"，高凯这样说。那场预想中豪气冲天、万众齐心的盛大拔河场景虽然看不到了，但让高凯欣慰的是，他已用自己的笔，把临潭的故事永远留给了临潭与未来。

《拔河兮——脱贫攻坚临潭记》
作品以临潭县传统民俗"拔河"为线索，真实生动地绘就了一幅中国作协扶贫点临潭县以"内生动力"脱贫攻坚的全景图。作品由七章组成，第一章《拔河诗笺》勾勒了临潭县历史文化，探寻了临潭的贫困根源和贫困现状；第二章《在困境中突围》，记述了精准扶贫前河滨镇八个村群众上访的过程；第三章《合作社又来了》以许多生动的故事介绍了合作社扶贫模式；第四章《许多小家庭都是多民族》讲述了多民族家庭脱贫和民族干部的扶贫工作；第五章《拧成一股绳》反映了社会各界援建临潭的典型事例和人物；第六章《寄托在孩子身上的梦想》反映了临潭县教育扶贫的成绩；第七章《文学的光照》诠释了中国作协"文化润心，文学助力，扶志扶智"扶贫理念的文化内涵，讲述了中国作协扶贫干部扶贫的生动故事。

关仁山 / 1963年生,河北人,现任河北作协主席。出版有《金谷银山》《天高地厚》《大雪无乡》《苦雪》《太行沃土》等。曾获鲁迅文学奖、精神文明建设"五个一工程"奖、中国图书奖、庄重文文学奖等。

塑造新时代的农民形象

——农村题材创作的一点思考

关仁山

随着农业地位提升，随着脱贫攻坚与乡村振兴有机衔接，农村题材创作越来越受到关注。

认知新时代，首先要弄懂新时代的特征，新时代、新起色、新作为。新与旧是比较而言的，新时代遇到的事物是新的，但是，新事物不能代表文学优劣高低，认知新事物的时候，还要细致考量心灵、道德和文化层面。这些潜在问题不在作家内心解开，就很难走进人物的内心，很难投入到抒写时代史诗的创作中。作家的认知能力非常重要，要看到问题的真相，揭示问题的根本症结。不是喊出来，而是通过形象塑造，只有塑造真实典型的艺术形象，才能反映新时代的真实面貌。深层思考社会变革、人性和社会根源，才能刻画好农村形形色色的人物。面对新时代主要矛盾的变化、生活中张扬生命理想的时代英雄，人性的丰富与光辉需要挖掘，人性的缺陷与丑陋也同样需要挖掘。

当年柳青创作《创业史》，当了农民，对那个时代的农民有了独特的个性化感悟，对农民的生活体验，将生活上升为成熟的艺术想象，才塑造了梁生宝、梁三老汉等典型形象。路遥的《平凡的世界》深切地认知了中国改革开放初期人民的生存与生活，成功塑造了孙少安、孙少平的艺术形象，从整体上反映了社会的发展与变迁，相当规模地展现了变革时代的时代情绪以及农民的精神心理动向。他的准确、清醒和独立来自对时代的把握和开扩，源于对农民和土地的热爱。

我在"农民命运三部曲"第一部小说《天高地厚》的后记里说：农民可以

书写新时代的创业史

关仁山采访阜平县扶贫定点村胭脂洞村村主任侯彦龙夫妇

关仁山采访阜平胭脂洞村村民张占芝

行走大地

不关心文学,但是,文学万万不能不关注农民。就我自身创作来讲,多年一直坚守现实主义创作,尤其关注当下变革中的乡村现实。我在创作中塑造了农民形象,特别是具有新农民潜质的艺术形象,比如《天高地厚》里的鲍真、《麦河》里的曹双羊、《日头》里的金沐灶、《金谷银山》里的范少山等等。其中范少山是党的十八大至十九大砥砺奋进的五年中,成长起来的有血有肉的新时代的青年农民形象。他生于燕山农村,拥有勤劳、诚实、热爱土地的品质,又有城市生活经验给予他的广阔思维和长远眼光。他敢于突破传统的桎梏,有一种重建乡村物质和文化的意义。范少山用自己的行动打破了"融不尽的城市,回不去的乡村"的怪圈。我想,在以后的创作中会继续塑造现代农民的立体形象。

我们强调小说塑造立体农民形象,离不开人物广阔的生活空间,铺开生活的容量的时候,还应该考虑到思想容量、艺术创新、情感深度和精神力量。我们读鲁迅小说,看到了农民的灵魂,看到了人生真相。我们在曾经的文学创作中目睹了沧桑世代远去的农民,同时也应该在新时代的书写中看到奋斗在小康社会里农民的众生相。

思想和精神能够帮作家穿越生活表象,追问生活本质。不能绕开问题,也

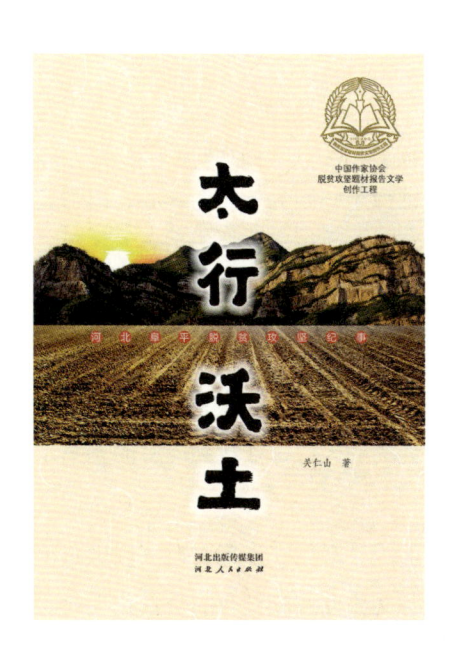

《太行沃土——河北阜平脱贫攻坚纪事》
全书共25.6万字,由河北人民出版社出版,重点反映了习近平总书记2012年视察阜平县以来骆驼湾、顾家台两村脱贫致富经历。作品以细腻的笔触和饱满的热情,通过朴实的语言、真挚的感情、真实的故事,从不同侧面、不同角度,回顾了阜平广大干部群众在脱贫攻坚道路上的感人场景和瞬间,真实再现了阜平广大干部群众打赢脱贫攻坚战、实现全面小康的奋斗历程,见证了阜平的新成就、新变化,展现了阜平人民敢于与贫困斗争、战胜贫困的精气神,以文学形式把阜平扶贫干部和群众的形象,生动鲜活地呈现在全国读者面前。

197

不能把问题简单化。在脱贫攻坚中有两个主体，一个是扶贫干部，一个是贫困群众，这两部分人在贫困的乡村相遇，联合起来打一场脱贫攻坚的战役。新时代乡村人与人的关系没有固定的模式，被时代洪流淘洗得变化多样、五彩缤纷。比如说，我发现过去离开农村的农民再也不愿意回故乡，身体不愿意回去，精神也不愿意回去。而打赢脱贫攻坚战之后，农民"两不愁三保障"了，青年农民不仅愿意回乡了，还在乡村当了老板，成为新农民。他们不仅身体融入了家乡，精神也回归了原乡。

要想成功塑造新农民形象，作家不能回避农民形象真实性问题。在塑造新时代农民形象时，既要不失审美理想，又应具备弘扬正面精神价值的能力，即便是对丑恶的批判，也要有强烈的人性发现和终极关怀的光芒。精神性，恰恰是民族精神能力的支撑点，也是史诗性创造的精神之源。我刚刚完成长篇报告文学《太行沃土》的创作，感觉到太行山阜平县脱贫攻坚生活的激越与丰富。英雄们激情洋溢，在太行山上，无数驻村干部、第一书记、驻村工作组，以及那些阜平当地的脱贫干部，脚踏实地，不离不弃，鞠躬尽瘁，至死不渝！还有那些为创造新生活而奋斗的阜平人民，由懒惰变勤劳、奋勇拼搏的故事，都应该载入史册。这里不仅仅有生动的故事，还浸润了扶贫干部与人民群众建立的血浓于水的真挚感情。

我们给历史命名，给阜平脱贫攻坚命名，给乡村振兴命名，像点燃心中的一盏明灯，是历史留给后人的精神财富。这样的记忆，让我们的生命有了归属，有了期盼，有了呼应。给我们身边普通的英雄命名，因为他们的痴心，因为共产党人的初心！党员干部的扶贫情怀，情到深处，志比钢坚。在关心百姓冷暖间彰显了道义和担当，在乡村振兴的道路上抒写情怀与热望。同时，党和政府在探索中不断完善了扶贫攻坚的体制机制，完成了四梁八柱的顶层设计，这是脱贫攻坚制胜的法宝。一个人也好，一个国家也罢，为什么由穷变富？通过表象看本质，我们相信，每一位亲临脱贫攻坚现场的人，都能找到应有的答案，并作出深入精准的个性化思考。

农民脱贫之后，扶贫与乡村振兴有效衔接了，必然在未来农村实现生态小循环，实现智慧互联、立体多维、高质高效、文旅度假相结合的全景化现代农业指日可待。构建现代化农业产业体系、生产体系和经营体系，推动形成城乡融合发展的进程中，不仅有故事，同时还会诞生新农民，这些采访中获得的大量细节为我下一步在小说创作中塑造新形象奠定了坚实的基础。

　　时代变迁的镜子怎样映照，文学的品格怎样保存？接下来的乡村振兴，还会为新农民的诞生提供适宜土壤。可能我们笔下的人物是小人物，他们身上体现的是生活的小细节，但是小人物的命运与改革开放的时代大潮融会，就可能奔腾出惊涛骇浪。作家塑造新时代农民的时候，真正与人物原型走近了，走进他们的内心，观照其灵魂，塑造的人物才能立体丰满、迎风而立。作家应该以自己沉甸甸的思考记录乡村振兴和实现中国梦伟大进程中的中国故事，为重建人类美好精神家园书写。

何建明 / 1956年出生，江苏人，现任中国作协副主席。出版有《革命者》《浦东史诗》《国家》《落泪是金》等。曾三次获鲁迅文学奖、五次获精神文明建设"五个一工程"奖。

抚平创伤之旅

——关于贵州毕节和宁夏西海固的事

何建明

如果论贫困，有两个地方那才真正叫人"提贫心颤"：一是贵州省的毕节地区，二是宁夏的西海固。

可以说，毕节的贫困问题，是几代领导人特别关注和倾注了情感的。

住山洞、吃树皮和野草、衣不蔽体，这是毕节山区许多百姓的真实生活——大概20多年前还是如此。走不出大山、滴水贵如油，是那片乌蒙山区百姓生存的基本状态。2017年我在写完贵州一位叫"黄大发"的村支书（他后来成为"感动中国"人物、习近平总书记在一次与英模们合影时让座给黄大发的新闻传遍全球）后，正好有人介绍恒大集团出资110亿元，无偿帮助毕节脱贫。我便来到毕节采访了三次，有机会比较深入地了解这个地区过去的贫困情况和后来实现小康的全过程，深为感叹与感慨。就是这样一个地方，就是这样一个被人称为无法解开的"世界级难题"，在中国共产党领导下，仅仅用了几年时间，依靠各方力量，竟然让数以百万的山区百姓，从过去原始式的生活，一跃进入了现代化新生活，这种"跨越千年"的历史性巨变，如果不是亲眼所见、不是亲身经历，谁也不可能相信。然而这是在中国发生的真正的现实。毕节的脱贫与致富的过程，就是近几年里所发生的事，其实就那么"简单"——政府动员、各方支援，一个有良心的民营企业，出资百亿元，无偿帮助那些深居山区、祖辈贫困的百姓，让他们从大山里搬出来，送他们几头"洋"牛（每头牛价值1万左右），再种上一两个蔬菜大棚，这样百姓就有一年几万元的收入；房子全是新的，修建在山好水好的地方；孩子们上学不要钱、老人有"退休养老金"、

书写新时代的创业史

看大病不用再自己掏钱……

当然，跳出某个村庄，再看整个贵州和毕节，条条高速公路四通八达，美丽乡村星罗棋布，绿水青山光彩照人——爽爽的贵州，如今成为人们的旅游胜地和向往的地方……这就是我看到的今日之毕节，它彻底地抚平了我心头由于贫困造成的深深的创伤。当然，一般人也不会有我这样的特殊感受，因为我在采访和实地调研过程中，烙在心头最难忘的一件事是：在大山深处、脱贫攻坚战第一线，我看到了一批从城市里来的年轻人，他们是"恒大扶贫队员"，他们是新时代最可爱的人，他们是脱贫攻坚战的勇士与英雄，他们都是二十四五、二十七八岁的青春儿女……他们让我感动和敬佩，他们让我看到了什么是新时代中国青年，他们让我放弃了"一代不如一代"的旧观念、错定论，他们让我深深地敬佩中国有一批像许家印这样有国家情怀、人民情怀的好民营企业家。这比看到一个地方脱贫更让我欣慰，因为中国需要这样的大企业。

何建明与贵州农民黄大发看他开凿的水渠

一次次从毕节回来，我的心一次比一次敞亮和兴奋，这就是我为什么要写《时代大决战》（2018年版，人民出版社出版）的缘故。

《诗在远方》首发于《人民文学》，此后该书由黄河出版集团出版，这是另一部记录扶贫脱贫主战场——宁夏西海固的作品。

用"诗在远方"作标题，因为确实有许多人有"诗的梦想"——25年前，中国扶贫工作全面铺开，宁夏西海固是中央点名的重点地区，然而西海固实在太穷，穷到完全无法想象。

第一次去宁夏采访，有人告诉我说，那里有不少人家里连碗都没有，只在炕头的木框上挖几个"凹"，就算是吃东西的"碗"了，因为这样的"碗"不会碎。我一直不信这是真的，后来确实在一些百姓家里看到了这种"碗"——在一条炕框上，挖几个"凹"，吃东西时全家人轮流蹲在那"碗"前。南方的牛犁田累了，主人会牵着它到河滩边喝水，那水是清清的，老牛想怎么喝都行。

何建明在宁夏西海固采访

可是西海固人是喝不上水的，别说干净水，就是黄泥水也要像金子般的藏着一点点喝。通常他们用一盆水，从早晨洗脸开始、一直要用到晚上，最后浇菜地喂牲口用。男孩子几个月不洗澡是正常的，女孩子几十天不擦身子也很正常，所以患病和不发育、智障者，在西海固为数不少。联合国官员考察西海固时就定论那里不适宜人居住，一句话道出了西海固的贫困。

但才相隔多少年，又有许多我无法想象得出来的事是：2019 年和 2020 年我两次来到宁夏西海固，一个一个县走访，一个一个村观察，一户一户贫困农民家探望……结果令我惊讶和无语，因为我看到的西海固，彻底不像过去文学作品留给我的印象中所描述的那般穷苦，而是拥有比我的家乡苏州一些县市城镇还要好的新面貌——崭新的宽阔公路、绿荫连绵的花木草地、高楼林立的开发园区，自然还有一幢幢红顶的百姓住宅……我不相信这种"千年跨越"能在西海固出现，然而它确实都是真的，都是我所见所闻。现在的宁夏和西海固就是如此。

"诗在远方"，其实并非是夸张之语。到了宁夏所见到的这种景象，这种巨变，这种百姓跟你诉说时的从心头涌出的真情和幸福感，会让人觉得是真正

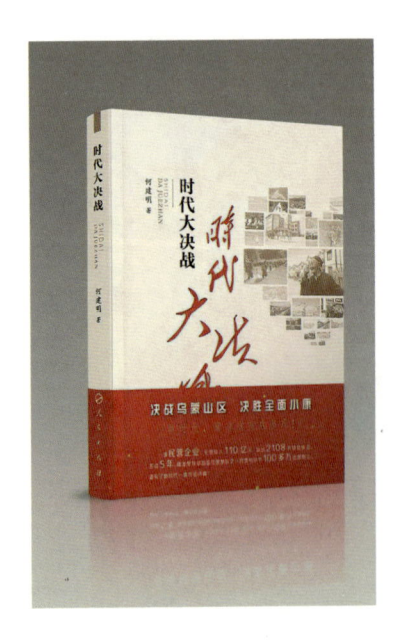

《时代大决战：贵州毕节精准扶贫纪实》
在全国政协的鼓励支持下，恒大集团积极响应党中央号召，从 2015 年 12 月开始结对帮扶贵州省毕节市大方县，通过产业扶贫、搬迁扶贫、教育扶贫、就业扶贫和保障扶贫等一揽子综合措施，确保到 2018 年底大方县 18 万贫困人口全部稳定脱贫，到 2020 年帮扶毕节全市现有 92.43 万贫困人口全部稳定脱贫。《时代大决战：贵州毕节精准扶贫纪实》以长篇报告文学的形式全景展现了恒大集团在当地党委政府支持下走出的精准扶贫之路，系统总结了精准扶贫的经验，生动反映了扶贫一线工作人员艰苦奋斗的奉献精神。

的"诗在远方"……

好"诗"确实在我们想象的"远方"——西海固能有今天,当然首先得益于他们遇上了国家脱贫攻坚战的好时机,另一个得益于24年前时任福建省委副书记的习近平同志所创造的"闽宁合作"对口帮扶模式。西海固人是幸运的,他们直接得到了习近平总书记20多年来一如既往的关注和关怀,所以才有了如此翻天覆地的变化。

一个极度落后的地区,几百万人、几千万人一下脱贫,太不容易,只有在中国共产党领导下的中国才有这种可能和现实。作为一个作家,我们有机会记录这种历史性的人类巨变,难道不是文学?难道不也是一种幸运吗?难道我们去付出些劳动不应该吗?

能参与这场伟大的脱贫战役,对自己、对文学,都是欣慰和幸运的事,尤其是直接书写了毕节和西海固中国这两个贫困最严重的地区的脱贫历史进程,更是自己文学生命中一件值得欣慰的事。

"诗在远方"——明天,我将再去看看"远方"的人和"远方"的山水,再去书写来自"远方"的诗……

这,大概是我不舍的情吧!

何炬学／1963年生，重庆人。现供职于重庆市艺术创作中心，出版有长篇小说《濯之水》等作品。短篇小说集《摩围寨》获全国少数民族文学创作骏马奖。

喜洋洋精神是当下重庆农村农民的一种气场

何炬学

拙作《太阳出来喜洋洋》，一开始就定位为尽可能真实地、全面地呈现重庆市脱贫攻坚工作的情况。但如何去呈现，确实颇费周章。在一个多月的集中采访中，我感受到一种气场包围着我。这个气场由不同的人、不同的景象所组成。这是什么呢？后来越来越明白，这是一种欢喜之气。而这样一种欢喜之气，正是重庆的经典民歌《太阳出来喜洋洋》等所表达的。十分巧合的是，民歌中的"只要我们都勤快，不愁吃来不愁穿"，与国家提出的脱贫底线之"两不愁三保障"的"两不愁"表达一字不差。

重庆的农村和农民，怎么会有这么一种气场呢？

自1950年以来，重庆农村和农民跟全国所有的农村和农民一样，一直是国家建设发展的财富供给者。农村、农业、农民，给国家的工业、城市等建设和发展，提供了母亲般的无私贡献。一直以来，农村和农民的贫困，则是普遍而持久的现实。直到改革开放之后土地承包制的施行，农村和农民的贫困才有所缓解。但是，由于地理现状、教育和文化现状、基础设施现状等等制约因素，农村和农民的贫困依然是十分触目惊心的。国家自20世纪80年代以来开展的扶贫工作，其实是为彻底反哺农业和农民所做的前期准备。直到近几年的脱贫攻坚工作的展开，才以制度和目标定位的方式，力图从根本上解决农村和农民的贫困问题。

农村道路、用水、用电、通信和住房（危房）的改造，不仅仅惠及贫困户，也惠及所有的农户。再加上产业扶贫（因地而异的可持续性，当然还需要时间的检验），农村和农民跟城市和现代生活的差距，因之而缩小很多。因此，不

书写新时代的创业史

何炬学在黔江区金溪镇采访

何炬学在秀山自治县隘口镇富裕村采访

光是贫困户,几乎所有的农户,其实从心底是十分欢喜的。或许,现实中有个别一般户,眼看国家给了贫困户很多扶持,心中有所期待甚至还有些嫉妒和不满。但摸着心口说,他们十分感激国家终于以实际行动解决农村和农民的根本需求。就总体上而言,农村的凋敝、农民的困顿,正在得到扭转。以摆脱贫困并向新农村建设迈开步伐为统率的目标和理想,正在成为广大农民们的"中国梦"。重庆农村农民心中所透露出来的欢喜,虽然是含蓄的,还有所期待,但却真实而不可掩藏。他们心下欢喜,于是勤劳苦干,有希望,有盼头,关键是有改善。他们希望国家在这个方面,坚定不移、持之以恒地做下去。

有了这个感受和基本判断,我采访的那些人和事,也就串珠般活跃在我的眼前了。而重庆的历史和文化,似乎也牵连到这上面来了。我的意思是说,重庆人在脱贫攻坚中的各方面表现,都体现并包裹在这样一种喜洋洋精神中。第一章我从历史和文化上去张望了一下。这一张望没有让我失望。我以为,如果没有精神为内核,就像我们修房子没有钢筋,修不高且不说,最终是要坍塌的。而"喜洋洋精神"是客观存在的"钢筋",不是我生拉硬扯强加的。这样一来,我希望拙作《太阳出来喜洋洋》这座"房子",有气象、有筋骨、有高度,能够在时光中矗立得稍微长久一些。

人是精神的动物。我没有把目光和重点放在脱贫攻坚工作的一些项目、资金和政策发挥等上面。我乐意探讨的是,在这样一种情况下,贫困者为何还会贫困?而奋进者,为何可以锲而不舍?帮扶者们,为何又可以精勤用力?在这样的背景下,政府和公务人员该是什么样的姿态?他们是在真心地帮扶,并通过较为耐心的商量、说服和劝导手段,去达成某一目的。我认为,要是如此发展下去,基层政府和工作人员,其角色向服务、帮助者的转变,将是可以在不长的时间内实现的。我在大书特书奋进者的内生动力是脱贫的根本因素的同时,更是用了大量的篇幅来呈现帮扶者的精神与故事。直接的和间接的介绍,数量应该在20个左右。

不管是奋进者还是帮扶者,这样的人物群像,让我看到了可喜的未来是可以期待的。我在采访和写作的时候,都没有要引导他们往"高大上"方面去走。故意的拔高和理想化,这不仅有违创作伦理,更是有违历史(即便你的目的是

"崇高和善良"的,那也不该)。真实、平实,有人的本色,有精神气象,有一定的代表性。如此而已。

我还把关注点也对接到当下一些参与者的感受和艺术表达上。音乐的、诗歌的、小说的、报告文学的、戏曲的都有,旁观者、个中人也在。我想说明的是,这可以从另外一个维度,帮助我们看到此项工作所带来的文化方面的建设和影响。这样自觉的文化和文艺行为,有其根本性的一面。同时也跟"喜洋洋精神"是契合的。我没有去关注那些有组织的文化文艺行为和成果,虽然这也是一个应该提倡的事实。但发乎本心的东西,才是最感人的。

哦,这就像小时候我听到的大人们在山坡上的歌唱。歌声带着他们胸腔的热力、带着他们心中的激情,喷薄而出。你好似被提拔起来了,如果有翅膀,真的可以飞翔。

《太阳出来喜洋洋——重庆脱贫攻坚见闻录》
《太阳出来喜洋洋》着力于对脱贫攻坚工作中奋进者和帮扶者的行为和精神层面的呈现,重点描绘了重庆人积极向上的精神风貌。全书共分七章,在历史记忆和地域文化的观照下,力求真实可感,符合现实生活的本真。

红日 / 1963年出生,广西人,现供职于广西河池文联。著有长篇小说《述职报告》《驻村笔记》、中短篇小说集《同意报销》《说事》《钓鱼》等。曾获全国少数民族文学创作骏马奖、百花文学奖长篇小说奖、广西文艺创作铜鼓奖等。

红日：描写最鲜活的扶贫故事

张恩杰

"我曾经是广西精准扶贫驻村第一书记里年龄最大、资格最老的一位。可以说，每个扶贫工作队员都可以从我创作的《驻村笔记》小说中读到属于自己的故事，每个帮扶干部都可以从小说中找到自己的影子。"广西作协副主席、河池文联主席潘红日如是说。此前，他的这部小说获得了第十二届全国少数民族文学创作骏马奖、第十八届百花文学奖长篇小说奖。截至目前，由作家出版社有限公司出版的这部小说已印刷发行5万多册。

谈及驻村扶贫的初衷，红日说，2013年11月习近平总书记在湖南十八洞村考察时首次提出"精准扶贫"重要理念。为此，他敏感地嗅到精准扶贫将是未来一段时期的重要国策。作为现实主义作家，他要有所作为，要主动投入到时代的大风浪中。

于是，红日主动向河池市委组织部报名，希望能去精准扶贫第一线。最终在2015年10月份，成为广西罗城仫佬族自治县黄金镇寺门村的驻村第一书记。

谈及在罗城扶贫一线工作一年半的体会，红日介绍他主要负责走村入户摸底调查，帮贫困户建立扶贫档案，关注留守儿童的上学和孤寡老人的养老问题，以及动员偏僻山区村民易地搬迁等工作。其中，最难的是留守儿童上学及发展产业增加收入问题。

"有孩子辍学的，往往是家里兄弟姐妹众多，父母经济压力大。"红日坦言，扶贫先扶智，既要解决他们生活当中的实际困难，也要给这些家长孩子做思想工作，讲一些靠读书改变命运的励志故事，阐明不上学会导致代际贫困，"这个程序很麻烦，翻来覆去的，要打攻心战术。"

红日在广西罗城仫佬族自治县寺门村农户家采访

红日在广西罗城仫佬族自治县寺门村采访农民,了解情况

书写新时代的创业史

　　翻阅《驻村笔记》，读者可以发现，扶持谁、谁来扶、怎么扶是这部小说的主线。故事以毛志平、冰儿、国令、阿扬和阿才组成的精准扶贫攻坚第七小分队的视角展开，他们进驻河城县天马乡贫困村红山村后，千方百计找资金、跑项目，开展基础设施建设大会战，最终赢得了人民群众的信任和拥戴……

　　书中，某市文联主席毛志平担任红山村驻村第一书记，小说通过毛志平第一人称的视角来推动情节的纵深发展。对此，红日表示毛志平并不是他本人，《驻村笔记》也不是报告文学。他采用虚实结合的手法，糅合了在精准扶贫当中，他所接触到的诸多第一驻村书记的事迹，叠加在一起形成了这样一个人物形象。另外，他也不光写驻村第一书记，还写了扶贫小组的其他成员，他们团体作战，缺一不可。"在这本小说里，每个扶贫工作队员都可以读到属于自己的故事，每个帮扶干部都可以从小说中找到自己的影子。我也并不只局限于我所驻点的罗城黄金镇寺门村这片狭小的天地，而是将视野无限放大，将广西其他地区精准扶贫的故事也糅合了进去。"他说，这本小说是广西扶贫攻坚的一个缩影。

《驻村笔记》

本书讲述了由志平、冰儿、国令、阿扬和阿才组成的精准扶贫攻坚第七小分队，进驻河城县天马乡贫困村红山村后千方百计找资金、跑项目，开展基础设施建设大会战的故事。他们坚持以人民为中心的工作导向，视人民群众为自己的亲人，在精准帮扶中与人民群众结下了深厚的情谊，赢得了他们的信任和拥戴。

作者真实生动地呈现了当下正在进行的如火如荼的精准扶贫攻坚场景。这是一部关于精准扶贫的"档案"，是驻村第一书记和扶贫工作队员的"回忆录"。

在罗城扶贫的一年多时间里,红日一边走村入户了解民情,一边搞创作,采访了190多名干部群众,采访记录多达37.8万字。在此基础上,完成了这部长达20万字的长篇小说。最终,《小说月报·原创版》编辑将这部小说删减为12万字,分两期刊登。2017年8月份,作家出版社有限公司出版单行本,迄今印数突破5万册,成为许多农家书屋竞相推荐的佳作。

《驻村笔记》小说一开始,就写到毛志平原以为红山村村部就两块牌子,即村党支部(总支)和村委会的牌子。没想到他却发现办公楼大门两侧及门楣上挂满了牌子:红山村精准扶贫攻坚指挥部、红山村政务服务中心、红山村公共服务活动中心、红山村老年活动中心、村民兵营……细数一遍,整整28块牌子。在毛志平看来,这么多的牌子,意味着村干部要承担大量的工作任务,不知是否忙得过来?然而村干部老跛解释道,牌子是上面统一制作下来挂上去的,不挂就扣掉绩效分。大多牌子只是挂挂而已,他们的工作主要还是村委这摊。

对于小说这一细节,红日解释,这是他在扶贫第一线看到的真实情况。"实际上,有的村部门口牌子多达30多个,门口挂不下,就将围墙绕一圈,甚至将剩余的牌子放在村部大院,或者悬挂在会议室里。我认为这是典型的形式主义。再说精准脱贫不是挂出来的,不是喊出来的,而是干出来的。"他在小说中并未回避这一敏感问题,而是直接揭露出来,以引起人们的反思。同样,在实际扶贫工作中,他将一些比较徒有虚名的牌子摘下来,将更多的精力投入到具体的扶贫事项中。

小说还塑造了一位县档案局股长担任的驻村第一书记。该股长认为,现在帮扶干部要建立的档案太多了、照相的内容太多了:要跟户主照相、跟联系户房屋照相、跟联系户的猪马牛羊鸡狗照相。这看起来不像是搞精准扶贫,而是搞档案工作,群众很不理解这种扶贫工作方式。此外,现在落实贫困户脱贫产业存在一个普遍问题,家家户户几乎都是养鸡、养鸭、养猪、养羊或养牛,再加上外出务工。这个只能叫家庭副业,不能叫产业,产业是要上规模的。对此该股长表示,贫困户的脱贫产业不能随意填写,更不能搞形式主义,免得千篇一律、一模一样。更值得一提的是,小说还批判了几名在外面兼职、搞封建迷信活动的村干部。红日称,现实生活中的确有这样的村干部,由此造成的组织涣散情况给脱贫攻坚带来了很多压力和负面影响。为此，他曾物色过几个对村集体事务比较热心、乐于为村民服务的年轻后生，来替换那些对群众敷衍塞责的村干部。

除了在扶贫一线做好本职工作外，红日还给县里面的文学青年上课，开展了好几个大型文学采风活动。他带领青年作家到扶贫一线体验生活，将采访到的扶贫素材写成小说、散文、报告文学等，将基层扶贫成果宣传报道出去，以引起全社会的关注。

谈及脱贫攻坚题材的创作现状，红日说，2020年是脱贫攻坚收官之年，全国要奔小康了，这一主题的文学创作或将达到一个小高峰。但收官之年并不意味着扶贫工作就此结束，在此基础上不断巩固扶贫成果，与此相伴随的扶贫文学创作还会不断涌现。

对于《驻村笔记》这部小说，他表示也有些许遗憾。毕竟作品所反映的精准扶贫工作截止到2016年底，无法将这两年的最新发展情况再呈现出来。为此，他只能再通过短篇小说来弥补遗憾，描写最鲜活的扶贫故事。

此外，红日也在尝试用电影剧本来呈现精准扶贫战果。同时他还在关注当下的扫黑除恶行动，他紧跟时代脉搏，用笔来记录当下。"人民大众关注的事儿永远写不完，我一直在现实主义文学创作路上。作家要有担当、有责任意识，能在自己的作品里指出社会问题，体现更高的社会意义。"

侯健飞／1968年生，河北承德人，现任国防大学军事文化学院军事文学创作教研室主任、教授、硕士研究生导师。出版有《荡匪大湘西》《兵外兵 长城长》《故乡有约》《远山的钟声》等。曾获鲁迅文学奖、精神文明建设"五个一工程"奖、中国人民解放军文艺奖等奖项。

闽宁之花——吊庄移民中的女性群像

侯健飞

2020年是中国脱贫攻坚收官之年，这是中华民族史上前所未有的壮举。作为亲历者、见证者，人民作家有责任、有义务记录和书写这伟大的、旷日持久的艰苦奋战——70年来，党和政府为人民谋幸福的战役一天也没有停止过。

20世纪80年代初，"苦瘠甲天下"的宁夏西海固地区一些农民，为了吃饱肚子、改变命运，怀揣梦想，自发来到银川市永宁县境内的贺兰山东麓，通过农垦土地、在戈壁滩上开荒等方式求温饱、找出路，由此形成了一个新的聚集区。1990年10月，自治区又易地搬迁一批吊庄移民来到这里。1997年，为进一步实现西部大开发战略，国务院确定福建省对口帮扶宁夏回族自治区，时任福建省委副书记的习近平提议，建立一个以福建、宁夏两省区简称（闽、宁）命名的移民开发区，帮助西海固地区农民逐步走出大山、脱贫致富、奔向小康。经过认真调研，贺兰山东麓先有闽宁村，后改闽宁镇，20多年后，一个崭新而生机勃勃的移民小镇成为西北高原上一颗耀眼的星星。

2019年10月中旬我第一次赴宁夏永宁。县扶贫开发中心给我介绍的第一个采访对象就是一位知识女性刘亚明。

刘亚明，1956年生人，原国家第六研究院高级技术工人，从事国家航天事业30年，离开工作岗位后进入了大学教书，教授民间手工艺。现为银川市级非遗传承人。2011年回到宁夏永宁县，在银川大学任教。2014年暑期，刘亚明来到闽宁镇原隆村，教授待业妇女手工艺制作，她授课一个月，为36位生态移民妇女教授编结钩织技能。这次教学过程使她和原隆村女村民结下不解之缘。

行走大地

　　2017年春节之后，冒着寒风带着铺盖卷的刘亚明应学生之邀，再次回到了原隆村。她申请成立了宁夏昱嵘文化旅游有限公司，并在村委会文化站的教室里，开讲为期40天的软陶首饰制作课。60多位村民挤满了教室。因交通不便，她自己购买了电动三轮车，自己制作并购买回教学用品，说服家人放弃在大学任教的工作，一头扎进了原隆村扶贫车间中，把原隆村的扶贫工作当成自己后半生的事业。

　　刘老师说："原隆村只是闽宁镇多个移民村中的一个，但它是中国贫困村一个缩影。农民的穷富，很大程度上取决于女人。这个'穷'一方面是物质，一方面指思想（文化）。我希望用自己的风烛残年的一点力量，让村里的女性通过手工学习掌握一门技能；通过讲授读书识字和心理疏导，能够有知识、有文化、有见识。总之，21世纪的中国农村妇女，再不能靠别人吃饭，要有尊严地好好生活。"

侯健飞和村第一书记禹洪亮在宁夏盐池县王乐井乡曾记畔村与脱贫低保贫困户温峰夫妇交谈

三年来，在原隆村，参加过各种手工艺技能培训的女工达到了1000多人。刘亚明不但为农村妇女教授手工技能，还以她忘我的精神鼓舞感染着身边的女人们。她每天来授课，往返路程有60多公里，早出晚归，代步工具是一辆电动三轮车。2017年授课归途，驾车的她遭遇车祸，腿严重受伤，腿部留下顽疾。如今，村里的文化气息越来越浓，打牌、说闲话的人少了，来培训班学习技能的人多了，妇女在家庭中的地位提升了，大家都一致认为勤奋劳动最光荣。2017年4月，永宁县组织桃花节，女工们第一次带着自己的作品去参加；2018年9月带着女工去参加全国旅游商品大赛，一举拿下两个项目的入围奖和一个项目的铜奖，女村民们创作的产品登上了大雅之堂。

这让我想起习近平总书记的话："幸福不会从天而降，好日子是干出来的。脱贫致富终究要靠贫困群众用自己的辛勤劳动来实现……"

于是我开篇写了刘亚明老师，题目是《心手相传原隆红》。两次赴宁夏历时40多天，打动我的故事几乎全部是女性奋发图强的故事。

文学是靠人物形象起作用的，写好女性，人类就有未来；写好母亲，国家民族就有未来；写好妻子女儿，家庭就有未来。这就是我第一次宁夏行确立的的创作思路。

习近平总书记在东西部扶贫协作座谈会上说："脱贫攻坚是干出来的，首先靠的是贫困地区广大干部群众齐心干。用好外力、激发内力是必须把握好的一对重要关系。对贫困地区来说，外力帮扶非常重要，但如果自身不努力、不作为，即使外力帮扶再大，也难以有效发挥作用。只有用好外力、激发内力，才能形成合力。没有比人更高的山，没有比脚更长的路，只要贫困地区干部群众激发走出贫困的志向和内生动力，以更加振奋的精神状态、更加扎实的工作作风，自力更生、艰苦奋斗，我们就能凝聚起打赢脱贫攻坚战的强大力量。"

"闽宁镇模式"是中国扶贫史上重要一笔。采访中，总书记的"激发走出贫困的志向和内生动力"思想促使我有意避开了主题创作惯用的"全景式"创作手法，把国家行动方方面面融入一个个具体的故事里，通过十几位不同身份不同经历的底层女性，讲述了中国移民史上最伟大的篇章，更讲述了"扶贫首先扶志扶智"背景下西北女人的坚韧与自强。这些女性是母亲，是妻子，是女

行走大地

侯健飞与作品主人公马玉萍在她的凉皮摊位前交谈

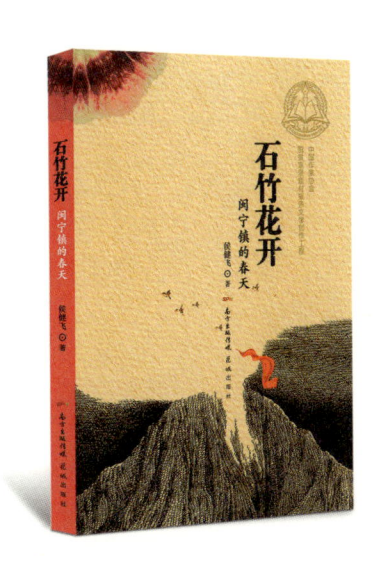

《石竹花开——闽宁镇的春天》
石竹花，象征本书记述的平凡而伟大的女性群体——这些与西海固和闽宁镇邂逅、魂牵梦绕的母亲们、女儿们，她们之中有扶贫帮教的干部，也有几十年如一日进行乡村调查的教授；有靠双手致富的农民，也有靠理想信念成功的作家……20多年后的今天，更多的贫困地区民族兄弟，易地搬迁到闽宁镇，在这片土地上写下一段段脱贫攻坚的动人故事。昔日的"吊庄"，已经成长为一棵枝叶繁茂的青春树，在迎接一个又一个山花烂漫的春天……

书写新时代的创业史

儿,也是勇者。

成稿后,经与花城出版社多次沟通,最后定下书名《石竹花开——闽宁镇的春天》。

石竹花,是西北特有的花种,是一种最为平凡的小花儿。但这种小花却是母亲和母爱的象征。在中国乃至全世界百姓心中,都把思念母亲、敬爱母亲的感情寄托于石竹花,因为,石竹花艳丽而不张扬,长寿又不欺邻;她们紧紧贴住大地生长,可以独立,也可群居。她们最令人敬畏的品质是耐严寒、抗风雨,永远扎根在最贫瘠的土地上,不离不弃。

石竹花,象征本书记述的平凡而伟大的女性群体——这些与西海固和闽宁镇邂逅、魂牵梦绕的母亲们、女儿们,有扶贫驻村的干部,也有几十年如一日进行乡村调查的教授;有靠双手致富的农民,也有靠理想信念成功的作家……20多年后的今天,更多的贫困地区民族兄弟,易地搬迁到闽宁镇,这个昔日的"吊庄",已经成长为一棵枝叶繁茂的青春树,在迎接一个又一个山花烂漫的春天。

纪红建 / 1978年出生,湖南人,现供职于湖南毛泽东文学院。出版有长篇小说《家住武陵源》,长篇报告文学《乡村国是》《哑巴红军》《大战"疫"》等20余部作品。曾获鲁迅文学奖、精神文明建设"五个一工程"奖、中华文学基金会茅盾文学奖新人奖。

行走在中国大地的纵横阡陌

纪红建

脱贫攻坚题材创作，贵在"情"，重在"新"，作家只有扑下身子、扎根乡村，真正同群众打成一片，才能了解他们真实的内心，才能创作出贴近时代、贴近生活、贴近群众，与时代同呼吸共命运的作品。

我出身农村，对农村和土地有很深的情结，所以我的创作大多与乡村有关。近七八年来，我一直深入乡村，真情创作，注重反映脱贫攻坚的艰辛历程，展示脱贫攻坚带来的历史巨变，特别是乡村精神面貌的变化。多年创作实践让我深深体会到：面对乡村，只有深情拥抱，真情表达，才能够创作出反映时代精神、充满正能量的作品。

创作好脱贫攻坚题材作品，是时代的呼唤，是作家的担当。新时期以来，特别是党的十八大以来，中国乡村发生巨大变化，脱贫攻坚取得决定性进展，为世界瞩目。全国贫困人口从2012年年底的9899万人减少到2019年年底的551万人，累计减贫9348万人，年均减贫1335万人。农村贫困发生率从2012年末的10.2%下降到2019年末的0.6%，区域性整体贫困基本得到解决。这一伟大成就呼唤广大作家见证与记录。文学，首先是对社会的发言，对当下发声。报告文学是时代的号角、历史的见证，报告文学作家更要对时代、对国家、对人民有情怀有担当。这几年，在各地乡村行走，我见证了脱贫成果背后的艰辛与付出、泪水与汗水，看到了众多作家在乡村忙碌奔波的身影。

脱贫攻坚题材创作，需要增强脚力、眼力、脑力、笔力。真实是报告文学的生命，它要求作家必须走进事件现场、走进真实生活、走进人物内心。这还不够，还必须真切地感知、判断、把握，进而真实地记录、深刻地表达。这是

行走大地

纪红建为创作《乡村国是》采访四川省巴中市通江县新场乡巴州沟村身残志坚的村民余定泗

纪红建在四川省凉山彝族自治州昭觉县三岔河乡中心校采访

书写新时代的创业史

报告文学作家心中应有的准绳。为创作《乡村国是》，我先是通读并研究了百余本扶贫主题书籍和文学作品，接着走入火热的脱贫攻坚一线。两年多时间里，我走过 14 个省区市 39 个县的 202 个村庄。为创作《家住武陵源》，我深入张家界武陵源区杨家坪村体验生活，耐心细致观察一个土家族小姑娘的生活轨迹，也全方位了解这里的历史文化和民情风俗。为创作《中国扶贫足迹》，记录精准脱贫、面貌发生巨大变化的贫困乡村，我再次背上行囊，走进四川三河村、新疆阿亚格曼干村、青海班彦村、江西神山村等数十个村庄。我知道，作品的广度和深度，还取决于作家思想的广度和深度。我边采访，边学习，边研究，力争更加深刻理解脱贫攻坚，既从历史维度看精准扶贫的重要意义，也从全球视野看中国脱贫攻坚的伟大贡献。

脱贫攻坚题材创作，贵在"情"，重在"新"。作家只有扑下身子、扎根乡村，真正同群众打成一片，才能了解他们真实的内心，才能创作出贴近时代、贴近生活、贴近群众，与时代同呼吸共命运的作品。采访时，我把自己当成小学生，认真倾听和记录；创作时，我把焦点汇集在老百姓身上，以人民视角传递人民心声。我不会忘记在湘西采访时，吉首市扶贫办彭明安跟我说的："你

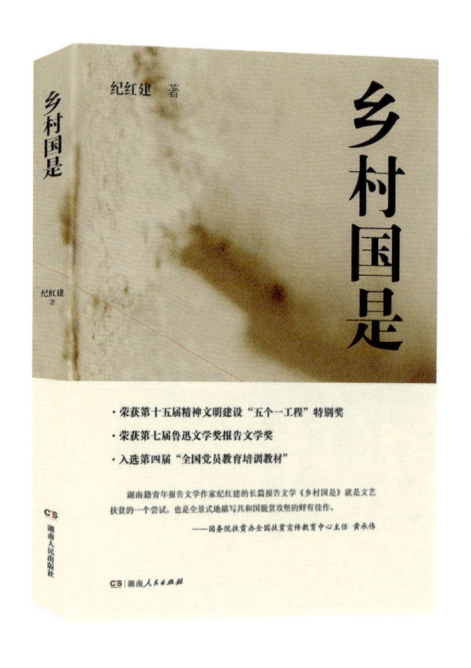

《乡村国是》

作者历时两年多，深入六盘山区、滇桂黔石漠化区、武陵山区、秦巴山区、乌蒙山区、罗霄山区、闽东山区以及西藏、新疆等精准扶贫攻坚战主战场，感受和记录欢欣鼓舞而感动人心的脱贫场景，回溯与思考脱贫攻坚道路的艰难曲折，创作了这部以历史的、纵深的、全景式的镜头来展现共和国脱贫奔小康的长篇报告文学。

《乡村国是》将小故事与大叙事相结合、现实状况与历史背景相结合、个人情感与国家情怀相结合、现实笔法与理性思辨相结合，既抒写脱贫攻坚工作取得的伟大成就，也呈现出其艰巨性、复杂性和紧迫感、危机感、责任感，以期能为共和国的脱贫攻坚之路留下一部有血有肉的形象史，并彰显中国在全球减贫事业中的宽广视野、责任意识和人类情怀。

一定要多把笔墨放在基层、放在群众和扶贫干部身上，多写他们的故事，多反映他们的心声。现在扶贫不是任务式、表格式的了，扶贫人都带着感情来思考谋划，带着温度来深入推进。你要是把群众的心声表达出来，这是个功德无量的大好事。"脱贫攻坚题材创作，不能就脱贫写脱贫，必须写出新思想、新面貌、新人物，要在创造性转化和创新性发展中塑造新人形象，书写新的史诗。

乡村是作家的广阔舞台，是取之不尽的文学富矿。全面建成小康社会，攻难克坚的奋斗精神不能丢，还有乡村振兴等众多乡村题材等着我们去挖掘和书写。作为新时代的作家，我将牢记习近平总书记关于文艺工作的重要论述："走进实践深处，观照人民生活，表达人民心声，用心用情用功抒写人民、描绘人民、歌唱人民。"我将继续行走在中国大地的纵横阡陌。

季栋梁 / 1963年生，宁夏人，现供职于宁夏回族自治区政府办公厅。著有长篇小说《上庄记》《锦绣记》《黑夜长于白天》《我与世界的距离》等。曾获精神文明建设"五个一工程"奖、2014年"中国好书"奖、北京文学艺术奖等。

季栋梁：他向故乡致以敬意和爱意

路艳霞

1972年，联合国粮食开发署到西海固考察，给出了"不适宜人类居住"的判断。2020年，西海固作为宁夏脱贫攻坚的主战场，结束了贫困数千年的历史，与全国同步步入小康。

作家季栋梁的故乡在西海固，他曾在这片土地上生活20多年，其新作《西海固笔记》就记录了这片土地的变化。作家以亲身经历见证了故乡的巨变，以文字全景式再现故乡的脱贫攻坚史。对故乡，他致以庄重的敬意和爱意。

从2018年4月开始，季栋梁之子季正开车载着父亲重走西海固。

季栋梁说，西海固所涵盖的宁夏西吉县、海原县、原州区（老固原县）等9个国家级贫困县区，因为千山万壑、十年九旱的自然条件，导致生态脆弱、经济凋敝、社会闭塞。清朝大臣左宗棠经过这片土地，曾在奏章中写出"苦瘠甲天下"的评语。可以说，一提贫穷，人们的第一反应就是宁夏西海固。

西海固脱贫攻坚中呈现出很多打动人心的故事，有扶贫的、支教的、第一书记的事迹等等。季栋梁说，要得到细节，必须踩进生活的泥土里，贴近现实生活的人物，去发现细节、感受细节、思考细节，才能写出好东西。"扎根于深厚的西海固大地，深入最基层的社会组织，捕捉最卑微的社会细胞，才能让作品保持泥土的气息与活力，诗意的厚重与提升。所以，我不用过多修辞，完全采取原生态的手段，原汁原味讲述。"

采访没有一次是事先安排的，也没有当地政府、宣传部的推荐、安排，都是季栋梁随时随地进行的，田间地头、工厂车间、农户家中……季栋梁甚至记不起采访了多少人、聊了多少话。季栋梁至今对固原中庄水库边的一位老汉最

季栋梁在宁夏西海固北台村采访

难忘。那一天他在水库边随意走走，只见一位老汉蹲在水库边眯着眼睛看了几个小时。"你在这儿干吗？""看水嘛。"原来老人家为了看水赶了几十里路。他经历过极度缺水的过去，而中庄水库解决了140万人口的吃水问题，老汉意味深长地感叹道："死水怕个勺勺舀。"

吊庄移民工程陆续进行了20多年，搬迁移民123万人，是新中国成立以来我国西部地区集中迁徙人数最多、组织程度最高的一次农村人口大迁移。季栋梁在广场上和几个下棋的老汉攀谈，通过他们生动的讲述，来呈现这段大历史，再现生活的变迁。"我这部书，从始至终都是以普通人视角切入主题。"

"走到六盘山深处，它的美不亚于九寨沟。"写完《西海固笔记》这部书，季栋梁对自己的家乡充满强烈的自豪感。而对西海固的记忆，随着其贫困身份彻底转换之后，这片大地的色彩变得明丽、蓬勃，在季栋梁的视野里也愈发显得生机勃勃，诗意盎然。

"多年来，我每年都会来西海固好几趟。以前，回家乡土地撂荒，几乎见不着人。"季栋梁还曾经拍过一张照片，一户人家院里的窑洞塌了，院里的花却开得正艳，透着特别的凄凉。

季栋梁在故乡生活20余年，对贫困的感受浸入骨髓。他回忆说，多年前，因为西海固太穷了，没有人敢说自己是西海固人。当年，他当老师上讲台，一

季栋梁在宁夏西海固北台村深入采访，听当地村民介绍情况

开口还因西海固口音而遭人笑话，人们管他们叫"山狼""山汉"。

在季栋梁的记忆中，贫困是与生俱来的。"一个孩子呱呱坠地，母亲的奶水还未下来，村庄里正奶着孩子的母亲就会来给奶着，有的一奶半年甚至一年。那时候根本不可能有买奶粉这类食品的想法。"他至今记得，能两人盖一条被子就算享福了，多的是只有一件老羊皮袄，白天穿，晚上盖。而形容生活的艰难，西海固有一句俗话"猫儿吃浆子——总在嘴上抓挖"，季栋梁永远不会忘掉。

季栋梁近些年再回故乡，一年一度的固原六盘山山花节吸引了南来北往的游人，田埂上、院子里、山顶上、山坡处，到处绽放着花。更美丽的景致在于，牡丹、藜麦、万寿菊、文冠果、油菜籽等特色种植以及旅游扶贫示范区、供港蔬菜基地、农家乐、绿色企业……让家乡彻底变了样。"曾经外出打工的人们都回来了。"

从《上庄记》到《西海固笔记》，季栋梁对故乡的书写，有着新的转型。

《上庄记》写了很多留守老人、留守儿童、留守妇女，也写了进城务工的人们。季栋梁说："这部小说是写城镇化背景下，因为农村劳务输出而造成了农村空壳化现象。"而同样是写西海固的纪实文学《西海固笔记》，则是通过实地走访、文化溯源、历史梳理等方式，表达中国扶贫这一壮举的历史意义。

这次写作给季栋梁带来的启示意义是多重的。在季栋梁看来，不屈不挠的长征精神，在脱贫攻坚战中依然是西海固人的精神支撑。西海固是红军长征三大主力大会师的地方，长征路上，红军翻越了18座高山，最后一座就是西海固的六盘山，毛泽东正是在登临六盘山时写下了《清平乐·六盘山》。季栋梁认为，脱贫路上，中国攻克了无数"高山"，在决战决胜脱贫攻坚的关键阶段，最后一座"高山"里也有西海固，西海固扶贫的壮举拥有的正是"走好新长征路"的革命精神。

现场采访和资料寻找，也不断给季栋梁带来启示。他认为，倘若不是历经"三西"农业建设、"双百"扶贫攻坚、千村扶贫整村推进、百万贫困人口扶贫攻坚、精准扶贫精准脱贫等国家扶贫战略的大力推进，西海固难以与全国其他地区同步迈入小康社会。

对季栋梁而言，回归故土的写作，给他的文学创作同样带来新的启示。"回归与离开一样，都涌动着一种激情，然而，要在还乡的过程中写出东西来，那就需要保持一种冷静的清醒的状态，这样才能让你的讲述更加准确，更加深厚。"

"故乡是用来回的。乡愁在任何一个年龄段都有，只不过在别的年龄段，乡愁呈现出模糊朦胧的状态，而随着年龄增长，乡愁就呈现得非常清晰。"季栋梁说。

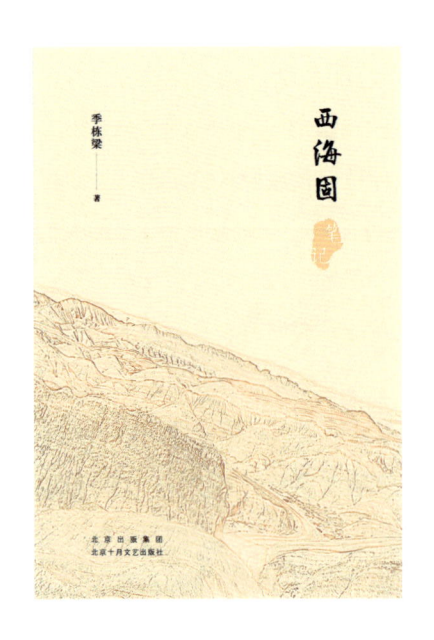

《西海固笔记》

西海固所涵盖的宁夏西吉县、海原县、原州区（老固原县）等9个国家级贫困县区，因为千山万壑、十年九旱的自然条件，导致生态脆弱、经济凋敝、社会闭塞。1983年"三西"扶贫拉开了国家开发式扶贫先河。党的十八大以来，西海固脱贫攻坚风生水起，解决了140万人的吃水问题，移民123万人，累计脱贫300多万人，西海固与全国各地同步进入小康社会。西海固几十年的扶贫历程，涌现出太多可歌可泣的动人故事。《西海固笔记》自始至终以普通人视角切入主题，采取原生态手段，扎根于深厚的西海固大地，深入最基层的社会组织，捕捉最细小的社会细胞，原汁原味地讲述，作品既有泥土的气息与活力，也有诗意的厚重与提升。

贾平凹／陕西丹凤人，现为中国作协副主席、陕西作协主席。著有《贾平凹文集》（26卷），主要作品有长篇小说《废都》《秦腔》《古炉》《带灯》《老生》《高兴》《极花》《山本》《暂坐》等，中短篇小说《天狗》《黑氏》等，散文集《商州三录》《敲门》《天气》《定西笔记》等。曾获茅盾文学奖、鲁迅文学奖、全国优秀短篇小说奖、全国优秀中篇小说奖、法国费米娜文学奖等，作品被翻译成英、法、德、日等文字在数十个国家出版发行。

走进新的乡村 深入新的生活

贾平凹

乡村正在发生着历史性变革，许多观念要重新定位，许多问题要重新思考。面对新时代新乡村新写作，如何创造性转化和创新性发展？新时代乡村题材写作，作家需要有一种大的情怀和意识；比任何时候都需要更大的勇气、更大的真情、更大的热忱、更大的艺术能力。能不能写，能不能写好，需要担当、需要真诚、需要全身心地投入。

在相当长的时间里，陕西的文学创作都以乡村题材为重点，形成自身特色，并取得了辉煌成就，产生了一大批作家与作品。比如，柳青、王汶石、路遥、陈忠实等。如果总结陕西前两代作家的乡村题材创作经验，起码有三条：

一是他们都来自乡村，十分熟悉乡村、十分理解乡村，在乡村吃过大苦、出过大力，受过艰辛生活的煎熬，对乡村有着深入血肉的、渗在骨头里的感情。二是他们的创作道路都极其坎坷，完全是以生命在从事这项事业。三是他们的文学底子并不深厚，当时的文学土壤也较贫瘠，但他们在整个文学创作生涯中有一种使命感，志向远大，不断地学习，汲取营养；不断地扩大视野，提高技艺。

上两代陕西作家，为陕西文学和中国当代文学的乡村题材写作创造了历史，也成就了一种传统。时至今日，我们要面对新时代发展特点。现在的乡村已不是往昔的乡村，农业已不是往昔的农业，农民也已不是往昔的农民，但乡村、农业、农民依然还在，农耕文明的思维和意识依然存在于很多人身上，这种文化根深蒂固。党的十八大以来，全面打响脱贫攻坚战，这关乎中华民族伟大复兴，也关乎人类发展和进步。乡村正在发生着历史性变革，许多观念要重新定位，许多问题要重新思考。

贾平凹 2004 年在陕西棣花和乡亲们在一起

在前两代作家及其作品影响下,陕西有一批专注于乡村题材写作的年轻作家。他们已有不凡的成绩,如今又迈着坚定的步伐重新出发。面对新时代新乡村新写作,如何创造性转化和创新性发展,大家都在努力探索和辛勤实践。

我的感受是,只要你进行乡村题材写作,就一定要走出书斋、走出城市,去乡村走走。旧的乡村概念早已过时,新的变化、新的生活必须要了解。能在乡村蹲点就蹲点,蹲不了点能多去就多去,多去不了能有什么渠道就建立什么渠道。总之,深入生活不是一句空话、一种口号,自己得了解、得体验。

我举一个例子。写小说《带灯》的时候,我跑了许多村庄,其间认识了一个乡镇干部,她后来成了《带灯》的生活原型。十多年来,我们一直保持联系。全面打响脱贫攻坚战以来,她每天发给我一条至两条手机短信,给我讲她这一天从早到晚的具体工作和内心感受。我本来对乡村生活就很熟悉,她一说到什么,我能立即明白是怎么回事。所以她在当地脱贫攻坚工作的每一步进展,我

书写新时代的创业史

贾平凹在基层

《带灯》
小说讲述了一位充满文艺青年气息的女大学生萤,来到位于秦岭地区的樱镇镇政府工作,她不满自己名字"腐草化萤"的说法,改名为"带灯"。"带灯"是萤火虫在黑暗中发光发亮之意。"带灯"负责综合治理办公室的维稳工作,接触了形形色色的上访人员,包括上访专业户、上访代理者等,有的人利益受侵害却不知如何维权,也有人因为一棵树上访纠缠几十年……作品从一个中国乡镇的角度,通过"带灯"这样一位负责任地去处理农村各种复杂矛盾的问题的女主人公的经历,折射出中国正在发生的震撼人心的变化。

都了如指掌。我们现在是朋友，甚至成了亲戚，她和她的工作短信成为我了解新乡村的线索、认识新乡村的窗口。

要去了解新的乡村、新的生活。我们是作家，但不能仅仅奔着"收集创作素材"的任务和目的深入乡村，而应有一种大的情怀、大的意识，即关注、观察、研究、思考整个人类出现了什么困境？关注、观察、研究、思考中国乡村变革对中华民族伟大复兴、社会进步具有何种意义？有了这种大的情怀和大的意识，走进新的乡村，深入新的生活，就会看到人民的意志和伟大的创造，就会听到历史的脚步和历史的脚步在群山众壑间的回声。创作的素材自然扑面而来，随手可得。

新时代乡村题材写作，作家比任何时候都需要更大的勇气、更大的真情、更大的热忱、更大的艺术能力，否则你无法深入生活，你在生活之中也无法把握或抓住本质，更不知道写什么、怎么写。每年在世界读书日时，我们都强调读书。我们的作家写了哪些可供读者读的书？我们的读者真正读懂了需要读的书了吗？我们还缺少写出好书的能力，也缺少阅读好书的能力。

新时代乡村题材创作确实对我们是一次考验。能不能写，能不能写好，需要担当、需要真诚、需要全身心地投入。我们写出的，应是思想认识上有价值、艺术上精益求精的作品，而不是就事论事、粗糙浅薄、投机虚伪或概念化的文字。

面对新的时代，陕西作家包括我自己，当扬鞭催马，再上征途。

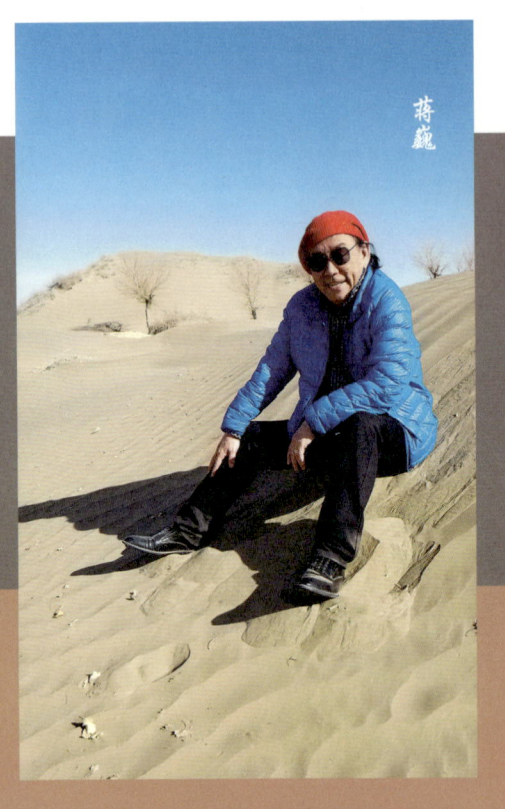

蒋巍 / 1947年出生，中国作协创研部研究员，一级作家。曾任《文艺报》社副社长、中国作协创作研究部副主任等。著有《牛玉儒定律》《丛飞震撼》《海雀一棵树》《闪着泪光的事业》等长篇小说、报告文学、散文集、戏剧作品近30部。曾获精神文明建设"五个一工程"奖，全国第二、三、四届优秀报告文学奖，金盾文学奖，中国报告文学学会奖等。

蒋巍：历史的进程再雄伟，也是靠人推的

任晶晶

每到一地，翻山越岭，回到宾馆房间，与一盏台灯、一台电脑为伴。写作中时而泪流满面，时而哈哈大笑，经常一整天没有人说话，这就是蒋巍近一年多来的写作日常。从2019年9月到2020年6月，10个月间，蒋巍辗转五省七地（陕西榆林，新疆乌鲁木齐、和田，贵州铜仁，上海，黑龙江佳木斯、哈尔滨），创作了长篇报告文学《国家温度——2019—2020我的田野调查》，现已由作家出版社有限公司编辑出版。现在，蒋巍又一头扎进贵州，开始了另一部扶贫作品的采访、创作……

任晶晶：您的采访行程，从南到北，从东到西，采访的地方多，跨度大，是一次全面深入、全景式展现脱贫攻坚这一伟大工程的采访。是什么动力让年过七旬的您有如此宏大的创作计划和行动？

蒋巍：请允许我用一些文学性和情感性的描绘：放眼壮阔激荡的中国扶贫大业海面，千帆竞发，惊涛拍岸，其间有一些作家的独木舟进来了，跟着摇鼓呐喊，这是很光荣的担当，也是必需的历史角色。2019年9月，中国作协和国务院扶贫办共同发起组织了一项以扶贫攻坚战为主题的报告文学创作工程，有25位各地作家参加，每人创作一本书。生活与映象总是比翼齐飞的，中国扶贫是世界文明史上前所未有的壮举，作家以集群方式写扶贫也当是中国文学史上前所未有的壮举，非常适时，也非常有意义、有温度。大概因为我是中国作协的"老兵"，跑起来比较方便吧，给我的任务是写一部接近"全景式"的纪实。中国这样大，时间又很紧，因此我实在无法"全景"，只能选择东西南北绕行全国一圈，各选一地，如陕西榆林、新疆和田、贵州铜仁、东南上海（援

书写新时代的创业史

蒋巍在陕北农村里和乡亲们座谈

蒋巍在贵州铜仁市万山区的扶贫农业园里

助西部)以及黑龙江佳木斯桦川县、哈尔滨下面各县等。我想这大概有些代表性了,也算一种"全景"吧。整个计划跑完用了10个月,到2020年6月在哈尔滨写完《后记》。全稿近30万字,交给作家出版社。10个月连跑路、采访加写作,这是何等的紧张劳累!搞得我连吃饭都觉得是浪费时间。幸亏路上一位扶贫干部送我一小盆植物"碰碰香",芳香扑鼻,一碰更香。从此我拎着它走遍全程,日夜陪伴着我,写累了就瞧瞧它、碰碰它。我太太因此形容它成了我的"二姑娘"。

作家一生写作其实就为两件事,一是有意思,二是有意义。前者是生命的歌哭,后者是历史的价值。在这个过程中我翻山越岭,进村入户,采写了大量感人至深的人物故事和扶贫攻坚带来的巨变。所有这一切所包含的意义是什么呢?"一枝一叶总关情"——它的宗旨、它的目标、它的感动、它的力量,都指向一个伟大的结论:那就是国家温度!

任晶晶:听您的述说,就能感觉到这一路来的人和事一定都特别触动您。

蒋巍:所经历的一切都是感动。整个扶贫事业就是一个伟大的感动。到2020年底,"绝对贫困"的标签将从我们民族的历史上彻底撕去,曾达数亿的贫困农民将过上有基本保障的生活。最重要的是,当"大手拉小手",把所有贫困孩子送进学校并吃上营养餐时,谁都能想象到,这一举措对一个家族的命运和国家未来将产生何等深刻的影响。

被贵州沿河县丈夫花言巧语骗到一口刀村的河南妇女袁新芝和全家易地搬迁到铜仁市新区旺家花园时,她对我说:"没想到幸福生活来得这么快!"在新疆和田墨玉县的繁华夜市,看到一位胖胖的维吾尔族大师傅胸前挂着一件大围裙,围裙上绣着一幅中国地图;在上海,一位教育学博士带领他的团队进藏援教,把日喀则一所落后学校办成全藏最优秀的中学;遵义一位50多岁的女检察官谢佳清曾因重病做过手术,在芝麻镇竹元村当第一书记5年了,现在还在那里。村貌发生了巨大变化,她的病也奇迹般地好了。那个村有41个村民组,她堪称中国最大的驻村第一书记……面对这一切,我怎么能不受到深深的感动呢?我由此写下这样的感悟:"历史的进程再雄伟,也是靠人推的。"正是党领导全体人民创造了这样奋进的中国、繁荣的中国、安定的中国、当下的中国,我的任务就是要把这个伟大的历史进程和仁人志士们的事迹记录下来。只有我们自己能改变中国——那就是让我们的祖国变得更加繁荣富强！

任晶晶：这么大范围的采访，这么紧的创作时间，这期间您肯定克服了很多的困难，对您来说最大的困难是什么？

蒋巍：整个扶贫工作就是攻坚克难的过程，尤其到最后阶段，剩下的全是最难啃的硬骨头。广大扶贫干部是正规军，我不过是个民兵，或者是站在路边唱快板的。所有的困难恰好是文学的着眼点，寻找困难也正是我的乐趣。

任晶晶：您觉得作家深入脱贫攻坚主战场，讲述脱贫攻坚故事，记录脱贫攻坚实践，会带来什么不一样的呈现和思考？

蒋巍：你所说的"不一样"归根结底来源于"一样"，即与生活的原生态一样，唯此才能发现和反映出真实鲜活、生机勃勃的当下，让你的情感和思想就像风进入风、水进入水，一起激荡，一起奔流，一起歌哭。无数科学艺术的独特发现，都因为他们进入了事物内部真实的原生态，从而才萌发了形而上的创造与思考。文学艺术是很宽容的，你可以靠"听说"行走江湖，编出和创作出很多故事。而科学则是极为严酷的，凡是靠"听说"工作的所谓科学家一定都是骗子。中国扶贫伟业使数亿人口脱离绝对贫困，全国14亿人民将同步迈

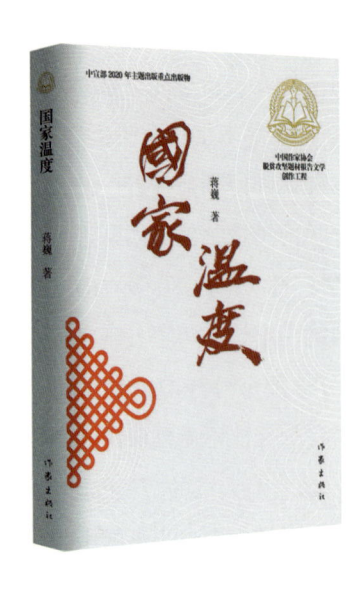

《国家温度》
自2019年9月起，作家蒋巍从北京出发，先后前往榆林、乌鲁木齐、和田、铜仁、上海、佳木斯、哈尔滨等地，调研采访脱贫攻坚大决战的磅礴进程。他一次次翻山越岭，进村入寨，走进农家、窑洞，采访扶贫干部、普通村民，发现了许多感人至深的人物故事，在此基础上创作完成了这部《国家温度》。该书近30万字，以全景式的视野、纵深的历史感和强烈的激情，反映了全国脱贫攻坚战的壮丽进程和感人事迹。

入全面小康社会，这在世界文明史上和人道主义事业中是何其伟大而感人的壮举啊！但有些人就是假装看不到，因为你无法叫醒装睡的人。那么好，因为我不是"听说"而是看到了并且参与了，我就必须说出事实和真相，这就是本书定名《国家温度》的缘由。

任晶晶：这些年来，已经涌现出了一批描写和反映脱贫攻坚的文学作品，有的产生了很好的社会反响。但是，从总体上看，这方面的文学创作无论在数量上还是质量上都还远远不够。您觉得这类题材的创作如何才能不流于表面化或者变成简单的宣传，成为真正有文学意义的作品？

蒋巍：很多作家奔赴前线，采写这样一个国家级的浩大工程，事实上面临一个巨大的挑战，那就是同质化。因为国家扶贫政策是一样的，扶贫目标"一达标两不愁三保障"是一样的，扶贫工作大体上也是一样的。我在避免同质化方面也做得不那么好，但我有一个准则，那就是感动。真正的艺术一定是让人感动的，没有感染力甚至是震撼力的艺术一定是塑料花。也因此，我永远记住了罗丹的《思想者》。当我进村入户，走进生活，走进扶贫干部和村民的人生与命运，有些不会说或说得很一般，但总会撞上一些仁人志士、奇人奇事，让我震撼不已，泪湿或大笑。比如上山健步如飞的贵州老兵王明礼，你完全看不出他是在战争中断了两条腿的残疾军人。从扶贫8个村到现在创办茶山安排乡亲和贫困战友就业，他的手机铃就是军号声，每天在大山中吹响。"因为他，我把自己的手机铃也改为军号声"——这是我含泪成文中的最后一句。当然，还有其他一些理念上和技术上的问题，这里就不多说了。

任晶晶：您觉得在写作过程中有没有什么东西是必须坚持的？

蒋巍：重要的问题说三遍：相信生活，相信生活，还是相信生活。我去写新疆兵团和高铁的时候，有关领导怀疑地看着我的平庸之辈的模样说，有关报道、纪实、回忆录已经能堆满一间大屋子了……你还能写出什么呢？我只回答了一句话："我相信生活会给我新的启发。"歌德说过："生活是上帝的作坊，它比所有的作家都伟大和富有想象力。"别看我等俗类的生活差不多，扶贫工作也都差不多，但只要走进时代、生活与人生的原生态，作家的血就一定是热的！

觉罗康林 / 原名赵康林，新疆人，锡伯族，1960年出生，现居上海，专业从事写作与电影翻译，精通多种民族语言。著有长篇小说《喀纳斯湖咒》《伊犁有一条汉人街》等，电影译作有《哈利·波特》《国家要案》等。《喀纳斯湖咒》获"天山文艺奖"长篇小说奖。

问心无愧

觉罗康林

对新疆，我很了解，因为我出生在伊犁。1978年考入北京大学化学系，毕业后又回到新疆从事新闻工作，走遍全疆160多万平方公里的每一寸土地。从记者到作家，一路走来，我的文字从没离开过新疆这片土地，我对这片土地和生活在这片土地上的各族人民充满感情，我会听会说他们的语言，我了解他们就如了解我自己。

无论我走到哪儿，总是被一些人、一些事感动。脱贫攻坚在广袤的新疆大地上开花结果，它们像雪莲、像石榴、像伊犁河谷的薰衣草、像吐鲁番盆地的葡萄，坚韧、团结、美好、甜蜜，我希望能够用文字把它们一一记录下来，而且将它们最真实的一面展示给大家，只有这样，我才觉得问心无愧。

"问心无愧"这四个字，在我心里是沉甸甸的，在采访过程中，我听到最多的就是这四个字。"访惠聚"工作队的同志们，肩负使命，为脱贫攻坚事业努力拼搏，付出常人难以想象的心血和汗水。当你问到他们何以如此？得到的答案不是啥豪言壮语，而是平平淡淡一句：做到问心无愧。

当我在伊犁尼勒克县苏布台乡套苏布台村见到驻村工作队队长、第一书记欧修成时，就问过他为什么这么拼命工作，而且一待就是三年。他的回答是："党和政府信任我，我可不能掉链子，做到问心无愧才行。"

套苏布台村，一个偏远山坳里的牧业小村，一个许许多多家庭都"穷得裹毡子"的地方，一个除了落后的牧业生产没有其他任何产业的山地牧场。欧修成带领他的工作队，接手的就是这样一个烂摊子。

2020年5月4日，五四青年节，这一天我记得很清楚，欧修成给我打电话，说他结束了三年四个月的驻村，离开套苏布台村回到了伊宁市。

我在电话里跟他说："你劳苦功高啊！"

"哪里哪里。我只是尽力而为，做到问心无愧就好。"他说。他总是很谦虚。

我们在电话里又聊了一会儿套苏布台村的事，我问他去年冬宰节期间的情况，他说去年冬宰节期间套苏布台人几乎没有宰羊的，家家户户都宰马。

从"穷得裹毡子"到冬宰节宰马，这样的改变仅用了三年多时间，然而当中的酸甜苦辣，只有欧修成和他带领的工作队员们心里清楚。

"我们套苏布台村一年比一年好，有机会我再带您去那里看看。"欧修成欢快地说道。他一口一个"我们套苏布台村"，他俨然把自己当成了套苏布台人，这完全可以理解，毕竟他为那片土地和生活在那片土地上的人们付出了很多心血。

说来也巧，我才采访不久的喀什地区塔什米力克乡库那巴扎村驻村工作队

觉罗康林采访阿亚格村扫把专业合作社两位理事

总领队、第一书记白雪原，也于2020年6月24日结束驻村，离开库那巴扎村，返回乌鲁木齐。白雪原跟欧修成一样，驻村时间正好也是三年四个月。

驻村，对于白雪原，对于欧修成，都是一样的，都是一段漫长而又短暂的人生经历。这段经历说长也长说短也短，就看从哪个角度去看了。

"只要我一天不离开驻村岗位，我的每一天都是村里老百姓的，他们的喜怒哀乐也就是我的喜怒哀乐。"白雪原在谈到自己三年多的驻村经历时这样说，"3年时间长吗？好像挺长，远离父母妻儿，照顾不到家里。但是，3年时间又很短，想为村里老百姓多做一点事，再多的时间好像都不够用。"

那天，也就是白雪原离开库那巴扎村的那一天，付建江给我打电话，他是农行"访惠聚"驻库那巴扎村工作队的一名成员。他告诉我，白雪原离开库那巴扎村那天早晨起得非常早，他不想惊动村民，趁他们还没起床，悄悄离开村子。哪曾想，村民们早有准备，天不亮就来到村委会大门口，大袋小筐地拎着各种干果土产，前来送他们的"白行长"。

付建江说，守在大门口的村民少说也有二百多号人，如果再晚一点，恐怕全村人都来了，白行长也许就走不了了。

我也听白雪原说过"问心无愧"这话。他是一个工作狂，做的多说的少，用实际行动表达着他对驻村工作的挚爱，和对脱贫攻坚这项事业的忠诚。

我在库那巴扎村采访期间，一件事让我印象深刻。村里有个民间歌手，自己作词作曲编了两首歌，一首是歌颂工作队的，一首是歌颂白行长的，歌词大意都差不多，都是说工作队来了、白行长来了，村里变了模样、村民生活好了。白雪原听了歌颂工作队的歌，没说啥，只是笑了笑；当他听到歌颂自己的歌，赶紧打断，不让歌手唱了，还很严厉地提醒歌手不许再唱歌颂他的歌。

"工作是大家干的，功劳也是大家的，我只是一个领头羊，仅此而已。"白雪原是一个不计较个人得失的人，他更看重团队的荣誉。"没有工作队里这些兢兢业业工作的队员们，我将一事无成。"

他和他的队员们初来乍到时，面对的是一个国家级深度贫困村，不仅要解决老百姓的生活困难，同时也要解决他们的思想困难。当他谈及他们当时面临的种种困难时，说了一句这样的话："这就跟物理学上讲的作用力与反作用力一样，困难越大我们工作队员们的干劲就越大。我们早就做好了啃硬骨头的准备。"

我在库那巴扎村采访时，不止一次感慨，白雪原和他的工作队把驻村工作干成了一项豪情万丈的事业。因为在他们身上，我看到的是朝气蓬勃、积极向上的力量，还有对脱贫攻坚事业的无限热爱。

白雪原和欧修成们的驻村结束了，但他们的事业依然在继续，他们依然是库那巴扎村人、是套苏布台人。河里的"水流走了，石头还在"，这是每一个驻村干部希望的，也是驻村工作的意义所在。

2020 年是脱贫攻坚收官之年，我们的目标很明确，使每一个中华人民共和国公民，都能过上衣食无忧的幸福生活，共同奔走在通往小康社会的金光大道上。

我在库那巴扎村的时候，跟白雪原聊起"脱贫攻坚收官年"的事，我问他"收官"是不意味着扶贫脱贫工作告一段落？下一步又该怎样？

他想了想，说道："我的理解，'收官'应该是一次阶段性总结，并不是结束。我们的脱贫攻坚事业任重道远，只有不懈地努力，才能使我们取得的阶段性成果得以发扬光大。所以，下一步应该是巩固阶段，对每一个驻村工作队员来说，依然是很大的考验。"

我向他点点头，表示赞同。脱贫攻坚并不是一场突击战，它应该是一场持久战。

至此，我的采访和写作也告一段落，下一步该是"该干嘛干嘛去"的时候了。但是，我心有不甘。面对白雪原和欧修成他们，我是一个旁观者，我被他们的故事感动，也为他们创造的"驻村"奇迹喝彩。然后呢？然后，我想起白雪原说的话，他说脱贫攻坚是这个时代为我们创造的一次难得的锤炼意志、洗涤灵魂的机会，只有投身其中，才能真正体味它的意义，它的意义已经跨越了民族、跨越了地区、跨越了国家，它的意义是世界性的。

我不想缺席，事实上，也不曾缺席。

去年秋天，我身处国家级贫困县察布查尔县的一个偏远小山村，这个村叫郎喀。郎喀村是国家级贫困县里的一个国家级贫困村，村民 99% 以上都是哈

行走大地

觉罗康林采访阿亚格曼干村花农

《春风已度玉门关》
脱贫攻坚在广袤的新疆大地上开花结果，它们像雪莲，它们像石榴，它们像伊犁河谷的薰衣草，它们像吐鲁番盆地的葡萄，坚韧、团结、美好、甜蜜。《春风已度玉门关》力求客观、立体、全面讲述新疆扶贫脱贫故事，告诉读者新疆早已不是那个"西出阳关无故人"的穷荒绝域，同时也告诉读者，扶贫开发的春风已经吹过玉门关、吹遍新疆大地。作者表示："我希望能够用文字把它们一一记录下来，而且将真实的一面展示给大家，只有这样，我才觉得问心无愧。"

萨克族，过着半农半牧的生活。那个时候，我正踌躇满志，以郎喀村荣誉村民和村经济发展中心主任身份，规划着这个村的美好未来。哪曾想，我们做得还远远不够，我们要做的事还很多、要走的路还很远。

讲述新疆脱贫攻坚故事的报告文学收笔了，我带着满满的收获，又踏上郎喀村的土地，当时的"踌躇满志"变成了现在的"再接再厉"。我们可以"临摹"库那巴扎村的成功模式，让郎喀村变成缩小版的库那巴扎村。库那巴扎村有"九小产业"，郎喀村因地制宜发展"四小产业"，它们是：

1. 养殖业。发展马牛羊及其延伸产品，比如奶制品、肉制品。

2. 旅游业。郎喀村毗邻乌孙山，环境优美。在伊犁，郎喀牧场被誉为"躺在草坡上跟星星聊天的地方"。郎喀村人有养马骑马的习惯，有开展马背旅游的条件。

3. 刺绣业。郎喀村是哈萨克族聚居的村落，刺绣是他们的传统，村里有几个哈萨克族妇女创办的刺绣小作坊，绣品已开始远销北上广。

4. 杏产业。郎喀村地处海拔1250米的逆温带，非常适合杏树生长。这里出产的吊干杏，品相佳，肉质紧实，甜中带一丝酸香。杏干销往上海等地，备受消费者喜爱，称"最有杏子味儿的杏子"。

我的脱贫攻坚，我的远行，在我们郎喀村正式鸣锣起航。

老 藤／原名滕贞甫，1963年出生，现为辽宁作协党组书记、主席。著有《刀兵过》《熬鹰》《儒学笔记》《战国红》等作品。曾获精神文明建设"五个一工程"奖、《小说选刊》奖、《北京文学》奖、东北文学奖、辽宁文学奖等奖项。

最美不过战国红

老　藤

战国红是产于辽西朝阳的一种玛瑙，又称红缟玛瑙，因其与战国时期出土文物中的一些赤玉饰物同料而被称为战国红。

如果说长篇小说《战国红》是命题作文的话，那么这是我给自己的命题。2018年，我两次深度采访驻村干部所从事的精准扶贫工作，深深感受到了他们的不易。在偏僻的贫困村一驻三年，对于习惯了城市生活的机关干部来说，不仅是生活上的考验，更大考验是脱贫攻坚这根硬骨头能不能啃下来。他们有的因辛勤工作而流汗，有的因找不到破题良策而流泪，有的因急难险重任务而流血，还有的因遭遇意外献出了宝贵的生命。我觉得这些扶贫干部的付出应该在文学上得到体现，当代文学人物长廊里，扶贫干部的形象不该缺席。基于此，我在一种强烈的使命感驱动下，一气呵成，创作完成了这部作品。

《战国红》出版后，我从媒体上看到了广西百色驻村第一书记黄文秀牺牲的报道，那是一位年仅30岁、像杏儿一样风华正茂的女博士。我眼含热泪在电视上看了黄文秀事迹报道，由黄文秀的牺牲我想到了书中的陈放，我对自己说，《战国红》值得写，写得值！习近平总书记为黄文秀牺牲作出了重要批示，我知道，总书记的批示不仅仅是对黄文秀烈士的肯定，更是对无数个不忘初心、牢记使命的陈放们的称赞。

2002年，我从大连到辽西的凌源市做对口帮扶工作，担任凌源市副市长，对辽西那片文化底蕴深厚的土地有了真切感悟，可以说，没有那段辽西生活，我不会在短时间内完成这部作品，正是那段生活和工作积淀，让我挖掘到了宝贵的战国红。

文章合为时而著，歌诗合为事而作。创作《战国红》我获得的感悟是多方面的，因为创作本身对作者也是再教育。文学作品要反映时代生活，一个作家不可能生活在世外桃源里，更何况世上本来也不存在所谓的世外桃源。创作需要感悟、沉淀、消化、甚至反刍，如果对时代的声音麻木不仁，就成了一只自欺欺人的鸵鸟。历史是一条贯通古往今来的长河，置身岸上对泥沙俱下的洪流指指点点固然可以，但不可沉湎其中，因为无论你引吭高歌也好，愤世嫉俗也好，历史都不会因为你的小情绪而停步。青山遮不住，毕竟东流去，我们没有必要为"身边小小的悲欢"长时间唏嘘不已，而是要守正创新，尝试用"小我"去积极地干预"大我"，凸显引领社会风尚的责任。

战国红是一种色泽瑰丽的玛瑙，有玛瑙中君子之称。在创作《战国红》时，我试图给战国红的象征定位，战国红是陈放祖父的感恩之心，这个抗日负伤的义勇军战士，一直想回报辽西，回报救命恩人，但他没能如愿，他把那枚战国

老藤在乡村现场采访

书写新时代的创业史

红平安扣留给了孙子陈放,这是一种祖孙间责任的传递和寄托。

战国红是两届驻村扶贫干部的担当,它象征着富裕和新的生活,象征着脱贫后柳城的绿水青山,象征着走出三百年魔咒村民金色麦浪一样灿烂的笑脸。

战国红是少女杏儿心中的梦想,是一首首无法邮寄的诗,是充满渴望却又略带青涩的爱情。杏儿和海奇相互音信皆无近四年,战国红原石出土,这段令人牵肠挂肚的爱情终于有了结果。

战国红沉睡在砾石滩下,千百年来,等待着有缘人将它唤醒,陈放的不幸牺牲成就了这一契机,因为战国红的出土,象征着贫困和疾病的喇嘛咒不攻自破,同时,也象征着埋葬在乱葬岗的柳城村先人,也能受到新时代的泽惠,迁入铺满草坪和鲜花的公墓。

罗列了这么多象征之后,我忽然觉得这些都不对,战国红就是战国红,它既不替代什么,也没有什么能替代它,它是世上独一无二的存在。落笔扶贫、

老藤在脱贫攻坚现场采访

超越扶贫,把笔力用在对乡村命运的刻画上,这是我在创作《战国红》时不断提醒自己的一句话。

当下,乡村境遇受到了前所未有的挑战,田园牧歌式的乡村图景正被喧嚣的机器所吞噬。其实,工业化也好,城市化也罢,只要处理得好,两者完全可以并立而不是对立。经济发展不能以牺牲其他有益存在为前提,对于城市化的乡村来说,尤其不能以摧毁或掏空乡愁为代价。有人会说,乡愁是闲愁,没什么价值,其实,人性不能套用价值规律去计算,狐死尚首丘,人又如何不怀旧?

《战国红》中驻村干部肯定是前台主角,他们的工作是职责所系、使命使然,但他们毕竟不是柳城的村民,对于乡村来说,他们是善举义行的过客,而真正的主角是生于斯长于斯的村民——会写诗的杏儿、网红李青、四大立棍和其他年轻人。

小说主人公陈放看到了这一点,他在工作上花费了很大精力去扶人,最后,会写诗的美丽女孩杏儿成为柳城村委会主任。杏儿的成长说明,陈放等人的扶贫,因为扶正了村民的精神和灵魂,所以扶在了要害处。

战国红就埋藏在寸草不生的砾石滩下,之所以没被发现,是没人去挖掘,而挖掘是要付出代价的,甚至生命的代价,鲜血化碧,魔咒得以破除,没有魔咒束缚的柳城,也不会再遭遇"鬼打墙"。

我采访了许多驻村扶贫干部,从湘西到辽西,从浙东到皖北,加上召开扶贫干部座谈会,查阅驻村干部事迹汇编,了解的干部总量应该在百位以上。我发现这些扶贫干部普遍的想法是"为群众多做点事"。多做点事不是豪言壮语,朴实得不能再朴实,这些驻村干部正是在为老百姓一点点做事中,使自己成为全面建成小康社会最前沿的生力军。现实中采访他们,你会觉得他们身上机关干部的痕迹已经淡化,三年时间让他们成了贫困户的邻家兄妹,成了村民中的一员,甚至他们的言谈举止都少了许多修饰。他们做得怎样,从老百姓口中可以获得答案,正所谓金杯银杯不如老百姓的口碑,就我所听到的村民评价来看,他们绝大多数都赢得了乡亲们的拥护和爱戴。

在《战国红》驻村干部群像中,陈放是其中的突出代表。他在临近退休的年龄驻村扶贫,既不为名,也不为利,呕心沥血,励精图治,最后牺牲在脱贫攻坚第一线。对于陈放的付出，杏儿一直想寻找答案，要解这道二元一次方程，当然，杏儿最后找到了答案。在体验生活时，我没有遇到一个干部在讲豪言壮语，也没有一个干部抱怨牢骚，这种全身心的融入，其实就是一种责任和担当。

习近平总书记在2018年2月提出："贫困群众既是脱贫攻坚的对象，更是脱贫致富的主体，要加强扶贫同扶志、扶智相结合，激发贫困群众积极性和主动性，激发和引导他们靠自己的努力改变命运。"《战国红》着意塑造的一批典型人物，艺术地体现了习近平总书记这一重要思想。按照现实主义理论的要求，典型人物塑造是现实主义创作的核心内容。典型人物既代表了所处时代的特殊性，也符合历史发展的普遍性，通过典型人物来揭示这场发生在农村的革命性变化，是扶贫题材文学创作，也是作家的不二选择。

《战国红》
小说以辽西贫困村柳城村为叙事主阵地，通过塑造扶贫干部、驻村第一书记陈放和农村进步青年杏儿等形象，描绘了一部全景式乡村精准扶贫、脱贫的壮丽画卷。以陈放为代表的驻村扶贫干部在治赌、建企业、打井、栽杏树、引自来水等一系列工作中化解重重矛盾，让大家的生活方式发生改变，思想观念发生转变，实现精神升华，并引领一批新时代农村青年成长为乡村建设发展的主力。

李春雷 / 1968年生,河北人,现供职于河北作协。著有《那一年,我十岁》《钢铁是这样炼成的》《宝山》等作品。曾获鲁迅文学奖、精神文明建设"五个一工程"奖、徐迟报告文学奖等。

胸膛贴近大地

李春雷

前些天，我在太行山深处采访。走在公路上，看着两侧山间平地上排列整齐的楼房、鲜花盛开的院落。一位朋友叹息说，这哪里还有农村的样子？我问，农村应该是什么样子的？他愣一下，不说话了。我心里想，农村就应该是灰头土脸白头巾吗？就应该是残垣断壁空心村吗？就应该是平房枣树泥泞路吗？我们的一些作家，似乎成了"套中人"，已经习惯了这样的思维，习惯了这种语境。但这些都是传统记忆中的中国农村，都是过去落后的中国农村，都是几千年来中国农民在无奈中不得不依附的农村家园。这是真正的田园牧歌吗？这是

李春雷在张北县德胜村采访

浪漫的乡村生活吗？不是，这些表象的背后，是旱厕的恶臭，是洗澡的不便，是医疗卫生的缺失，是交通信息的闭塞，是发展教育的落后，也是思想观念的落后，更是物质文明和精神文明的落后，是特殊社会背景下整体的滞后，是城乡二元结构形成的巨大"剪刀差"。

新时代的中国农村，已经发生翻天覆地的变化，刷新了数千年农耕文明的乡村形象；脱贫攻坚、乡村振兴等一系列举措的实施，让乡村也跟上了现代化。这种变化，是亘古未有的蜕变，是一种全新的突变，它颠覆了我们所有人的认知。这种变化，带给我们的是惊奇，也是惊喜，更有怅然若失回望中的寻思：似乎，我们失去了什么？

我们失去了什么呢？其实，我们失去了落后，我们失去了整体贫穷。新时代告别旧时代，是历史的必然，是发展的必然，更是一代代中国人所梦寐以求的必然。"一切都是瞬息 / 一切都将会过去 / 而那过去了的 / 将会成为亲切的怀恋。"这是诗人普希金的感知。"怀恋"总归怀恋，但你我还是喜欢习惯现代生活。全新的乡村生活，是当今中国最大的现实、最大的未来、最大的稳定，也是"中国梦"的重要一环。同时，"全新的乡村生活"里蕴含着无数生动的"中国故事"，需要作家们用现实主义精神和浪漫主义情怀去讲述中国故事，传递中国声音，弘扬中国精神。更期待与这个新时代、新乡村相匹配的"新史诗"的出现。

一个时代拥有一个时代的乡土与乡愁，也拥有一个时代的优秀乡土文学作品。鲁迅《故乡》《祝福》、沈从文《边城》、丁玲《太阳照在桑干河上》、孙犁《风云初记》、周立波《暴风骤雨》《山乡巨变》、柳青《创业史》、梁斌《红旗谱》《播火记》、浩然《艳阳天》《金光大道》、路遥《平凡的世界》《人生》、陈忠实《白鹿原》等，这些作家都有深厚的农村生活体验，他们的作品都是一个时代的缩影，具有史诗般的呈现，深受读者喜欢。而时下的文坛，缺少这样的现实主义精品力作。城里的一些作家，由于耽于长久的舒适和慵懒，加上缺乏扎实的乡村生活体验，作品多为浮光掠影，抑或灵光乍现，难以写出其中的味道。而县城和乡村里的作家群，又由于种种原因，虽然身在其中，却由于站位较低、视野狭窄、熟视无睹，也难以写出新乡村的意蕴。这种状况，

书写新时代的创业史

李春雷在张北县德胜村与农民一起聊天

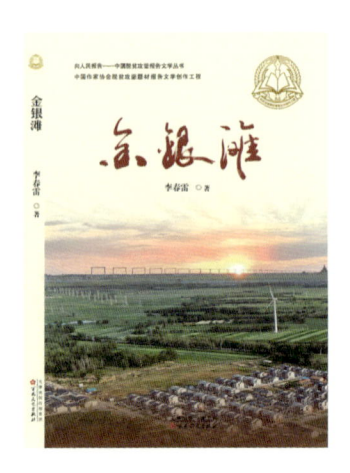

《金银滩》
河北省张北县德胜村,位于坝上高原地区,气候寒冷,土地贫瘠。自古以来,这里的村民只能靠种植传统品种的土豆和莜麦勉强温饱。精准扶贫以来,德胜村村民在扶贫工作队和村党支部的带领下,通过流转土地、引进高科技等手段,全面种植优质土豆、大搞光伏产业,全部脱贫,集体走向富裕。

本书通过描绘习近平总书记走访的农民朋友——徐海成一家几十年从苦难到幸福的人生历程,生动、细腻地刻画了徐海成内心世界的痛苦与坚定、犹豫与自信、失望与新生。这些从经济上到精神上的变化,深刻揭示了新时代这场空前绝后的精准扶贫行动下中国农民的变化、中国农村的变化、中国社会的变化。

造成目前农村题材创作的尴尬。如果说，现代都市题材的文学作品，已有了较浓的味道，有了一些都市风情。但现代农村题材创作仍有些简单、有些表面化，人们只能从农村题材的影视剧中走进新农村。总之，没有出现史诗性作品，全景式反映这个伟大的新时代中的新乡村。

尽管从基层上看去，中国社会是乡土性的，但新时代的中国农村，正在发生深刻变化，从外表到内里。而我们作家的触角和视野，却没有全面真正地观察到，思维情感的触角依然停留在田园牧歌式的农耕时代。作家应该用发展的眼光，从一种文化本位视角去展开一种有关新时代、新乡村的多元与一体关系的观察和思考。

新乡村的现实生活复杂而多变，若非熟悉和亲近，难以写好。歌德劝爱克尔曼说："无论如何，要不怕辛苦，充分地观察一切，然后才可以描写。"要有丰富的生活经验，仅仅"充分地观察"生活是远远不够的，必须深入生活、了解生活，双脚踩进泥土、胸膛贴近大地、心灵感知时代，真切地体认生活的方方面面，才有可能呈现"新史诗"。

李约热 / 现为广西作协副主席，《广西文学》副主编。著有小说集《涂满油漆的村庄》《人间消息》和长篇小说《我是恶人》等。曾获全国少数民族文学创作骏马奖、《小说选刊》奖、《北京文学·中篇小说月报》奖等。

人脸上的晨昏最是惊心动魄

——我的扶贫小记

李约热

心有不甘。

"不甘"什么？既是一种混沌的感觉，又是一种走神、恍惚的里子被镇定、果敢的面子遮蔽的事实；是看得见又说不出，或者说看不见，又猜不准，着急、上火、六神无主，却又漫不经心，就是窒息，也要面带微笑装镇定的事实。

——看不出来的虚弱，就是一个作家的日常。心有不甘。

大地上人来人往，早场、中场、夜场，场场皆有悲欢。但是，遍插茱萸，就是少一人。这个人也许就是我。

心有不甘，确实不该是"我"，这个作家的日常。

2018，一个不平凡的年份，就这样到来。机缘巧合，单位派我下乡扶贫。

五山乡三合村离中越边境 70 多公里，全村 10 个自然屯，人口 2640 人，建档立卡贫困户 269 户。这 269 户，每户人均收入每年要达到 3600 元以上，且吃穿不愁，有稳固的住房保障，孩子九年义务教育有保障，人人医疗有保障，才算脱贫。

这"两不愁三保障"，就是我们这些扶贫队员工作的重点。

到三合的第一晚，我还是出差在外的感觉，还是那种即将来去匆匆的外来客的感觉。到三合的第一晚，我眼睛适应不了眼前的黑。三月，残冬犹在，天还黑得早，七点不到，眼前什么都看不见，像一张纸，被墨水浸透，黑得很新鲜。以前我的夜晚太亮，眼前的这种黑让人不舒服，我心里有点发慌。

蛙鸣声从楼下传来，已经很久没有听到青蛙的叫声了，三月的蛙鸣嫩声嫩气,多么陌生的声音,像来自另一个星球。在城里我住在快环边,每天都是车流的声音。现在,熟悉的声音被蛙鸣代替,就像听到车流的声音时我不会觉得没有什么不好一样,在乡下听蛙鸣,我也没能听出诗意。每种声音都有属于自己的地盘,不管你接受不接受,它都会按时响起来。这个时候,青蛙的叫声提醒我,我真的要开始我的乡居生活了。从今天起,我将要面对各种各样来自乡村的"响声"。

我住在乡卫生院宿舍楼五楼(从住的地方到村部开车只要五分钟),楼下就是田垄和病房。后来其他工作队员跟我开玩笑,书记(我在三合村任第一书记),你住在卫生院宿舍,可以看到女护士。我说,女护士一般都戴着口罩,我只能看到病人。总之,田垄和病房,是很有意思的组合,人生一世,无非生和死,这田垄和病房,真是寓意深长啊。接下来的七百多个夜晚,大部分时间我将一个人,独自在这里。

回忆这两年多的时光,我究竟经历了些什么?忙,太忙了。大新县2018年要脱贫摘帽,上上下下,围绕"两不愁三保障"这个中心,各种会议、各种检查纷至沓来。控辍保学,给贫困户发放各种奖补,填扶贫手册,钉扶贫联系卡,查看搬迁移民户到新家的入住率等等,每一样工作,都需要进村入户,让我这个坐惯了办公室的人应接不暇。

我算是真正进入人群了。

控辍保学是最棘手的事情之一。

我们村有三名辍学的孩子,其中小玲最让人揪心,她是个女孩,在县城读初中,刚去半学期就辍学了。她和另一个邻村的女孩一起,没有回家,她们在县城,住在跟她们一起辍学的男同学家里。三个正值青春期的孩子待在一起,非常让人担心。我和乡里的人大主席林森业赶往县城,学校老师带我们去那位男同学的家。小玲是个漂亮的小女孩,化了妆,染了指甲,他们同学三个,低头玩手机。男孩的妈妈在我们的面前哀求两个女孩离开她的家,两个女孩住在家里,邻居的风言风语已经让她受够了。她的儿子拿眼瞪他,她赶紧噤声。两个女孩也把她的话当成耳边风。关键时刻,我作了自我介绍,南宁来的作家的身份这时候起作用了。他们三个抬头看着我。我说小玲,刚才老师打你手机,

行走大地

李约热动员辍学学生重回校园

李约热入户采访

你手机不通了，是不是欠费了啊。这时候她才开口说话，她说是的，我的手机欠费。我当场就给她的手机充了50元话费。小玲的父母在广东打工，平时根本顾不上她，跟父母缺少交流，同学之间的感情显得尤为重要。我问她为什么不想读书，她说她想读中职，想学美容美发专业。我说，你先去现在的学校注册，读中职的事我负责帮你们联系。接下来一番苦劝，话说得她心动，终于答应三月三长假之后回学校注册。临走时，我加了她的微信。回到乡里，我不放心，用微信把在她面前说的话又说了一遍，她也答复说长假过后一定回校。我同时跟南宁的朋友联系有关读中职的手续该怎么办，得知只有初中毕业，才能上中职。我没有把这个消息告诉小玲，怕她知道读中职无望，不去履约上学。我最担心她去广东，她虽然只是初二，但是个头已经是成人的模样。后来小玲去注册了，在微信里也没有再提去读中职的事情，只是过不久会微信问我要零花钱，特别是过节的时候，她会微信给我，今天过节，伯伯你难道没有什么表示？可怜的孩子，正是跟父母撒娇的年纪啊。

在乡下，每隔一段时间，屯里面发生的事，就会撞击我的心。

六月的一天，我突然接到一个电话，一个老人，哇啦哇啦朝我喊。是方言，我听不懂。我心一沉，肯定村里出什么事了，我也大声跟老人说，你有什么事情？老人听得懂，但是不会说普通话，只是哇啦哇啦地喊，后来电话就断了。我当时不在村里，赶紧打电话，嘱咐村里值班的村委了解一下，是不是谁家发生了什么。晚上，村委给我回话，是老黄两岁的孙子，玩切猪菜的机器，右手拇指、食指、中指被切断了，由于老黄不懂医学知识，断指没有带去医院，孩子从此残疾。后来我回村，赶到老黄家，家中的血迹还很醒目，老黄一个人在家，坐在家中发呆，很冷漠地看着我，大概他认为关键的时候我帮不上什么忙。过一段时间，我又去入户，老黄的孙子出院回家了，他的妈妈背着他，他的三只手指伤口已经缝合，搭在妈妈肩上。我问了孩子的一些情况，孩子的妈妈说，医生说要等孩子长到十八岁，再从他的身上取骨头，植成三根指头。离开他家，他妈妈叫他跟我说再见，这个只有两岁的孩子，刚刚学会摇着右手，跟人说再见，一时还不习惯用左手跟人说再见。这个时候，他举着右手朝我摇，由于没有了三根指头，像举着一个拳头朝我晃。

行走大地

  这是我驻村工作的两次经历，我之所以写出来，是因为每一户贫困户，都有不同的困难和残缺，正是在政府的帮助下，他们走出阴霾，迎来好的时光。

  时间过得很快，两年一晃就过去了。这两年，我有三多，一是走路多，两年来我走遍三合村十个自然屯的每一条路；二是入户多，上千次入户，三个记录本，记录了四百多户三合村所有贫困户和部分非贫困户的家庭情况，2019年我出版过一部小说集《人间消息》，我想，这又是一部新的《人间消息》；三是拍照多，我电脑里面，存有两千多张跟三合村有关的照片。三合村的一切，既在电脑里，更在我心里。

  我不会忘记，台风"山竹"之夜，我跟工作队员一起，冒着倾盆大雨，去排查村里的危房，动员人员撤离；我不会忘记，去县城星光移民小区入户，在深夜的大新县城街头，跟队员们一起分享即将收摊的夜宵摊仅剩的几碗馄饨；我不会忘记，在村委门口，我跟所有的帮扶联系人一起，等待检查组抽签的结果……

  两年扶贫的点点滴滴，最后凝成两个字"荣耀"。

  有幸参与这项伟大的事业，确实是一件荣耀的事情。

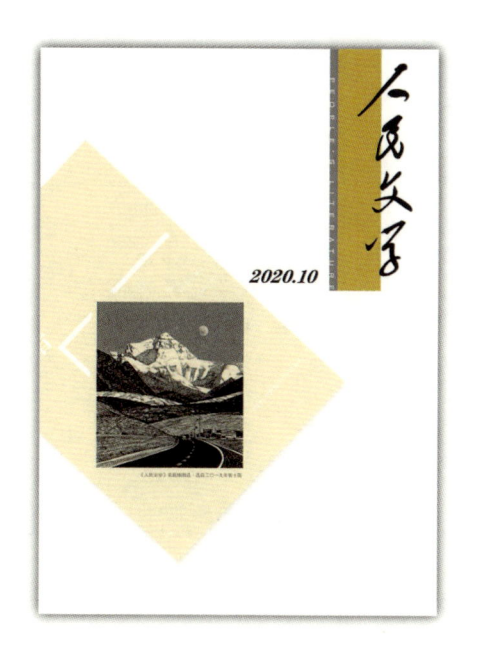

《喜悦》

小说刊发于《人民文学》2020年第10期，通过作家的视角，讲述了八度屯村民排除万难最终脱贫、收获幸福与喜悦的故事。赵胜男带着上门女婿杨永返乡，村民如何接纳杨永，杨永又如何看待独在异乡的自己，这是推动情节发展的两大核心动力。前者的解决之道是父亲赵忠原主持了一场祭拜"社王"的活动，正式把杨永介绍给村里人，甚至想让他成为村里人；后者的解决之道是杨永重新奔赴福州打工，以自己的奋斗解决内心的迷茫。此外，小说通过对到八度屯慰问演出的省戏剧院演员——伟健这一人物的塑造，表达了对不理解、不尊重一个具体的生命的艺术创作倾向的否定，颇有启示意义。

鲁顺民／1965年生,山西省河曲县人。现为山西作协副主席,《山西文学》主编。著有《山西古渡口》《天下农人》《礼失求诸野》《潘家铮传》《送84位烈士回家》《赵家洼——一个村庄的消失与重生》等。曾获赵树理文学奖、冰心散文奖、《中国作家》鄂尔多斯优秀作品奖。

精彩的永远是生活本身

鲁顺民

2017年底,我和青年作家杨遥、陈克海三人开始进行全景式反映山西省脱贫攻坚长篇报告文学的采访和写作。

还没有开始采访,甚至还没有最后答应下来,宣传部、扶贫办还有出版社就张罗开了一个规模很大的研讨会,写什么,怎么写,主管部门热情甚高,胸有成竹,主管部门和出版部门对这本八字还没有一撇的长篇作品期望高到这种程度,实在让我们不安。诚然,事后证明,他们之所以对这本书的期待如此之高,当然有他们的理由,有他们的底气,再怎么期望都不为过。只是当时的阵势实在是吓人,但这种阵式也让我们不得不承担了这一任务。

从心底里来讲,对这样的采访与写作其实多少有些抵触,这样的受命之作,真能让读者买账、让自己满意?何况是分头采访,多人合作,风格如何统一?说到底,心中存疑,心下忐忑,究竟是信心不足。

事实上,在接手写作任务之前,曾与报告文学作家赵瑜就受命之作的写作有过交流。赵瑜一再勉励,报告文学的新闻性要求作家及时深入到正在发生的现实事件中,受命也是一种介入的方式,而且,在采访过程中,如果没有政府部门密切配合,没有政府部门的组织与协调,一般很难深入到现场,这种机会十分难得。正因为是受命之作,恰恰是考验一个作家的洞察力与平时的读书积累,考验对具体事件的识与见的时候,而且,作为作家,你的关注点与观察的角度肯定跟别人不一样,你所表达的也肯定跟别人不一样——如果一样的话,要你作家做什么?况且,现实,其实是万千人想象力的一个集合,你平时所关注的也未必就是事实的全部,只有深入下去才可能有更多的发现。所以,所谓

书写新时代的创业史

鲁顺民在山西省高阳县采访

受命之作并不构成问题。

赵瑜讲，至于多头采访，多人合作，在此之前，也并不是没有成功的范例。2010年，赵瑜领衔集体创作《王家岭的诉说》，在全国引起广泛关注。《王家岭的诉说》在某种意义上讲，就是一部受命之作，但它是一部作家的受命之作，真实反映出事件前后因果种种之外，并不妨碍你写出自己的思考。受命，并不妨碍作家受自己之命。

技术既然不是问题，心下于是释然。反过来讲，从2000年开始，自己曾有过长达10年的乡村行走经历，考察乡土地理，问询民俗风俗，走访耆老乡贤，挖掘民间记忆，行走的主题未必关涉三农问题，但被采访对象的生存状况，老乡们心头的疑惑与欣喜，忧戚与满足，包括田野的收获与期待，哪里能绕得过去？十多年里，眼见一个一个曾经红火的山村冥寂无声，眼见一座座灶台下面舔着锅底的火舌熄灭，眼见一个个乡村小学曾经猎猎飘扬的旗帜悄然落下，只剩下牵挂旗帜的钢丝绳在春风吹动之下敲击得旗杆砰砰作响,眼见一条条车马趟过牛羊走过,仍然弥散着放学孩子们笑声的山道被荒草簇拥,诸般等等。有的村落,十年之中去过不止一次,一次跟一次不一样,一次比一次只能更加衰败。

作为农家子弟,作为一个跟亿万为跳出农门千方百计与命运捕杀抗争过的农家子弟,从情感上讲,对从改革开放之初,农民突破有形的长城与无形的长城,出走乡关,在他乡闯出一片天地的壮阔景观心怀戚戚,欣喜有加。可是,当乡村一个一个像蝉蜕后的空屋挂在枝头,当一个一个村落衰败不堪呈现在眼前,仍然猝不及防。一遍遍走过乡村,关于乡村的记忆一遍遍被唤醒,一个一个老乡朝你走过来,不啻走过一部乡村史,一部农耕史,面对乡亲们,认识的其实是你自己。农村、农民、农业,三农问题以这样一种方式日日缠绕在身边,你不思考都没办法。

我1965年生人,杨遥1975年生人,陈克海1982年生人,这一支山西省脱贫攻坚作家小分队,三个人,几乎就是三代人。三代人都是农家子弟。三代人内心里都有自己的农村体验与认识。而且,杨遥挂职单位帮扶乡镇副乡长刚刚履新,陈克海则任单位帮扶村落第一书记半年多,对脱贫攻坚工作有切身体会也有自己的思考。小分队建成,在2018年初,冒着零下20多度的严寒,将山西省34个国定贫困县中的岢岚县作为第一站,开始了为期5个月的采访。

新一轮以"精准扶贫"为主旨的脱贫攻坚,全国确定有11个深度贫困区域,其中,吕梁山、燕山—太行山两大深度贫困区大部分在山西,集中,连片,特困,国定、省定贫困县涉及全省117个县区中58个,其中偏关、宁武、静乐、兴县、临县、石楼、永和、大宁、天镇、广灵10县为深度贫困县。5个月采访,我们走过包括10个深度贫困县在内的21个,走访村落近百,走访扶贫干部近百,入户采访贫困户近百。穷有千种,困则百样,晋南的贫困与晋北的贫困不一样,晋东的困窘与晋西的凄荒又是两种表现,贫困户因病、因学、因缺劳力、因缺技术、因缺资金致贫,贫因种种,表现不同。全省近百万贫困人口,贫困的模样绝不雷同。

走访所及,贫困地区的贫困实在让三个整日钻在书斋里的书生深感震撼,深为震惊。

精准识别，精准施策，精准脱贫；两不愁、三保障；路、水、电、讯、网"五进"；政策兜底、大病统筹、光伏分红、产业扶助、大户带动、合作社入股、电商普及、村集体经济破零；第一书记带队，三人一村，五天四夜驻村，全省从省、市、县下派10009名第一书记、35000多名帮扶干部，贫困县、贫困村全部覆盖；精准识别之后的整村改造、美丽乡村建设、乡村振兴战略；户脱贫、村出列、县摘帽……

从国考到省查，从市督查到县检收，省、市、县、乡、村五级高位推动，层层落实，基层干部承担着前所未有的重担与责任。走过荒寂的田野，进入一个一个疲惫衰老的村落，到夜晚，灯火通明的地方，永远是乡镇政府，永远是刚刚落成的村委会，那里紧张、烦琐，甚至焦虑，作为来访者，我们体会更多的是第一书记和基层干部的热情与激情。

鲁顺民同村民交谈

走访所及，三个人时而忧心忡忡，心情沉重，时而激动欢欣，时而感慨感动。脱贫攻坚，并不是事先想象的那样，是党委政府诸多工作中的一项，是工作环节中的一环，而是对三农的一次重新整理，是乡村振兴战略的一个重要开端。现在，正动员着全社会的资源汇入其中，动员着全体干部参与其中。投入前所未有，党和政府的决心也是前所未有，真金白银，百万千万。干部所思所想，就是要把产业实实在在立在土地上，把现金实实在在装在老百姓的口袋里，一个一个衰败的村庄正在点点滴滴地发生着变化。

尤其是，看到那些被贫穷和厄运一路穷追猛打几乎逼到绝境的贫困户脸上绽出笑容，看到那些告别山庄窝铺、易地搬迁进入新居的农民正在慢慢适应城市生活变成城市的一员，看到那些被贫穷消磨得精神委顿的贫困户重新燃起生活的希望，三个人由衷地感到高兴。相信感到高兴的不只是我们，还有那些为此付出艰辛劳动的帮扶干部们。5个月采访下来，我们也自觉地参与到脱贫攻坚中来。

5个月采访，采访过的人，采访过的事，走访过的一个个表情，始终萦回在脑际，历历在目。采访结束，埋头创作，历时3个月，《掷地有声——脱贫攻坚山西故事》脱稿。跟开始接受任务一样，仍然心存忐忑。在写作过程中，尽管将新一轮脱贫攻坚放置在三农问题框架下考察，放置在百年近现代史激进发展历程中进行梳理，尽管避免政策图解式构思组织罗列，尽管将国家新一轮脱贫攻坚的政策了解得详之又详，报告文学作为"报告"的部分没有什么问题，但"文学"的要素是不是立起来？语言是不是独特而鲜活？典型环境中的典型人物有没有塑造成功？一切都待读者反应。一句话，作家以作家的身份和手法参与脱贫攻坚是否成功？

《掷地有声——脱贫攻坚山西故事》甫一发行，马上突破万册。扶贫办的同志说，下乡的扶贫干部是把这本书当作脱贫攻坚工作具体教材来用的。事实上，采访、写作的过程，对我们三个写作者而言，是整个写作生涯中的重要事件，唤醒了许多沉睡的记忆，甚至可以说，对自己的文学观是一次重塑过程。

继《掷地有声——脱贫攻坚山西故事》之后，意犹未尽，三个人再创作《掷地有声——山西第一书记故事》，于2020年初出版。我和陈克海再根据采访

书写新时代的创业史

资料，写作《赵家洼——一个村庄的消失与重生》，发表于《中国作家》2019年第 5 期，2020 年 6 月由湖南教育出版社出版；杨遥根据两年采访所得，创作长篇小说《大地》发表于《中国作家》，创作中篇小说《父亲和我的时代》发表于《人民文学》2020 年第 2 期，并被多家选刊转载。

要说，成果丰硕。但是写作跟现实生活比起来，精彩的永远是生活本身。

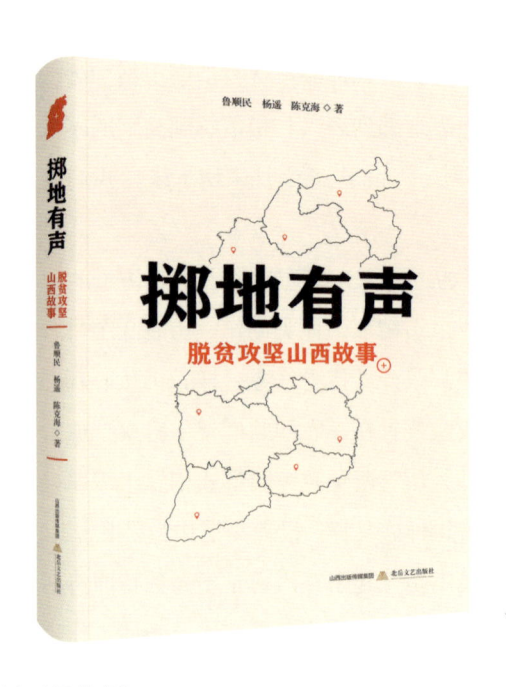

《掷地有声——脱贫攻坚山西故事》
该书由鲁顺民、杨遥、陈克海合著，聚焦党的十八大之后新一轮脱贫攻坚，全景式反映脱贫攻坚一线的山西图景。新一轮脱贫攻坚以来，全国共有 11 个集中连片特困区域，其中吕梁山、燕山—太行山两大集中连片特困区绝大部分分布在山西，涉及全省 117 个县区中的 58 个。本书作者遍访 58 个贫困县中的 23 个，其中重点采访 10 个深度贫困县，入村 100 余个，入户 100 余户，采访扶贫干部 100 余名。以山西省政策兜底、产业开发两大扶贫政策为主线，涉及贫困村落党建政建、农业产业振兴、金融、光伏产业、医疗救助、助学扶贫、林业生态扶持、易地移民搬迁等 8 大项 21 个工程的方方面面。全书着力书写脱贫攻坚一线的扶贫干部，还有在党的政策感召下扶贫扶志逐步摆脱贫困的贫困户，共写到近 200 个有名有姓的人物和他们的事迹，将新一轮脱贫攻坚置放在三农问题的框架内加以审视，放置在改革开放 40 多年历史中考察。

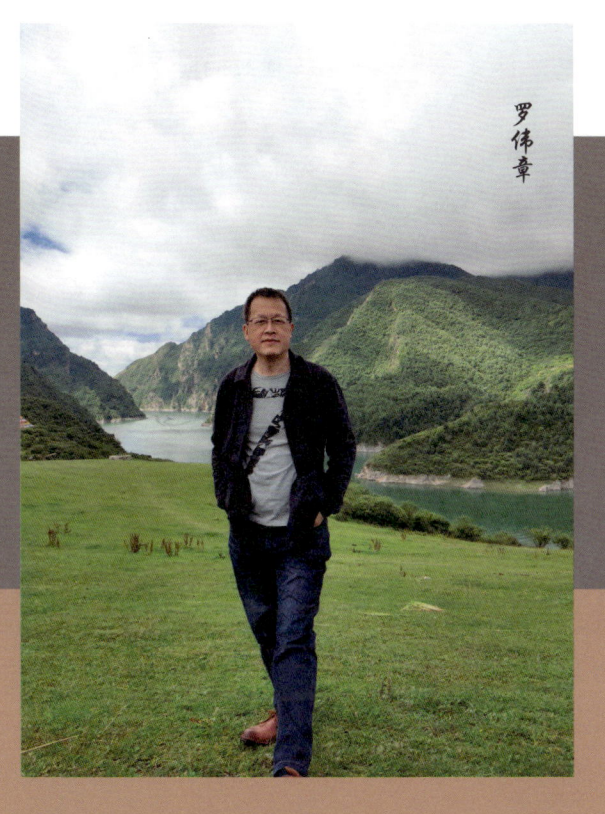

罗伟章 / 1967年出生，四川人，现供职于《四川文学》杂志社。著有小说《饥饿百年》《太阳底下》《声音史》《寂静史》等。曾获人民文学奖、全国读者最喜爱小说奖等。

为"不放弃"而书写

——大凉山采访随想

罗伟章

凉山是我完全陌生的土地。尽管我到过西昌,但作为凉山州首府,西昌与凉山,尤其是与我要去的大凉山腹地昭觉县,根本不是一个概念。我去的时节,西昌城秋色宜人,城郊的尔舞山也是苍松翠柏,日光透林,但翻山过去,气温便陡然跌落,一路东行,只见苍灰色的山体和悄无声息的河面,愈来愈深地横着冬日光景。到昭觉当夜就下雪了,下得簌簌有声,俄顷之间,窗台已积半寸。由此我相信了古书对大凉山的描述:"群峰嵯峨,四时多寒。"

地界陌生,文化同样陌生。

要说知道一点,也是从博物馆里得来的。西昌东南郊,有个"凉山彝族奴隶社会博物馆",是世界上唯一反映奴隶社会形态的专题博物馆。奴隶社会,听上去多么古老,再厚的历史书,也会放到前面几章,可凉山不同,直到20世纪中叶,确切地说是1950年之前,都是奴隶社会。它是从奴隶社会直接跨入社会主义社会,所谓"一步跨千年"。

再就是从电影上,十余年前看的《彝海结盟》。彝,本为夷。1956年,毛泽东主席和彝族干部商量,建议更"夷"为"彝",说房子底下有米有丝,意味着有吃有穿,象征兴旺发达。这一改,四两拨千斤,将强弓硬弩化为细雨和风。"夷"的造字,乃"一人弓",猎者之义,既表明以狩猎为生,也表明好战。1935年之前,兵行凉山而不战,史书无闻,但红军没战,顺利通过彝区,直插大渡河,飞夺泸定桥。其间,近万名彝族子弟参加了红军。正因此,习近平总书记说:"彝族兄弟对中国革命是有重要贡献的,要继续加强政策支持,加大工作力度，确保彝区与全国全省同步实现全面小康。"并在2018年初赴凉山昭觉县视察时进一步指出："让人民过上幸福美好的生活是我们的奋斗目标，全面建成小康社会，一个民族，一个家庭，一个人都不能少。"

另外，还听到过不少传言。昭觉县东部的支尔莫乡，有个悬崖村（本名阿土列尔村），因一个网络视频出了名，全国各地游客蜂拥而至。我身边的几个熟人，他们去了之后回来说起悬崖村的险、昭觉县的穷，还说，脱贫攻坚在彝区，是虎牙也啃不动的骨头。

不认识这个民族，我的书写将毫无意义，这是我深刻感觉到的。所谓民族，是指在历史、语言、文化等方面与别的群落有所区分的族群。既然有所区分，各个民族之间当然就不会完全一样。人们想事说事，往往站在自己的角度。作为一个汉族作家，我如何去书写彝族地区的情况？我如何才能真正深入到彝族人民的内心世界？这是我首先遇到的问题，也是必须面对的问题。

说实话，作为一个写了将近20年小说的人，我开始的设想是很"便宜"的。我就蹲在一个地方，这个地方越小越好，比如一条街道、一家工厂、一个餐馆、一个家庭，甚至小到只关注某一个与主题有关的人。我写出这个人的前世今生，小溪汇入大河，脱贫攻坚的局部和整体都可呈现。这也是一个小说作者最熟悉

罗伟章在昭觉县支尔莫乡阿土列尔村小学（悬崖村小学）了解学生学习和餐饮状况

的路径。然而，当我来到大凉山，来到昭觉县，当我阅读了彝族的历史，目睹了他们的现状，觉得那种写法虽然照样可行，却不能完成真正的表达。

于是，我决定采取最笨的写法，也选择最笨的观照方式。我希望走进这个民族的深处，对他们为什么有那样的传统，为什么有这样的今天，从历史积淀、意识形态和文化观念的角度，作系统梳理。

我觉得自己是在从陌生走向更大的陌生，但挑战带来的乐趣，也是显而易见的。了解得越多，接触得越深，我就越是感觉到，对这片土地而言，脱贫攻坚不仅是脱贫的机会，也是自我革新的机会。我们必须承认的是，世界发展不平衡，一国之内的各个地区、各个民族，同样如此，有先进，相应的就有落后，因此谁是标准并不重要，重要的是，后进向先进学习。适应和学习，既是对整体的贡献，也是保存自我的根本途径。

到昭觉后，我听得最多的话，是移风易俗。全国各地脱贫攻坚，都提移风易俗，但大凉山彝区提得最响。因为这是最迫切的事情，他们需要改变。不是年收入从500元增加到5000元之类的改变，而是要改变意识和观念。

"我们离昨天太近了。"昭觉扶贫开发局副局长阿皮几体说，"昨天"，是指奴隶社会。从奴隶社会直接跨进社会主义社会，就像一个小学生插入高中班，新的听不懂，过去的习俗又忘不掉，而且也因为听不懂，就更容易怀念和依赖过去。如何从生活方式到思想方式都融入现代社会，成为他们最艰难的课题。

当今中国，让一个地区从物质上脱贫，并不太难。凉山的多个深度贫困县，目前虽然没有完全脱贫，但就我所见，经过若干年特别是近几年的奋斗，"两不愁"已经做到，"三保障"也已部分做到，还没做到的，正在做的途中，为如期脱贫，上下都很努力，也都充满信心。可是今天脱贫了，明天呢？扶贫力度总不可能经年保持，帮扶干部也不可能永远不走，要是力度一减，人员一撤，又返贫了怎么办？物质贫困需要解决，精神贫困、文化贫困也要解决。

凉山之所以贫困，地域和历史因素，是必定存在的，但更为重要的是意识，是观念。这是我最切实的、深入骨髓的感觉。

当地人对此已经有着深刻的反省，凉山州副州长、昭觉县委书记子克拉格

罗伟章在昭觉县碗厂乡团结村了解国家级非物质文化遗产博什瓦黑岩画保护情况

对前去帮扶的汉族干部说："你们看到需要改进的地方，直接指出来。"阿皮几体说："国家对我们投入这么多，不仅投钱，还派人来，派的人都是精兵强将，我们需要更努力，赶上发展的脚步。"需要有更多的人像他们这样去思考问题。

彝族曾有着辉煌的文化，有着悠久的传统。彝族人对自己民族的热爱，让我十分感佩。但有些落后的传统，需要不断改变。作为采访者，我也特别愿意站在对象的角度去给予理解——理解他们因为改变带来的痛楚。说白了，脱贫攻坚的核心内涵就一个字：变。生活的改变，思想的改变。改变成为必然，而改变的阵痛，却需要他们去承受。我理解这当中的煎熬，但同时又不能不去想，没有反思的热爱，是表面的，是没有价值的，从本质上说，也是虚假的。

我该怎样去倾听和辨别？写作者的职责，是发现事实。采访本身并不能获得事实，只能帮助你去发现。如果采访本身能获得事实，只需掌握资料就够了，不必费心劳神地走进现场。我先后两次去昭觉，一次他们宣传部知道，一次不知道。第二次去的时候，我没通知任何人，目的就是静静地反刍那些声音，并尽量去与事实靠近。

两次去，都让我深受震动，为佛山和四川省内抽调去的帮扶干部，也为昭觉本地干部，他们的付出，只有见了，才能称出"付出"二字的重量。

不止一回，结束一天的采访，我回到住处整理笔记和录音，都禁不住泪流满面。有一次，是采访昭觉民族中学校长勒勒曲尔，他谈昭觉的教育，谈老师们培养学生的辛酸和喜悦，竟让我大半夜脸上一直湿湿的。过了好多天，当我独处的时候，只要想起，还是会流下眼泪。一个人，该有怎样的情怀，才能做出这样的事，说出这样的话。那是一群真正忘我的人，是为这个时代，也为那个民族倾心劳力的人。塘且乡呷姑洛姐村第一书记戴自弦，为督促村民养成好习惯，久久为功，移风易俗，坚持不住乡上，也不住村委会，就住到村民当中去，并以这种方式开放自己的生活，让村民看到自己怎样做饭，怎样收拾屋子，怎样安排一天的时间，从细节上去感染他们。村里没房子，有个村民就腾给他一个牛圈，他在那牛圈里住了两年半。还有成都市青羊区来的帮扶干部鲜敏，

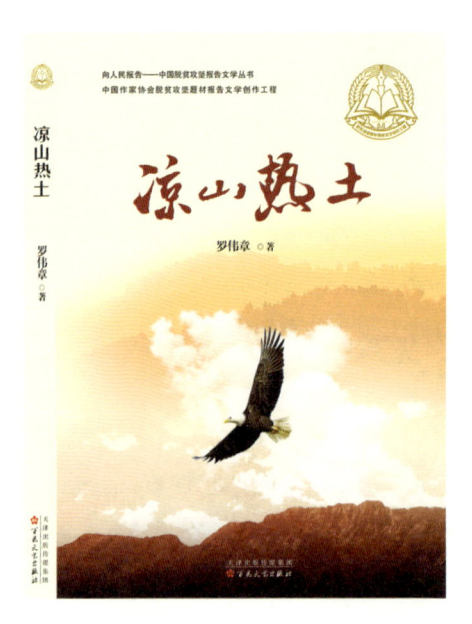

《凉山热土》
凉山位于大凉山腹心地带的昭觉县，是全国最大的彝族聚居县，因其特殊的地理环境、文化背景和社会形态，被称为全国脱贫攻坚的堡垒、"硬仗中的硬仗"。2018年初，习近平总书记视察凉山并实地考察昭觉后，这里成为脱贫攻坚的热土。本书回应时代呼声，对奋战在脱贫攻坚第一线的干部群众给予深情赞美，并以宽广的历史视野追本溯源，从文化、传统和观念的角度，深入剖析贫困的多重内涵和生成缘由，阐释脱贫攻坚的人类学和民族学意义，为从精神上消灭贫困提供参照，融现实性、文学性和思想性于一炉。

独自一人住在高山上的办公室兼寝室里。那一天，暮色四合的时候，从海拔3000多米的高山上下来，鲜敏向我挥手告别。我离开几分钟后，就看不见他了，黑漫漫的群山就将他包围了。如果不是为了扶贫，他此时的夜晚也会像在成都时的夜晚一样鲜亮，至少可和家人团聚……见到这些，听到这些，无法不让我感动。

然而，只有感动是廉价的，是对不起他们的。由此，我想到我写作的责任。我的责任，就是为那些挥洒汗水、忍受孤独甚至献出生命的人写作。

在昭觉，已有几个人倒在脱贫攻坚的路上。有一天，我和昭觉县委常委、宣传部部长张敏聊天。刚坐下来，她就接到电话，然后不断地接电话，不断地打电话，不断地询问和安排。是有人积劳成疾，在乡下晕厥了。几个牺牲的人都是这样，平时连体检的时间也抽不出来，往往小病拖成大病。有一天我去四开乡，乡党委书记克惹伍沙下乡时脚摔成骨裂，也没空去医院输液。医生来电话催，但工作太紧，他实在走不开，弄得他反过来给医生道歉。

2020年春节过后，因为新冠肺炎疫情，许多地方推迟上班，昭觉也有推迟，但2月10日，本地干部和外地帮扶干部就全员上岗了。好在昭觉没有病例。

对于一些艰难的改变，很多人经常想到两个字"放弃"，但脱贫攻坚的工作，只有这三个字"不放弃"。所以，我觉得，作为生在这个时代的写作者，为"不放弃"而书写，写出其中的不易和意义，是我最根本的责任。

吕翼／彝族，1971年生，云南昭通人，现供职于昭通日报社。出版有《寒门》《割不断的苦藤》《马嘶》《比天空更远》等16部作品。获全国少数民族文学创作骏马奖、云南省文艺精品工程奖、云南省德艺双馨青年作家奖、冰心儿童文学新作奖等。

驱除穷鬼的方式

吕 翼

记得幼年的时候,家里每每日子煎熬,祖母便会满脸沮丧地站在廊檐下,无奈的双眼迷茫地看着天空。她一边跺脚,一边唱着古老的经咒,以此诅咒穷鬼苏沙尼次。她试图以这样一种方式,将那十恶不赦的穷鬼咒下十八层地狱。对苦难日子的拒绝、对幸福生活的渴望,也不只是祖母一人才有。在金沙江两岸的彝区,苏沙尼次是传说中十恶不赦的穷鬼,它无影无形,却又无处不在。一旦被它缠上,苏沙尼次就会死死扼住乡亲们的脖子,整个家庭,整个村子,甚至更多地方,就会鸡犬不宁,灾害频频。那样的年景,大伙缺衣少食,度日如年。饥寒、疾病和愚昧所带来的无休止的折磨,让日子难以为继。村里的人一个个苦着脸,低着眉,缩着腰,不知未来。后来,党的光芒将山乡温暖,乡亲们的生活有了相应的改善,日子一天比一天好过了,那些不忍目睹的场景渐次消失。

幼年时那样的场景,在我的记忆里从未磨灭。不管是童年,还是后来当了教师,做了公务员,一直都不能消失。我非常珍惜曾经的每一天。参加工作后20多年的时间里,我多次到乌蒙山区最贫困的地方,以各种方式参与具体的扶贫工作。就是眼下,我挂钩金沙江边一个叫牛栏坪的小山村,那里的11户贫困户,在各级各部门的帮助之下,刚刚脱贫。每隔一段时间,我都去与他们促膝谈心,了解家庭情况,商量脱贫的办法。他们与我血肉相连,苦乐与共。

2016年初,我调到昭通日报社工作,参加各种会议多了,下乡的时间多了,见的世面多了,洞悉社会深层次问题的机会多了,体验也和以往有些不同。地处滇、川、黔三省结合部的乌蒙山区腹心地带的昭通,2.3万平方公里的面积中,

书写新时代的创业史

吕翼在桧溪得胜村察看挂联贫困户家孩子牙齿健康的情况

坡陡山高,峡谷纵横,山区和半山区面积达到了97%。截至2018年底,昭通市亟待脱贫人口58.83万人,占云南省的32.5%、全国的3.5%。昭通是全国贫困人口最多的地级市,更是云南省脱贫攻坚的主战场。全市11个县(市、区)中,国家级贫困县10个,其中深度贫困县7个。

2015年1月,习近平总书记到昭通考察,对昭通的脱贫攻坚工作作出指示,寄予了殷切的希望。自此,乌蒙群山、金沙江岸奏响了脱贫攻坚的最强音。为使贫困人口能够脱贫,与全国同步小康,当地干部群众舍小家顾大家,无私付出,以最大的力量推动脱贫攻坚的各项工作。2019年12月18日始,昭通市8个县区7万余名群众,在政府的组织下,告别以种植洋芋、苦荞为生的山寨,搬出深山峡谷,搬进有电梯的通水、通电、通网络的楼房,正式成为"城里人",过上了做梦也没有想到的幸福生活。这块土地上的人们如凤凰涅槃,在痛苦中蜕变。我渐渐悟出,驱除穷鬼苏沙尼次,靠一个人的诅咒、靠一群人的努力,显然是远远不够的。也就是从那时开始,一个个人物,在我的文学世界里呼之欲出,他们与我交流,与我对话,与我争吵,与我碰撞,叫我激动不已,坐卧不安,非写不可。我想,要写,我就写这群人,写这里土生土长的干部,写这些来自全国各地的扶贫队员,写在贫困线上苦苦拼搏的村民。然而,如何从新

吕翼在云南最大的洋芋种植基地昭通靖安镇西魁梁子与农民一同劳动

闻事件里找到小说的属性,将故事写好,将人物写透,写出他们的精气神,写出这个时代的宏大气象,还真是一件头疼的事情。我担心自己视野短浅、思维僵化、笔力不逮,把如此可贵的东西写成一堆破砖烂瓦。我每天都在与无数的"本报讯"打交道,编辑、审核、发布了难以计数的新闻作品。我要把小说和新闻区分开来,让这些有着深深时代烙印的人物和故事,以文学的方式传承得更为久远、更富有生命力。

曾经有几次机会,我随市委领导下到几个贫困县调研。连续十多天的翻山涉水和马不停蹄,我再次目睹了脱贫之前的苦难山地,看到了基层干部在脱贫攻坚进程中的吃苦、忍耐、果断、坚定、务实、拼搏,热血上涌,心潮难平。回来后,我迅速启动写作模式,熬了无数个夜,抠了若干次脑壳,头发掉了几大撮,就有了中篇小说《竹笋出林》。小说中,背篼是村支书勒吉背报纸、文件、粮食必不可少的工具。他背了几十年,无力挣脱,也不知道如何挣脱。儿子吉地从考不上大学的那天就开始叛逆,他看不起父亲落后的观念和工作方法。在父亲打了他一个耳光之后,一气之下离开了背篼村。挣到第一桶金后,吉地立即回来,带领村民种玛卡,不料血本无归,死爱面子的勒吉支书又打了儿子一个耳光,吉地再次消失。多年后,吉地成长了、成熟了,有了经济实力和致富

书写新时代的创业史

经验，再一次回到背篼村，动员大伙整体搬迁，着力发展竹产业。背篼作为贫困的见证，进了扶贫博物馆。吉地的成功，展现了新的历史时期年轻人的新思想、新作为。这是一个关于初心的故事、一个民族成长的故事，更是当下乡村巨变过程中，对基层组织转型的疼痛与收获的呈现。勒吉支书说："穷水苦水舀出去，吃的穿的舀进来；病水灾水舀出去，平安日子舀进来……"这是他的梦想，是一代代人的不懈追求。我还写到县委组织部的费平部长。这个年纪不大头发却已渐白的领导，在作品里起到了至关重要的作用。背篼村村支书新老交替中，费平的态度践行了"政治路线确定之后，干部就是决定的因素"的原则。故事到了最后，在无边无际的竹林里，充满活力、富有朝气的竹笋，顶着潮湿的土壤、顶着露水冒了出来。这个小说发表于《人民文学》2019 年第 12 期，后被《作品与争鸣》等刊物转载。于我，是一个不小的鼓励。

2016 年之后的几年时间里，我创作并发表了以脱贫攻坚为题材的 5 个中篇小说，分别是《马腹村的事》《来自安第斯山脉的欲望》《竹笋出林》《生为兄弟》《主动失踪》；创作并出版了长篇小说《寒门》，长篇儿童文学《岭

《岭上的阳光》
故事发生在云贵高原之上的野猪岭，农民吉贵与即将进入叛逆期的儿子闰生，意外发现刚种下地的土豆种子被野猪偷吃了。于是，在一个雾气弥漫的清晨，父子俩先后登上山岭，希望能够揪出"幕后凶手"……经过一番与野猪的搏斗之后，闰生却悄悄地救下了一头小野猪，给它取名为小王子，抱回家精心养育。野猪事件引起了扶贫工作队的重视，队长眼镜叔叔和队员高黑瘦叔叔多次深入野猪岭，走进土豆地，与闰生一家商量野猪饲养、土豆种植和加工。在这一过程中，他们发现，这一家人与土豆有着千丝万缕的联系：土豆是爸爸常年劳作耕耘的亲密对象，是妈妈变着花样做出的美味佳肴，更是少年闰生成长历程中难以抹去的温暖记忆……当阳光洒下金子般的光芒，洁白、淡紫的土豆花竞相绽放之时，闰生一家的生活也开启了新的篇章。

上的阳光》《比天空更远》《花瓣的心事》。这些与贫穷紧紧相连的作品，有着深深的爱，更有深深的痛。作为从出生那天起就深受穷鬼苏沙尼次折磨的人，一个从穷困的阴影里挣脱出来的人，作为一个作家，我深知肩上担子的沉重。

坚定而果断的中国脱贫步伐，在不可阻挡地涉过深水与险滩，大步朝前。我和乌蒙大山里的父老乡亲们一起，从此过上了美好的生活。这要感谢千千万万不辞劳苦与穷鬼苏沙尼次奋战到底的扶贫队员和基层干部，感谢这个伟大的时代、伟大的民族、伟大的党和伟大的祖国。要是祖母活到现在，她的诅咒肯定会换成祈福和感恩，脸上不再堆满苦楚，而是灿烂的笑容。我在祖母的坟头点燃三炷香，鞠了三个躬，告诉她我们当下生活之甜美；告诉她曾经无数次诅咒过的穷鬼苏沙尼次，将在这块土地上，永远消失。

马步升 / 1963年出生,甘肃人。现为甘肃省社科院文化研究所所长、研究员。出版有长篇小说"陇东三部曲""江湖三部曲"等8部,散文集《纸上苍生》等8部。曾获老舍文学奖、中华人口文化奖等奖项。

如何精准地书写乡村

马步升

在整个20世纪，中国文学最为显著的成就，无疑是关于乡村的书写。主要表现在，其一，乡村革命和建设，是20世纪中国最主要的时代课题。在整个20世纪，实现国家的近代化和现代化，已经成为世界性及世纪性潮流，能否顺应或跟得上这个摧枯拉朽的潮流，直接关乎每个国家的生存。作为世界上拥有最广大农民群体的国度，中国人痛切地感受和认知到，农村问题、农民问题，是关乎国家的生死存亡问题。20世纪的一代代中国作家们，感受到了自己笔下的分量，并呼应了时代召唤，从鲁迅、沈从文、赵树理、丁玲、周立波，下延到"十七年文学"中的浩然，直到改革开放以后的路遥、贾平凹、张炜、刘醒龙、关仁山等等，他们担当起了作家的时代责任，在很大程度上完成了对自己所处时代关于乡村书写的文学使命。

其二，几千年来，中国从来就是一个以农村和农民为主要成分的国度，但在现代以前，农村和农民从来都没有成为叙事文学书写的主角，即便是偶尔涉及农村和农民，那也只不过是借以抒发士大夫家国情怀的媒介。在这些数量有限的作品中，农村和农民只是作为一个背景性符号，招之即来，挥之即去，始终处于叙事主体的是叙事者，而非叙事对象。因此，在叙事文学作品中，我们几乎看不到一个生活场景具象化的村庄，更看不到一个可以独立存在，且具有美学自洽性的农民形象。这种情形从鲁迅开始，有了根本性的变化，以至于20世纪中国文学的叙事作品中，最为耀眼的是农民形象，各种各样的农民形象，成为文学史上的农民群像。日常生活中的农民，革命或战争中的农民，生产建设中的农民，乃至情感生活中的农民，无论作品的价值取向如何，审美目标如

书写新时代的创业史

马步升采访甘肃省平凉市崇信县平头沟村养牛户梁老汉

马步升采访临夏回族自治州东乡县布塄沟村东乡族农民马麦得

何，赋予的符号意义如何，总之，农村和农民是主角，展现的是不同时代的中国农村和农民。

这种文学书写对象的变迁，以及对书写对象的准确精细的把握，固然有着宏大而复杂的时代因素，以及文学本身的价值诉求，但有一点不可稍有回避，这就是，这些不同时代作家对各自所处时代农村和农民的熟悉。不错，在乡村书写中成就较大的作者，几乎都有着或深或浅的农裔背景，他们有着深厚的带有强烈痛感和质感的乡村生活经验，对于叙述对象，或出于真诚的热爱，或因为哀其不幸怒其不争，或者仅仅出自对时代号召的积极回应，等等。其实，诸如此类的因素，固然都是重要的。更为重要的恰恰是，他们熟悉他们书写的对象，在书写对象中，可以寄托他们的文学理想和社会理想。最为重要的是，他们与书写对象是一种同步或同谋关系，他们生活在当下，所书写的也是活在当下的书写对象。

而这种乡村叙事与时代脚步合拍的盛大合唱，在世纪之交的某个时刻，出现了一种时间和空间错位。乡村叙事仍然热度不减，也时有艺术水准较高的作品面世。但稍作观察，书写者与书写对象，已经悄然拉开了时空距离。从时间上来说，书写者处在现在进行时中，书写对象却处在过去时，以空间而言，书写者居住在远离书写对象的空间中。时间上的错位，让书写者与书写对象之间异常陌生，空间上的疏离，使得书写者在字里行间总是流露出一种居高临下的优越感，哪怕出自真诚的同情和根源于人性深处的善良。而书写者的身份构成，与先前相比，并未发生重大变化，仍然根出农裔，甚至此时的很大一部分书写者，就是不久前写出过重要乡土文学作品的作者。为什么会这样，原因大约有二。一者，这些曾经写出过重要乡土文学作品的作者，并非对书写对象的情感上发生了多么重大的变化，而是他们所熟悉的仍然是书写对象的"曾经"，而对书写对象的"当下"已经相当陌生了。但他们所储备的最重要的写作资源仍然是乡村，人虽然进城很久了，但书写对象仍然在乡村。只不过已经由先前"当下"的乡村，转化为乡村的过去时。二者，新加盟的乡村书写者，虽然生长于乡村，但和前辈乡村书写者不同的是，在其成长过程中，从物质层面到精神层面，从来没有进入过乡村内部，甚至从来没有与他们所生存的乡村发生过身份认同，他们从小到离开乡村前，人生的首个重大目标，就是通过学校教育，如何合法地、体面地离开乡村。这是对乡村生活境况理性考量后，而做出的理性抉择。因此，他们在乡村期间的主要生活场景，基本上都是从一所学校到另一所学校。当取得远离乡村的社会身份以后，再回望自己一路走过的乡村，当书写乡村的愿望萌生后，他们会忽然发现，他们其实是生长于乡村的乡村陌生者。事实上，与先前的乡村书写者相比，他们自从懂事后，就是成长于乡村的乡村疏离者，与具体的乡村生活的疏离，与乡村情感的疏离，对书写对象"是"的层面的隔膜，使得大量的乡村题材叙事作品，成为贴着乡村符号的乡愿式写作。

无论怎么说，风风雨雨几千年的中国乡村，已经来到了一个前所未有的新时代，延续几千年的、具有某种神圣意味的"皇粮国税"宣布取消已经十多年，彻底摆脱乡村贫困，也已成为正在紧锣密鼓实施的国家战略，而且，距离预期的最后实现期已经迫在眉睫了。在如此庄严而浩大的精准扶贫战略背景下，作为写作者，踊身于这一时代课题中，发出文学的声音，不仅是文学存在感、使命感和道德感的要求，技术层面的要求也至关重要。也就是说，当下的乡村到底是什么样子，精准扶贫对象的生活状况和精神状况到底是什么样子，乃至乡村到底向何处去，等等，这一切都要求书写者对此要有精准的认知，然后，才有望精准地书写精准扶贫背景下的中国乡村。

欧阳黔森 / 生于贵州省铜仁市，现任贵州文联主席、贵州作协主席。著有长篇小说《雄关漫道》《非爱时间》《绝地逢生》《奢香夫人》，中短篇小说集《味道》《白多黑少》《莽昆仑》《水的眼泪》《枕梦山河》等十余部，多部作品被改编成影视剧。曾四次获精神文明建设"五个一工程"奖、三次获"金鹰奖"、三次获"飞天奖"、两次获全军"金星奖"等。

花繁叶茂,倾听花开的声音

欧阳黔森

我长期从事文学创作,这五年来,大部分时间都在乡下走村过寨,自然免不了要与县乡的基层干部打交道,与当地老百姓打交道,这个过程是愉悦的——我的愉悦来自他们的愉悦,老百姓的感情是最为质朴的,他们发自内心的表白令人感动。

在遵义的花茂村,我曾听到一位年近花甲的老人的表白,他说:"辛苦了共产党,幸福了老百姓。"这句话听起来很简单,细想起来却一点都不简单,如果不是身临其境,如果不是和老百姓促膝谈心,就无法感受到这样的表白是那么真实,给我带来了心灵的震撼、灵魂的洗礼。那天的采访至今历历在目,话题是从"三改"开始的。由于花茂村要搞乡村旅游,所谓"三改"即是"改环境、改厨房、改厕所",这是乡村旅游必须经历的整改。老人说:"一开始我不理解,我们祖祖辈辈都是这样生活的,为什么非改不可?村第一书记周成军多次来我家给我做工作,做不通他还不走了,那个苦口婆心啊,真像一个婆婆在唠叨。我看他起早贪黑的,今天跑这家,明天跑那家,心想,人家是为了什么啊,还不是为了我们。"采访即将结束时,我说:"湄潭县龙凤村田家沟的老百姓唱了一首歌叫《十谢共产党》,你知不知道?"他说:"知道,那首歌太长了,按我说就一句话,辛苦了共产党,幸福了老百姓。"

采访枫香镇党委书记帅波和花茂村第一书记周成军时,他们都说:"基层干部的辛苦指数决定了村民的幸福指数。"村民们则说:"现在的干部和原来不一样了,他们到了我们村,帮助我们奔小康,每天起得比我们早,睡得比我们晚,吃一顿饭还非得给钱,不给钱的话,他们还不吃。"短短几句朴实的话,

行走大地

欧阳黔森在移民安置点采访调研

欧阳黔森采访调研

说出了现在乡镇党员干部下基层的工作作风，也切实反映了从严治党以来，共产党的先进性滋润着群众的心。

在花茂村体验生活的那些日子里，我真真切切地感受到了这儿翻天覆地的变化。这儿是习近平总书记说的"望得见山、看得见水、记得住乡愁"的好地方。一幢幢富有特色的黔北民居散落于青山绿水之间，一条条水泥路成网状连通着每家每户及每一块农田，不要看它是小小的村庄，该有的它都有：通网络，通天然气，有污水处理管网，有"互联网+"中心，有物流集散点。帅波曾说过一句话："就是要让每一栋黔北民居都成为产业孵化器，从而带动各种产业发展。"这是令人欣喜的一组数据：五年前，花茂村外出务工者多达1200余人，村中出现大量留守儿童及空巢老人；五年后的今天，花茂村各项产业得到健康发展，年人均收入14119元，出外打工者也逐渐回到村里，现在出外务工者仅有200余人。2016年，花茂村接待旅游者178万人次，综合收入5.69亿元。

在这里，我深深地感受到了泥土的芳香，以及芳香中散发出来的思想光芒。花茂村的脱贫致富，是精准扶贫深入实施的现实成果，而这样的成果正在无数个花茂村实现。记忆最深的是，有一次采访土陶烧制的非物质文化传承人母先才老人。他家的作坊最早就是一个小作坊，做一些泡菜坛子、酒罐子，销路不好，收入不高，甚至严重亏损。正当他准备放弃这个手艺的时候，镇长和村第一书记多次来与他找原因谋思路，请来了遵义师院艺术学院的师生来给他的产品进行免费设计，并把他的作坊作为教学试验基地，还建议他根据市场需要做出旅游产品，开设制陶体验作坊，吸引游客。结果，仅制陶体验这一项，每逢周末30台机器一天的收入就达到6000至7000元，这个濒临倒闭的微小企业又获得了新生，镇里还根据微小企业的扶持政策给予补助。母先才说："对于我这种处于贫困线以下的手艺人，若没有书记、镇长、村第一书记的关心和支持，没有他们的出谋划策，就没有我的今天。"

母先才还说了一句让我至今难忘的话："活了这么久，我终于重要了一回。"这句话是那样的朴实，老人真切地感受到了他的重要。是的，同步小康，一个都不能少。

2015年6月16日，是花茂人永远不能忘记的日子。这一天习近平总书记来到了花茂村，亲切地与村民们拉家常。村民王治强回忆说，习主席平易近人，笑起来像太阳，让人们心里暖洋洋。"你信不，我现在的心，天天都是热的。"他自豪地说，"别看我们山区偏僻，来过两个主席呢，一个是毛主席，一个是习主席。"

是的，长征途中的1935年3月，在相邻的苟坝村，毛泽东主席用一盏马灯，照亮了中国革命前进的道路。苟坝会议的召开，进一步确立和巩固了毛泽东同志在中央红军的领导地位，挽救了红军，挽救了党。

是的，在中华民族伟大复兴的征途中，习近平总书记来到了这块红色的土地上。他感慨地说，怪不得大家都来，在这里找到乡愁了。总书记还亲切地说，党中央制定的政策好不好，要看乡亲们是哭还是笑。

我不知花茂村这个美丽村名的由来，但它确实已是远近闻名的美丽乡村。我在这里生活了一段时间，为的是写一部长篇电视连续剧。当采访结束开始思考如何下笔时，我脑海里闪现的片名是：《花繁叶茂》。是的，马鬃岭山下的花茂村不再是脏乱差的贫困村，它已繁花似锦，充满诗意。于是，在创作剧本的间隙，我的眼前总是出现恬静绚烂的田园风光，耳边总是回响着难以形容的天籁之音——在这花繁叶茂的时刻，我何尝不是在倾听花开的声音？

《花繁叶茂》
电视剧《花繁叶茂》根据欧阳黔森创作的报告文学《花繁叶茂，倾听花开的声音》改编。花茂村，位于贵州省遵义市播州区枫香镇，原名"荒茅田"，是一个"出行难、饮水难、村民增收难"的典型贫困村，后更名为花茂村，寓意便是实现"花繁叶茂"的梦想。本书以花茂村第一书记欧阳采薇与村支书唐万财的工作开展为叙事起点，通过以花茂村为代表的枫香镇乡村变化，讲述了新时代干部群众携手精准扶贫奔小康的故事，艺术再现了贵州决胜全面建成小康社会、决战脱贫攻坚的伟大实践，有力彰显了脱贫攻坚的"贵州样板"，弘扬了新时代贵州精神。

潘小平 / 1955年出生,安徽人,安徽作协原秘书长。著有《季风来临》《北方驿站》《前朝旧事》《长湖一望水如天》等散文随笔集、报告文学《一条大河波浪宽》等。曾获精神文明建设"五个一工程"奖、中国电视专题奖、中国优秀纪录片奖等。

有一种红叫"金寨红"

潘小平

第一次去金寨进行脱贫攻坚主题创作的采访，是2019年10月9日，举国上下，仍沉浸在庆祝中华人民共和国成立70周年的氛围中。地处大别山腹地的金寨小城，五星红旗迎风飘扬，"十送红军"的旋律循环往复，在大山深处回荡，渲染出老区所特有的气氛。

金寨是中国革命的重要策源地、人民军队的重要发源地，第二次国内革命战争时期，金寨境内先后爆发了著名的立夏节起义和六霍起义，组建了12支主力红军队伍，曾有10万子弟参加红军，诞生了59位将军。为了纪念红军长征胜利80周年，我曾和十多名一线作家一起，多次深入金寨做田野调查，以期以新的视角、新的叙事，呈现大别山革命。怀着肃穆的心情，我们走进金寨县革命博物馆，战争已经远去，但烈士们的面容依然清晰，那些锈迹斑斑的长矛大刀，也依然激荡着世纪初的风云。一些农舍的墙上，依稀还能看到当年红军写下的标语口号，越往大山深处，越能感受到红色土地所特有的气息。沿着红军当年的足迹，我们涉过清清南溪河，前往河对岸的大王庙，寻访著名的立夏节起义旧址；翻山越岭到达斑竹园，瞻仰在"闹红"的年月，那被山民们神话了的"红檀树"，耳边再次响起了80多年前，年轻的起义军领导人周维炯宣布成立红32师的声音；在丛林掩映的川石庙，感受武装起义前夕，皖西党召开秘密会议的气氛；在鄂豫皖最早支部所在地笔架山农校，讨论并提炼出大别山革命的独特性……80多年前，在这片大山里，大约有10万人加入到红军队伍中来，他们有的活到了革命胜利的那一天，有的成为共和国的将军；但更多的人，却死在了革命的路上，他们没有留下后代，他们甚至没有留下姓名……

书写新时代的创业史

潘小平和金寨县的村民在一起

之所以一切革命都是以红色为底色,是因为那是鲜血的颜色,一切革命都需要流血,需要牺牲,需要奉献生命。

有一种红叫"金寨红",那是十万人的鲜血所染成。

习近平总书记在 2016 年 4 月 24 日视察金寨时,就曾十分感慨地说:"一寸山河一寸血、一抔热土一抔魂。回想过去的烽火岁月,金寨人民以大无畏的牺牲精神,为中国革命事业建立了彪炳史册的功勋。"

2015 年启动的"金寨红"主题创作,最终结集出版了中短篇小说集《有一种红叫金寨红》。

在金寨历史上,有三个 10 万:10 万人参军,10 万亩土地被淹没,10 万人成为"水库移民"。土地革命时期的金寨,人口不足 25 万,参军参战的 10 万儿女,最后幸存者仅 700 余人。新中国成立后,为了响应毛主席"一定要把淮河修好"的号召,金寨人民舍小家、为大家,修建了梅山、响洪甸两大水库,淹没了三个当时最繁华的经济重镇和 10 万亩良田、14 万亩经济林，10 万群众离开故土，成为水库移民。战争留下的创伤，和大面积沉入水底的土地，使金寨成为一个集老区、山区、库区于一体的极度贫困地区。

1977 年 11 月 7 日，刚上任不久的安徽省委第一书记万里，在时任六安地委副书记、地区革委会主任徐士其的陪同下，到金寨视察飓风灾情，当时的大别山区已是天寒地冻，燕子河公社车子进不去，万里只得请当地的干部带路，徒步上山，想去一户烈属人家看看。

翻过一架大山，只见几幢房子散落在向阳的山坡上。负责带路的县委办王主任用手一指说，"前面就是，靠近那棵大树下面，就是一家老红军。"

老爷子歪在门口的地上晒太阳。王主任走上前去说，"老人家，这是省里的万书记来看你了。"老人坐了起来，目无表情。

万里问老人家，"你们村红军烈属、军属有几户？"老人说有 7 家。

"你家是吗？"老人说："我爹死时才惨哩，我才 13 岁。收尸时一条大腿还被狗吃了。"

"现在家里几口人吃饭？"老人说："4 口，我和我屋里头（老伴）的，还有两个没出门的闺女。"

万里问："你家现在一天吃几顿饭？"

"一顿。"老人说。

"你吃了没有？"老人点点头，说是吃过了。

望着老人严重缺血的面孔，万里缓缓地站了起来说，我要看看你的家。

万里进了屋，只见家徒四壁，一边是锅，一边是床。母亲和两个闺女在床上，缩坐在一起。旁边的被子已露出了棉絮。

老人说，"客人来了，烧锅茶么！"母亲正要起身，忽然想起自己和女儿没穿裤子。原来他们全家只有一条裤子，穿在了老头的身上。

母亲起身的一瞬间，让万里和同行的人万分尴尬。他转到灶台旁，揭开锅盖，见里面是黑糊糊野菜粥，发出一股刺鼻的气味。

万里紧锁着眉头，从这家走出来，一言不发。

王主任又把万里领到另外一户老红军家。这家男主人姓陈，14 岁参加红军，膝下无儿无女,已经71岁了,他与小他7岁的老伴相依为命。两位老人骨瘦如柴,手臂上的青筋鼓得老高,脸干得像核桃似的。老人对万里说,"前天也不知吃了什么树叶子,五天没有大便了。那些年,我们革国民党的命,革日本鬼子的命,打倒蒋介石、建设新中国,现在倒像是革自己的命啦!总盼着这穷日子能过去,因为我相信党,我本身也是党员呵!"万里不忍再听,转身出屋,已是泪流满面了。

回到合肥,在随后召开的全省农业工作会议上,万里动情地说:大别山革命老区的人民,为我们的解放事业作出了那么大的牺牲,当年老子送儿子,老婆送丈夫,弟弟送哥哥参加红军,一个只有 20 多万人的金寨县,就有 10 万人当红军!没有他们,哪有我们的政权?哪有我们的今天?可是,解放这么多年,搞了这么多年的建设,他们仍然吃不饱穿不暖,十七八岁的大姑娘,穷得没有裤子穿!我们这是忘了娘了!忘了本了!我们有愧啊!

2008 年,改革开放 30 周年,我做大型纪录片《潮起江淮》,当地的干部说到这一段,仍是泪流满面。我第一次去金寨,是 1996 年的春季,当时安徽的大部分地区,人民的生活水平已经有了非常大的改变。但金寨老区似乎没有太大的变化,街上走过人中,有很多人裹着军大衣,穿着老式军用胶鞋。那是时任解放军总后勤部部长的金寨籍老将军洪学智,将解放军换装后退役的 20 多万件军大衣,以及退役的军用卡车,送到家乡金寨,以解决老区群众过冬难的问题。一直到他去世前的几年,金寨干部去北京看他,老人家还在问:双河的老百姓,一天能吃上两顿饱饭吗?冬天还有没有铺芦席的啊?

1953 年到 2002 年,洪学智先后 7 次回到金寨,其中 4 次,是在 1978 年改革开放之后。1982 年,曾山夫人邓六金、邓子恢夫人陈兰两位女红军战士,从工作岗位上退下来后,第一件事就是回到当年战斗过的苏皖地区调研。她们用了近 40 天时间,几乎走遍了当年所到之处:歙县、泾县、金寨、天长、宿县、泗洪、双沟、淮安、盐城……她们发现解放都 30 多年了,在这片无数先烈用鲜血和生命打下的江山,老百姓们仍未完全解决温饱。

回到北京后,她们慎重地写下了一份报告,呈送中央,要求重点解决老区人民的温饱问题,要关注当年对革命作出过贡献的人员,告诉他们共和国没有

行走大地

潘小平在金寨县采访

《大别山上——一个革命老区的壮丽新生》
本书在长期的实地采访和田野调查的基础上，用报告文学的形式，以丰富的资料、饱满的情感、细腻的笔触、典型的事迹，生动描绘了安徽金寨及大别山地区赓续红色基因、继承优良传统，从贫穷走向小康、从落后走向振兴的壮丽征程；展示了精准脱贫、全面建成小康社会的丰硕成果以及大别山地区人民坚守信念、胸怀全局、团结一心、勇当前锋的奋斗精神和时代风采。

忘记昨天、没有忘记有功之臣！

　　虽然从 1986 年开始，国家、省、市即出台了一系列针对金寨的扶贫攻坚计划，但是由于自然条件的限制，尤其是受"三次牺牲和奉献"的影响，一直到 2011 年，按照 2300 元新的贫困线，金寨全县仍有贫困人口 19.3 万人。2011 年，金寨被列入大别山区域扶贫集中连片开发重点县，国家制定出台了大别山片区区域发展与扶贫攻坚实施规划，把金寨作为实施大别山集中连片扶贫开发的主战场。区域扶贫成为金寨县委、县政府的工作重心。2015 年，金寨开始了由区域扶贫逐渐向精准扶贫的转变，以精准为前提、以"两不愁三保障"为目标、以"两业"为抓手、以"双基"为重点、以改革为动力、以扶志扶智为根本，开展了一系列卓有成效的扶贫攻坚。2019 年 11 月 29 日，金寨县申请退出国家级贫困县，得到批准。

庞余亮 / 1967年出生,江苏人,现供职于江苏靖江政协。著有长篇小说《有的人》《小不点的大象课》《神童左右左》等,散文集《半个父亲在疼》《小先生》等,曾获曹文轩儿童文学奖、紫金山文学奖、柔刚诗歌年奖等。

那些无法忘怀的细节

庞余亮

过了苏北灌溉总渠，眼前的风景渐渐开阔起来，我心中的一层玻璃样的东西也慢慢融化了。

是的，那层玻璃样的东西可以说是隔阂，也可以说成是鲁迅先生写过的《一件小事》中的皮袍下的"小"。有这样一个机会走出书斋采访脱贫攻坚是一种幸运，还要感谢我的采访地——江苏响水县。

响水县遭受了多次黄河夺淮入海的侵害，黄泛区的后遗症特别明显，表土的黄沙土质非常差，洼地之间的地差足足有12米，全县产业类型局限于传统农产品种植，缺乏高附加值的经济作物物种养殖。虽然沿用了稻麦两季种植，但是麦子的亩产仅仅350公斤左右，与南方地区整整差了200公斤，稻子的亩产更是少得可怜，农业生产基本上就是望天收，响水距离小康之路还很遥远。

——这是响水县扶贫办的老蔡告诉我的响水县情，对于响水县情，老蔡如数家珍，他在农口和扶贫这条线上干了一辈子了，早到了退休的年龄，用老蔡的口头禅说，我是一个"歇岗"的人。

老蔡之所以说"歇岗"，是为了拒绝我采访他。老蔡用的是响水版普通话，再加上他用了一个响水地区流行的词语"歇岗"，我一直没懂。直到老蔡说了第三遍，我忍不住问了在他身边的县扶贫办主任吴从兵，吴主任笑着告诉我："歇岗"就是干部"退居二线"的意思。

老蔡是2016年从副科位置上"歇岗"（退居二线）的。到我去采访，已在扶贫办超期服务4年了。吴从兵主任说，老蔡不能走，因为他是老兵。老蔡说他当然不会走，只要不赶他回家。

可爱的老蔡！在响水采访的这一周里，我对他提出了一个要求，不允许在我面前提"歇岗"这个词！

老蔡问为什么？

我说你的确没有"歇岗"啊，为什么要反复说自己"歇岗"呢？

老蔡是脱贫攻坚战线上的老兵，作为江苏省委扶贫工程驻响水工作队的队长，郭书峰也是脱贫攻坚战线上的一员老兵了。他在10年前也来到苏北扶贫，担任2010至2011年度江苏省委驻丰县扶贫工作队队员、丰县孙楼镇党委副书记，在一线扶贫工作两年期间，所在的丰县孙楼镇党委被国务院评为全国扶贫工作先进单位。时隔10年，这个言语不多的汉子再次向省委写下战书，出任省扶贫小组驻响水工作队队长，同时挂职响水县委副书记。

扶贫工作队的日子是非常辛苦的，几乎是每天连轴转，规定休息时间是半月一休，但是实际上做不到半月休。在丰县扶贫的两年，错过了女儿上幼儿园

庞余亮采访江苏省响水县黄圩镇古云梯村扶贫工作队

书写新时代的创业史

的时光，郭书峰回到南京，正好赶上了女儿上小学。这次来响水扶贫，郭书峰又得缺席女儿的高中时光了。他来响水，女儿刚刚高一，考上的是金陵中学河西国际部，因为夫人在江宁中国药科大学工作。为了孩子上学，来响水前，郭书峰帮夫人和孩子在学校附近租了一个房子就匆匆来响水了。

我问过郭书峰队长，为什么要第二次踏上脱贫攻坚的前沿阵地？

郭书峰队长憨厚地一笑：我是共产党员啊。

郭队长说得很平淡。

在响水的一周里，郭队长的话不多，但他解决问题的能力特别强，这个出色的指挥官，正在出色地完成省委和人民交给他们的脱贫攻坚任务。

响水扶贫办主任吴从兵，猛一看就像是刚从地里上来的糯米，满面黝黑，牙齿雪白，他最大的特点就是汗水太多，他的衣服从来没有干的时候，所以，他的夫人就在他的车子里多备了几件衬衫。

庞余亮采访江苏省响水县运河镇运圩村马长奎

308

"精准扶贫，就是扶持谁，谁来扶，如何扶，如何退。"

这是吴从兵的口头禅！

吴从兵是1996年大学毕业参加工作的，他所有的经历都和农业农村有关，先是多管局，再后来是农委，接着是农村农业局。到了"十三五"扶贫阶段，他就成了扶贫服务中心主任的当然人选。

吴从兵从来不指望有休息日，每天都是最忙碌的一天，说话风风火火的，走路也是风风火火的，大家都叫他是停不下来的"汗水陀螺"！

这个称呼很有意思，是爱称，更是最大的表扬。

响水县运河镇扶贫办的季正义主任，是一个高高大大的北方小伙，像个军人。后来一问，果真还是有军人履历。做过消防兵的季正义有军人的风范，做事干脆利索，说话从不拖泥带水，但运河镇运圩村的马长奎告诉我，这个季正义主任好是好，就是喜欢骂人。

"骂人？"

老马听到我似乎有点迟疑，赶紧解释，这"骂人"不是坏的那种"骂人"，而是好的那种"骂人"。

这个老马有意思！那个季正义主任更有意思！

随着采访的深入，我终于明白季正义主任为什么要"骂"老马了。

当初因为马长奎儿子出了车祸，一下子花去了几十万元。这个打击实在是太大了，马长奎有很长时间不能缓过神来，贫穷的窟窿太深了，让他情绪颓废，几乎每天都是借酒浇愁。

这样下去怎么得了？

得知马长奎的情况后，季正义就率领扶贫办的工作人员几次上门，想和马长奎交心。但当时的马长奎根本听不进季正义他们的话。老的老，小的小，该怎么办呢，老马的表情冰冷，内心紧闭。

但季正义的词典里没有"放弃"这个词，运河镇有12个经济薄弱村，其中省定的3个，县定的有9个。贫困人口有926户2449人。季正义带着他的5位同事一一走访，而这个马长奎，成了难以"攻克"的硬骨头。

季正义没有被老马的冷脸吓住，而是一次次上门。在完全摸清老马家情况后，他一下子抱过来五头母猪，用"骂"的方式让老马替他饲养。

"骂"法果真有用，老马接受了五头可以生小猪的母猪。过了段时间，老马主动给季正义主任打了电话，因为季正义送给他们家的母猪全生了，忙碌起来的老马话音变得很激动，不停说感激。老马的感激话没说完，季正义又把他"骂"了一通，说他过段时间会过来看他和那些新出生的小猪们。

日子慢慢地变好了。

一年下来，马长奎的收入有8万元左右。日子有了奔头，马长奎决定带点礼物给季主任，结果是显而易见的，他被季主任劈头盖脸地"骂"回来了。

马长奎今年除了粮食加工厂，还种了36亩麦田，还有30只羊，采访结束，他又告诉了我一段悄悄话，他还兼任了村里的保洁员，每年还有几千元收入。

不过，我去采访的最后一天，季正义主任的嗓子哑了。

我没问他为什么，但我知道为什么，这个家伙为了脱贫攻坚，肯定又"骂人"了。

秦岭 / 1968年出生，甘肃人，现供职于天津市和平区政协。著有《皇粮钟》《透明的废墟》《幻想症》等20部作品。小说5次登上中国小说学会排行榜，曾获《小说月报》百花奖、梁斌文学奖等，被改编的剧目获精神文明建设"五个一工程"奖等。

元古堆就是元古堆

秦 岭

写中国乡村一时一地的脱贫攻坚,并不比表现乡村常态主题简单。

因为万千贫困地区的特征大同小异,就两字:穷与苦;扶贫开发的表现难分伯仲,就两字:干与变;脱贫摘帽的效果大体一致,就两字:丰与足;华丽转身的样貌更具共性,就两字:富与美。

如此等等,偏居"苦甲天下"定西一隅的元古堆概莫能外。

"同题忌同貌"。如何让《高高的元古堆》摆脱千篇一律的窠臼,我坚信一条:元古堆绝不是中国大江南北的王家庄、张家屯、李家坪、赵家集、杨家寨,元古堆就是元古堆。没错!就是甘肃省定西市渭源县田家河乡的行政村元古堆,它拥有13个自然村,却分明是寒冬腊月里流淌在岁月最低处的13滴辛酸泪,封冻成了一句振聋发聩的民谚:"元古堆苦甲定西"。

在我看来,冷静观察一个村庄的变化,无非三个视点:崛起、凝滞或消亡。元古堆无疑属于前者。从2013年开始,元古堆仅仅用了6年时间,从一个"穷"名远扬的"倒霉堆"蝶变为"绚丽甘肃·十大美丽乡村"和中国脱贫攻坚示范村,我愿景中的《高高的元古堆》首先要为这样的蝶变提供理由、根据、求证和呈现。一位老人叮嘱我:"秦岭先生,您写咱元古堆的脱贫攻坚,一定要把咱过去的穷写透了、苦写足了,不要光写好日子,好日子咱攥在手里,跑不了的,可是,如果不把穷和苦留在书里,将来谁晓得元古堆咋变过来的?"一句话,醍醐灌顶。老人是文盲,可老人的生活哲学里有辩证、有逻辑,也有警示和唤醒的意味。

我说:"元古堆的穷和苦,就得靠您这样的历史老人给我讲了。"

行走大地

秦岭了解少数民族群众饮用水情况

秦岭调查乡村教育的基本情况

"我上没有父母，下没有后代，我……苦哇！"老人仰面苍天，欲哭无泪。

因何如此？当年我创作长篇报告文学《在水一方》《走出"心震"带》时，曾涉足大江南北的不少乡村，可当我和元古堆人的目光对撞在一起，顿时火星四溅。作家如果没有一颗敏感而悲悯的心，所有奇绝的异数就容易沦为合并同类项后的平淡、平常和平庸。

如果说2013年是元古堆辞旧迎新的分水岭，那么，2018年就是元古堆立足当下走向远方的制高点。分水岭不可能凭空而来，制高点不可能从天而降。在《高高的元古堆》里，我并没有把"底层叙事"中的惨烈、废墟与伤口安排在分水岭的那头，也没有把脱贫攻坚之后的欣慰、安详与温馨安排在分水岭的这头。我满足了那位老人的心愿，直接把二者安放在分水岭的高端执手相望，只为不被忘却的纪念。同样，我笔下元古堆的制高点，不是为了固守、窃喜和沉醉，而是面向远方。

我非常清醒，写"变"容易写"穷"难，因为所有的不堪早已成为人们记忆深处日渐泛黄的底片。为了让底片重新"曝光"在脱贫攻坚的大背景之下，我以元古堆为轴心，考察了周边渭源、临洮、天水等10多个市、县、乡的历史变迁、人口演变和风土人情。这一切，不仅与脱贫攻坚有着千丝万缕的历史渊源，而且有盘根错节的现实联系，它们既是元古堆破茧成蝶的人文环境，也是元古堆脱胎换骨的社会经纬。元古堆的前世今生由此揭开了神秘面纱，高高地"堆"在了我的眼前。

这样的寻找、反思与判断，必然要付出更多的精力和代价，但我知道，在岁月的长河中，脱贫攻坚似乎是一时一事，但真的不是一时一事。

这也是我探求叙事语境的过程。黄土高坡不是江南水乡，元古堆也不是十八洞，元古堆人的很多语言习惯、生活方式和民俗风情是区别于普遍性的，我必须自觉跳出大而无当的"公共叙事语境"，适度凸显原汁原味的民间意味。在叙事上，我当然照顾了面上的整体呈现，但我更在乎聚焦涉及民生的一点或一线，那里更富含元古堆人日子里的味道。比如我写路肯定不止于路，我写水也不止于水，我写茅坑变厕所，力求兼顾人生况味。

我在乎民间文化视角，它最能让叙事区别于万千。《白鹿原》之所以不是别的，《静静的顿河》之所以不是其他，民间文化功不可没。记得当初中国作协的一位资深学者把采访名单发给我时，我差点选择了陌生的南方某地。学者对我说："写透一个村庄，何不选择你熟悉的呢？"这样的建议既是先见之明，也是从文要义。因为我是甘肃籍，而天津不过是我人生的一个驿站。一方水土在历史中的变迁，大凡"服水土"者，最知杂陈五味。

诚如我对元古堆这三个字的理解：元，有肇始之意；古，有旷远之释；堆，有夯筑之势。尽管它不过是元古堆人对"圆咕堆"这个凡俗村名的简化，但在元古堆蝶变之后，我有必要从它的背后寻找象征、寓言和警示，因为我的责任不只是为了单纯的记录和描摹，我在经营与元古堆有关的文学。

尽管我难以原谅视界的局限和短板，但我仍然希望笔下的人和事少一些公共意味的概念和标签。我应约从《高高的元古堆》中抽出《从"犟驴""老黄牛"到"领头羊"》等两个章节分别在《人民日报》《文艺报》发表后，有不少陌生的企业家辗转与我取得联系，愿意参与元古堆的帮扶开发，有位企业家已经与村主任郭连兵接上了头，他告诉我："我们需要唤醒的文字。"

"您能保证《高高的元古堆》和同类题材区别开来吗？"一位农业专家问我。

我说："我认准了一点，元古堆就是元古堆。"

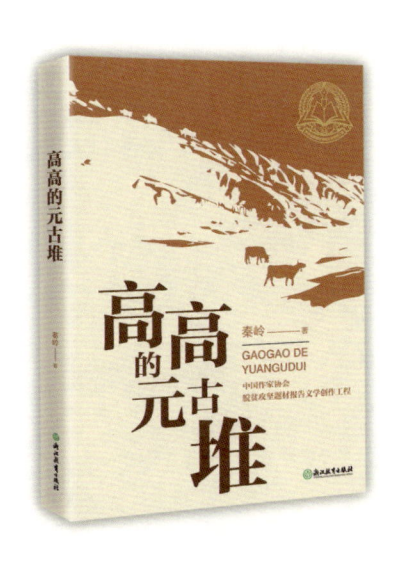

《高高的元古堆》
该书叙写了全国深度贫困村——元古堆村在艰苦卓绝的脱贫攻坚战中蝶变为全国脱贫摘帽示范村并荣膺"绚丽甘肃·十大美丽乡村"美誉的时代壮举。作品采取交叉叙事的方式，通过历史、现实、民间文化等多重视角，立体再现了元古堆人由保守、封闭到觉醒、自强的心路历程和拼搏精神，以点带面地反映了中国农村贫困地区的历史变迁和社会进程。作品熔故事性、文学性、思辨性于一炉，蓄满了原汁原味的陇原风情。

任林举 / 1962年出生，吉林人，现供职于吉林省电力有限公司。著有《玉米大地》《粮道》《时间的形态》《此心此念》等。曾获鲁迅文学奖、老舍散文奖、丰子恺散文奖、三毛散文奖等。

答一道"开卷试题"

任林举

其实,每一个命题写作都是一道开卷试题,它严苛地考验着写作者的知识、情感、思想储备和对事物的感悟力、理解力。

对于这种策划或拟定出来的题目,作家都有自己的看法和判断。毕竟,创作是一种个体性、个性化的劳动,秉承着所谓有感而发的原则,对于自己没感觉、没准备的领域,把握起来难度很大,有可能因为准备不足而无法充分发挥自己的写作能力。但话又说回来,每一个人都有社会属性,都是现实中的,有可能、有理由、也有必要对人们普遍关注的事物或事件进行深入思考。写什么,从来都不应该是写作的障碍,关键是看怎么写。放眼古今中外,文学中的同题诗、同题文、同一个写作主题下的作品比比皆是,哪一个题目下都有传世之作。

对于这个扶贫主题的写作,一开始我也有些犹豫。因为觉得这种题材要想写好很难,难就难在作家必须在一个新的领域里重新活一回。还有就是因为手头的写作任务积压太多,如果没有十分的必要,我也会选择驾轻就熟,这是人性中从来不缺的惰性。当我为自己寻找借口的同时,我也在审视摆在面前的这个写作主题。长期以来,人们已经习惯于把一切类似的工作都看作一项形式化的社会事务。有时这可能有一定的道理,但有时正是因为我们自己的成见和趋于表象的思维影响了我们对一些事物的理解和认识。对于脱贫攻坚,大约也是这样,只有当我追问到这件事的本质和意义时,才发现它的重要性和重大性。

在传统的文学观里,一直认为生、死、爱是三大永恒主题。现在,突然跳出脱贫这样一个现代词汇,它能与三大主题并列吗?仔细想来,它们还真是同一个重量级的主题。让我们客观地回顾一下人类历史,我们哪一天停止过摆脱

书写新时代的创业史

任林举在安图县合南村采访以"志"脱贫的"老哥仨"

任林举采访靠养牛
脱贫的郭大娘

贫困的斗争呢？包括人们对财富的追逐，实质上也是对贫困的恐惧，只不过人们对自己的安全边际设置不同。能量小的人满足于每日的饱足和"年吃年用"，能量大的人把野心调高至终生无忧或几代富足。善良本分的人希望靠自己的努力，摆脱或远离贫困；贪婪邪恶的人不惜剥削他人从而构筑起高高的"护城墙"，将自己与贫困隔离开来。现在，让我们再回到文学作品本身，那些战争、权谋、商战等主题的作品本质上都是反映了人们为追逐利益而进行的争斗，它们都能不断成为人们关注的热点，那摆脱贫困这个主题为什么不能呢？这个主题的意义在于，它的人文价值在，它全面反映社会现状和人性复杂的文学可能性在。

为什么说每一个命题写作都是一次开卷考试？因为每一题都没有标准答案，答得好坏、最终得分情况，与答题人的思维、理念、学识以及能力发挥情况有直接关系，与判卷人的见识、水平和公正性也有直接关系。这是一种双向检验。关于对脱贫攻坚进行书写这道大题，我们在动笔之前，必须要认真地进行审题和思考，我们对这件事情到底如何理解，我们要写什么？什么是必要的，什么是没有必要的？什么是表象的，什么是本质的？文学究竟应该关注什么？怎么写才能更加凸显这个主题的意义？对于这些问题，可能每个作家都有自己的理解和写作取向。我则认为，既然是一项国家行动，它就一定有统一的工作程序、开展模式、衡量标准和结项要求，全国各地的情况大致都是一样的。这样一来，很多东西都是雷同的、程序化的和凝固的。如果我们每个作家都让自己的笔运行在整体氛围、过程、方法、项目、成效和结果等这些表层表象上，很可能最后这些书看起来都是一样的，一套书读起来，相当于把一本书读了多次。看到最后，可能读者脑海中只剩下一个画面——每个贫困农民都拿着一大把钱，在喜笑颜开地数着。这样的作品，不管付出了多少劳动，终究是毫无意义的，不论怎么讲，也难以抵达文学应有的高度和标准。文学强调的是个性，反对的是雷同，包括角度和立意的雷同。

鉴于这样的考虑，我决定放弃高大上的角度，只写小人物，只写基层工作者和普通农民。写他们也不是只写他们如何开动脑筋找项目、找钱和如何脱贫致富的，那些标志着工作过程和成果的东西是要在作品中反映出来，但不能作为文学书写的最终指向。既然写人，就要通过人的行为展示人们精神世界的冲

书写新时代的创业史

突、共振和改变。其实，这也是脱贫攻坚的重要内涵，即扶智、扶志和激发内生动力。物质只是改变人们生活的一个杠杆、一种手段，既不是永久的，也不是根本的，根性的力量来自于人的信念和观念，只有精神力量强大、健康起来，才会有内生动力，才是物质财富得以实现和增长的保障。文学就是要关注、展现人们的心灵和精神世界。

以往的经验告诉我们，凡临重大事件、重大关头，人性的复杂性都会得到充分展现，并在一定的条件下得以放大。这次脱贫攻坚，有这样几个显著特点：一是它的重要性和重大性；二是参与的层面多，从中央到地方，从干部到群众，从机关到企业，从城市到农村，基本涉及所有的行政层级；三是参与深度比较大，很多高层和上层管理人员直接下到基层与普通农民面对面对接，一下子就打破了原来的行政管理模式，也打破了原来的壁垒，使很多精神要素释放出来。就像一场雨突然落到了草原，烟尘、声响、无声的交融和暂时的混乱同时迸发，但生机和本真的欲望也都释放出来。我花了近两个月时间采访，听各种身份的人讲述自己的经历和感受，最大的感触和收获就是体察到各种精神力量的交织和互动。人性的善恶美丑在这种交汇中，如各色花草般异彩纷呈。

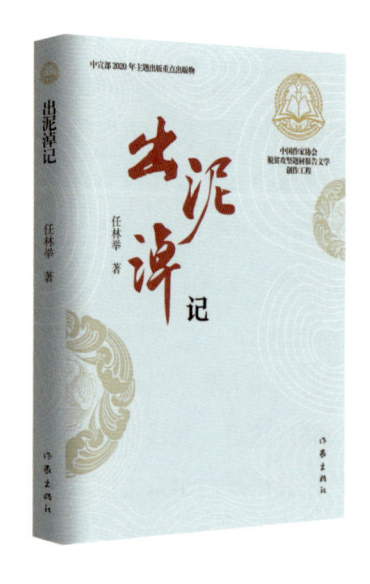

《出泥淖记》
作品致力于追求一种思想上的穿透力和对题材处理上的个性化，避开表层的宏大和面面俱到，选择乡镇干部、村干部、驻村第一书记、普通村民和贫困户等众多小人物作为主要书写对象，将他们的精神世界作为重点叙事领域，使国运民心在一个特殊的时空里发生了共振，由此成就了一部精微而独特的脱贫"人物志"。作品从现实和历史两个维度以及物质文明与精神文明两个领域立体呈现了脱贫攻坚的深远意义。

因为写小人物难免涉及一些具体问题，想把事情干好的人，也就是文学里的典型人物，往往在矛盾冲突中体现性格和境界，就不可能不暴露一些问题。我不能不面对现实，也不可能不触及任何矛盾。我在作品中不能不对贪婪、懒惰、狡黠、蛮横、不负责任、缺乏同情心等人性中阴暗的成分进行呈现和揭露，但也不能不对坚忍、顽强、善良、感恩、公义、悲悯、敬畏、责任心、使命感等人性中美好的品质站在公共道德和认知平台上予以肯定和赞颂。文学的原则告诉我，没有了矛盾，也就没有了立体化的人物，作品的价值也就不存在了。我想，我应当也至少会坚持起码的文学原则。

沈念 / 1979年出生，湖南人，现供职于湖南作协。著有散文集《时间里的事物》（入选"21世纪文学之星丛书"2008年卷）、小说集《出离心》《夜鸭停止呼叫》、长篇儿童小说《岛上离歌》等7部作品。曾获三毛散文奖、湖南省青年文学奖等。

万物生长和能量守恒

沈 念

2019年初,我还在中国人民大学准备着论文答辩,突然接到单位通知,被借调加入湖南省的脱贫攻坚督查组,前往湘南山区,每次下乡十天半月,没有创作任务,仅是协助工作而已。我没作多想,就从3年北京的学习生活直接"跳挡"到偏僻贫困山区。过去一年半,如此往返10余次,实地走访了上百个村庄。城乡的差序、差异,乡村的变化、变异,带给我一次次心灵地震。

下乡生活既千篇一律又充满流动性。我们选一个乡镇居住,早出晚归,连点带片把周边村镇的督查工作完成。同行者中有人在这里扶贫工作好几年,流过汗也伤过心,建过功也留有遗憾,但屡屡谈及这片土地上的变化,又无不充满深情和自豪。他们给我讲山林田野沟垄上的真实经历,我像听故事般新奇;走村串户遇见的人,都当生命中要经历的人那样对待。行路中的观察,让我对此刻发生在中国乡村的大事件有了新的认知与确信。下乡途中,我带在身边的是著名社会学家费孝通的经典之作《乡土中国》,读过十余遍了,很多精彩的论断,藏着丰富而开阔的现实释义。这段让我终身受益的田野调查,也帮我在具体生活中找到释义之证。

记得2019年5月下旬的那次进山,我们早上出发去一个叫务江的水库移民村,这个村管辖范围很大,后来知道了是由过去的三个自然村合并而成。镇、村干部几年来最头疼的一项工作,就是水库扩建工程之后进行的库区移民和易地搬迁。正常蓄水位313米高程以下的村民住户都必须搬走。"313"!很多人的命运因为这个数字改变,过去祖辈世代的家淹没在一湖清水下面。

整个上午的走访,都在山路上。有不少房子建在山上,沿着修好的乡村公路看过去，房子零星，屋门紧锁，问询才得知，主人不是到山上种地，就是到镇上或外地打工，留下少数的老人孩子。山路多弯，每拐一个弯确有家户居住，但多是门户紧闭，我们扒窗探望，看不出什么异样。走到一个坳口，一幢矮旧的房子建在一块拐角的平地上，前渠后沟，孤独的存在。一个长相奇特的老人坐在屋檐下，冷漠地看着突然跑到他面前的我们。无论我们问什么，他都不吭声，仿佛沉默就是他的语言。直到他的老伴从灰暗的屋里走出来。

这老两口，男主人 76 岁，女主人 68 岁。大概是 20 世纪 80 年代，男的放牛，遇到大雨，从山上滑倒摔落陡崖，被一棵树拦腰救下，额头重重磕在树干上，整个脑门凹进去一块。老人有一个儿子，1977 年出生，6 年前离家后不知所踪，像是突然消失了。以老人的生活能力，已不再有独立能力外出寻子。我们问，村里帮着寻找过儿子吗？老人沉默。乡干部补充，去年某副市长走访到此，已经在帮着寻人了。"找到了吗？"，我们问。没有回答。老人后来成了

沈念在江华瑶族自治县白芒营镇了解贫困户"两不愁三保障"落实问题

我的中篇小说《空山》中易地搬迁钉子户"彭老招"的原型。但他又是无名氏，是乡野大地芸芸众生的代言人。

离开"彭老招"的家，我们都沉默不语。

是不是不说话，世界就安静了？

从乡村回到城市，从宁静回到喧嚣，我的脑海中多了一张沉默的脸，心中多了一些"乡愁"和与乡村现实有关的思虑。它们像一根尖细的针，挑着心中的"刺"。老人的境遇连同家庭的秘密，也许隐藏在过往每一个具体的日子里，并不为我们所知。土地是农民"看得见"的财产，也是看不见的灵魂。种地的人踏足他的田土，就是把身体一寸一寸埋进地里。乡土生活的常态就是终老是乡。地里庄稼扎根就会生长，"彭老招"搬不走土地，不离不弃既是主动的，也是被动的。这是我创作扶贫题材中篇《空山》时的思考，也间接地呼应着费孝通所说的："以农为生的人，世代定居是常态，迁移是变态。"

沈念与扶贫干部翻山越岭走访贫困户

可以说，《长鼓王》《天总会亮》《灯火夜驰》《走山》等中短篇的创作，也是被一个个表情激活的。这些表情既清晰又模糊，鲜活又呆板。如同我们每一个人，面对现实，遥探理想，总会遭遇信心满满又无从把握的两难时刻。

生活的奇妙之处，也在于我们以为在遗忘的，弃之如敝屣的，乱棒打飞的，依然在离你不远的角落看着你，其派出的信使在路上，在某个时刻，即使是已熟睡的半夜，也会没有顾忌地敲响你的门。山野行走，记下的遇见者的各种表情，他们的曲折经历和悲欢离合。这种偶遇，像一颗石子投进湖潭，溅起一圈圈往外推开的波澜。后来的一段时间，他们反复在我的眼前浮现，反复让我追问乡土生活中人的存在。

诸多乡村现实的记忆、行进和改变勾连交织，旷野风霜，屋檐飞雨，我想写一写千里之外遇见者的人生，他们不被人注意却也见证着季节轮回的草木一生。在乡村建设摧枯拉朽的当下，他们注定是不可能独立的。大时代里的小人物，他们的表情如此令人难忘，强烈地唤起了我书写的热情。更深层的原因是，在乡村建设之声铺天盖地的当下，"他们"就是"我们"，谁都不是独立的存在。

不是吗？置身正发生着翻天覆地变化的乡村，置身从脱贫攻坚走向乡村振兴的时代，人们建设本乡本土的情怀，从未因城市化、背井离乡等原因而磨灭、消失。进而言之，这个背景下的每一个人，"捆绑"在土地上的人，都是直接或间接的乡村建设者。于是，抱着一腔热情的乡党委书记，近乡情怯的挂职记者，藏着愧疚的副县长，守护长鼓文化的老人……都在乡土现实的泥淖中挣扎、扶助、前行。

我走过的、写下的依然是那片千百年来就存在的土地，却又是已经在悄然变化中的土地以及土地上的文化。我在《长鼓王》中呈现的非遗传承人盘修年，就是具有多重身份的村民，是乡村（民族）文化最本真的践行者、传播者。长鼓舞本是瑶民迁徙游耕、日常起居的记忆呈现，长鼓舞的传承也可视为一个民族历史的传承。费孝通说，文化是依赖象征体系和个人记忆而维护的社会共同经验。如此细思，长鼓舞传承人的"当前"，既有着个人"过去"的投影，也是一个民族"过去"的投影。这种"过去"即历史，不是点缀不是装饰，而是不可或缺的生活基础。有个清晰的理念在写作中蹦跳出来：乡村从来不是没有

《灯火夜驰》

本书是沈念的系列中短篇小说集，包括短篇小说《天总会亮》《走山》《灯火夜驰》和中篇小说《长鼓王》《空山》。故事发生在湘南山区一个叫石喊坪的山村，本书围绕近年精准扶贫下的基层矛盾，镇村干部、驻村扶贫队长与群众之间的努力奋斗，以及山村的变化，以文学的方式讲述新时代的扶贫故事。每篇作品分别从驻村镇扶贫干部、村支书、村医、残疾儿童等小人物切入，关涉扶贫领域中的安全饮水、健康医疗、教育生态、易地搬迁、危房改造等事件和问题。

文化，而是文化正在流失。于是，在传承的主动与被动、记忆的存留与舍弃之间，我选择了"盘修年出山"和寻鼓的故事来讲述当下乡村文化中"三明治"式的尴尬，以及乡村（民族）文化在消失中被唤醒、被推到前台的希冀。

时代的巨轮滚滚向前，无论身陷何等庞杂的愁困，乡村总要在建设中完成又一次蜕变与生长、切换与聚变。乡土社会常态下的"迁移"与改变，成了脱贫攻坚进程中基层干部面临的难题，我与同行者探讨的话题，也是我的小说置放所有人物情感、生活、生命的背景。

每一个村庄里都有一个中国，这不是文学修辞，而是时代印证。我不仅是书写此刻大地上的事，书写无法回避的活着之上的乡土现实，也是在试图发出对乡村命运未来的思考声音，探寻着何为"美好生活"的时代之问和去往之路。洞察、体悟，是为了更好地解构、重建。一言蔽之，乡村在守与变之中完成了又一次生长和新的能量守恒。乡村同样需要一种直面现实却不迷失的定力。举目张望，过往将来，与乡村发生各种关联的人，那个我们回不去的故乡，消失的乡村，依旧是日光流年、万物生长。

其实，这就是生活——尘土之上有着鲜活的生命。

王宏甲 / 1953年出生，福建人。著有报告文学《无极之路》《中国智慧风暴》《塘约道路》、传记文学《中国天眼：南仁东传》、散文集《让自己诞生》、演讲集《世界需要良知》、长篇小说《宋慈大传》等。曾获鲁迅文学奖、精神文明建设"五个一工程"奖、中国图书奖、徐迟报告文学奖、冰心散文奖等。

感谢你的照耀

王宏甲

入秋，我在贵州高原的朝阳中散步，内心忽然充满感激。不因《走向乡村振兴》这本书终于快完稿，而是因一路走来所获的体会和认识。感激如暖流就在我身上，如此真实地温暖和照耀着我，那一刻我知道，我会以此为题记下这种仿佛来自天上的赐予。

这本书不是一年之间写的。退休后，我感到还有很多事"在半途"，说"事"或不准确，还有我自己精神内部的问题。我到乡村去了，去了四五年，走了全国20多个省市自治区的70多个市县近300个自然村寨。不是要写这么多地方，但这些城乡都是我写这部书的基础。2019年中国作协组织了宏大的脱贫攻坚创作工程，我有幸成为其中一员。

我无限感激自己在新中国所受的教育，它使我能认识到，1840年中国的大门被英军炮火轰开的时候，中国就像个大乡村。从那时起，"振兴乡村"就放在中国人面前了。列强都是高度组织起来的社会，公司、工厂就是组织起来的状态，分散耕种的小农经济如"一盘散沙"。那是组织起来的英国侵入一盘散沙的中国。结果，"组织起来"打败了"一盘散沙"。那以后，最有效的救亡就是中国共产党把中国人民组织起来，最终以"农村包围城市"，建立了新中国。

我理解了毛主席讲的"群众"，是组织起来的人民。没有组织起来，就是"一盘散沙"，是没有"群众"的。也理解了："群众是真正的英雄，而我们自己则往往是幼稚可笑的，不了解这一点，就不能得到起码的知识。"

党的十八大后开展的党的群众路线教育实践活动，正是旨在纠正脱离群众的问题。此后,习近平总书记在湖南十八洞村提出"精准扶贫"。密切党群关系,在精准扶贫中结出最大的果实。从前我只知道干部、职员、学生有档案,谁见过农民有档案?我去十八洞村寻访,得知第一本贫困户档案就出现在十八洞村。2014年1月22日下午3点,全国第一支精准扶贫工作队在花垣县成立,共6人。队长龙秀林、驻村书记施金通,就是全国第一个精准扶贫工作队队长和第一个驻村书记。为精准扶贫需造表登记,还要调动全县干部与全县贫困户结对帮扶,一张小小的"结对帮扶责任卡片"也由此诞生。这就是全国最早的"建档立卡"。所建第一本档案的户主叫龙先进,档案填写时间是2014年3月4日。我把这些写进了书里,因为这是历史事件的细节。

就在2014年,全国组织了80万干部进村入户,共识别贫困人口8962万,全部建档立卡。此后两年通过"回头看",贫困识别准确率提升,建档贫困人口比初次建档还多出937万,达到9899万人,这正是各地落实务必做到"一个也不能落下"才有的状况。当我在海南岛,在内蒙古,在新疆,在巴蜀云贵、

贵州省毕节市最边远的威宁县成立了第一个新时代农民讲习所,2017年4月在毕节采访的王宏甲应邀到威宁最边远、贫困程度最深的石门坎讲习所讲第一课

两湖两广，看到一本本为贫困户建立的档案，里面不仅有文字记载，还有照片，贫困一目了然，触目惊心！仅翻阅这些档案，想着各级干部在乡村做了这么多细致的工作，我便感到了震撼！

我看到了精准扶贫的伟大意义不止在扶贫。红军长征途中曾经在贵州毕节吸纳了五千子弟。我在毕节采访时听干部说：过去干部下乡，问村里谁最富；现在干部驻村入户，问的是谁最穷。老百姓说："红军回来了。"

我最远去到新疆的博尔塔拉。当我踏上博尔塔拉，少年时的记忆就像大草原上忽然出现的马蹄声向我奔驰而来……少年时从历史书上看到西域，那多么遥远啊！唐诗说"西出阳关无故人"，出了阳关就是西域。阳关就够远了，西域那月氏、匈奴、乌孙所在的地方更遥远得多。从前汉武帝派张骞出使就是要他去联系月氏，夹攻匈奴。现在我来到的博尔塔拉，就是当年月氏所在地。在这里我听到干部们说，那边连绵的山就是国境线，以前集体化时期，特务从这里偷越国境进来很快会被抓住。"农牧民组织起来走集体化道路，很有利于守护边防，保卫边疆。"

我明白了，我所要写的最重要的几点就是：党的领导，组织起来，人民利益、人民力量。于是我特别关注了两个地级市，一个在西部，一个在东部；一个是贫困地区，一个是发达地区。这两地一个是贵州毕节、一个是山东烟台。共同点若用一句话概括，就是党支部领导创办村集体合作社。最核心的经验是：坚持党对农村工作的领导，把农民组织起来，群众自身就有无穷的力量走向乡村振兴。

毕节市拥有930万户籍人口，外出打工人口高达200多万，这是贫困地区特征。烟台市常住人口712万，比户籍人口653万多出59万，这是发达地区特征。这两个地级市都在全域推进"党支部领办合作社"，这就不是哪一个村走集体化道路的事迹了。两地还另有农民专业合作社、家庭农场等多种经营形式并存。这实际上构成新时代的统一战线，在共产党领导下共同致力于脱贫攻坚和乡村振兴。不管怎么看，这里有不可不关注之势了。

党的十八大以来，我国累计减贫9899万人，其中贵州一省892万，是中国减贫人口最多的省份，毕节则是贵州减贫人口最多的地级市。毕节做到全市

书写新时代的创业史

王宏甲在新疆伊犁尼勒克县农村采访易地扶贫搬迁的牧民

3704个行政村100%创建村集体合作社，100%贫困户进入合作社。这是被深度贫困逼出来的举措。已有很多实践可证：党支部领办村合作社是脱贫攻坚最好的途径，将贫困户全部吸收进村集体合作社是最彻底地贯彻"一个也不能落下"。这两个百分之百，也是巩固脱贫攻坚成果和保障脱贫不返贫的重要举措。

从夏到秋，我感到难以截稿，因毕节脱贫攻坚还在激烈"进行时"。这里的"冲刺90天"，全市农村查出6万多个问题。怎会有这么多问题！原来毕节全面入户大筛查，有的一户就有几个问题。贵州省委书记亲自督战毕节贫困程度最深的威宁县。省委办公厅抽调26名干部组成的督战队已督战半年多仍在威宁，不是只"督"，而是参"战"。毕节有13名县级领导下去担任乡镇党委书记。贵州省2020年"七一"表彰大会，追授6位献出生命的"全省脱贫攻坚优秀共产党员"，毕节有3位，其中之一是大学毕业生党支部书记耿展宇。近千名农民和干部到殡仪馆送别，一位农村妇女请人写了一块匾送到灵堂，上书："山难渡水难渡血洒扶贫路，车行处人行处展宇帮千户。"毕节在脱贫攻坚一线死亡的不止省委"七一"表彰的3位，而是29位扶贫干部。在毕节你会体验到"脱贫攻坚战"是真正的"战"！这里正进行的也许是全国集中连片特困地区最后的攻坚战，是红旗将插上山巅的地方。

2014年秋天，毕节市委书记告诉我："我们现在是在做帮促非贫困户的工作。"我深为感动。毕节在更大范围对非建档立卡的独居老人户、低保户、重病户、残疾户、独人户、突发变故户、疑似收入不达标户、小姓氏户、外来户、子女辍学户、老人带留守儿童户等等进行全面大排查、大遍访。

毕节是我国1988年建立的全国唯一的"开发扶贫生态建设"试验区。习近平总书记曾三次对毕节试验区作出重要指示，其中2018年7月19日在指示中强调"……推动毕节试验区发生了巨大变化，成为贫困地区脱贫攻坚的一个生动典型"。总书记还希望毕节做好同乡村振兴战略的衔接，"努力把毕节试验区建设成为贯彻新发展理念的示范区"。从"试验区"到"示范区"，这个题材所具有的全局意义和未来意义，是我该去追踪寻访担起采写职责的工作。

习近平总书记要求文艺创作和学术研究，都应该反映现实、观照现实，都应该有利于解决现实问题、回答现实课题。现实以许许多多我们平常想象不到、无力虚构的新事迹，在这个新时代涌现。我再次体会到，我所从事的事业，正是因有很多普通人在平凡中的正直坚守和艰苦奋斗，才使我们也分享到一种如阳光那样的照耀，体验到生命中仍存的感动和感激！

《走向乡村振兴》

本书作者几年来走访了全国20多个省市自治区70多个市县的近300个自然村寨。在全国展开精准扶贫、脱贫攻坚及衔接乡村振兴战略的壮阔背景上，本书集大量的寻访调研，以我国一南一北两个地级市在新时代深化改革的实践为重点叙述对象，具体描写了党支部领办村集体合作社、乡镇党委统领合作联社等基层干部群众的探索实践，真实生动而坚定地阐明：坚持党对农村工作的领导，把农民组织起来走合作化道路，是脱贫攻坚最有效的途径，也是巩固脱贫攻坚成果和保障脱贫不返贫，乃至衔接乡村振兴的必由之路。这两地，一是西部特困地区毕节，一是东部发达地区烟台。两地还另有农民专业合作社、家庭农场等多种经营形式并存，构成新时代的脱贫攻坚"统一战线"，在共产党领导下共同致力于脱贫攻坚和乡村振兴。

王怀宇／1966年出生于吉林镇赉，供职于吉林作协。著有长篇小说《红草原》《风吹稻浪》等6部，小说集《谁都想好》《小鸟在歌唱》等8部。曾获梁斌小说奖、田汉戏剧奖、长白山文艺奖、吉林文学奖等。作品多次被《小说月报》《小说选刊》《新华文摘》等选载，入选年度小说排行榜，并被译成英、法、韩等文字。

盐碱大地上的坚韧稻浪

王怀宇

在中国，书写乡村题材的优秀文学作品并不少，但我认为很多乡村题材作品缺少对人的精神层面和内心感受的关注。长篇小说《风吹稻浪》尝试对乡村文化人的心灵书写，呼唤着乡村人的文化意识，体现更多的是乡村里被长期忽视的人文关怀。眼下，越来越多的乡村人走出了田园，成为在城市里挣月薪的农民工。可是，不难发现，我们的农民兄弟姐妹们依旧是这个社会最卑微的劳苦群体。而当他们脸上挂着憨厚而满足的笑容接受我的询问时，他们也并没有意识到自己仍然生活在新的苦涩之中。哪怕是走在新农村笔直的乡路上，看到整洁的农舍和路边城市味十足的花草及路灯，以及朴实无华的村委会和庄严的民主议事厅，我们仍然能从摆放整齐、无人阅读的图书室里感受到乡村文化的严重不足。

在决胜全面建成小康社会、决战脱贫攻坚的时代背景下，我觉得有必要写写这部构思已久的长篇小说了，我不仅要书写贫困的白鹤村坎坷的物质脱贫，更要书写艰难的精神脱贫。我还要力争深入到人的精神层面，书写人的情感细节和人的内心感受。主人公们除了要追求改造家乡和家乡人共同致富，更要全力呼唤和提升乡村人的文化意识和文化自信，从而实现广阔乡村物质生活和精神生活的全面发展。

我是在农村长大的，现在还有很多亲戚仍然是农民。我与他们有着千丝万缕的关联，可我仍然感觉到与他们之间越来越难以沟通，越来越无话可说。我们明明是骨肉亲人，怎么就听不懂彼此说的话呢？我常常为此感到心痛，也意识到是彼此间文化的差异从根本上拉开了我们的距离。我之前也创作过很多乡

书写新时代的创业史

王怀宇在吉林省梅河口市山城镇某村民的新家采访,这家人富裕了,终于住上了梦寐以求的大瓦房

村题材的作品,比如中篇小说《谁都想好》、大型吉剧《春去春又来》等,都是在写乡村文化人的艰难境遇,而创作这部长篇小说的最初动意是在10多年之前了。

早在2006年,中共吉林省委宣传部、吉林作协组织全省作家、艺术家进行了一次"吉林大地行·走进新农村"系列采访活动。10多天的时间里,我们走访了榆树市和蛟河市下辖的十几个乡镇。我已经有10余年没到乡村看一看了,没想到我印象中的乡村已是另外一种景致。农田越来越集中到少数农民手中,再加上农业机械化的普及,很多农民得以从田地中解放出来从事其他行业的经营。有的外出打工,有的成了养殖专业户,有的开起了麻将馆,还有的成了新兴的无业游民……剩下那些真正种地的农民确实比以前富裕多了。

为了更好地推进全省文化大院建设,吉林省群众艺术馆经常走下去做调研,当时作为分管副馆长,我又有了更多的机会到乡村了解实际情况。接下来的那些年里,我走遍了吉林省各个地区的绝大部分乡村,也了解到了更多的村民。

我一直在不断地深入生活，了解新时代、新农村和新农民。乡村的发展进步和巨大变化以及村民物质生活上的改善都是有目共睹的，然而广大村民的精神文化生活质量仍然令人担忧。这二者的不同步让我思考，也让我感到乡村人的精神生活和文化意识中一定有许多故事可以挖掘。

写《风吹稻浪》的初衷就是想呼唤乡村人的文化意识，体现乡村的人文关怀和文化介入，展现人与人之间关系的丰富性，尤其是人与人之间的文化关系。同为一个村里的年轻人，为什么很难在文化上达成沟通和共识呢？这是我们面临的一个值得高度关注的现实问题。

2014年，吉林作协又组织省内几位作家到我的家乡盐碱大地——白城地区采访。我们先后赴大安湿地、镇赉莫莫格湿地、白城生态新城、通榆向海湿地……我觉得久别的家乡变化巨大，过去无尽的风沙不见了，盐碱大地变回了黑土大地；八百里瀚海正变成万顷良田，正在谋划和实施着的"河湖连通工程"更是让人振奋不已……家乡人的衣食住行已经不是问题了，但我内心深处另一种暗暗的担忧却越发深刻：仍然是关于家乡人的文化生活。同为村人，有的还是同班同学，却因为思想和文化造成的巨大差异，不仅无法沟通，甚至相互误解和抵触，无法避免地渐行渐远。也许出于职业的习惯，从事文化工作20多年的我总是不由自主地关注到那些与文化生活有关的事件。

在乡村快乐或不快乐的日常生活背后，依旧隐藏着令人无奈的种种文化缺失现象，只是偶尔有点简陋的文化娱乐活动。这不禁让我担心，一个没有文化的乡村，还何谈文化自信呢？在此次家乡之行回来之后，我终于决定动笔写《风吹稻浪》了。

2020年上半年的几次深入乡村采访，因为正在决胜全面建成小康社会、决战脱贫攻坚的关键时间点上，这让我又有了新的发现。而此时，我的长篇小说《风吹稻浪》已经完成第一稿30万字。这几次采访又一次提醒了我，证明我当初的选择是正确的：长篇小说《风吹稻浪》不仅要书写坎坷的物质脱贫，更要书写艰难的精神脱贫。主人公除了要追求为家乡人民共同致富，更要全力呼唤和提升乡村人的文化意识，从而实现乡村人物质生活和精神生活的全面发展。

书写新时代的创业史

王怀宇在吉林省梅河口市山城镇某村头倾听村主任介绍农家乐民宿经营情况

《风吹稻浪》
在决胜全面建成小康社会、决战脱贫攻坚的时代背景下,长篇小说《风吹稻浪》不仅书写了白鹤村坎坷的物质脱贫,更书写了白鹤村艰难的精神脱贫。品学兼优的江春燕意外和梦中的大学擦肩而过,只能留守家乡务农。在失去上大学机会的同时,江春燕也失去了青梅竹马的爱情,无奈远嫁县城。江春燕不想放弃人生的主动权,猛然醒悟并重拾初心,毅然决然地回到了家乡。重新面对低文化素质的村民,江春燕一度陷入艰难境地。但她最终选择了不放弃,用真心感化了乡亲们。经过多年努力,江春燕终于看见了梦中的滚滚稻浪,白鹤村终于成了名副其实的鱼米之乡。

《风吹稻浪》通过对逃离、留守及重返家乡的一代人执著文化科技兴农、改造盐碱大地艰辛历程的描写，塑造了一批与时俱进、不懈追求的新时代乡村新主人的生动形象。作品展现了改革开放40多年间东北农村大地的全景风貌，反映了边远乡村在物质生活和精神生活上发生的巨大变化，尤其反映了近10年来社会主义新农村建设中乡村人思想观念和精神含量的根本性转变。

从走出穷乡的迷茫逃离，到回归乡村的担当建设；从乡村人的顽强留守，到打工者的理性回归……无不折射出新时代的乡村和乡村人已经发生了根本性变化。不仅农村、农业、农民有了新的希望，乡村人也看到了广阔天地下的美好愿景。乡村人不再盲目地远走他乡去淘金，更多的是充满自信的理性回归，建设美丽幸福家园。

总之，在全面建成小康社会、脱贫攻坚、乡村振兴、倡导生态文明、还我绿水青山的时代背景下，小说紧紧围绕三农问题，在讲述一群有血有肉的白鹤儿女艰辛创业的同时，也演绎了一场纠结曲折的爱情故事。很多读者认为，这部作品不仅真实地呈现了人性的精神内涵和道德空间，而且艺术地书写了气壮山河的生命宽容和人间大爱。

王松 / 1956年出生,祖籍北京,现居天津,天津作协专业作家。出版有长篇小说《爷的荣誉》《烟火》等十余部,小说集《双驴记》《猪头琴》等十余部。曾获文学奖若干。

触摸乡村的温度

王　松

我曾有三次深入乡村的经历。一次是 40 年前，作为知青去插队。还有一次是 5 年前，作为作家，去曾经插队的县挂职。这是第三次，虽然时间最短，却是感受最深的一次。

我第一次到赣南是在十几年前，后来又来过很多次。我是地道的北方人，祖籍北京，生长在天津，血液里融的是纯正的北方文化，尤其是京津冀一带的地域文化。但来赣南并不感觉陌生。我曾经想过这个问题，或许因为赣南多是客家人，还保留着很多中原文化的传统和生活习惯。总之，我从第一次来这里，就有一种重归故里的感觉。

赣南面积很大，有 3.9 万多平方公里，比台湾省的面积还大。这次不仅是我最深入，也是走得最远的一次，从最北部走到最东部，又从西南部，走到最南部，几乎走遍了赣南的四分之三还要多。让我意外的是，几年没来，这里竟然又有了如此大的变化。

人的感受分两种，一种是突然冒出来的，另一种则如同摄像机的后焦，是一点一点清晰起来的。我这两种感受都有。如果用两个字说，就是"温度"。

今天的乡村确实已经有了温度。这个温度也分外在的和内在的。从外在看，哪怕是大山深处的乡村，也已不再荒僻冷清，不仅有硬化的道路通进去，村庄也亮起来，一应基础设施已经很完善。但真正体现温度的还是内部。我发现，如果借用一个核反应的术语来说，几乎每个村庄的内部都在发生着"聚变"和"裂变"。这种变化主要来自人的内心。表面虽不动声色，但产生的温度却很炽热。这个温度，就是对摆脱贫穷、走出贫困的热望。贫穷和贫困还不是一回

深夜，王松在全南县社迳乡深入到偏僻山坳的老屋村，了解患有先天残疾的贫困户曾志武（左一）的励志脱贫情况。后面的电视机，是曾志武花100元当废品买来的，他自己动手修好了

事。贫穷是一种状态，而贫困，则是因为这种状态陷入的一种境遇。

当然，引发这一系列"聚变"和"裂变"的，是我们工作在最基层的扶贫干部。

"扶贫"这件事，我早就知道。但让我没想到的是，这些扶贫干部都如此年轻，甚至比我当年插队时的年龄大不了多少。也正是这些年轻人，他们用努力的、默默的工作，乃至用鲜血和生命，点燃了贫困人民对生活的热情，进而引发了这样的"聚变"和"裂变"。

乡村是人类聚居的起点。从这个意义说，它也应该是今天城市的"化石"。但随着城市的兴起，乡村也被赋予了另一种含义。以美国人类学家R. D. 罗德菲尔德为代表的一些西方学者认为，"乡村是人口稀少、比较隔绝、以农业生产为主要经济基础，人们生活基本相似，而与社会的其他部分，特别是城市有

王松在江西省赣南地区进行实地采访

所不同的地方。"应该说,这样的描述,更像我当年插队时的乡村。但今天的乡村已完全不是这么回事了。这种感觉,我在5年前去曾经插队的那个县挂职时就已感受到了。这次的感受就更加强烈。

无论我们承认与否,今天的乡村与城市的距离正在缩小,这是个事实。这种缩小既包括空间距离,也包括心理距离,更包括思维方式和生活方式的距离。这种距离不断缩小的趋势是历史发展的一种必然。这个曾经的"化石",正在被赋予新的生命。也许在短时间内,这种距离缩小的进程会受到经济状况的影响或束缚,但从另一个层面的意义来说,它并不完全由经济状况决定,而是来自一种形而上的动力。当然,正是由于这块"化石"正在苏醒,也为今天的扶贫工作提供了有利的条件,或者说,提供了一个有促进作用的"场"。所以,在我们扶贫工作者的努力下,贫困的乡村和人们一旦被点燃热情,产生的"聚变"和"裂变"所释放出的能量是惊人的。如此一来，一旦脱贫，也就会产生一个质的飞跃。

我想，2020年应该是中国乡村的一个里程碑。再过多少年，再有R. D.罗德菲尔德这样的人类学家要研究中国乡村，应该把这一年作为一个坐标。而在这个坐标上，应该标注上这样一群人。这里有一组数字：自扶贫工作开展以来，江西全省一共选拔了1.22万名干部，派到第一线的贫困村担任第一书记，此外还有3.97万名工作队员工作在基层。这几年，他们用汗水、鲜血乃至自己的生命，默默地工作着。其中，有39人永远地倒下了。

20世纪50年代初，作家魏巍曾写过一篇著名的文学作品《谁是最可爱的人》。今天我想说，我们这些工作在最基层的扶贫干部，也是最可爱的人。

《映山红，又映山红》
《映山红，又映山红》记录了江西赣南的5个县——于都县、石城县、兴国县、龙南县和全南县脱贫攻坚的故事。作家跋涉几千公里，采访了大量扶贫干部和基层百姓，以大量直接来自扶贫一线的感人至深的生动细节，真实反映了赣南地区扶贫工作的历程。作品以散点结合全景式的结构，把脱贫攻坚这场战役与红色历史有机结合起来，既有具体的故事和人物的细节，也有深刻的思考和政论的思辨，更有历史纵深感和全球视野。

温燕霞／江西安远人。江西广播电视台高级编辑，江西文联挂职副主席，江西作协第六届、第七届副主席。著有长篇小说《围屋里的女人》《红翻天》《磷火》《珠玑巷》、散文《客家我家》等。小说《红翻天》荣获精神文明建设"五个一工程"奖、解放军图书奖，主创的《袁庭钰的故事》《正气歌》等广播剧、参与编剧的电视剧《可爱的中国》等多次获精神文明建设"五个一工程"奖。

俯下身子，倾听土地的心跳

温燕霞

乡村是文学创作的母题，但凡在乡村生活过的作家，有关乡村的记忆都会成为其灵感之泉，我也不例外。童年时在老家山村度过的四年时光，仿佛心田深处的一口深井，倒映出故乡的蓝天白云、山光水色、风土民情，无论何时凝视，都是一幅细腻生动的客家山村风情画。

因着童年与山村的那份亲近和不可磨灭的记忆，有段时间我自认为了解山村生活，加上 2010 年创作易地扶贫搬迁题材的报告文学《大山作证》时采访了大量贫困户和扶贫干部，目睹了贫困是怎样让山川失色、村庄凋落、村民失魂的，也看到了政府和扶贫干部对贫困户进行帮扶的实在措施和成效，这两年自己所在的部门恰好管着单位定点贫困村的帮扶工作，自认为比较了解扶贫一线的情况，所以，创作决胜全面小康、决战脱贫攻坚主题的长篇小说《琵琶围》的梗概时我下笔顺畅，颇有信心，可当我采访了江西省扶贫办史文斌主任，听他全面介绍了江西精准扶贫的经验做法和取得的显著成绩后，特别是深入石城、资溪、南城等地的扶贫一线，走在建设得秀美不亚于小镇的村庄里，跟那些身上散发着泥土和汗水气息的扶贫干部到贫困户家上门了解情况、解决问题，听完贫困户们谈起他们在各级政府和扶贫干部的帮扶下如何脱贫致富的故事后，我像进入了姹紫嫣红的百花园，又像置身素材的汪洋大海，眼花缭乱，心情复杂，笔尖因选择太多而迟滞，对如何细化完成这部小说，我忽然像夜里涉水过河的外乡人——心里没底了！惶恐之中回看初稿，发现自己笔下的琵琶围貌似颇具人间烟火气，其实却人物面目模糊，缺乏生活的热度，更无新时代新农村在脱贫攻坚中焕发出的炫目光彩。这是我要写的琵琶围吗？

温燕霞在石城县扶贫车间采访

　　显然不是。我心中的《琵琶围》应该以江西赣南原中央苏区贫困山村脱贫攻坚的事迹为蓝本，用一座围屋的前世今生，将新时代党中央的要求、苏区脱贫攻坚的艰巨、扶贫干部的艰辛与努力，和苏区精神以及苏区干部好作风好传统巧妙地勾连在一起，用细腻生动的笔触刻画何劲华、金彩凤等基层扶贫干部舍小家为大家，在工作中从点滴入手，扶贫先扶志、扶智，因户施策，用心帮扶，终于带领石浩财、朱雪飞、许秀珍等贫困户实现了精准脱贫的故事。可从已写的那部分稿子来看，我没能真正了解贫困户的所思所想、所欲所求，以致人物空洞、故事生硬，字里行间没能散发出赣南那片红土地应有的生活气息，更无时代的光芒。

　　我决定甩开前面写的十万余字，另起炉灶结构故事，将一个个有血肉情感、有爱恨梦想、有内心冲突和挣扎的人物嵌进文字中，而要赋予笔下的人物血肉，必须再次深入基层，扎根泥土，这样灵感之树才能根柢深厚、枝叶峻茂，之后我又去了两地采访，从细处着手，力求将枯燥的扶贫政策融入故事情节，并作用于人物的命运。凡是拿不准的政策，便打电话向扶贫一线的同志请教，故事和人物卡壳了，则跟专家热线沟通探讨，努力把那支钝笔变成凿子，在想象中凿出条通往琵琶围的小道，从而使我有机会与笔下的人物共迎日出月升，同吸烟霞山岚，并肩到香菇厂、养鸡场劳作，晚间拖把小竹椅，坐在琵琶围的院坪上，沐浴着如水的月辉，看点点流萤如灯彩闪烁，听发白如雪的橘子婆讲20世纪30年代琵琶围血与火的历史，笔下的人物何劲华、金彩凤、石浩财、朱雪飞、许秀珍等逐个登场，向我介绍政府如何通过"五个一批"、产业扶贫、教育扶贫、消费扶贫、金融扶贫等多种措施进行精准扶贫，从而改写贫困户的命运，让破旧的山村旧貌换新颜。通过他们的叙述，我看见了与农民同吃同住同劳动的扶贫干部黧黑面孔上的汗珠，听见了他们为贫困户和村里的产业奔忙的足音；采访中遇见的那对残疾兄弟也突然出现在想象中的琵琶围，向大家夸耀他俩成为兜底低保户后住上的安居保障房，笑容里透着欣喜；山风吹来，我闻到了村里孝老食堂的饭菜香，老人多皱的面孔瞬间舒展成盛放的花朵；教育扶贫使贫困户的子女上学得到了保障，琅琅书声如天籁之音叩击耳轮，发出久远的回响。不一会儿，这回响中又加入了琵琶围村民张家长、李家短的议论声：

听讲呀，某家的后生本是个能人，不想投资失败了，回到村里时因病致贫，后来堕落成了酒鬼懒汉，是驻村干部爹娘一样地相帮着，这才把懒汉又变成了能人；隔壁邻居家的小五因为家穷，出门打工后当了上门女婿，为求富贵，狠心断绝了跟家中的联系，扶贫干部多方打听，终于找回了后生……

村民们的絮叨仿佛一扇窗口，让我洞悉了他们的心事，知晓了他们的苦乐，体会到他们的难处，懂得了他们的期盼，看见了他们的付出，理解了他们的执著，明白了他们的选择；同时也见证了他们脱贫致富、改变命运、创造历史的奇迹……

那段时间我就像米兰·昆德拉的书名"生活在别处"一样生活在琵琶围，那儿的一草一木、一屋一瓦、一人一牛、一颦一笑皆真实可信，写着写着，笔下的人物忽然便有了心跳和灵魂，耳边响起了琵琶围才能听见的风雨声、林涛声、石浩财的吼声、朱雨飞的笑声、许秀珍的骂声、朱雪飞的嗔怪声、何劲华

温燕霞在石城县已脱贫村民的新居前合影

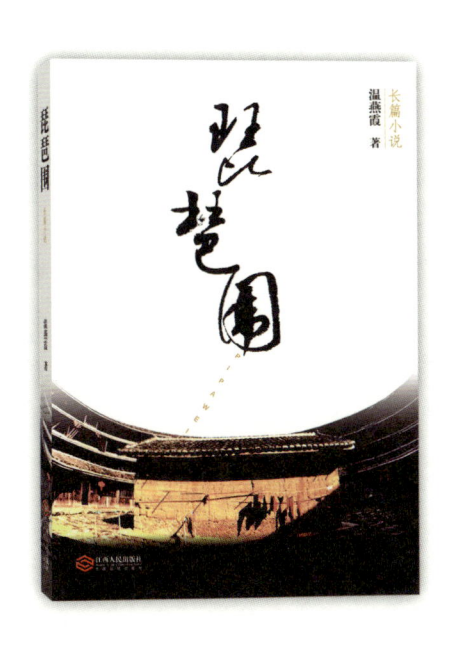

《琵琶围》
《琵琶围》首发于《人民文学》2020年第9期,是"决胜全面小康、决战脱贫攻坚"现实题材的长篇小说,它以江西赣南原中央苏区贫困山村"琵琶围"为蓝本,用娓娓道来的手法和细腻鲜活的细节叙写了该村易地搬迁的脱贫攻坚史诗,通过"扶贫扶志(智)"的大主题叙事和小切片雕琢,成功塑造了何劲华、金彩凤等新时代波澜壮阔脱贫攻坚浪潮中的基层党员干部形象以及苏区干部一以贯之的好作风,通过典型环境中的典型人物,真实再现了党的领导下苏区人民摆脱贫困、追求美好生活并美梦成真的历史事实,谱写了一曲决战脱贫攻坚的奋进之歌,展现了一幅决胜全面小康的精彩画卷。

的笛声、哑伯的哇啦声、橘子婆的絮叨声、金彩凤的灯彩调，枯燥的文字因此有了色彩、气味，那一个个跋涉在脱贫攻坚路上的幻影变成了有着独特音容笑貌的活人，虚拟的琵琶围和现实中的赣南乡村叠合在一起，历史勾连了现实，现实又观照了历史，通过琵琶围几代人的人生际遇，我感受到了赣南人民的质朴善良、努力奋发，看到了他们在脱贫攻坚中取得的显著成效。

身为脱贫攻坚主战场之一的江西作家，我渴盼以心血为墨，"写天地之辉光，晓生民之耳目"，我希望能用最贴切的故事展示精准扶贫中帮扶干部和贫困户的精神风貌，用最细腻的文字传达他们的喜怒哀乐，用最准确的语句刻画他们的心灵嬗变，让故事散发山川湖泽、泥土草木的特有清香，让读者诸君听见老区人民向贫困宣战、与贫困搏斗的呐喊声、刺杀声和喜获全胜的战鼓声！

这些是我写《琵琶围》时立下的目标，希望能部分达标。

吴克敬/陕西扶风人。现任陕西作协副主席，西安作协主席。曾获鲁迅文学奖、庄重文文学奖、冰心散文奖、柳青文学奖、《小说选刊》最受读者欢迎小说奖等。《你说我是谁》获中国人口文化奖（文学类），长篇小说《初婚》获中国城市出版社文学奖一等奖。《羞涩》《大丑》《拉手手》《马背上的电影》等4部作品被改编成电影，其中《羞涩》获美国雪城国际电影节最佳摄影奖，长篇小说《初婚》改编的电视剧获全国电视剧二等奖。

红色土地上的梦想

吴克敬

新中国成立 70 周年纪念日的前一天,我来到延安,搜集整理脱贫攻坚方面的写作素材。这里是中国革命的圣地,孕育了伟大的延安精神。我赶在国庆节前来到延安,是想走进八一敬老院,向在这里疗养的老八路、老革命进行一次重温革命历史、不忘初心的学习。

我是在延安作协党组书记霍爱英的陪同下,去到八一敬老院的。6 位老人谈起了各自参加革命的情况。这 6 位革命老人是:同景飞,93 岁,志丹县意镇人,原 359 旅轻机枪手;孟振亚,90 岁,洛川县石头镇人,原 359 旅重机枪手;王步福,101 岁,宝塔区蟠龙镇人,原 359 旅战士;王乃胜,92 岁,延川县永坪镇人,原西北局战士;高志昌,89 岁,安塞县坪桥镇人,原西北局战士;李福功,88 岁,米脂县城关镇人,原西北局战士。

"为了什么呢?为了吃得饱,穿得暖。"谈起最初参加革命的目的,老人们说得非常朴实。同景飞老人回忆说,他们兄弟姐妹共 9 人,在当时的社会条件下,生于贫苦农民家庭的他们吃不饱,穿不暖,前前后后饿死了几个哥哥姐姐。父母为了让他能活下来,在他 13 岁时就送他参加革命。由于年纪小,最初的工作就是整天纺线。这是他所擅长的,一天纺个七八两的棉花,一点问题都没有。他因此还获得了"纺线线能手"称号哩!后来,到南泥湾参加开荒种地大生产,他也是一把好手。最后跟队伍上战场,扛着枪,打胜了扶眉战役,然后一直往西打……老人穿着军装,左胸佩戴了几枚灿亮的军功章,看起来神采焕然。

"我出来革命,是我爸把我打出门的。"王步福说,他年轻的时候,遇到了一位衣衫破烂、面黄肌瘦的讨口人，有气无力地讨到他家来了。他不仅没给讨口人一口食，还作势作态地撵走了讨口人。那时候的陕北苦极了，他父亲为了家里人不太受饿，就学了门手艺，在农闲时节给人打石条箍窑。父亲并不知道他撵走讨口人的事，是他说给父亲的。原本还想得到父亲的夸赞哩，但结果是被父亲抬手一个巴掌，把他打得趴在了地上。父亲揪住他的后脖领，把他拽出窑院门去，让他跪在一堆乱草前……父亲吼道："做人要厚道。家里有一口吃的，自己吃一半，分给讨口人一半。你咋能忍心让讨口人饿死呢！"沉痛的教训被王步福记了下来，记了一辈子。

在与老人们的交流中，我知道了"梢林"这个词，还知道黄陵县的一大片林区有革命时期陕北红军建立起来的"小石崖根据地"。我要采访的主人公柯小海，就住在这片"梢林"里的索洛湾村。他的大伯柯玉斌、父亲柯玉荣，曾是"梢林"里与敌顽势力坚决斗争的游击队队员。

吴克敬在索洛湾村与支部书记柯小海（右一）等人一起走访梢林

书写新时代的创业史

从八一敬老院出来，我先后采访了延安市的宝塔区、安塞区、延川县、子长县等脱贫攻坚的先进典型点，最后来到黄陵县的索洛湾村，见到了带领索洛湾村村民脱贫致富奔小康的柯小海。他和我交流时说："小时候吃不饱，穿不暖……"这句话和八一敬老院的老人们说得一样。他说，"我们遇上了一个好时代。我们不仅要吃饱、穿暖，还要有新的成长、新的发展。"

柯小海此前赴京参加了庆祝中华人民共和国成立70周年大会。当时，他就站在"乡村振兴"彩车上。宏伟壮阔的国庆庆典，陕西的元素有许多，然而陕西农民代表估计就柯小海一个。他是红色土地延安的骄傲。他也应该为自己感到骄傲，因为他不负青春，为了家乡，为了家乡的百姓，坚定不移地付出了努力。就在他参加大会的5天前，他还在人民大会堂获得了2019年全国"最美奋斗者"的荣誉称号。

吴克敬在延安八一敬老院
采访老战士

正是因为我心怀着对于他的那一份敬佩、那一份感动，我一定要把他写出来。与柯小海头一次交流，他提到了路遥长篇小说《平凡的世界》里的一句话："一切将会怎么发展？什么时候闪电？什么时候吼雷？什么时候卷起狂风暴雨？"我惊异于柯小海的开场白。在进一步的交流中，他还说到了《创业史》里的梁生宝。梁生宝，再加上《平凡的世界》里的孙少平、孙少安，成为了柯小海的榜样。他学习他们，自愿放弃原先做得风生水起的生意，回到故乡，完成父辈们没有实现的梦想、没有完成的使命，带领索洛湾村全体村民脱贫致富，奔向美好小康生活。

我在黄陵县索洛湾村驻扎下来，与村里的许多村民成了朋友。我从他们嘴里听到对于精神产品的需求，既是强烈的，更是积极的，他们需要能够滋润心灵、滋养精神的好作品。这是我参与脱贫攻坚报告文学写作的最大感受了。我们文学艺术工作者必须向文学前辈柳青学习，坚持深入生活、扎根人民，写出无愧于时代的文学作品来。

《耕梦索洛湾》
该书以黄陵县索洛湾村为叙事中心，通过长篇报告文学的形式对延安的脱贫攻坚战进行了深入挖掘，生动讲述了全国优秀共产党员、"最美奋斗者"、黄陵县索洛湾村党支部书记柯小海带领山村百姓发展集体经济、摆脱贫困的感人故事。主人公柯小海用他满腔的热情聚民力、挖潜力，带动党员创业，引领群众创收，抓好群众致富产业，教给群众致富本领，积极建设美好家园。正是由于有了这样一个个无私奉献、敢想敢干的基层干部和百姓们的努力奋斗，才有了中华民族伟大复兴中国梦的光辉前景。

肖亦农 / 现为内蒙古作协名誉主席，鄂尔多斯作协主席。创作各类文学作品600余万字，现结集出版《肖亦农文集》(8卷)等。代表作有中篇小说《红橄榄》《爱在鄂尔多斯》，长篇小说《穹庐》《黑界地》，电视文学剧本《爱在冰雪纷飞时》《我的鄂尔多斯》，长篇报告文学《毛乌素绿色传奇》等。曾获精神文明建设"五个一工程"奖、鲁迅文学奖、十月文学奖、内蒙古自治区文艺创作突出贡献奖等。

爱下乡的肖老师

刘 军

肖亦农老师是个爱下乡的人，年轻时就爱下，现在还爱下，下了一辈子。有一次，我开车，肖老师坐车，我们一起去了伊金霍洛旗札萨克镇的查干柴达木村。起因是肖老师有一次听我说起这个村修了一条"音乐公路"，说汽车跑到上面，会唱《我和我的祖国》等歌曲。他当时就很好奇，说有时间一定去看看。这一说，就是两个多月。其间，肖老师蛰伏在他东胜的工作室，创作一部长篇报告文学，除了休息时间能在鄂尔多斯作家协会的微信群里看到他偶尔发一条消息，我这个市作协的秘书长，根本不知道身为市作协主席的肖老师究竟在如何伏案创作。

两个多月后的一天，终于接到肖老师的电话，说他手头的这部书稿初稿完成了，终于可以"出关"了。我开车去接他，路上再次聊起音乐公路。肖老师很激动，说起自己从前的知青生活，说起在公路道班参加工作，后来又调到市交通局工作的经历，说自己也算是一个地地道道的交通人。所以这次听到还有这么一条音乐公路，又激动又好奇，心里一直惦记着呢。又说起自己从年轻时起就爱下乡，单位分配包村啦、扶贫啦这些任务，别人都有些推三阻四，而他是争着抢着要去。

边说边往前开，沿途看到玉米地，玉米有些蔫。肖老师感叹一声，说今年天旱，收成不好，瞧这玉米地，唉，农民还是最辛苦的人啊。这话说得我心里不禁有些汗颜，想起刚参加工作那会儿的记者生涯，成天下乡、调研，每天都是庄稼地里出，农户家里进，对农村还是有一定的了解。可后来随着工作的变迁，就渐渐远离了这些，成天办公室出办公室进，成了营养液里的盆栽，看着

书写新时代的创业史

肖亦农采访中在古渡口留影

枝繁叶茂，可根却扎得很浅，甚至有离水就死的危险。

说话间，查干柴达木村到了。

经过几年时间美丽乡村建设，乡村是真的美丽了。公路边竖着一块别致的褐色牌子，上面写着村名。我们把车拐进去，沿路两侧扎着齐楚漂亮的橡子栅栏，一路蜿蜒向前，几十米之后，音乐公路出现在眼前。路口上方有一道卡通风格的横栏，写着"音乐公路"。肖老师兴奋得像个孩子，催促我赶紧把车开过去。哈哈，果然车一碾上去，公路就发出深沉的鸣音，仔细一听，果然是《我和我的祖国》。肖老师高兴地哇哇直叫唤，一会儿让快点儿，一会儿让慢点儿，还把车窗摇下来，把手机伸出去录音。从来都玩不转智能手机的他，今天竟然也时尚了一回。走过去以后，听手机回放，没录好，肖老师又催促着再走一遍。我忍住笑，又走了一遍。肖老师边听边感叹，这是一项什么新技术？我们交通人可真是厉害，我回去得好好查查，这究竟是个什么技术。

听说还有一座活态农耕博物馆，我们又兴冲冲地前往。博物馆在音乐公路的北头，眨眼就到。到了门前，门口坐着一位老汉。肖老师上前就和老汉坐在门口的花坛沿上聊起来。说着说着，才知道这老汉也是当年的老熟人，姓乔。肖老师和乔老汉聊起了当年的事儿。当年，肖老师曾在这个村子附近的公路养护道班干过一年的护路工。道班上有一位姓姚的临时工是当地农民，和肖老师的关系处得不错，一来二去就熟悉了。一次，小姚赶着驴车领着肖老师去几十里地开外自己家所在的村子看露天电影，肖老师把道班上发给自己的大米带了一点儿给小姚。那时大米是稀罕东西，小姚激动得热泪涟涟。小姚一只眼睛有些毛病，据说是沙眼引起的病变，肖老师劝他去看，他说经济条件不好，顶一顶就过去了。结果，后来一只眼睛就瞎了，装了一颗玻璃球，风沙大时，从外面回来，就随手拿出来用水冲洗……肖老师和门口这位老汉越聊越起劲，当年的那些经历仿佛又浮现在眼前，这下可好，连博物馆也不进去看了，就蹲在那里聊大天，把自己多少年来对这片年轻时抛洒过汗水的土地以及这片土地上的人们的惦念一股脑都聊出来了。

我倒好，听了一会儿肖老师和乔老汉聊天，就不耐烦了，和同车前来的其他朋友去一边拍风景去了，拍得不亦乐乎。

太阳都快完全落下去了，转头看看，肖老师还在和乔老汉聊。我只好上前催促他，说一位朋友备好饭等着咱们呢，他这才且说且起身。等走在路上，天就黑透了，这天聊的，可真杀时间。

又过了几天，听说肖老师又去沿鄂尔多斯境内的黄河走了半个月。每到一地，非得徒步走着去到那些边边角角，深入走访户子，问问生产生活，哪怕是黄河边上的一捧黄沙，也要攥在手里端详半天。得亏现在的信息技术，我虽然没跟着去，可在作家协会的微信群里，总能看到肖老师每天都风尘仆仆地奔忙着。群里的作者们纷纷点赞。肖老师回复，说你们别光点赞，你们都是各个旗区的文史行家，谁有什么好资料好线索，就告诉我，我想深入去走走看看。

我呢，除了每天看看群里的这些信息，就是编稿子。2020年年初，肖老师经不住我们的软磨硬泡，在我们轮番敬酒央告后，一高兴，豪气冲天地答应给《鄂尔多斯》月刊每期一篇稿子。眼看快能出刊了，"名家有约"栏目下还

书写新时代的创业史

空着,我急了,平均两天一个电话,旁敲侧击地向肖老师催稿。肖老师在电话里一个劲地说别急别急,我记着呢,我记着呢。过几天就给你了。我将信将疑地挂了电话。结果,没过几天,一天早上起来,我的邮箱里就躺着一封邮件。

几千字的《查干柴达木》写出来了,几千字的《根河是棵树》写出来了,几万字的《黄河几字湾》写出来了……我连忙审读。这次轮到我兴奋得吱哇乱叫了,篇篇都是饱蘸着人生沧桑淬炼过的激情与澎湃写出来的,访贫问苦,忧思满纸,一位厚重朴实、深思远虑的老作家的一腔情感都涂抹到了这一篇篇炽热的作品里。

肖老师来电话问我读后意见和感觉,我说,您的作品我不能口头回复,那样未免太草率了,我的读后观感都在编发出来的编者按上写着呢。在那篇《那天,你的头上沾满了雪花》的编者按中,我写了这样一句:"托尔斯泰说,'一个人只有他每次蘸墨水时都在墨水瓶里留下自己的血肉,才应该进行写作'。"

肖亦农同当地干部在黄河老牛湾采访

写下这句，我眼前又浮现出陪着肖老师去看音乐公路的那个下午，他和乔老汉蹲坐在花坛边上聊天的情景：一件穿了几年的布衬衫，和乔老汉差不了多少的旧裤子、布鞋……打猛一看，哪能分清谁是大作家谁是老农民，就是两个农民老汉在谝闲传。

　　写下这句，我心里想起了《毛乌素绿色传奇》后记的最后一行："我说，我要寻找的毛乌素沙漠就在乌审儿女的记忆里。"想起了2011年再版的《黑界地》前言里的一句："哀民生之多艰，正是为官为文为人之本。它是一个永远不会过时的话题。"想起了《穹庐》里率众回归的嘎尔迪老爹轻唱的那首古歌，肖老师在小说中难抑激情地直接评论这歌是"关于祖国，关于草原，关于爱情，关于永久永久的期盼和思恋"。我也想起了沈从文、孙犁、赵树理、柳青、路遥……想起了这些从山野和土地中出来的大作家们，他们探寻的脚步始终没有离开这片亘古朴素、承载着无数人血泪和悲欢的土地。

　　写下这句，我觉得仿佛有点儿明白肖老师为什么老爱下乡了，又觉得好像还很不明白。或许，要明白，还需要很长很长的时间吧。

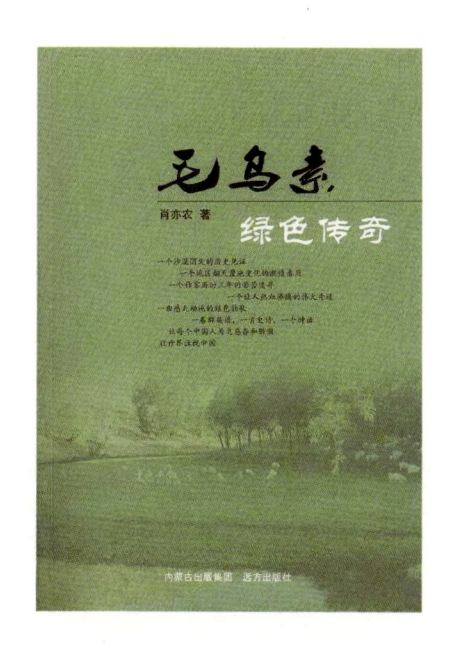

《毛乌素绿色传奇》
该书描写的是这样一个传奇，一个发生在乌审大地上的绿色传奇。作者在绿色乌审跋涉两年有余，驱车数千公里，却未在毛乌素大地寻找到一处40年前诗人郭小川笔下的"浊浪般的沙丘"。作家通过对毛乌素沙漠的寻找，找到了几代乌审人治沙的足迹，找到了乌审人坚韧不拔的精神。作品直面荒漠化治理的重大世界性课题，触及了当代中国经济发展与生态保护的关系问题，融入了作者的思考，结合绿色乌审的经验作出解答。

徐剑 / 1958年出生，云南昆明人。火箭军政治工作部文艺创作室原主任，中国报告文学学会副会长。著有《大国长剑》《原子弹日记》《大国重器》《麦克马洪线》等26部作品，曾三次获精神文明建设"五个一工程"奖、两次获"中国人民解放军文艺奖"，并获鲁迅文学奖、中华优秀出版物奖、"中国好书"奖、全军新作品一等奖等。

青烟袅袅入藏家

徐 剑

中秋节将近了，最后一个句号落下时，我长舒了一口气，倚于窗前，往西远眺。彼时，已有红嘴鸥和灰头雁翱翔彩云之南，云南、西藏、雁羽带来了雪域青稞的麦香。凝视电脑屏上的《金青稞》，感慨万端。北京的新冠肺炎疫情刚落幕，我便飞入西藏昌都，沿317国道而上，环大北线，对西藏自治区最后一批退出贫困县进行了50多天的采访。踏雪归来，身心疲惫至极，又在云南故里伏案80天，一部书稿，终于杀青。

对于这场扶贫书写，我本有多个方向可以选择，或大西北，甚至我最想写的西海固，或老家云南，但是最终我选了西藏。我想通过这片莲花圣地、精神高地，实现自己的生命和写作的一次盛年变法。

有人问过我，为何对西藏情有独钟，我回答两个字，高度，一种无法逾越地球高度，地理的、苍生的、宗教的、精神的高度。对于一个民族的叙事而言，它还有一种文学海拔的高度，乃至哲学的、精神的海拔。对于一个文学探索者而言，西藏环境恶劣，地域艰苦，注定了民俗风情宗教文化的多样性、复杂性和陌生感，对于文学叙事的探险，兀自而立一片精神高原、一座座雪峰，对于一个文学的攀登者、探险者，都有无尽的诱惑。再者，还在于我对藏地的熟悉。35年间，我20次入藏，了解那里的一草一木、一屋一瓦，甚至过去贵族院宅上马石、屋檐下的故事。有了《麦克马洪线》《东方哈达》《雪域飞虹》《坛城》《玛吉阿米》《灵山》和《经幡》等7部作品的积淀，西藏扶贫的书写应该是最自然的文学链接。对于这场书写，我给自己设计的采访路线又笨又远，没有一点投机取巧。我没有选一个点，一个镇，甚至一个县，以一叶窥全景，

书写新时代的创业史

徐剑采访察雅寺喇嘛洛加老师，28年间，他教出500多名画唐卡的学生，帮助100多个建档立卡户脱贫致富

徐剑在贡觉县阿旺乡路遇建档立卡户、牧人丹增（左三），便站在路边采访，羊儿正在旁边吃草

而是从藏东重镇昌都入,沿317国道,入藏北、环大北线,再从羌塘无人区挺进阿里,转入后藏重地日喀则,最后止于拉萨、山南、林芝,走完19个西藏最后一批脱贫县,东北西南中,等于环西藏高原行走了一个圆弧,每走一步,海拔步步高升,潜伏无限的风险和挑战。我要走过农区、牧区、无人区,走过无边的旷野与村庄,我必须从繁华走进荒凉,从都市走向偏僻,一路向上,一路向西,海拔不断飙高,不少地方海拔在五千米之上,长时间采访,置身于生命的禁区,在我这个年龄段,对身体和意志都是一场挑战,然而正是因为它的高而险,现实主义的创作之路才一路风光无限。有人问,这本书作了什么样的案头准备?我说,准备了35年,从1985年起就开始在准备这本书,用一生的准备来书写这一个重大的题材。某种意义上说,就是生命的激情书写,以一个汉地作家眼光来扫描西藏的精准扶贫,从京畿十里长街边上的军队大院,再眺望遥远的西藏,会给人一种错觉、幻觉,等于站在北京的金山上,前边是江山家国,是苍生命运,是国运大势,是中华民族大家庭的一次全家福合影。我以为,看一个社会和时代是否真正具备人类文明的指数,要看她如何对待妇女、儿童和弱者;看一个大国是否真正具有泱泱大国的气度、气象,要看她如何对待少数民族。这场精准扶贫行动,这趟西藏奔小康之路,佐证了一种中国速度、一个中国传奇、一派中国气象。

这次赴西藏采访,每天都遇得到独特的、传奇的、鲜活的,抑或感动的故事,像一股荒原大风一样扑面而来。而那些平民的故事,四处弥漫着牛粪的青烟。可以说,凡有烟火处,就有感人的故事,有感动中国的故事。所到之地,驰目所见,是一幅苍生图;倾情而诉,是一片民生情;牧场上所揽,是一幅浮世绘,无不氤氲着人间烟火。其中有一洋洋大观,是单身妈妈的众生世相,或者未婚妈妈的故事,由于西藏牧区特殊的历史风情,她们带几个孩子过日子。在噶厦政府时代,不少未婚或单亲家庭成员沦为乞丐。可如今,她们的命运和生存环境得到了全方位的改善,每个未婚妈妈与孩子都是清一色的建档立卡户,列入易地扶贫搬迁,搬进了新藏房,安排了生态岗,加上草原补助、边境补助、低保政策保障性制度保障,与过去真是天壤之别。

再一个震撼处是高海拔搬迁,四万人下寒山,从羌塘无人区腹地整体搬出来，将家园和大荒还给动物。牧人不再逐水草而居，人与动物争地盘的历史不复存在，这是了不得的壮举，是人类家园意识的复活与觉醒。其实藏北无人区的生存环境酷烈，生态极其脆弱，无法承载那么多牛羊，更不适宜人的生存。在藏北采访时，远那曲北三县的安多和双湖无人区，海拔都超过了五千米。从申扎县到双湖县，走一天就是400多公里，在世界屋脊上行走，我看到了西藏自治区政府做了一件非常艰难却又是功德无量的事情，把高海拔之地的人和家畜全部迁往雅江流域，四万牧人出乡关、别牧场，场面令人震撼。在那曲和阿里的那些日子，从一个采访点到另一个采访点，行车四五百公里是常事。最困难的是说话，在海拔高的地方，最忌讳多说话。可是，每次采访都要大量发声循循以诱，绕许多弯，费很多口舌，为的是搜集到最精彩的故事和细节。每天晚上八九点钟，摸黑抵达下榻处，人已经筋疲力尽，躺在床上动都不想动。吃饭成了最大累赘，毫无食欲，能啃一口苹果，吸一口氧气，便已觉得自己是世界上最幸福的人。

西藏最后一批19个退出贫困的县，横亘于横断山脉、唐古拉山、喀喇昆仑山、冈底斯山和喜马拉雅山之间，横跨怒江、金沙江，并流独泉河、象泉河、马泉河，都坐落于名川大山之间，无限风光风情在雪山，在牧场，在黑帐篷里，在人间。我溯317国道而上，又称大北线，是西藏最具人文风情和风光的路线。我从昌都入，从东往北向西，然后再转至阿里、日喀则，进入卫藏腹地。2020年5月25日从北京飞往成都，从巴蜀进藏，第一个落点是在横断山上的邦达机场，海拔4300米，是世界上海拔最高的机场，因为气候原因，下雪后跑道结冰，连着六天航班未曾落下，我从早晨6点进候机楼，等到中午11点，被告知航班取消。当机立断，改飞玉树，从玉树到昌都贡觉，第二天行车，走了10个小时，翻越好几座海拔4500米以上的大雪山，抵达贡觉。这趟行走住得最高的县城是藏北双湖县，海拔5100米，我走过三十九族部落，巡弋于上象雄、中象雄和下象雄旧址、城堡和藏北羌塘无人区，行至极边之地，把西藏的人文历史翻了个底朝天。抵达班公湖北岸，游走于中印、中尼边境，探究一种古老的象雄文明、古格文明是如何一夜之间消失的，寻找历史的注脚和文化密码，从历史、文学和文明的视角，来思考诠释这场堪比人类奇迹的精准扶贫行动。

第 21 次进藏，也是走得最远的一次。50 多天采访行程，我翻越的不仅仅是一种地理海拔，还要去寻找一种文化的、文学的海拔，甚至是人类精神海拔。《金青稞》从精准扶贫的视角，直面旷野无边的牧场与青稞地上的苍生，书写雪域叙事背景下的新人新事，始终浮冉藏居帐篷的牛粪和羊粪的青烟。我想要西藏所有的老人老有所养，不再贫病交加；我想要雪域所有的幼者都幼有所托，不再流落街头；我想要所有弱者弱有所安，不再流迹天荒，安得广厦千万；我想要天下所有的贫者不再饥肠辘辘，风雪冻死骨从此绝版。

这部《金青稞》的采访写作，还埋了一个生命划痕。那天到老巴青宗旧址巴青乡采访三十九族霍尔王后代多确旺旦，因为在帐篷里牛粪烧得太热，后背出了汗，长了痱子，晚上回到宾馆太晚，淋浴的水不热，冲了澡后，钻进被子有点发抖，从第二天便开始干咳。到了聂荣县和那曲市加剧，咳声不绝，吃了抗生素也不见好转，有点后怕。后边的行程，海拔更高，更苦，若遇高原反应，小命危殆矣。可是，到了海拔 5000 多米的尼玛县和双湖县下榻，住了几天，无碍，未见高原反应，一颗孤悬的心遂落地了，什么恐怖感都风吹云散。藏地 50 多天，咳声不绝，可是飞机一落地昆明，戛然而止。

彩云之南。故园才是一个作家最后的福地。

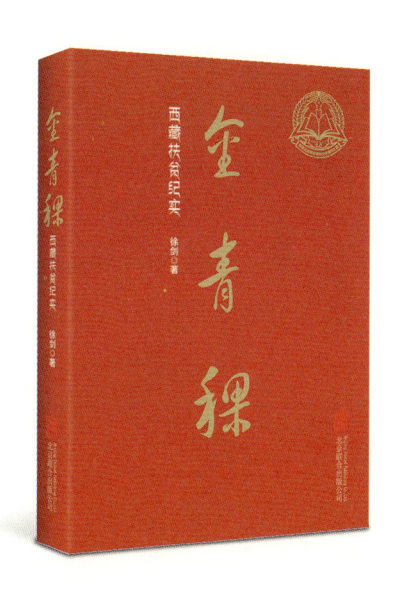

《金青稞》

该书通过西藏自治区各行各业脱贫奔小康的故事，真实记录了西藏自治区扶贫开发史上具有里程碑意义的史实，回顾脱贫攻坚的艰辛历程，生动呈现了脱贫攻坚的丰硕战果，折射在党中央和国务院的正确领导和各族人民的共同努力下，西藏地区经济发展和人民生活发生的巨大变化，彰显中国特色社会主义制度的巨大优势。为写好这部作品，作者第二十一次进藏，东入昌都，北行那曲，西去阿里，深入后藏腹地，在高海拔之域深入采访 52 天，以一个汉地作家的视角，亲历并记录了西藏当地人民脱贫攻坚奔小康的艰辛历程。

徐锦庚 / 1963年出生，浙江人，现为人民日报社山东分社社长。著有《中国民办教育调查》《国家记忆》《大器晚成》《涧溪春晓》等长篇报告文学，曾获鲁迅文学奖、精神文明建设"五个一工程"奖等。

徐锦庚：破译乡村治理的"密码"

丛子钰

三涧溪是山东章丘的一个村庄，这个村庄有"八大景"："北岭西望火车烟，南涧卧牛石万千。马蹄浣衣多少妇，月牙弈棋赛神仙。赵家垂柳千条线，石岗避暑月更天。砚窝留名奇石古，胡岑枝荆到顶园。"诗意的村名，如画的村貌，但其实这个中国北方的村庄并不宁静。几乎每天都有矛盾冲突，都有暗流涌动。这个充满斗争故事的村庄，就是徐锦庚笔下主人公高淑贞"唱念做打"的施政舞台。在这个舞台上，她由生涩到成熟，从"蹒跚学步"到长袖善舞。十多年，三涧溪由穷到富，由乱到治。在徐锦庚眼中，三涧溪就是中国乡村的缩影，《涧溪春晓》展示的，既是一位村干部的奋斗历程，也是一个村庄的治理故事。

丛子钰：您从何时开始有动手创作这部作品的计划？

徐锦庚：2020年是脱贫攻坚收官之年。在国务院扶贫办支持下，中国作协启动"脱贫攻坚题材报告文学创作工程"，选派25位作家深入脱贫攻坚一线，积累创作素材。我领受的任务，就是采写三涧溪。

我对三涧溪并不陌生。我在人民日报社山东分社工作12年来一直关注这个老典型，多次安排记者去采写，还率分社党员骨干去参观学习。2011年11月，我曾陪同时任《人民日报》社副总编辑米博华先生深入三涧溪村，调研新型农村合作医疗，在《人民日报》头版头条发表《新农合是个宝，病先看钱后掏》。2019年下半年，我又特地回访，后来在《人民日报》头版头条发表《村里的变化可大了》。一个普通村庄能够两度荣登《人民日报》头版头条（如果加上习近平总书记考察山东时的报道，可以说是3次），这足以说明，三涧溪可圈可点。我最初的打算是，挖掘扶贫脱贫素材，讲好勤劳致富故事。然而，当我融入三涧溪,触摸其灵魂深处时,渐渐有了新的感知。

丛子钰:三涧溪这个地方有什么特别之处?

徐锦庚:三涧溪曾经"阔"过。老铁匠马世昆人称"劈铁大王",他在改革开放初期组建了钢铁冷断加工队,带领乡亲走南闯北,1979年为集体创收18万元,这在当时是个天文数字。在马世昆带领下,村里办起多家企业,还建有幼儿园,集体经济厚实,村民生活富裕,是远近闻名的先进村。然而,到20世纪90年代,马世昆却受人排挤,黯然辞去村支书,郁郁而终。三涧溪陷入混乱,人心一盘散沙,违法乱纪不断,村庄脏乱不堪,村支书像走马灯,6年换了6任,村集体欠债80万元,成了烂摊子。

2004年,乡村女教师高淑贞临危受命,担任村支书。15年来,她强班子,治村容,勇担当,敢亮剑,励精图治,奋发有为,敏锐把握机遇,顺势而为

徐锦庚在采访作品主人公高淑贞(左)和作品中人物杨莲英(右)

发展。三涧溪走出泥淖，再次脱贫致富，村集体净资产上亿元，人均收入2.8万元，还跻身全国先进行列，荣膺"全国民主法治示范村""全国平安家庭创建先进单位""全国妇联基层组织建设示范村""全国综合减灾示范社区"等。2019年底，就在我采访时，三涧溪又被评为"全国乡村治理示范村"。

三涧溪贫富交替，有迹可循：过去贫穷，是因普遍贫困、苦无出路。脱贫致富，靠的是苦干苦熬、勤劳致富；后来返贫，乃因人心涣散、钩心斗角；再后来脱贫攻坚，是受益于国家扶持、区域优势。自2003年以来，连续17年，中央一号文件皆为三农，近年更是倾力扶持，多方力量叠加，乡村躬逢盛世。区域优势在于，作为章丘的城郊村，三涧溪被征土地多、就业机会多，脱贫水到渠成。所以，三涧溪的脱贫攻坚有其鲜明特点：不仅由"穷"到"富"，更是由"乱"到"治"。换言之，其脱贫攻坚的主要任务，不再是寻找致富门路，而是如何提高治理能力、提升文明素养。鉴于此，我改变创作初衷，围绕八字着墨：成风化人，由乱到治。

丛子钰：报告文学写作也需要写好典型人物，高淑贞就是一个典型人物。

徐锦庚：雁飞千里靠头雁，要当好乡村领头雁，尤为不易。相比其他村，三涧溪更复杂；相比其他人，高淑贞更立体。在乡村领头雁群体中，她是鲜明独特的"这一个"。这位别样的村干部，让我想起《亮剑》中的李云龙。

三涧溪是个大村，三千多人，"苗不一样齐"，历史遗留问题多。治村理事，要敢于斗争，敢于亮剑。高淑贞就是一路斗争过来的，总是以昂扬向上姿态，遇到困难不躲，遇到障碍不绕，敢碰硬，不退缩，头拱地，往前冲。比如，村里修路，冒出几个"拦路虎"，其中还有丈夫的长辈，她大义凛然，毫不畏惧，让村民心存畏惧，不敢再出幺蛾子。

敢于斗争，不是莽撞蛮干，还须善于斗争，注重策略方法，讲求斗争艺术。高淑贞毕竟是个村干部，不可能事事如意，所向披靡。为了解决问题，她能伸能屈，原则问题寸步不让，策略问题灵活机动，有时甚至妥协让步，火候拿捏到位。比如，村里迁坟时，有户人家仗着亲戚是干部，横竖不买账。她迂回侧击，先礼后兵，祭出"敲山震虎"招数，再适当放宽条件，让这户人家心悦诚服、乖乖就范。

敢于斗争，还须善于团结。否则，一味杀伐施威，终会众叛亲离。一个篱笆三个桩，一个好汉三个帮。团结协作，是一切事业成功的基础。一个村干部，要想干成事，就得善于用人。毛泽东主席曾精辟指出，政治就是要把我们的人搞得多多的，把敌人的人搞得少少的。

丛子钰：中国乡村急剧变化，处于多年未有之变局，亟待新的治理方式。您在采访和写作过程中看到脱贫要面对哪些难点？

徐锦庚：过去，人们为生计疲于奔波时，"饥寒起盗心"，文明素养容易被忽略、遮掩。脱贫致富后，"仓廪实而知礼节，衣食足而知荣辱"，文明素养的要求浮出水面。如何提升农民文明素养、提高乡村治理能力，既是后脱贫时代面临的紧迫问题，也是现代农村的主要矛盾。人被裹挟进入现代社会，思想观念仍在缓慢转型中，"身子已住楼房，头脑还在平房"。农民受小农意识桎梏，有的安贫乐道、不思进取，有的得过且过、目光短浅，有的懒惰成性、坐等帮扶，有的铺张浪费、薄养厚葬，有的迷信封建、求神拜佛。由于缺乏利益联结，村民各种各的地，各干各的活儿，各吃各锅里的饭，乡土人情趋淡，人际关系疏离，社会凝聚力弱化。

与此同时，人们的利益需求更加多元，对政府要求增多，监督愿望增强。当需求无法满足时，产生失望和焦虑，引发社会治理问题。还有一个现实不容忽视：大批农村精英迁入城市后，留下的多为文盲半文盲，导致农村缺乏生机活力，治理人才短缺，治理主体弱化，村干部素质下降。有的年龄偏大，"七个人八颗牙"，文化程度偏低，综合素质不高，缺乏乡村治理能力。有的不思进取，目光短浅，怕担责任，得过且过，缺少干事创业激情。有的作风简单粗暴，听不进群众意见，搞一言堂，遇事拍脑袋，凭主观想象决策，缺乏民主意识。有的怕吃苦、怕吃亏，工作不深入，作风不扎实，缺乏艰苦奋斗精神。

党的十九届四中全会提出，要构建基层社会治理新格局。基层是国家治理的最末端，推进国家治理体系和治理能力现代化，必须紧紧依靠基层、聚力建强基层。乡村治理的关键，在于自治、法治、德治三位一体，以自治增活力，以法治强保障，以德治扬正气。自治属于村庄范畴，法治属于国家范畴，德治属于社会范畴，"三治"互为补充、相得益彰。

村民自治的重要目标，就是强化主体意识，提高参与公共事务积极性，让农民说事、议事、主事。乡村治理重在春风化雨，挖掘道德力量，德、法、礼并用，引导农民向上向善、孝老爱亲、重义守信、勤俭持家，增强乡村发展软实力。

可以说，三涧溪的脱贫致富，受益于历年中央一号文件，赶上改革开放好时代，可谓"最是一年春好处"。三涧溪的跨越发展，受益于三涧溪人抢抓机遇，搭上国家政策顺风车，"早起的鸟儿有虫吃"。在脱贫攻坚中，三涧溪注重提升村民素养，从"富口袋"转向"富脑袋"，走在其他脱贫村的前列。鉴于此，我把书名定为"春晓"。

一位朋友看了书稿，直率提出：三涧溪获得那么多荣誉，为什么你不写成绩，却净揭些问题？其实，他曲解了我的本意。我写三涧溪，是想顺着高淑贞这条主线，在错综复杂的矛盾中抽丝剥茧，理清成绩背后的脉络，探寻事物发展的规律，破译乡村治理的"密码"，为基层治理提供一份鲜活"样本"。

《涧溪春晓》

三涧溪村属于山东章丘管辖，在20世纪80年代已经脱贫致富，集体经济发达。然而，到20世纪90年代，该村却面临新的问题和挑战。2004年，乡村女教师高淑贞临危受命，敏锐把握时机，终于将三涧溪带成一个先进村。2018年6月，习近平总书记考察该村时给予高度肯定。2019年，三涧溪被评为"全国乡村治理示范村"，《人民日报》头版头条报道，高淑贞被评为"最美奋斗者"。该书紧扣党的十九届四中全会精神，围绕"成风化人、由乱到治"主题，以高淑贞为主线，通过一个个接地气的具体案例，生动地描绘了基层治理工作的琐细和不易，凸显出当代农村基层工作者敢于担当的执政能力、吃苦肯干的奋斗历程、昂扬向上的精神面貌和因地制宜的实践智慧。

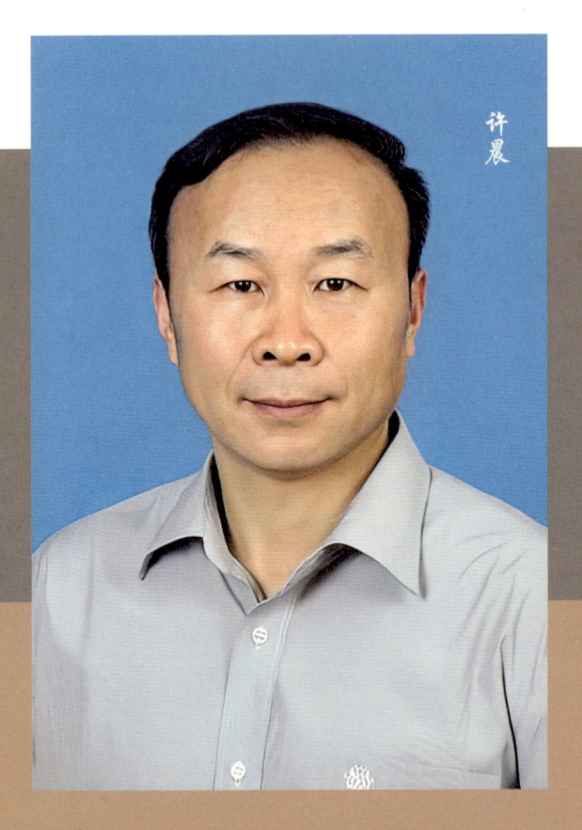

许晨 / 1955年8月出生，山东人，山东作协原副主席、青岛作协名誉主席。著有《人生大舞台——"样板戏"启示录》《血染的金达莱》《第四极：中国蛟龙号挑战深海》等多部散文集和报告文学。曾获鲁迅文学奖、冰心散文奖、"70年70部·优秀有声阅读文学作品"奖等。

行走在山海之间

许 晨

早春二月,乍暖还寒。庚子鼠年的这个早春,寒得让人心痛。不用说,我指的是突如其来的新冠肺炎疫情,几乎一夜之间口罩冰封了华夏大地。好在我们有坚强的领导和英雄的人民,同仇敌忾,万众一心,终于迎来了抗疫胜利的曙光。

正如那句哲言所说:没有一个冬天不可逾越,没有一个春天不会来临。即将驱散阴霾的人们,倍加珍惜蓝天上每一缕阳光、每一朵白云。2020年3月6日,决战决胜脱贫攻坚座谈会以电视电话会议形式在京召开。习近平总书记指出:"到2020年现行标准下的农村贫困人口全部脱贫,是党中央向全国人民作出的郑重承诺,必须如期实现,没有任何退路和弹性。"

为了这个承诺,党中央多次召开脱贫攻坚专题座谈会,而这一次规模最大,范围最广。主题就是坚决克服新冠肺炎疫情影响,夺取脱贫攻坚战全面胜利。当晚我坐在电视屏幕前,收看《新闻联播》中的会议报道,心潮翻涌,深受鼓舞。因为我正在承担着一项与此有关的写作任务,虽说一度受到疫情的干扰,无法安心坐在书桌前,但很快调整心态,一方面尽己所能协助战"疫",一方面保质保量潜心写作。看到党中央吹响了总攻的进军号角,不由得使我想起了前不久的闽东之旅……

2019年10月至11月,北方正是深秋时节,黄叶飘零北雁南飞,而在南国八闽沿海一带,却依然山清水秀绿满天涯。连日来,我在有关方面工作人员陪同下,身背简单的采访包,脚踏轻便的运动鞋,走南闯北,下海上山,进村串户,访人问事,每天手机微信计步器上何止万步之遥,虽时感劳累有加,但兴致勃勃，乐此不疲。

这是因为我在参与一项重大的写作工程，完成一次紧要的采访任务。

新中国成立70周年之际，中国作协与国务院扶贫办决定共同开展"脱贫攻坚题材报告文学创作工程"，组织一批优秀作家深入第一线，采访写作反映脱贫攻坚题材的报告文学作品。我有幸入选，并受委派前往福建省宁德市深入采访、体验生活、构思写作。在安排好手头工作之后，我立即联系有关省市扶贫办和宣传文化部门动身前去，争取不负重托，以扶贫精神写好扶贫作品。

宁德，俗称闽东，地处福建省东北部，2000年11月撤地设市，下辖一区两市六县和一个国家级经济技术开发区，土地面积1.34万平方公里，人口352万，背山面海，几乎一半是山区一半是海岸带。这里曾是习近平总书记工作过的地方，是习近平新时代中国特色社会主义思想的重要萌发地。20世纪80年代中叶，由于种种原因，这里经济社会发展滞后，人民群众生活困苦，列入全国18个集中连片特困地区，被称为我国东南沿海的"黄金断裂带"。辖区内9个县曾有6个是国家级贫困县，120个乡镇中有52个是省级贫困乡镇，徘徊在温饱线上的农村贫困人口达77.5万人，约占全地区农村人口的三分之一。

许晨在宁德福安市采访产业扶贫

那时提起宁德就是五个字："老、少、边、岛、贫"。1988年至1990年，习近平同志在此担任地委书记期间，深入调研潜心思考，提出"弱鸟先飞、滴水穿石"的闽东精神，制定了因地制宜的脱贫方针，带领广大干部群众向贫困全面宣战，开启了闽东扶贫开发的创新实践，留下了极其宝贵的精神财富。如今，30多年过去了，这里发生了日新月异的巨大变化，至2019年，全市所有建档立卡贫困户、贫困村全部实现脱贫，目前正在复查巩固成果，同时经济社会也取得了高速发展的辉煌成就，一个欣欣向荣的新宁德出现在世人面前。

通过基本的案头工作和深入了解，我感到这是一个难能可贵的脱贫攻坚题材，也是一个光荣艰巨的写作任务，必须"深扎"进去认真采访，深刻感悟，精益求精，方能写出一部精品佳作。首要的就是在采访体验上下功夫，真情实感是报告文学的第一要素。为此，我来到宁德之后，在扶贫办配合下深入县乡村镇，得到了许多扶贫开发第一手材料。尤其我来到习近平总书记当年在宁德地委的办公室，感受并体会当年的情景；我沿着他在闽东登山下海"四下基层"的足迹，走访发生了沧桑巨变的山村渔户，收获颇丰。此后我采访了宁德市委书记郭锡文、市长梁伟新，两位年富力强的领导者，继承发扬优良传统和精神财富，带领全市人民不懈奋斗，交上了一份完美的答卷，也使我全景式地认识到"宁德模式"的真谛所在。

独特的地理环境，形成了独特的致贫原因和扶贫工作，一边是交通不便的高山险坡，一边是滩涂连片且多年作为海防前线的沿海地区，也是少数民族畲族的聚居地。这里的人们按照"一张蓝图绘到底，一任接着一任干"的指导思想，因地制宜，精准扶贫，涌现了"赤溪：中国扶贫第一村""连家船民上岸开始新生活"等众多先进典型和生动感人的故事，丰富多彩，令人敬佩有加、喜不自胜。新时期的扶贫工作从这里起步，犹如当年井冈山的星星之火，燎原冶炼新中国一样，照亮了华夏贫困地区的山山水水，打造出一个人民幸福安居乐业的新天地。

闽东山高海低，阴晴多变，我白天行走在山海之间，一会儿艳阳高照，一会儿细雨连绵，每到一处，不仅听情况介绍，看扶贫项目和村容村貌，还要找出重点户询问访谈，或者召开小型座谈会。晚上则在住处整理采访记录和手机

书写新时代的创业史

许晨在宁德霞浦县下村采访第一书记

照片，回味参观场景，考虑第二天行程，常常夜深而人不寐，沉浸在采撷到珍贵素材的兴奋之中。第一阶段采访结束后，我向有关方面做了详细汇报，得到中国作协领导和创研部的高度重视，给予了具体指导与大力支持。《中国作家》杂志社编辑和《文艺报》记者均表示，我再次前往闽东时，他们将专程陪同实地调研体察，最大限度掌握鲜活的素材，为写好作品打下坚实基础。

有人说：一个富有责任心的当代作家，发现了好选题好素材，如同深山药农找到了人参、地质学家勘探出金矿一样，十分振奋。此时此刻的我，就是这样一种状态。整体脱贫奔小康，是我们党对全国人民作出的庄严承诺，是向全世界减贫事业奉献出的"中国方案"，中国作家应该而且必须投身到这场伟大的斗争中去，用手中的笔记录书写讴歌这一人类壮举。我能够参与其间，深感荣幸，决心潜心耕耘，精益求精，写出一部无愧于宁德人民和当今时代的好作品。

今年是脱贫攻坚战最后一年，收官之年又遭遇疫情影响，各项工作任务更重、要求更高。决战决胜脱贫攻坚座谈会的及时召开，彰显了举国上下打好这场硬仗的决心和信心。习近平总书记在会上指出："脱贫攻坚不仅要做得好，而且要讲得好。要重点宣传党中央关于脱贫攻坚的决策部署，宣传各地区各部门统筹推进疫情防控和脱贫攻坚工作的新举措好办法，宣传基层扶贫干部的典型事迹和贫困地区人民群众艰苦奋斗的感人故事。"

毫无疑问，这正是我们文学工作者的光荣任务和神圣使命。

全面建成小康社会、实现第一个百年奋斗目标，最艰巨的任务就是脱贫攻坚。现在到了决战决胜的时候了。宋代文豪苏东坡诗云："乱石穿空，惊涛拍岸，卷起千堆雪。江山如画，一时多少豪杰。"如今，我们正面临把中华民族千百年来的绝对贫困问题历史性地画上句号的伟大时代，应该义无反顾地投入进去。对于那片正在崛起的闽东山水，我会尽心尽责浓墨重彩地去描绘。这里是典型的山海交融，日新月异。是的，山与海的拥抱，定将迸发出旺盛的生命力，奏响震天撼地的交响乐章……

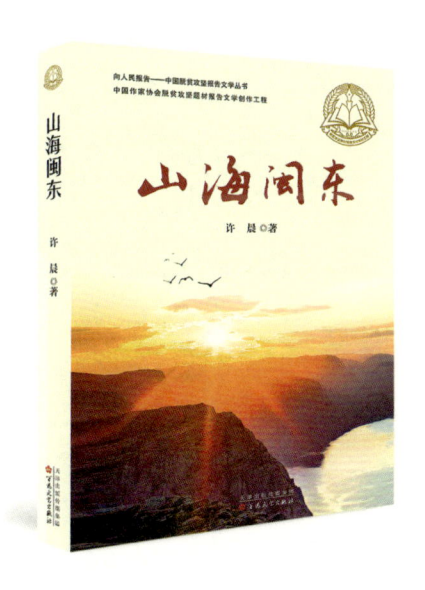

《山海闽东》
该书着力于反映福建宁德地区的脱贫攻坚战。宁德，俗称闽东，地处福建省东北部。由于历史、地理、海防等原因，一度十分贫穷落后。面对全区百姓摆脱贫困的热切期盼，20世纪80年代末，以时任宁德地委书记习近平同志为班长的宁德地委、行署，以"弱鸟先飞""滴水穿石"的闽东精神，奠定了摆脱贫困的实践根基。30多年来，宁德历届党委、政府秉持习近平同志在宁德工作期间的扶贫思路，到2019年当地已完成全面脱贫，创造了富有特色的"宁德模式"，走出了一条扶贫开发的世纪之路。本书文笔生动，故事感人，呈现了闽东扶贫攻坚战的辉煌成就、从摆脱贫困到乡村振兴的实践探索与经验启示，深刻记录描绘了习近平总书记亲自擘画的闽东乃至全国扶贫大业。

曾平标 / 1963年出生，广西人，现任广东作协报告文学创作委员会主任。著有《中国桥》《魂铸京九》《祭梦》《生死树》等作品19部、520万字。获精神文明建设"五个一工程"奖、"中国好书"奖等。

身心同行的精神淬炼

曾平标

前不久，我又去了一趟百色，那里是国家实施东西部扶贫协作决策以来，广东对口帮扶广西的主要地区之一。对这个地方的熟悉程度相信没有几个人能超越我，因为我的老家在百色，我还曾经在那里工作过15年。

我是直奔脱贫攻坚而去。按照熟悉的线路，带着熟悉的乡音，我去打探脱贫攻坚收官之年乡亲们的生活变化。于是，我发现："时代楷模"黄文秀生前担任第一书记的乐业县百坭村已经走上共同富裕的小康路；全国"扶贫状元"、广州市政协原主席陈开枝走进百色扶贫累计已经113次了；凌云县平怀村党支部书记郁再俭带领村民发展特色产业脱贫致富，被评为"全国劳动模范"……

前后一个多月，我在百色大地的山水间行走，在乡野中栖居。我还发现很多很多，发现贫困村的路修好了、贫困户的电通了，自来水也进了家门，他们的生活正在发生天翻地覆的嬗变。

其实，一年来我都在为脱贫攻坚题材而奔波。2019年10月，我开始参与创作长篇报告文学《奋斗与辉煌：广东小康叙事》，不想，一场突如其来的新冠肺炎疫情打乱了我的计划。2020年6月，国内新冠疫情得到有效控制后，我即赶往粤北山区的清远、韶关等贫困村采访，在这一过程中又开始与作家廖琪合作创作反映"全国东西部扶贫协作"广东典型人物陈开枝的作品，他是"全国脱贫攻坚奖贡献奖"获得者和全国"东西部扶贫协作先进个人"……

于是我又一个"猛子"扎进了广西百色。

书写新时代的创业史

一

决胜全面建成小康社会、决战脱贫攻坚，这是以习近平同志为核心的党中央对人民、对历史的庄严承诺，是中国人创造幸福生活的伟大实践，是习近平总书记长期思考、深情牵挂与惦念的重大问题。

在决胜全面建成小康社会、决战脱贫攻坚收官之年，来自乡村的乐谱、泥土的音符，无疑成为当下国家叙事的一部分，有着宏大的旋律和明亮的基调，凸显了这场攻坚战的文学含量。

"文章合为时而著，歌诗合为事而作"。为时代而歌，作家不能蹲在象牙塔里，而应该书写无愧于这个时代的精品力作，给脱贫攻坚注入强大精神动力，这是我对脱贫攻坚这一现实题材的认知。

报告文学既是现实的剪影，也是历史的观照。从广东到广西，从广州到百色，从一个战场辗转到另一个战场，我走遍了百色9个国家级贫困县中的16个极度贫困村，在行走中竭力挖掘东西部扶贫协作过程中发生在我笔下那些真实的、典型的人和事。

曾平标在百色平果市金沙移民异地安置开发区采访

382

在百色大六隆易地开发区，移民村安置点依山而建，为解决移民留得下、稳得住、有收入问题，广州市政府按照"公司＋基地＋加农户"的模式，帮助发展种植了20万亩八渡笋。为真实地反映这个过程，我攀上那些极度贫困村原址，又来到这些贫困村搬迁后的新村，对比非常鲜明，印象非常强烈。

我在脱贫攻坚的大地上行走，从中获得对脱贫攻坚的峻烈情感。

2020年7月，我随同"扶贫状元"陈开枝第112次到百色扶贫时，他坚持要到"时代楷模"黄文秀生前担任第一书记的百坭村去。那天十分炎热，80岁的陈开枝从县城乘车一路颠簸，辗转20多公里山路才到百坭村部，在观看黄文秀的事迹陈列展时，我发现陈开枝掏出纸巾悄悄擦拭眼泪，我当时就感觉到不寻常，后面一定有故事。回到车上，我进一步了解才知道，原来黄文秀是一个贫困家庭的孩子，是靠广东社会各界捐助的助学金完成高中学业，而陈开枝正是那个为她发放助学金的"陈爷爷"。黄文秀研究生毕业后回到家乡百色，到田阳县那满镇挂职副书记时，陈开枝曾去看望她，向她传授几十年扶贫工作的体会：认识要高，路子要对，感情要深，措施要硬，作风要实。他们在这里留下一张珍贵的合照……我在构思这本书的结构时，作品的小切口正是从这个视角引入的。

我入村进户，用沾满泥土的脚步探寻扶贫工作的精彩点滴，用眼力透过现象看本质，用有温度的细节反映脱贫攻坚的真情故事。

脱贫攻坚题材的难度，在于庞大现实生活的复杂性、精微性。在脱贫攻坚战场上行走，对扶贫系列的观察与思考，不经意间总有那么一些人，那么一些事，那么一些情，那么一些境，令我感动、难以释怀。譬如在广东脱贫攻坚一线采访，张俊峰和张剑峰兄弟主动请缨到贫困村担任驻村第一书记，村民们滔滔不绝给我讲述一个个兄弟"打贫困虎"的故事；第一书记漆云良是一名医生，他带着血压计帮扶贫困户，拿着听诊器在田间开处方，他说，帮扶先扶健康，让村民人人有个好身子，才能达到长久脱贫、让"贫疾"难返……

这些上佳的现实素材，集结成我书写脱贫攻坚的大选题。我始终怀着热情去采访，带着深情去思考。试想，一个作家如果没有现场体验，没有冲动，没有激情，那他的创作还有多少现实意义呢？

二

英国作家艾略特说:"不仅感知过去(贫困)的过去性,而且感知过去(贫困)的现在性"。我的体会是,脱贫攻坚的每个乡村背后,都隐含着一段"过往"的贫困,他们需要的不仅仅是物质的帮助,更有精神的温暖和支撑。

我的写作在努力彰显这个维度。

在深入扶贫一线的人和事之中,我被身边的扶贫人、乡村之变所感染。当我看到贫困群众有了产业,得了收成,分红时的那种喜悦和笑容时,我会以更饱满的热情、更细腻的笔触来为他们放歌。

最初,我并没想深耕这一题材,接受任务的时候,也并未对其有足够的认识,甚至简单地认为这应该是当前的一种短期行为,只要风头一过,就会偃旗息鼓。当我进入写作的状态后,我对脱贫攻坚奔小康有了更深入的思考。

曾平标在百色平果市金沙移民异地安置开发区和村民交谈

陈开枝帮扶百色24年，主导建成了9个移民新村，让5万名缺乏生存条件的贫困群众搬出大石山区，牵线搭桥动员广东省和港澳社会各界捐资4亿多元，改造百色地区243所学校，让6万多名贫困儿童重返校园……

陈开枝为什么会选择百色作为他生命不息、扶贫不止的地方，是什么样的一种力量感召和精神感染？

在百色脱贫攻坚的大地上行走，我一直在思考这一个问题，也决定了我的观察角度与思考模式。

扶贫不仅是靠资金和项目，还要靠意志和信念。回望陈开枝的24年扶贫路，其意志多么坚强，信念是多么笃定。

题材的开掘、文本的书写、价值的表达……我把笔聚焦易地搬迁、危房改造、扶贫车间、特色产业等领域，用手中的笔记录下脱贫一线干部群众的脱贫新路，并亲身体验各特色产业、扶贫车间带来的发展和成效。

面对脱贫攻坚题材，只有深情拥抱，真情表达，才能够创作出反映时代精神、充满正能量的作品。

对我来说，不啻是一次精神的撞击，一次浴火的洗礼。

三

脱贫攻坚的采访写作是一次深入基层、扎根人民的生动文学实践。采访和写作的过程，总有一个问题萦绕脑际：是贫困村中的扶贫，还是扶贫中的贫困村。后来发现其实这是同一个问题，因为扶贫也好，贫困村也好，都可以在今日变迁中找到答案了，并且融合成一个文学命题：人类对幸福的向往和追求。

听老百姓讲扶贫人的故事，听扶贫人讲脱贫攻坚的故事，我在努力用文学进行表达，让希望表达得淋漓尽致。

我知道，我走入的每一个贫困村注定会以一种新的方式驻扎在我的体内，因为它的巨变来得太突然，甚至给我一种恍惚感。

感谢脱贫攻坚的现场，让我明白了火热的现实生活与创作的关系。我看到的只是一个局部，而不是全部。因为一个人的视野是有限的，观察也是有限的。

正是在这个"有限"的观察中我发现了陈开枝,发现了张俊峰、张剑峰兄弟俩,发现了漆云良等等,读懂了他们的初心和使命,我甚至认为这个发现比我的写作本身更有意义。

脚,走在了大地上,心,贴上了扶贫情。我对脱贫攻坚的创作激情不会被时间磨蚀,我意犹未尽循着这个方向努力。

我想,书问世的时候,书中的那些人或事也许正在切换:陇穷村的瑶族同胞大部分搬迁到"广州村"里住了;梅林村特困户班成连建在山坳里的新房又加了一层;连樟村贫困户陆奕和的女儿已经大学毕业找到工作;花山村的贫困户阿岸找到了人生另一半;罗阳村的贫困户从政府那里领养的母牛们纷纷诞下了小牛犊……

《扶贫状元陈开枝》
该书讲述了全国扶贫状元、全国脱贫攻坚奖贡献奖获得者、广州市政协原主席陈开枝24年来矢志不渝帮扶革命老区——广西百色革命老区脱贫攻坚的经历。全书以陈开枝114次百色扶贫行作为主线,通过深切感人的情节和细节挖掘,全方位呈现陈开枝牢记共产党员的初心使命,在帮扶百色革命老区移民搬迁、产业扶助、兴教扶智等方面鲜为人知的精彩故事和他"生命不息,扶贫不止"的高尚情操与精神境界,刻画了一个"永不言倦"的"中国大好人"典型形象。

曾哲 / 北京作协专业作家。出版有长篇小说《呼吸明天》《部落日》《身体里的西部》等。曾获老舍文学奖、北京市政府文学艺术奖、红岩文学奖、长江文艺奖、十月文学奖等。

曾哲：走进金沙江大峡谷

陈永明

认识曾哲，是一次偶遇，更是一种缘分。

2018年7月，一生都在"漂泊"的曾哲，千里迢迢来到"彩云之南"，来到滇东北，走进金沙江大峡谷，走进世界级水电工程溪洛渡水电站，行走在"欢乐金江·壮美永善"这片炽热的土地上，以漂泊者的镜头鸟瞰这方大山大水，以记录者的虔诚书写这方土地，以亲历者的笔触记录美丽乡村，以农民的本分品味农家生活，以作家独到的眼光和视觉，解读新时代新农村新变化。

在我眼里，曾哲是用"漂泊"诠释生活、用脚步丈量人生、用虔诚书写情怀的人。曾哲早年从事诗歌创作，20世纪80年代初开始发表小说，在城市写作十年之后，便独自一人走上了"漂泊"与文学之路，在14个月时间里，便从西北到西南，走访了边境20多个少数民族地区，开启"漂泊文学"写作实践的探索之门。30年间，曾哲的足迹遍布内蒙古高原、黄土高原、青藏高原、帕米尔高原、云贵高原、塔克拉玛干沙漠，走戈壁、过草原，几进几出西藏，考察雅鲁藏布大峡谷，独自徒步从尼泊尔的首都加德满都，穿越喜马拉雅山中部，一直走到拉萨；翻雪山，进入滇西北的峻岭峡谷，跋山涉水，走完整条独龙江；沿途放牦牛、当牧民、代课，还兴建了三所小学、修复一座寺院等。先后创作长篇漂泊小说集、中篇漂泊小说集、短篇漂泊小说集以及长篇漂泊笔记、诗集20余部……从曾哲的身上，我看到了一个作家对生活的虔诚、对世事的豁达和对事业的执著，看到的是一个"漂泊者"行走人生的不懈追求。

两年前，应云南省委宣传部、云南作协之邀，曾哲作为全国重要文学奖项获得者的5名作家之一，到云南深入采风、体验生活，探访了高黎贡山区、西

行走大地

曾哲在金沙江溪洛渡水电站坝前

曾哲在云南昭通市永善县茂林镇谭家营党参基地，与"谭二哥"探讨产业发展带动群众增收的经验做法

双版纳地区、藏区香格里拉、边境口岸瑞丽、河口地区，实施整族帮扶整乡推进的独龙江和革命老区、乌蒙山片区，创作云南重大题材报告文学，也就有了这次云南之行、滇东北之旅、金沙江大峡谷之缘。

在曾哲的眼里，历史是鲜活的，山川是有风骨的，风景是流动的。从滇东北昭通到永善，经渝昆高速水麻段普洱收费站，不大工夫便是金沙江铜运古道的桧溪古镇，沿着两岸对峙的山谷，傍金沙江逆流而上，不到半小时，便到了中国西部目前最大的水电能源基地云南永善县城溪洛渡镇。当听说，从昭通到永善除了经过昭通三个县区外，还经过了云南、四川两省，昭通、凉山两州市的地盘，还得两次跨越金沙江时，曾哲不禁心生感慨：哎呀，了不起，真是不虚此行！

金沙江，这条气势磅礴的大江，穿越崇山峻岭，历经千万年形成深切割的大峡谷，在两侧"金属的槽道"里穿行。历史上，人们把金沙江称为"千古闭塞之江"，只能任江水肆意流淌。永善境内的"十八险滩"，自古就被视为畏途。特殊的地理位置，使金沙江蕴藏的巨大能源得到开发利用。2003年12月，金沙江峡谷之中的溪洛渡口，一声开山炮响，装机1386万千瓦、中国第二、世界第三的世界级水电工程——溪洛渡水电站开工了。

十年之后的溪洛渡，不羁的金沙江静如处子，两岸高山耸峙，峡谷中一道大坝巍然矗立，坝上高峡平湖，一泓碧波如镜，坝下清流急湍而泻，加上下游已建成的向家坝水电站，永善境内168.2公里的江面和众多支流、河谷，形成"高峡出平湖"的靓丽奇观。

站在溪洛渡跨江大桥上，凝目远去的金沙江，两岸青山、一江碧水，眼前便是已建成的溪洛渡水电站。壮观的"世界第一高坝"在雾霭里，如仙境般缥缥缈缈，时隐时现。感慨之余，曾哲即兴拍照留影，一定要有大坝，要有金沙江！

金沙江大峡谷就是一幅立体的山水画。在永善境内，从最低海拔300多米到最高海拔3100多米，不想"这山望着那山高"都不行，往往是"山下桃花，山上雪""对面能相见，相逢需半日"。无论在金沙江谷底感受夏日的浓烈，还是"攀爬"到2260米的茂林镇，夜宿"谭家营"，吃农家菜，听致富带头人"谭二哥"的故事，听扶贫队长刘承云的人生经历，曾哲都是一个体验者、一个倾听者。在云南，在昭通，在永善，在金沙江大峡谷的乡村、寨子，曾哲走进了一个个故事的"活水源头"，探寻现实、叩问历史、汲取诗意，他在这方生长着"感人故事"的乡野之地，找到了生活的灵感和创作的底气。

曾哲在乡村采访，他的与众不同在于，只"拉家常"，听生活琐事，不问为什么、怎么样。原来曾哲之所以深究"谭二哥"童年的故事，寻找的是其内在的力量源泉和思想根基，是想告诉我，一个人后天的成功，与他童年时代的人生经历有关，与他生活的环境和经历的"苦难"有关，与他的性格培养乃至精神塑造有关，目的和用意就在于此，这常常也是被我忽略的细节。

其实，曾哲在乎的，不仅仅是一方山水的旖旎，更看重的是一方的历史人文和地域文化。在这里，曾哲看到的是一个从历史深处走来的永善，看到的是永善人"善、勤、恒、容、韧"的精神世界，以及仰仗这方山水练就的刚毅、坚强的韧劲和奋发向上、敢于拼搏的大山精神。曾哲说，一方水土，养一方人。在这里，他找到了答案。

《经纬滇书》
经纬是秩序、条理，也是线索。作者在云南历经3个月的奔波采访，积累了丰富的素材，一个个脱贫攻坚的人物走进故事，一段段故事连成了经纬，不断延续发展，见证着云南大地与祖国的每一个板块共同奏响决胜全面建成小康社会的壮丽凯歌。

短暂的采访结束了，远去滇南"漂泊"奔波的曾哲，隔三岔五到了一个新的地方，都要给我发来信息"报告"行踪、问候我。那句"你都好吧"，让人心里总是暖暖的，一种萍水相逢的情怀，始终挥之不去。曾哲在云南采访结束，三个月便拿出了初稿。2019年4月，曾哲的《经纬滇书》便由云南出版集团云南人民出版社出版了。曾哲别出心裁，以坐标定位的方式，记录自己的脚步丈量的轨迹，讲述亲历见证的故事。经纬是秩序、是条理，也是线索。曾哲在云南从5月到8月四个月的奔波采访，线索变成了经纬，经纬形成连接。书中那一个个脱贫攻坚的故事，精准地注册定位了坐标。

两年过去了，我的精力基本上都倾注于挂钩帮扶的第一线，这是全县的头等大事。如今，曾哲所采访的甘杉村脱贫成效考核和普查也圆满结束了，我所在的永善县也实现了脱贫摘帽。今天，当我手捧散发着墨香的《经纬滇书》，心里不仅仅是甜甜的欣慰和暖暖的感动。在"北纬27°40'45.29" 东经103°36'26.30""《我聪明，做带头人》里，我听到了"谭二哥"的故事；在"北纬27°37'52.41" 东经103°35'24.17""《决战时刻，全力以赴》里，我看到了滇东北昭通大地攻坚战场轰轰烈烈的壮阔场面……这正应了曾哲的那句话：一个个故事的延续和发展，2020年贫困将不在。

上善若水任方圆，厚德载物已成钢。曾经读过一本书，叫《美好的人生在路上》。对曾哲来说，最美好的人生又何尝不是在路上呢？对生活在金沙江大峡谷的乡亲们来说，何尝不是豪情满怀小康路呢？

赵德发 / 1955年出生，山东人，山东作协原副主席。著有《赵德发文集》12卷、长篇小说《经山海》等，曾获精神文明建设"五个一工程"奖。

写好新时代中国乡村故事

赵德发

在一个日新月异的时代，能否完成对于时代本质的深刻表达，是我们面临的新考验。

在漫长的农业时代，乡村一直是文学的重要表现对象，在百年来的中国同样如此。20世纪二三十年代的乡土小说，新中国成立前后诞生的红色经典，都把中国土地上的世道人情、风云万变书写得细致入微、淋漓尽致。改革开放40多年来，农村题材作品依然占据文学主流，作家们从中华优秀传统文化的根柢着眼，以村庄为切入点，刻画时代风貌，塑造典型人物，创作了一大批优秀作品。可以说，农村题材写作，是中国文学的一个传统。

进入新世纪以来，随着改革开放进一步深入和经济社会飞速发展，中国发生更为深刻而巨大的变化。21世纪的中国农民同时站在了工业化、城市化、全球化、信息化的"高速公路"上。城市以外的广大地区已经不能统称为农村，因为第二、第三产业已在那里星罗棋布，且与第一产业深度融合。顺应这个巨变，农村被许多人改称"乡村"，文学范畴中的农村题材也改称"乡村题材"。

今日乡村，是一个开放包容的广阔空间。乡村生活从来没有像今天这样斑斓多彩、这样充满活力。生活在这里的人们，不只是传统意义上的农民和乡村干部，还包括在城乡之间从事经济活动与文化活动的各类人士。面对新时代新生活，作家何为？我们怎样才能继续写好乡村题材？我个人认为，应该注意三点：

第一，深刻反映时代本质。作家一定要保持高度敏感，真切感受时代脉搏。经济、政治、文化、科技，社会发展的方方面面都要了解，既要关注表面上的

赵德发深入渔村采访渔民

瞬息万变，又要看到深层次的本质所在。当今时代的主题是和平与发展，这一时代主题在今天的中国得到强有力的反映，这就是 14 亿中华儿女奋力实现中华民族伟大复兴的中国梦。乡村振兴是民族复兴的重要组成部分，正在进行的决胜全面建成小康社会、决战脱贫攻坚，是一场改变中国乡村面貌的伟大社会实践。在这一伟大历史进程中，中国作家没有缺席。近年来，表现乡村振兴、书写脱贫攻坚故事的作品不断涌现，令人欣喜。我们要努力写出时代大背景，写出历史纵深感以及对未来的启示，同时警惕平面化、简单化书写。在一个日新月异的时代，能否完成对于时代本质的深刻表达，是我们面临的新考验。

第二，精心塑造时代新人。当代中国乡村题材作品，在塑造时代新人方面取得了辉煌成就，如《创业史》里的梁生宝、《平凡的世界》里的孙少平、《古船》里的隋抱朴等等，都是影响深远的典型人物。我们要充分学习借鉴这些成功经验，塑造出新时代的新人形象。今天写新人，不仅要写他们带头致富的行

书写新时代的创业史

赵德发在渔村了解渔民的基本生活情况

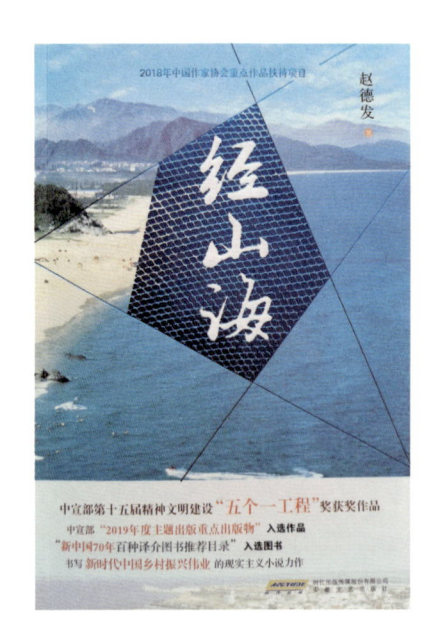

《经山海》

《经山海》是将新时代新人新气象根植于中华传统文化底蕴、反映乡村振兴主题的优秀作品。小说通过讲述基层女干部吴小蒿的成长，反映了新时代农村深化改革，党的基层干部不畏艰辛、奋发有为，给农村带来新气象，推进乡村振兴的伟大历程。评论家们认为，《经山海》是书写"新时代中国改革者心灵史"的接地气之作，是展现新世纪中国社会风貌、历史文化与思想巨变的"新时代精神图谱"之作。该书入选中宣部2019年主题出版重点出版物名单，获精神文明建设"五个一工程"奖等。该书还入选"新中国70年百种译介图书推荐目录"暨2020年丝路书香工程，将译成多种外文对外发行。中央广播电视总台将此书制作成48辑音频并播出，山东省委宣传部等单位筹拍的同名电视剧已经开机。

动,还要写出他们的新观念、新思想,让新人具有新内涵,成为时代的突出表征。我的长篇小说《经山海》,塑造了新人吴小嵩形象。她是一个农家女,是毕业于大学历史系的高才生。通过招聘考试,她来到海边乡镇当副镇长,在那里克服种种困难迅速成长。有评论指出,"吴小嵩身上现实感与理想性的结合、个人命运与时代精神的交织,让一个具有鲜明辨识度的时代新人形象呼之欲出"。我认为,时代新人之"新",需要我们不断有新发现、新创造。

第三,努力追求史诗气魄。新时代呼唤新史诗。中国社会的沧桑巨变,需要全方位、宽镜头、长景深地进行表现。这个任务,每一位优秀作家都应该担当起来。作家要有大时代的大气魄,用心、用情、用功记录民族心路历程和精神变迁,同时密切关注世界变化,用哲学、社会学、人类学眼光观察人类生活,让创作既有中国视野与中国情感,又有聚焦人类命运共同体的宽广胸怀。作家要继承中外优秀文学传统,同时勇于创新,用精湛深邃的艺术手法记录时代足迹,刻画时代精神,努力让作品具有史诗气魄,展现生活的全面景观和庄严诗意。

哲夫／1955年生，北京人。现为山西作协副主席，太原文联党组成员、副主席，太原市文学院院长，一级作家。著有《哲夫文集》《哲夫文选》等。曾获中国图书奖、中国环境文学奖、冰心文学奖、北京文学奖、赵树理文学奖等。

哲夫：脱贫攻坚是送给全世界人类的礼物

武翩翩

武翩翩：能否介绍一下您到山西岢岚县采访创作的过程？您是如何开展采访的？

哲夫：说起来惭愧，我虽然身在山西，周边县几乎都去过，偏就忽略了岢岚。这也从侧面佐证了岢岚县不被关注的程度有多么严重。然而奇怪的是这个僻处山西一隅、长期得不到世人关注的小县，却引起了国家层面的关注。2017年，习近平总书记到山西访贫问苦，其中一站就是岢岚。如果没有脱贫攻坚，估计岢岚会与我以及这本书擦肩而过。但幸运的是，脱贫攻坚这项工程使岢岚得以吹糠见米，脱颖而出，浮上了水面。

我前后一共去了4次岢岚，每次去一周时间，4次采访下来，已经是2020年的春节。未能免俗，想着时间还宽裕，过了春节再动笔不迟，于是人就松弛下来，回大同去看望老母亲，悠悠闲闲过大年。其间整理资料，想着过完节再去做一次采访，拾遗补阙。没想到，正月还没有过完，新冠肺炎疫情就铺天盖地地来了。

武翩翩：在采访过程中，最打动您的事情是什么？有没有遇到困难或者意料之外的状况？

哲夫：最大的印象是穷，最打动我的还是穷。为什么这么说？这里有故事。岢岚山多深沟，自古就有"刨个坡坡，吃个窝窝"的说法。只要人勤劳就能活命。所以这里的人虽然穷，可自尊心很强。过去走西口的年代，许多人走到岢岚就走不动了，被自然风光吸引住，找一条沟就悄悄住下来了。但岢岚气候不好，冬天零下40度，风大，从春天一直刮到冬天，无霜期不足百日。加上近几百年来，25 度坡以上被农民一代接一代开垦、种植，已不堪重负。有些地方水土流失严重，一方水土已养不活一方人。岢岚成了贫穷的代名词，曾几何时被称为"可怜县"。生态扶贫至关重要。让我欣慰的是，岢岚县委县政府率领全县人，植树造林，大种沙荆，走生态立县的道路，已经这样做了许多年。说起来也巧，我来时，岢岚刚刚开完脱贫攻坚表彰会，受表彰的脱贫人员大多都是养殖专业户。山上随处可见牛羊。我问扶贫办主任："全国各地退耕还林，封山禁牧，要求圈养牛羊，岢岚怎么还在山上放牧？"他告诉我，"岢岚县素有'骑在羊背上的县'的美称，养羊是岢岚的支柱产业。柏籽羊肉全国有名，岢岚绒山羊产绒量高、肉质鲜美。县上也考虑过圈养，可因地制宜一考虑，觉得不能简单一刀切，就折中：夏秋草木旺在山上放牧，初春和冬天圈养。"

我采访了几十个自主脱贫的农民，他们每一个人都有自己的生动故事，这些故事我都写在书里了。有一回去采访时，我们在一条深沟里迷了路，满沟里吼喊着，却寻不见个人影，最后只好瞎找，却也找到了地方。也有约了几次都无缘与人见面的，山里没有信号，联系不上。最后只好去他家，可是他在山上放牛，只有他爱人在家，院子里积满了雨水，进不去，就隔空和他爱人互相吼

哲夫采访岢岚县岚漪镇刘家湾村村民马牡生

喊了半天。这是个勤劳致富的养牛专业户，县里开大会表彰他，可是叫到他的名字，却不见人上台来领奖。一问才知道，这人在山上放牛联系不上，好容易联系上了，结果来晚了，把门的讲纪律不放他进去，他就又放牛去了。这是个宠辱不惊、很有喜剧色彩的人，可惜我最终也没有见到这个人。

武翩翩：您的作品中一直有鲜明、深刻的生态意识。看您在脱贫攻坚采访期间写下的文字，也是把脱贫攻坚放在人类发展的历史进程和全球化的语境中，与生态环境保护、人类命运共同体紧密联系在一起。能否谈一下您在这方面的思考？

哲夫：我早年写小说，后来写纪实文学，生态环保主题一直未变，自然也不会放过任何一种表述机会和可能。我在《水土》一书中写道：什么是地球？地球是由什么构成的？是由水土构成的。什么是江山？江山是由什么组成的？江是水，山是土，江山就是水土。水土是一个大生态概念，所有生态破坏环境污染问题，破坏污染的其实是水土，一切的恶果最终都会归结于水土之上。大气污染会随着霾雨下到地上，渗入土壤。江河在土地上流，河流污染，承受这一切污染的最终还是土壤。没有水土，江河不会奔腾，森林不会茂盛，大气何

哲夫在岢岚县水草沟村采访回乡大学生孙越峰

以生成？万物不能繁衍生息，人类不能立足，城市建在哪里？自然生长要靠水土，没有了洁净良好的水土，何以立国？何以立命？何以安身？一切人类的科技、教育、经济、社会、安居乐业等等，都是空谈。往往最容易被忽视的东西，恰恰也是人类最离不开的东西。一整部人类文明发展史，其实就是一部水土文化的发展史，无论是语言、文化、习俗、经济、社会、民生，无一不打着水土的深刻的烙印。

无论你承认不承认，人类是一个整体，是不能孤立存在的。世界上所有人和事，都是地球上发生的人和事。所以《爱的礼物》一书的人物和故事都置身于人类的大背景之下，都是地球棋盘上不可或缺的棋子和细部。与我前不久完成的《景感生态——守望蓝天词话》一书，是同样的谋篇立意，只不过从保卫人类、保卫蓝天走向了保卫大地、致富中国的贫困人口。传统观念是农民种地离不开土地，而现实的表达则是农民种地意味着贫穷。千方百计离开土地的方法，过去是科举取士，现在是考大学，从工、从商、从政，大家共识很明确，从土地的束缚和贫穷中把自己先解放出来，改变个人以及家族的命运。脱贫攻坚则升华和更新了这个含义，不仅是让农民脱贫，从土地无所不在的束缚中把农民解放出来，同时，也把25度坡以上的土地从无度的垦殖中解放出来，退耕还林，让土地得以休养生息，赋予土地以新的生产方式和新的经营方式，走良性的现代化绿色种植的道路。消灭贫困超越了政治范畴，归入了实实在在的人类文明范畴。这是一举多得的事情，也是史无前例的一种伟大尝试。

武翩翩：当下，脱贫攻坚已经到了决胜阶段，经过了这段时间的采访创作，您对脱贫攻坚有了什么更深的认识？您认为作家和文学在这个历史进程中有怎样的担当？

哲夫：这对我而言也是一个认识再认识、学习再学习的过程。在我没有全面观察到大象时，也曾片面地认为所谓"大象"无非是一把摇来摇去的蒲扇。但只要是你认为正确的事，就要勇敢地大声说出来，不要怕被人说三道四。一位扶贫工作队长告诉我："我最大的感受就是，不管你遇上什么事，去求人帮忙，只要你说是扶贫，几乎没有单位和个人说不的，都会尽量帮你。有个人叫王平，这个人也是，是刘所长托人、人又托人，才找上的。你说找他的人一天有多少？

一开始根本不睬，后来听说是扶贫的，马上就热情了，不仅热情了，还优惠我们，你是没看见，我们送高粱时，拉高粱的车队也是特别免费的。我们运管所驻村工作队的人亲自押车，吃在车上，睡在车上，走到哪里都是一路绿灯，收费站都不收我们的费，大车不让走的地方警察给我们开道。到了地方，王平还请我们吃了饭，把我们感动的！人说了，感动啥？你们也不是为自己！这话说得让人寻思，的确，都不是为自己，难道是为国家吗？真就有这么高的觉悟？国家让干事是完成任务，但这个事可不光是为了国家，是自己天地良心，为穷人做好事，不光是为国家，也为自己，求个心安！"

毫不夸张地说，脱贫攻坚已经不是国家的事，变成了全民的事。在中国，扶贫已经深入人心。贫困的真实存在使脱贫攻坚具有了对人类而言的重要意义，这是生态人从弱肉强食、优胜劣汰的自然法则走向社会人共同富裕的最重要的一步，人类命运共同体呼之欲出。成功的前提保障是一句大家都知道的歌词：只要人人都献出一点爱……

在人类社会，理想主义永远都不会过时。

《爱的礼物》
《爱的礼物》集新闻性、故事性、文学性于一体，以习近平总书记考察山西省岢岚县为叙事起点，讲述了贫困农民在扶贫队员第一书记的协力下脱贫攻坚克难的生动故事。全书以地球人类生存的贫困状态以及创建人类命运共同体为大背景，通过散点透视的纪实手法，择取不同个性、不同生活场景、不同生动故事、不同有趣细节，塑造了众多基层人物，把烟火气的描述提升到哲学层面，弘扬了人类永恒的爱的主题。本书调动了各种文学艺术手段，例如电影蒙太奇手法、小说描写、散文叙事、章回体小说标题法，既有报告文学的新闻况味，又有意趣横生的文学意蕴。

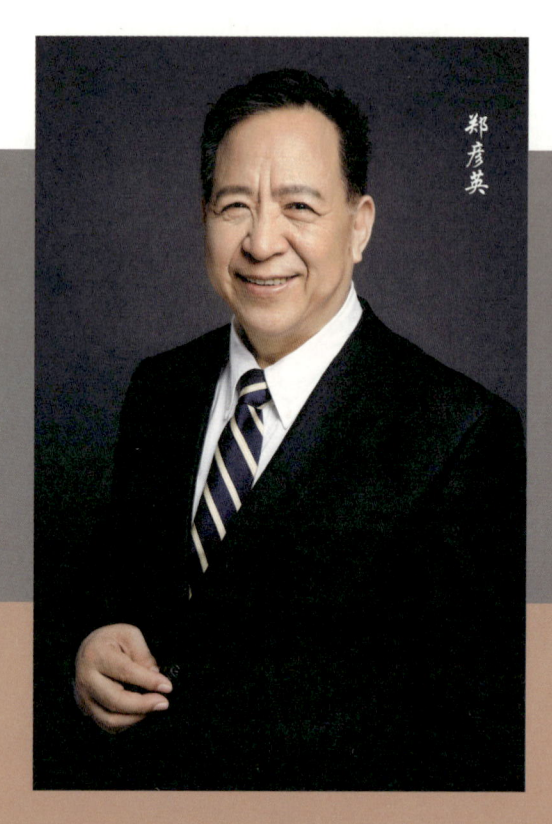

郑彦英 / 1953年出生，陕西人，河南省文学院原院长，河南文联原副主席。作品有长篇小说《从呼吸到呻吟》、电影《秦川情》、电视剧《石瀑布》等，曾获鲁迅文学奖等。

郑彦英：带着深厚情感捕获乡村的诗意

张冬云

作家郑彦英曾说："完整地记录、表现生命感觉的原生态，会让我在写作中激动并快乐着。这种激情和快乐，滋润着文字，也滋润着我的生命，并期待着去滋润读者的眼睛和心灵。"

2019年10月，他接到一个艰巨的任务——写河南兰考的脱贫攻坚战。为此，他多次赴兰考深入采访，走访了每一个乡镇，与百余位老百姓交谈，以独特的视角和深入的思考展开创作，推出了30万字的作品，于今年8月出版。

兰考大文章，从宏阔的历史开始

2019年9月，中国作协围绕脱贫攻坚这一主题，邀请来自全国的25位作家撰写报告文学作品。其中一个考察地点定在了河南兰考，由郑彦英承担这一写作任务。

接到任务后，郑彦英马上和河南省扶贫办联系，带着摄像师，先去兰考踏踏实实待了一个月。他说："从兰考的历史到现在，我要想办法摸得清清楚楚、明明白白。"

站在兰考的东坝头，郑彦英十分感慨。在这里，九曲黄河完成了最后一弯直奔大海。东坝头这段黄河，自古以来就以"善淤、善决、善徙"闻名于世。2500多年间，其下游决口多达1590多次，大堤内形成了多处沙丘沙岗、滩涂湿地。

站在此地，郑彦英明白了兰考为啥会有那么多沙地、盐碱地和大风口，"黄河河道滚来滚去，到了咸丰五年（1855年），黄河在兰考决口，死了几十万百姓。十几年后，黄河河道在这儿拐了个急弯朝北入渤海，水边形成大片盐碱地。急弯处没有任何遮拦，赶上刮风下雨天，小麦都能刮上天，完全不适合人类居住。"

站在东坝头，郑彦英想起1952年毛主席到东坝头视察黄河，发出了"要把黄河的事情办好"的伟大号召。他还想起了2014年3月17日下午5时许，习近平总书记到东坝头视察。总书记伫立岸边眺望，询问黄河防汛情况，了解黄河滩区群众生产生活情况。

郑彦英决定，他的报告文学第一章将走进兰考历史深处，从黄河东坝头开始。这部作品将在历史的丰赡与宏阔的背景下展开，挖掘黄河对兰考的塑造和深沉的历史含义。挖开淤泥后的历史打捞，清理遮蔽后的文学思考，令他的作品充满厚重的质感。

郑彦英与兰考蔬菜种植大户在大棚里查看蔬菜长势

把路线和日程安排得满满的

张命月一直记得和郑彦英的第一次见面:"2019年9月,我第一次见到郑老师,人特别和蔼可亲,没一点架子。我和郑老师有说不完的话。"

张命月是兰考县扶贫办原副主任,说话做事干练爽快。从2019年9月直到年底,郑彦英数次赴兰考采访,都是她陪同。张命月说:"郑老师重视和各职能部门的面对面访谈,往往是上午谈三个人、下午谈三个人、晚上谈两个人,一天要见8个人,晚上谈到10点多才休息。有些部门的访谈不止一次。比如围绕补齐农村基础设施短板,郑老师和兰考县农业农村局、卫健委、环保局的相关领导都进行了两次访谈。"

通过面对面深入的访谈,郑彦英了解了各职能部门的顶层设计和具体举措,从制度层面上对兰考最终打赢脱贫攻坚战有了全面把握。

郑彦英重视下乡采访,要求张命月"把路线、日程安排得满满的"。

郑彦英来到兰考东坝头镇张庄村。当年焦裕禄书记下乡调研,就是从张庄村村民魏铎彬那里学会了翻淤压沙。当年魏铎彬的母亲过世,第一天下葬,第二天棺木就露出来了,因为这个村位于大风口。魏铎彬将下面的淤沙翻上来盖住坟头,坟就不动了。焦书记学到翻淤压沙的经验,在全县推广。在张庄村,郑彦英走访了当年焦书记下乡调研的见证人、90多岁的雷中江老人,听他讲述了这段动人的历史过往。

离开张庄村,郑彦英又来到焦裕禄精神体验基地,拿起铁锨亲自动手翻淤压沙。兰考的地质结构,往地下挖三尺就是淤泥,翻淤压沙后种上小麦,麦子再长起来,流动的沙丘就会被固定住。郑彦英还在东坝头镇采访了一位孤寡老人,老人生活贫困,还有重疾。政府帮他治好了病,并帮他开办了民宿。郑彦英深深地为老人高兴。

在堌阳镇徐场村采访时,郑彦英发现这是个民族乐器村,村民用当年焦书记带大家种的泡桐制作古琴、古筝等乐器,全村脱贫致富集体奔了小康。

郑彦英采访了徐场村村民代胜民。代胜民的父亲名叫代士永,是徐场村第一个做乐器的人。20世纪90年代初期,代士永给上海民族乐器厂供泡桐木,一方木材挣几百元钱。而他发现，厂里用一片泡桐木做音板，做出的古琴卖3000多元。他动了脑筋，想请上海师傅来兰考教做古琴。乐器师傅说，到了兰考就会失去上海的工作。代士永随即拿了2万元钱给他。师傅被感动了，来到兰考。代士永叫了两个儿子和村里的几个小伙子一起学，两年后，大家都掌握了制作古琴的技术。

经过多年发展，徐场村现在已形成了完整的产业链。村民争相比着，你做乐器我就做包装，你做皮墩我就刻字雕花。邻村村民也有不少人被吸引来打工。村里一个大爷告诉郑彦英，今年给儿子在郑州买了一套房，还提了一辆车，手里还有十几万。

郑彦英还了解到，大路两边的泡桐不能做乐器。泡桐林深处的泡桐，安静生长10年以上，伐了才可以做成美妙的乐器。兰考沙地长出的泡桐，做出的音板有极强的共鸣。中国音板市场的泡桐98%都是兰考供应的。

郑彦英出生于陕西礼泉县农村，对农村有着深厚的情感，曾被称为"乡村诗意的捕获者"。在兰考农村的深入采访，令他每一天都沉浸在兴奋激动中。他说："看到孤寡老人晚年幸福，看到过去的懒汉能致富，看到一个村、一个乡、一个县的农民真正脱贫致富，真是发自内心的高兴啊。"

和村支书交朋友

郑彦英曾言："我是在黄土高原长大的，我从小喝的水里有黄泥的味道，我从小呼吸的空气里有浩荡的西北风刮来的粉尘。"数赴兰考，他将对家乡的情感"移情"于兰考。不拘小节、个性豁达的他，和兰考的多位村支书成了朋友。谈起他们来，郑彦英如数家珍。

葡萄架村村支书李永建年轻有头脑，跟父亲在郑州开粮行，生意做得很大。村里选他当村支书时，李永建的家人起初特别反对，认为一个月就挣几百元，能有啥出息？

李永建回村后，开始琢磨怎样带村民脱贫致富。他投资30多万元，建起自动升温降温的大棚种植蜜瓜。郑彦英观察李永建的蜜瓜种植，发现整个过程

2020年1月2日，郑彦英在兰考采访补齐短板奔小康情况

实现了兰考县委书记蔡松涛提出的"龙头企业坐两端，农民兄弟干中间，普惠金融惠全链"。

郑彦英说："河南省农科院专家化验土壤，认为此地适合种蜜瓜。政府先建起100个大棚，请来农科院专家指导技术，瓜长成后由政府收购。公司负责两端，老百姓只干中间。普惠始终跟随。"瓜熟了，郑彦英走进李永建的大棚里品尝，说"比新疆哈密瓜还甜"。之后，他见人就推荐。

郑彦英在葡萄架村碰见一家最寻常的农民，儿子和母亲相依为命。现在娘俩承包了两个瓜棚，一个棚一年稳稳当当能挣几万元。这样的温暖故事，让郑彦英印象深刻。

仪封乡代庄村村支书代玉建也是在外地经商多年，后被村民推选为村支书。他当村支书第一年，从郑州带蒜种回来号召大家种蒜，没人听他的。因为去年种蒜赔得厉害，收的蒜恨不能豁沟里，今年谁还要种？代玉建从村子里流转了两百亩地种蒜，蒜地里再种上树苗，当年卖蒜挣了200万元，卖树苗挣了500万元，一年总共挣了700万元。村民们这下子心服口服了，之后代玉建让种啥，大家伙马上种啥。蔡松涛倡议村支书争得"四面红旗"，村子里每多一面红旗，村支书加500元工资。代玉建已拿到了三面红旗，成为兰考县村支书的楷模。

我跟随郑彦英来到代庄村，村落街道、农家庭院十分整洁，一个小村落还有完善的垃圾分类。郑彦英已是第三次来代庄村了，他答应送代玉建一幅字，这次终于写好带来了。代玉建打开看，是"璞玉"两字，他憨憨地笑了起来。两人又一道去看林间鹅。代玉建说，这些鹅4岁了，正是"干活"的年龄。鹅一进林子就吃草，既不用人力锄草，也不用人工喂养。郑彦英感叹："这才是绿色经济，这才是智慧养殖。"两人蹲在白鹅群里，脸上绽放出灿烂的笑容。

睿智思考的激情表达

行走于兰考大地上，郑彦英每天都有新发现。

恒大集团董事会主席许家印在兰考投了200亿元建产业园，产业园建成后，做门窗、家纺、油漆的行业都进来了。工业一发展起来，税收就起来了。郑彦英看到，随着就业机会的增多，好多农民工都从外地返回，在家门口干活。他在产业园碰见一个刚下班的寻常村妇，毛衣下的衬衣系错了扣，一边长一边短。村妇说："我家就在旁边，我一个月拿三四千元钱。在家门口上班，老人孩子都能照顾，生病也不怕了。"

在产业园，郑彦英感受到从培育特色产业向产业兴旺的推进。

郑彦英还发现兰考首创的一种积分模式，大大改变了民风民俗。他说："过去农村有很多不孝子，自己住小楼，老人住窝棚。在兰考采访时我发现，如果你是不孝子，所有的优惠政策包括普惠金融政策就都没有了。你家庭邻里不和睦，家里不整洁不卫生，都会被扣分。相反，村民如果能做到这些要求就会有积分，凭积分可到爱心超市兑换米面等食品和日用品。积分高的家庭，平日基本开销不用花钱。"爱心超市的商品很丰富，有很多企业为超市捐款捐物。郑彦英看见，一个村民在墙上用大头针按了个纸条说"想要微波炉"，第二天就有人回复："我有，送你。"郑彦英说："这个方式是兰考首创，好多地方都在学习。人富裕后可能会变得贪婪残忍，在兰考，人富裕后则变得更良善、更有教养，对美好生活更加充满追求和向往。"

通过乡村积分模式，郑彦英看到了从激发内生动力向乡风文明的推进。

在兰考大地上一路采访，郑彦英不断调整完善着自己的写作大纲。从精准扶贫到精准脱贫，从稳定脱贫到乡村振兴，再到补齐短板奔小康，处处洋溢着他睿智思考的激情表达。

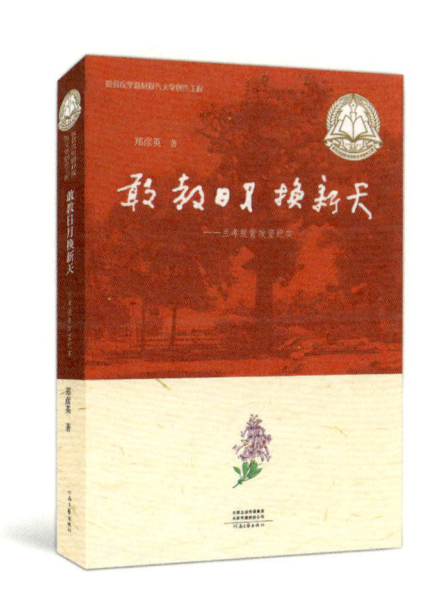

《敢教日月换新天——兰考脱贫攻坚纪实》
2020年是我国决胜全面建成小康社会、决战脱贫攻坚的收官之年。作家郑彦英深入兰考地区，经过近一年的采访，以28万字的叙述，描绘了兰考人民在焦裕禄精神鼓舞下以全新的观念改天换地，以崭新的风貌脱贫奔小康的缘起、发展、行动和结果。

《敢教日月换新天》共分七部分。开篇是《两棵树》，记叙了焦裕禄于1963年手植的一棵泡桐树和习近平总书记2009年手植的一棵泡桐树。第一章讲述了1855年发生在兰考境内的惨烈事件——铜瓦厢决口，以及当事人对毛主席再次视察兰考的追忆，还有兰考人和焦裕禄女儿对焦裕禄在兰考战天斗地的追忆。第二章讲述了习近平总书记三次视察兰考、一次在中南海听取兰考专题汇报的情况。第三章讲述了兰考人民从精准扶贫到精准脱贫的过程。第四章讲述了兰考人从稳定脱贫到乡村振兴的经过。第五章描绘兰考人响应习近平总书记号召补齐短板奔小康的行动。尾声以2020年全面建成小康社会的标准对照兰考，兰考在脱贫攻坚的大考中交上了满分答卷。

朱朝敏 / 1973年出生，湖北人，现为宜昌作协副主席。著有《百里洲纪事》《黑狗曾来过》等。曾获华语青年作家奖、湖北文学奖、《芳草》文学女评委最佳抒情奖等。

朱朝敏：走出书斋下沉农村

李 俐

李俐：您能否简单介绍一下枝江市精准扶贫的结对子工作？是每一名公务员都对口帮扶一位或者若干位贫困户吗？对扶贫干部有考核指标吗？

朱朝敏：我是 2017 年参加枝江市精准扶贫工作的，当时负责联系 4 户贫困户。因为这场脱贫攻坚战是近几年的中心工作，每个单位都联系了相应的乡镇村庄，不仅是公务员对口帮扶贫困户，就是其他在编在岗的也有联系对象，联系的对象一到五户不等。帮扶机制里有驻村工作队，专职驻村人员是要求一周五天四夜必须在村里，而其他帮扶人员是要求每个月必须联系帮扶对象——几年下来，我们彼此熟悉，甚至走成了亲人。

李俐：百里洲是您家乡，在参与扶贫工作之后，它的实际情况是否和您预想或者印象中的一致？有哪些不同？

朱朝敏：百里洲几乎是我童年和少年的记忆。那时，百里洲是典型的江南水乡，种植棉花和沙梨，均闻名全国，也给当地人民带来一定的经济收入。后来，受到经济大潮和交通不便的影响，它的破落衰败也日趋严重。有段时间，我非常害怕回乡走亲戚，害怕听闻他们的伤心事。我参加扶贫工作后，采访了许多家庭和帮扶人员，反复地交流，深入他们内心时，我发现自己"小瞧"了我的亲人和这块土地。他们遭受了天灾人祸后，从不屈服命运的摆布，也不降低自身的尊严。

李俐：写《百里洲纪事》这本书前后大约用了多长时间，采访了多少人？他们对你的采访普遍接受吗？最后为何选了这 12 个故事？

朱朝敏：我是 2017 年下半年参加扶贫的，2018 年下半年开始动笔，年底初稿轮廓完成，2019年去完善补充，年底定稿。这两年多的时间，我采访的家庭和帮扶人员近百名。因为我父亲是孤岛上有名的外科医生，在孤岛上享有很高的声誉。遇到不愿意配合的，我就搬出父亲的名号，居然屡试不爽。但也有被赶出来的，因为聊到了伤心事很恼火……采访基本没问题，就是当事人一听说要写成文字，大都为难。因为涉及诸多隐私——把伤疤抖搂给公众还是很考验人的。我曾经准备了16个故事，但是不成功，他们愿意跟我讲，却有几个拒绝写成文字。所以，我就写了12个故事。

李俐：在和贫困户交流的过程中，您最深的感受是什么？现实中导致贫困的主要原因有哪些？

朱朝敏：我一直感怀的是，他们虽然一度身处命运低谷，却人心向善，值得我尊敬。他们身上闪烁着这个时代的精神光芒。之所以贫困，大都是因为天灾人祸，如果您有机会下乡，翻开那些"扶贫手册"，您就会看见致贫原因那

朱朝敏采访贫困户

一栏里，几乎都写着"因病或因残"。

李俐：大家对脱贫的普遍认知是在物质上的，最多是在教育、文化等精神范畴，但你比较鲜明地提出了心理扶贫的问题。能谈一谈您对此的理解吗？在基层实际扶贫工作中，您认为目前这个问题解决得如何？

朱朝敏：随着精准扶贫力度的加大，国家拿出专项资金、出台多种保障政策助力。物质上的贫困较容易解决，但是有些事情不是物质能解决的：比如鳏寡老人的孤独症问题、留守儿童缺乏关爱问题和人身安全问题、精神病患者的心理隐疾和天灾人祸留下的心灵创伤……关注这些群体的心理状况，解决他们的心灵困惑，帮他们活出尊严，才能突破脱贫攻坚战最后一公里的瓶颈。实际

朱朝敏在福利院采访

上，许多帮扶干部都注意了这个问题，并拿出具体对策。我所知道的，百里洲福利院做得较好，他们隔段时间就会开展一些活动，帮助开导鳏寡老人，还请心理老师来讲座和辅导，有一定的成效。但这是长远的问题，要立马见效不可能。对此，我个人觉得，"交流"很重要，因为从心理学来说，"交流"实际也是自我舒缓心理的一个有效渠道。

李俐：您是作家同时也是扶贫干部，请谈谈您个人的扶贫工作中，比较难忘的故事或者瞬间。

朱朝敏：难忘的非常多，最难忘的是他们把我当成亲人，而我无以回报，作为一名写作者，只有用笔记录他们。为这些"处于沉默地带"的人们发声。

李俐：要用文学的形式呈现脱贫攻坚，其实是有很大难度的，您是如何在这一主题下摸索出文学的存在感的？如何写出和别的扶贫故事的不同之处？

朱朝敏：于文字工作者而言，记录精准扶贫是责任，也是一个人以文学的面目回归本源的最好途径。文学的功用，说到底就是救赎。当然，文学的救赎功用并非剑指他人，而是为自己。但自己——写作者，在记录当下的瞬间，她或他就是在场的参与者。我要记录的不是脱贫攻坚的表象，而是它深入这块土地和土地上人们的肌理中的细节。

李俐：这本书的写作和您以往的作品有什么不同？

朱朝敏：说实话，这本书完成后，我几乎被掏空，再也写不出一个字，而且一度看见其他文字，就觉得恶心反感。我2019年8月到11月，左臂膀痛得几乎不能动，整夜无法入睡，经过理疗，稍微好了点。我知道，我的身体和心灵还停留在我记录的那些事情上。但现在，我几乎调整好又在写小说了，而且感觉小说进步特别快。我无法说清这里面的秘密所在。

这部作品是纪实性的。以前我写小说和散文，属于虚构。两者大有区别。但是，曲径通幽，都是对自我心灵的审视。

李俐：那些扶贫对象在看了您写的故事后，都有些什么反馈或评价？

朱朝敏：记录前，我征求意见，他们同意我才记录。记录形成初稿后，他们看见其中自己的故事（名字、村组、帮扶单位都做了艺术处理），一般会说，事情是那个事情，就是你别写太露了。书出版后，我做了回访，还留下两个家庭的视频。不知怎么，他们都流泪了，我也流泪了。

李例：对于贫困户，您会用"处在命运低谷的人"来描述这样一群人，为什么？书中的很多人物命运确实非常跌宕起伏，有些可能比小说电影还有戏剧性，这是普遍现象吗？

朱朝敏：我记得在我作品的线上研讨会上，有位老师说这本书是"为沉默地带发声"，我很认同。这沉默的人们，因为天灾人祸遭受太多的创伤，他们如何发声？谁代替他们发声？我回答，他们自己，以他们的心灵和精神，而我不过占了故乡的便宜，做了一个倾听者和记录者。正如有的老师所说，"脱贫攻坚中每个人都接受了心灵的洗礼"。

我的理解是，他们代替我们早先一步领受命运的暴风雪，给我们提供命运的参考，供我们思考并拿出对策，"他们"中包含了"我们"。因为，没有谁的肉身和心灵能躲过那些暴风雪。从这个意义上讲，这是普遍现象。而书写他们此刻的心灵，记录他们此刻的心理困惑和突围，这是我选择事例的共性。

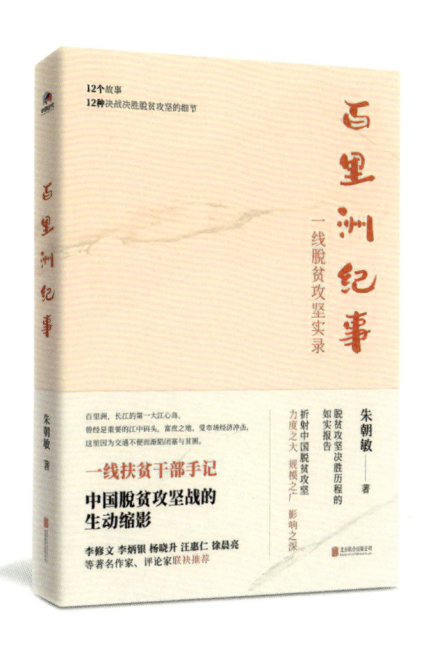

《百里洲纪事：一线脱贫攻坚实录》
该书真实记录了12个决战脱贫攻坚的故事。作者朱朝敏两年来深入百里洲参加一线扶贫工作，走遍41个村庄，走访百里洲驻村干部、贫困农户达百余人次，真实记录了这些弱势群体在脱贫攻坚战"最后一公里"的窘迫、困惑，以及在扶贫干部的帮助下脱贫的过程。记录乡村弱势群体的心理脱贫过程，是该书区别于其他脱贫攻坚纪实文本的地方。作者关注个体及其变化，着重描写人物内心和精神，他们作为时代新人，正在完成个体和时代的彼此构建，他们身上闪烁着新时代的精神光芒。作品生动呈现了新时代乡村的巨大变化，反映了脱贫攻坚力度之大、规模之广、影响之深，也深刻折射了乡村国是、家国命运以及脱贫攻坚的伟大意义。